LA BAIE *AUX* PERLES

W0211748

LA BAIE *AUX* PERLES

ROXANE DHAND

Traduit de l'anglais (britannique)
par Ariane Maksioutine

City
Poche

© **City Editions**, pour la traduction française
© Roxane Dhand 2018
Publié pour la première fois en Grande-Bretagne par HarperCollinsImpulse, une marque de HarperCollinsPublishers sous le titre *The Pearler's wife*.
Couverture : Shutterstock/Studio City
ISBN : 978-2-8246-1795-4
Code Hachette : 88 3766 3

Collection dirigée par Christian English & Frédéric Thibaud.
Catalogue et manuscrits : city-editions.com

Conformément au Code de la propriété intellectuelle, il est interdit de reproduire intégralement ou partiellement le présent ouvrage, et ce, par quelque moyen que ce soit, sans l'autorisation préalable de l'éditeur.

Dépôt légal : Novembre 2020

Pour Harry

1

Du pont du *SS Oceanic*, Maisie Porter observait le quai. La corne sonna, signalant à tous les passagers qu'il était temps d'abréger les adieux et de monter à bord. Son père, lui, avait déjà détourné les yeux et était en train de s'éloigner.

C'est donc ainsi que nos chemins se séparent, songea-t-elle. En le regardant disparaître au loin, elle aurait été incapable de deviner si elle allait lui manquer. Elle l'espérait, mais au fond de son cœur, elle en doutait sérieusement. La semaine qui avait précédé son départ, Maisie avait eu l'impression d'être poussée irrémédiablement vers un précipice, que les derniers jours qu'il lui restait à passer avec sa famille étaient comptés, comme l'on compte ceux qui nous séparent de Noël. Et voilà qu'elle partait pour l'Australie. La corne sonna une nouvelle fois, et le paquebot s'enfonça dans les vagues.

Sa mère n'avait même pas pris la peine de l'accompagner. Jusqu'au dernier moment, Maisie s'était demandé si elle ferait cet ultime effort, ne serait-ce que pour le plaisir de la voir partir, de lui assener l'ultime coup qui la ferait officiellement tomber dans le précipice, histoire de s'en débarrasser pour de bon.

Il y a quelques semaines encore, Maisie ignorait jusqu'à l'existence de son cousin Maitland. Et voilà qu'elle partait l'épouser. Elle soupesa le sac de cuir posé à ses pieds et observa la minuscule silhouette de son père, dans le lointain, la panique menaçant une fois de plus de la submerger. Son cœur se mit à tambouriner contre ses côtes, tel un poing contre une porte.

Petite, Maisie apparentait son père aux vieux ouvrages reliés de cuir qui envahissaient les étagères de sa bibliothèque – quelque chose que l'on ne vous autorisait que très rarement à toucher, et uniquement en cas de lourd problème. Mais comme ses livres, il savait se révéler fiable. Même si l'homme n'avait jamais été prompt à manifester son affection, l'idée de le perdre lui paraissait intolérable.

L'intendant qui apparut à ses côtés, aussi impressionnant de taille que de corpulence dans son uniforme noir, lui arracha un sursaut de frayeur. L'homme l'observa de manière si insistante qu'elle eut la désagréable impression d'être un animal dans un zoo. Elle prit alors immédiatement conscience de sa piètre tenue de voyage, des grosses chaussures qui lui brûlaient les talons et de ce chapeau de feutre qui ne parvenait que partiellement à cacher la jungle de ses cheveux.

L'homme cligna des yeux avant d'esquisser un sourire crispé qui n'en faisait plus que deux fentes très étroites.

— Puis-je me montrer d'une quelconque assistance, Miss ?

Son air clairement désapprobateur la mit d'emblée mal à l'aise, et elle avait parfaitement conscience que ses traits trahissaient son état. Elle sentit ses joues rougir, comme après la gifle cinglante que sa mère lui avait assenée quand elle avait tout d'abord tenté de s'opposer à ce mariage. Elle ravala la boule qui venait de se loger dans sa gorge avant de murmurer :

— Vous pourriez me montrer ma cabine ? Je voyage seule, mais je partage celle-ci avec une dénommée Mrs Wallace.

L'homme consulta sa liste et l'observa une nouvelle fois, les yeux plissés, dans la pénombre.

— Miss Porter ?

Maisie opina du chef.

— Mrs Wallace est déjà installée. Je vais vous accompagner.

Il prit alors son sac et ouvrit la porte, derrière eux. Un petit escalier recouvert de moquette menait aux cabines de première classe. Cramponnée à la rampe, Maisie luttait intérieurement entre le plafond qu'elle trouvait trop bas, ses pieds qui lui faisaient souffrir le martyre, et son envie irrésistible de prendre ses jambes à son cou… L'intendant la guida le long d'un étroit couloir puis, arrivé devant une solide porte, il s'immobilisa en faisant claquer d'un petit coup sec ses chaussures vernies.

Quelque part sur le navire, une femme se mit à hurler.

Le paquebot tanguait, désormais, ses flancs émettant de sinistres craquements tandis que le rugissement de son moteur résonnait singulièrement à travers tout son corps. L'espace d'un instant, Maisie dut se plaquer au mur, toujours cramponnée à la rambarde.

— Cette femme semble vraiment mal en point. Ne pensez-vous pas qu'elle aurait besoin d'un médecin ?

— Je miserais plutôt sur l'hystérie, commenta l'intendant d'un air parfaitement détaché. Cela arrive à chaque voyage dès l'instant où nous appareillons.

— Mais… Vous ne voulez tout de même pas aller vous en assurer ?

— Quel intérêt ? rétorqua-t-il. Aucun remède ne peut guérir de ce mal. Lorsqu'elle réalisera qu'il n'y a aucun risque qu'elle se noie, elle arrêtera tout net. Bien, allons-y, Miss.

Puis il fit un pas vers la porte et frappa avec une douceur qui ne ressemblait certainement pas à ce qu'il avait laissé paraître jusqu'ici. Maisie marmonna un « Merci » tout en s'efforçant d'ignorer les cris qui persistaient.

La porte s'ouvrit sur une femme particulièrement corpulente, le visage terminé par une mâchoire carrée et surmonté d'un casque de boucles platine. Elle haussa les sourcils par-dessus ses lunettes à la monture en acier.

— Qu'est-ce que vous faites encore à traîner là, vous ? aboya-t-elle dans un anglais saccadé qui masquait piètrement l'accent traînant de ses origines australiennes. Vous avez déjà eu votre pourboire, non ?

L'homme inspira un coup sec, soutint son regard une fraction de seconde de plus que ne l'exigeait la politesse, puis il pivota sur ses talons. Son impudence laissa Maisie tellement sous le choc qu'elle ne parvint à s'exprimer que d'une petite voix timide.

— Mrs Wallace ?

— Espèce de sous-fifre prétentieux, clama Mrs Wallace suffisamment fort pour se faire entendre de l'intendant. Mettez un uniforme à M. Tout-le-Monde et le voilà commandant d'une armée !

Puis elle s'écarta afin de laisser entrer Maisie.

— Entrez, très chère. Autant faire connaissance tout de suite, étant donné que nous allons partager la même chambre pour les deux prochains mois, n'est-ce pas ?

Maisie apprit alors que Mrs Wallace était de la famille d'une amie de sa mère. Elle disposait d'un carnet d'adresses qui aurait pu rivaliser avec celui d'un général de division. Même si la vieille femme avait reçu une coquette somme pour lui servir de chaperon, Maisie appréciait le fait d'avoir au moins ce petit lien avec son foyer, et elle espérait du plus profond de son cœur qu'elles parviendraient à s'entendre.

La jeune femme balaya la minuscule cabine des yeux. La pièce était nue et dégageait une odeur fraîche et entêtante, une odeur de pinède. Elle observa les murs blancs piquetés de rivets, le petit lavabo encastré dans une espèce de support aux allures de cercueil, dans un coin de la pièce, et les draps immaculés posés sur chacun des lits superposés, reliés par une petite échelle accrochée au garde-corps.

— Que se passe-t-il, très chère ? demanda Mrs Wallace. Vous semblez contrariée.

Maisie fit de son mieux pour s'arracher un sourire.

— Non, c'est juste que… Enfin, disons que je ne m'attendais pas à ça.

— Que voulez-vous dire ? s'étonna Mrs Wallace en se mettant à cligner des yeux.

— Je n'ai jamais partagé de chambre auparavant. Cela me paraît assez petit, pour deux. En particulier pour une cabine de première classe…

— Personne ne peut acheter ce qui n'est pas à vendre, Maisie, répondit Mrs Wallace avec un sourire. Pas même vos parents, en dépit de leur fortune et de leur influence. Ce bateau ne dispose que de très peu de cabines individuelles, et vous êtes arrivée bien trop en retard pour pouvoir vous en assurer une.

— Mince, balbutia Maisie. Mais… il n'y a pas de hublot, par-dessus le marché ! Comment allons-nous pouvoir prendre l'air ?

— Alors là, jeune fille, croyez-moi : vous n'aurez pas le même discours quand nous traverserons une tempête, rétorqua Mrs Wallace en pointant un doigt sermonneur sur elle. Il n'y a rien de pire que de se faire réveiller en pleine nuit par des trombes d'eau qui viennent s'abattre sur votre hublot. Allez, très chère, secouez-vous un peu. Il va falloir vous laver et vous changer avant d'aller dîner.

Maisie se pétrifia sous la gêne. Allait-elle vraiment devoir se changer ici, en face de cette femme dont elle venait tout juste de faire la connaissance ? Elle baissa les yeux tout en triturant le bouton le plus haut de sa veste, consciente des larmes qui ne tarderaient pas à couler. Mrs Wallace se mit alors à toussoter, comme si elle avait parfaitement saisi la situation délicate dans laquelle Maisie se trouvait.

— Aimeriez-vous avoir la cabine pour vous toute seule, le temps de vous changer ?

Maisie hocha la tête puis retira l'épingle surmontée d'une perle qui retenait son chapeau, qu'elle envoya valser sur le lit du bas. À peine avait-il touché le matelas qu'elle s'empressa de le récupérer, puis elle leva un regard timide en direction de son chaperon.

— Veuillez poser ça sur la chaise, très chère, lui ordonna Mrs Wallace. Il va nous falloir composer avec la présence de l'autre, n'est-ce pas ? ajouta-t-elle d'un air rieur. Étant donné le manque évident d'espace pour tout sortir, vous vous servirez de votre malle comme d'un rangement supplémentaire. Elle est sous le lit. J'ai bien peur d'avoir déjà rempli l'armoire avec mes propres vêtements. Vous devrez vous contenter de garder les vôtres bien pliés.

Maisie ne put s'empêcher de ressentir une pointe d'agacement en regardant la vieille femme rajuster ses boucles avant de se frayer un chemin jusqu'à la porte.

— Je pars au salon pour une petite demi-heure, entendu ? Cela vous dirait que je vous rapporte une tasse de thé ? Je vais voir ce que je peux faire. Oh, et ne vous en faites pas pour les lits. Ils ont déjà commencé à faire le mien ; ils viendront s'occuper du vôtre pendant que nous dînerons.

Lorsqu'elle eut quitté la cabine, Maisie demeura immobile quelques instants, les yeux fixés sur la porte. Une fois assurée que les pas lourds de son chaperon l'avaient menée à bonne distance, elle commença à déboutonner sa veste.

Elle sortit la malle de sous le lit et passa une main tremblante sur sa surface criblée de trous. Entouré de bandes de bois brun et scellé de deux loquets de laiton, l'objet n'était de toute évidence pas neuf. Du bout du doigt, Maisie traça les initiales marquées dans l'or, sur le couvercle noir et éraflé.

— Maisie Porter, dit-elle alors tout haut.

Que fais-tu donc ici ?

Elle sortit la clef de son sac à main et ouvrit la malle en grand. Puis elle fit un semblant de toilette dans le minuscule lavabo de la cabine, s'efforçant de ne pas penser à son bain du soir ni à l'immense chambre londonienne dont elle disposait pour elle toute seule. Lorsque Mrs Wallace réapparut une demi-heure plus tard – sans un seul signe de la tasse de thé pourtant promise –, Maisie avait enfilé sa robe de soirée et était fin prête pour aller dîner.

Mrs Wallace lui fit quitter la cabine avec son empressement habituel et la guida le long du morne couloir qui menait à l'escalier. Une fois sur le palier, elles s'arrêtèrent tout en haut d'un large escalier de bois.

— Pour manger, il va nous falloir descendre, ma chère, expliqua-t-elle. La salle de restaurant est toujours située en contrebas, sur un navire, mais tout le reste – du moins pour nous – est au-dessus.

— C'est étonnant, commenta Maisie en observant par-dessus la rambarde le petit groupe de passagers qui attendaient au pied des marches. Pourquoi en bas ?

— Pour être plus proche des cuisines, j'imagine, même si je ne me suis jamais sérieusement penchée sur la question, je dois vous l'avouer. Venez, très chère. Les gens commencent déjà à se rassembler ; il serait mal vu de nous faire attendre davantage. Le manque de ponctualité est à proscrire, chez une femme, et nous sommes déjà en retard par rapport à ce que j'aurais souhaité.

— Les passagers de seconde et de troisième classe mangent en bas, eux aussi ? voulut savoir Maisie tout en suivant son chaperon.

Mrs Wallace rentra le menton, comme si elle réfléchissait à la question, mais Maisie comprit très vite qu'elle avait l'esprit clairement ailleurs.

— Oh, regardez ce qui nous attend ! s'exclama la vieille femme en pointant un gros doigt devant elle.

Les dessertes accolées aux murs regorgeaient d'assiettes sur lesquelles on avait disposé des toasts en rosace surmontés de ce qui semblait être de minuscules graines noires.

— Qu'est-ce que c'est ? demanda Maisie, les yeux écarquillés.

— Du caviar, très chère, lui expliqua Mrs Wallace. C'est très à la mode dans les milieux aisés. Cela m'étonne que vous ne reconnaissiez pas.

— Oh… Ma mère dit que c'est une spécialité de la mer Caspienne, mais je dois avouer que je ne suis pas certaine de savoir précisément ce que c'est.

— Des œufs d'esturgeon.

— C'est vrai ?

— Vous devriez goûter. Cela ne peut pas vous faire de mal, vous qui allez vivre en bord de mer.

Puis elle fit signe à un serveur. Maisie observa l'homme prendre une assiette et s'approcher d'elles. Son regard passa alors du caviar à Mrs Wallace, en espérant que celle-ci comprenne, par un quelconque miracle, son désarroi. *Des œufs de poisson*, gémit-elle intérieurement. *Quelle horreur !*

— Il faut prendre le toast avec deux doigts, comme ça, très chère, lui dit Mrs Wallace en l'encourageant d'un sourire.

— Je n'aime pas trop le poisson…

— Voyons, Maisie, vous allez goûter, oui ou non ?

Contrariée, Maisie attrapa le petit rond de pain puis mordit dans les œufs gluants, qui avaient la texture du tapioca. Les œufs éclatèrent sur sa langue, et le goût désagréable du poisson lui envahit la bouche avant de remonter jusqu'à son nez. Elle dut contenir un haut-le-cœur.

— Alors, vous aimez ? la pressa Mrs Wallace.

Elle secoua la tête et planta ses poings serrés de chaque côté de sa taille.

— Tout le monde n'aime pas, mais je suis contente que vous ayez goûté, commenta Mrs Wallace en lui tapotant l'épaule. Je n'en raffole pas tellement moi-même, et je n'ai jamais compris pourquoi c'était autant prisé dans la société britannique. Vous savez à quoi ça m'a toujours fait penser ? À de la crotte de souris.

— Mrs Wallace !

— Qu'y a-t-il, très chère ? Ne me faites pas croire que du haut de vos dix-neuf ans vous n'êtes jamais tombée nez à nez avec une crotte de souris ?

Maisie observait le regard interrogateur de son chaperon, qui attendait de toute évidence une réponse.

— Si, bien sûr, Mrs Wallace, mais jamais sur un toast…

Avec un gloussement, Mrs Wallace éloigna Maisie des œufs de poisson pour se joindre aux autres passagers qui pénétraient dans la salle à la queue leu leu.

— Où devons-nous nous asseoir ? l'interrogea Maisie lorsqu'elles s'arrêtèrent sur le seuil, parcourant des yeux les épaisses tables nappées de blanc qui jonchaient la salle. Il doit y avoir une sorte de plan, non ?

— Le maître d'hôtel va nous placer, ne vous tracassez pas. Nous mangerons avec les gens de notre classe.

Comme s'il l'avait entendue, un jeune homme apparut à leurs côtés, dans son uniforme blanc immaculé, et les guida vers une table ronde dont le couvert avait été mis pour huit personnes. Sur les assiettes, on avait plié les serviettes amidonnées pour qu'elles forment les voiles d'un bateau, et une grande bougie trônait au centre de la table.

Mrs Wallace versa un peu d'eau dans un verre, qu'elle tendit à Maisie. Celle-ci prit une gorgée délicate et dut lutter contre son envie de faire passer le goût infect du caviar à grands coups de gargarisme.

— Étant donné que nous allons prendre tous nos repas ici, autant nous lier d'amitié au plus vite avec nos voisins de table, vous ne pensez pas ? suggéra son chaperon.

Selon les cartons disposés sur la table, Maisie se trouvait entre un certain Mr Smalley et Mrs Wallace, qui avait pour sa part le second du navire à sa gauche. Maisie se tourna vers son voisin, un gentleman à l'allure quelque peu miteuse. Sa lèvre supérieure perlait de sueur et sa peau pelait au niveau des tempes. Maisie parvint toutefois à s'arracher un sourire poli. Mrs Wallace se pencha en avant et se présenta avec très peu de discrétion à un couple de jeunes mariés assis de l'autre côté de la table, qui était si large que même en tendant le bras chacun de son côté, il était impossible de se toucher ne serait-ce que le bout des doigts. Le couple répondit avec la même ardeur qu'ils voyageaient avec les parents de la mariée, Mr et Mrs Jenkins.

Un serveur gagna leur table et alluma d'abord la bougie à l'aide d'un long cierge. Puis il annonça le menu, ce à quoi Mrs Wallace s'empressa de répondre :

— Je vais choisir pour nous deux, très chère. Vous êtes beaucoup trop jeune pour faire des choix alimentaires raisonnables. Ce soir, nous goûterons donc le saumon mariné.

La tête basse et les dents serrées, Maisie fit de son mieux pour ravaler sa frustration. Elle aurait voulu prendre le canard, parce qu'elle savait que sa mère abhorrait cela, et puis elle avait déjà signifié à Mrs Wallace qu'elle ne raffolait pas particulièrement du poisson. *Quelqu'un finira-t-il un jour par voir que je suis capable de penser par moi-même ? Bon Dieu !* songea-t-elle en se réjouissant intérieurement de son blasphème. *J'ai presque vingt ans, et je suis visiblement assez grande pour me marier. Pourquoi n'ai-je pas le droit de choisir ce que je veux manger ?*

Durant le repas, elle mangea du bout des lèvres, sirotant de temps à autre son verre tout en observant ses compagnons, son regard passant de l'un à l'autre comme dans un match de tennis. La mère de la mariée se frictionnait les bras en se plaignant du froid.

— Je suis en plein courant d'air, Harold, dit-elle à son mari avant de planter un regard accusateur sur la porte. Tu peux leur demander de la fermer ?

— Bien sûr, très chère, répondit Harold en se levant.

Un instant plus tard, un serveur bondit sur sa serviette tel un chat sur une pelote de laine et la remplaça par son assiette.

Mrs Wallace couvrit discrètement sa bouche et lui chuchota :

— Essayez de faire la conversation, si vous ne voulez pas passer pour quelqu'un d'impoli.

— Vivement un peu de chaleur ! lança alors Maisie à l'autre bout de la table.

La mère de la mariée glissa la main derrière son oreille et secoua la tête. Maisie se pencha sur la table avant de faire une nouvelle tentative.

— C'est pour le beau temps que vous avez choisi l'Australie ?

Le nouveau gendre de la femme, un homme charmant aux cheveux blonds affublé d'une moustache militaire, répondit pour elle.

— Il va falloir parler plus fort si vous voulez vous faire entendre, Miss Porter. Ma belle-mère a de sérieux soucis d'audition.

— Oh, quel dommage ! commenta Maisie, une main placée sur le cœur, bien que cela ne lui fasse ni chaud ni froid.

— Ne vous donnez pas la peine de crier ce soir. Vous aurez tout le temps d'apprendre à la connaître. Autant discuter avec quelqu'un d'autre, pour le moment, ne pensez-vous pas ?

Le serveur retira son bol de consommé, qu'elle avait à peine touché.

Elle n'était clairement pas d'humeur à essuyer une nouvelle réprimande à motif culinaire, mais un coup d'œil à Mrs Wallace la rassura : son chaperon était en pleine discussion avec le second et rayonnait tel un phare.

Maisie se tourna alors vers son voisin, qui faisait peine à voir. Il plantait sa fourchette dans ses petits pois, un à un, les alignant sur ses dents comme des perles sur un boulier.

— Je peux vous passer quelque chose, Mr Smalley ? Le sel ou le poivre, peut-être ?

Ou bien une pelle ?

— La bouteille de vin, répondit-il la bouche pleine. Puis la panière.

Préférant résister à tout sarcasme, Maisie lui tendit la carafe à décanter.

— Votre femme ne vous a pas accompagné ?

Mrs Wallace, qui avait de toute évidence l'ouïe aussi fine qu'une chauve-souris, vint se coller à elle comme pour lui confier un secret.

— Pas de questions personnelles, Maisie. C'est grossier.

Mr Smalley remplit son verre et le fit tourner à la lumière de la bougie pour en inspecter le liquide ambré. Il prit une longue gorgée qu'il garda en bouche un long moment, comme s'il y cherchait la réponse à sa question, puis il se mit à fourrer son petit pain de gros morceaux de beurre.

— Jamais été marié, commenta-t-il en lâchant un jet de postillons. Mais ça ne veut pas dire que je ne suis pas ouvert aux propositions…

Plus les plats passaient et plus Smalley devenait pénible. En se basant sur ses sourcils en bataille et les touffes de poils gris qui lui cernaient les oreilles, Maisie lui donnait une soixantaine d'années. Qu'ils aient au moins quarante ans d'écart ne semblait qu'encourager l'homme. Lorsqu'on posa les desserts sur la table, dans leurs bols en verre étincelants, il était déjà beaucoup trop près, sa main maculée de taches de vieillesse s'approchant de plus en plus de la sienne, jusqu'à ce qu'il vienne emprisonner sa paume entre la crème fraîche et la crème anglaise. Ses gros doigts se firent plus impudents entre le fromage et les crackers, et lorsqu'on servit le café, son genou cognait au sien avec la détermination d'un bélier en rut.

— Laissez-moi vous raconter ce qui m'amène sur ce navire, Miss Porter, dit-il en prenant une poignée de petits fours, disposés sur une assiette en porcelaine ovale. Je conduis l'Empire britannique dans ces contrées sauvages afin de renforcer la loi et l'ordre dans l'une de ces nombreuses villes victimes de la ruée vers l'or. Je m'apprête à être le nouveau magistrat résident de Ballarat, rien de moins ! Qu'est-ce que vous en dites ?

Puis il glissa un petit four dans sa bouche et se mit à mâcher.

— Et vous, Miss Porter ? Qu'est-ce qui vous amène en Australie ?

Mrs Wallace remonta ses lunettes sur son nez avant de déclarer :

— Maisie part en Australie pour se marier.

— Oh ! s'exclama Mr Smalley, qui semblait soudain avoir repris du poil de la bête. On part à la chasse, alors ?

Maisie s'enfonça dans sa chaise, rouge de honte, mais Mrs Wallace s'empressa de voler à son secours.

— Pas du tout, Mr Smalley, répliqua-t-elle en remuant un doigt accusateur. Figurez-vous qu'elle s'est déjà trouvé un très beau prix. Miss Porter est fiancée.

Maisie eut un léger haut-le-cœur à la mention de son mariage, mais elle espérait que la franchise de Mrs Wallace aurait au moins pour effet de tempérer les ardeurs de son voisin de table.

L'homme ne se découragea pourtant pas. Il saisit la carafe et versa un fond de vin dans un verre, qu'il poussa dans sa direction.

— Vous boirez bien un peu de vin, dans ce cas, Miss Porter ? Pour fêter votre bonne fortune !

Puis il plongea la main sous la nappe et se mit à malaxer son genou de ses gros doigts moites. Incapable de bouger sans déclencher un scandale, Maisie sentit sa main remonter sur sa cuisse avec l'agilité d'une belette. Elle la repoussa du bout des doigts et remua sur sa chaise pour mettre autant de distance possible entre eux deux. *S'il recommence une seule fois, je lui plante ma fourchette dans la main*, se promit-elle.

— Je ne crois pas, non, Mr Smalley, intervint Mrs Wallace en repoussant le verre vers lui. Mais je veux bien boire à sa place.

Le bateau à vapeur avançait lentement vers sa destination. L'air chaud devint torride, et ne fit que confirmer le côté peu pratique des vêtements de Maisie. Loin de tout ce qu'elle connaissait, la jeune femme se découvrait jour après jour un véritable esprit de rébellion. Pour la première fois de sa vie, elle n'avait de comptes à rendre à personne. Enfin, il y avait tout de même Mrs Wallace à considérer.

Son premier acte de révolte lui vint naturellement un matin. Dans la cabine, les deux femmes s'habillaient et se déshabillaient principalement derrière les rideaux de leurs lits respectifs. Mrs Wallace s'était attribué la couche du bas sans chercher à discuter, et pour Maisie, le fait de devoir emprunter cette minuscule échelle de bois plusieurs fois par jour perdit très vite tout son attrait. Aussi bien assise qu'allongée, s'insérer dans son corset, entre les baleines qui lui faisaient un mal de chien et la chaleur insupportable qui régnait sous le plafond, était un véritable calvaire. Même sans ce vêtement qui lui comprimait les côtes et la poitrine, et qui se moulait sans réel intérêt à son chemisier, elle était maigre comme un clou.

Comme cela doit être agréable d'appartenir à une tribu indigène qui ne porte rien du tout..., songea-t-elle en tirant sur les lacets, dans son dos. Alors, dans l'intimité de son minuscule lit, elle profita de ce que Mrs Wallace dormait encore pour retirer son corset, et le fourra tout au fond de sa malle.

Si Mrs Wallace remarqua quoi que ce soit, elle n'en fit aucune mention. En effet, son chaperon avait tendance à délaisser son devoir depuis quelque temps, trop distraite qu'elle était par Mr Smalley. L'homme semblait lui avoir fait un certain effet, mais les regards de plus en plus insistants qu'il posait sur Maisie faisaient presque regretter à celle-ci ses mains baladeuses.

Un soir, vers vingt-deux heures, alors que cela faisait des semaines qu'ils étaient en mer, que le bateau approchait le cap de Bonne-Espérance et que Maisie fondait sous la chaleur, Mr Smalley harcela ses compagnes de voyage afin qu'elles se joignent à lui pour une partie de bridge.

Son dos perlait de sueur sous sa chemise de laine, ses pieds déliquescents l'imploraient de les libérer de ces atroces bas de soie, et elle avait les joues en feu. Elle plia soigneusement sa serviette et la posa sur son assiette.

— Cela vous dérange si je vous fais défaut ce soir, Mrs Wallace ? Je n'ai jamais vraiment compris les règles de ce jeu, et j'ai tellement chaud, dans cette tenue, que je préférerais faire un tour sur le pont afin de prendre un peu l'air avant d'aller me coucher.

— Il est impensable que vous fassiez une chose pareille seule, voyons ! Voulez-vous que les gens vous prennent pour une femme légère ? Vous ne devez pas oublier votre statut, Maisie. Vous êtes *fiancée*.

Elle appuya bien sur le mot et jeta un regard glacial à Mr Smalley.

— Je renoncerai donc au bridge pour ce soir et vous accompagnerai afin de préserver votre réputation. L'Australie occidentale détient une toute petite communauté britannique, et les rumeurs ne manqueront pas si l'on vous voit vous promener seule, croyez-moi. Il va falloir vous défaire de cette habitude, très chère.

Maisie posa les yeux sur ses mains et souffla un « Non » destiné à personne en particulier, et surtout à elle-même. Toute la soirée, elle avait simulé un sourire au point d'en avoir mal aux joues, et elle n'en pouvait plus de ce répugnant Smalley et de son jeu de bridge.

Mrs Wallace se mit alors à battre des cils à toute vitesse, abasourdie.

— Je vous demande pardon ?

— Je m'apprête peut-être à me marier, mais il n'est pas non plus question que je rentre dans les ordres. Je suis tout à fait capable de me promener seule.

— Ne soyez pas insolente, jeune fille. N'avez-vous donc aucun sens de la bienséance ?

— Désolée, répondit-elle alors. Je n'aurais pas dû dire ça.

À voix haute.

— Bien, commenta Mrs Wallace en opinant du chef. Alors, vous venez ? Je croyais que vous vouliez prendre l'air ?

Les différents ponts n'étaient séparés que par deux portillons en bois, mais chacun était bien conscient de leur fonction : garder les membres de chacune des trois classes à la place qui était la leur.

Ce soir-là, Mrs Wallace se sentait particulièrement téméraire.

— Que diriez-vous, très chère, que l'on fasse un tour en troisième classe ?

Maisie remarqua soudain l'accent traînant avec lequel elle s'exprimait – sans doute dû à un excès d'alcool.

Aurions-nous échangé les rôles sans que je m'en aperçoive ? Est-ce désormais moi, l'adulte qui doit décider de ce qui est bon ou pas ?

— Je ne suis pas sûre que ce soit une bonne idée, dit-elle en posant une main sur le bras de son chaperon. Nous n'avons pas le droit d'aller sur un autre pont que le nôtre. Le capitaine a été très clair sur ce point. Vous ne vous souvenez pas ? Il en a parlé au tout premier dîner.

— Bien sûr que si, mais il ne parlait pas des gens comme *nous*, Maisie. Le peuple de troisième classe sait bien où est sa place ; cela fait des siècles qu'on le lui rappelle. La remarque du capitaine les concernait eux, pas nous.

— Ils n'étaient pas à table avec nous, Mrs Wallace.

— Oh, vous voulez bien arrêter de chicaner, dites ?

Puis elle ouvrit le portillon qui donnait sur le pont inférieur et dévala bruyamment la volée étroite de marches en bois, suivie de sa complice plus que réticente. Le ciel était couvert, mais de temps à autre, les nuages laissaient filtrer un rayon de lune qui éclairait le pont de sa pâle lueur. Maisie vit aussitôt qu'elles n'étaient pas les seules intruses, ici : au pied de l'escalier se tenait un homme au visage tacheté par le soleil et aux dents affreusement jaunes. Il avait le dos plaqué à l'une des lanternes du bateau. Elle l'avait déjà vu dans le salon de première classe. L'homme portait ce que sa mère aurait appelé « une tenue de nouveau riche », il fumait l'un de ces cigares très fins et, de toute évidence, n'avait pas hésité à profiter grassement de la sélection de digestifs proposés là-haut. Il tangua brusquement en avant et se retint au garde-corps, ses doigts osseux agrippés au bois lisse tel un aigle perché sur une branche.

— Est-ce vous, Mr Farmount ? s'exclama Mrs Wallace en clignant des yeux, essoufflée par les quelques marches qu'elle venait de descendre.

L'homme ne s'embarrassa d'aucune révérence – probablement conscient qu'il risquait fort de finir par terre, songea Maisie.

— Mesdames. Qu'est-ce qui vous amène en troisième classe ?

— Nous avions envie de nous dégourdir un peu les jambes, répondit Mrs Wallace. Et vous-même ?

— Je garde un œil sur ce que mes plongeurs font quand ils ne travaillent pas, dit-il en tirant sur son cigare avant d'expirer, la bouche grande ouverte, un épais nuage bleuâtre.

— Pour quoi plongent-ils, exactement ? l'interrogea Maisie, qui imaginait déjà des galions espagnols et des trésors enfouis.

— Pour pêcher des perles. Ils se rendent en Australie afin de relever un pari, expliqua-t-il en l'examinant brièvement du regard avant de détourner les yeux.

— Quel genre de pari ? demanda Maisie.

Elle suivit la ligne de son bras, s'attendant presque à découvrir des ongles limés en pointe, telles des serres.

— Plus qu'un pari, il s'agit d'une mise au point, se reprit l'homme.

— Je crains de ne pas vous suivre…

Mr Farmount se rapprocha alors en titubant, leur crachant à la figure son haleine acide teintée de cigare.

— Mes hommes s'apprêtent à démontrer que l'industrie perlière est bien mieux servie par les plongeurs blancs.

Quand Maisie secoua la tête, sous l'effet de l'incompréhension, Farmount la regarda comme s'il avait affaire à la dernière des idiotes.

— L'industrie fait venir de la main-d'œuvre étrangère, expliqua-t-il en se tamponnant le visage d'une main tachetée. Des Japonais, principalement. L'Australie n'en veut plus.

— Et vos plongeurs anglais vont l'aider à s'en débarrasser ? En leur faisant perdre leur emploi ?

— Exactement. Ils ne sont plus les bienvenus.

Maisie observa la dizaine d'hommes assis sous les lumières du pont et qui jouaient aux cartes pour un tas d'allumettes.

— Mais ça n'est pas juste…

— Ce n'est pas la question, répliqua Mr Farmount en délogeant un brin de tabac d'entre ses dents. Le gouvernement veut des Anglais, un point c'est tout. Ces immigrés vont comprendre ce que c'est de travailler.

— Vos hommes ont de l'expérience en matière de pêche à la perle ?

Mr Farmount balaya sa remarque d'un revers de main.

— Ce ne sont que des détails, cela, ma chère. Il faut savoir plonger dans l'eau, ni plus ni moins. Peu importe, au final, ce qu'on cherche.

Maisie jeta un nouveau regard en direction des joueurs. L'un des hommes, ses cartes plaquées en éventail contre son torse, leva les yeux pour les braquer sur elle, sans la lâcher une seule seconde. Il était assis en tailleur, une cigarette allumée entre ses lèvres, et il était brun et fin, un peu comme une panthère qu'elle avait un jour vue dans un zoo. Ses doigts se crispèrent sur ses cartes, et Maisie fut submergée par l'attention qu'il lui portait. Elle avait l'impression de faire face à une bête sauvage s'apprêtant à bondir sur sa proie. Elle baissa la tête quelques secondes puis reposa les yeux sur lui, le ventre noué par une sensation étrange qu'elle n'aurait su nommer.

De douces gouttes chaudes se mirent alors à tomber brutalement du ciel noir d'encre.

— Prenez mon bras, très chère, dit Mrs Wallace en se détournant de Mr Farmount. Il est grand temps qu'on aille vous coucher.

Maisie nicha sa main sous le coude de Mrs Wallace et la guida vers l'escalier sombre. Sur la marche du bas, la lampe projetait une petite tache jaune. Elle posa le pied en son centre et, pour une raison qu'elle aurait été incapable de s'expliquer, elle se tourna une dernière fois vers les joueurs.

2

L'archipel des Boucaniers essuyait un mois de février désolant.

Les magnats de la perle et les bureaucrates étaient entassés dans le petit bar noyé sous la fumée. Gavés d'alcool et luisants de sueur, ils cherchaient tous du regard leur maire, n'en pouvant plus d'attendre qu'il prononce son discours. La chaleur était étouffante, et aucun n'avait envie de faire patienter son prochain verre trop longtemps. On disait qu'il y aurait un tournoi, un peu plus tard dans le quartier asiatique, et que les festivités seraient agrémentées des réjouissances féminines habituelles. On avait beau avoir ouvert les fenêtres en grand, l'air chaud et humide était à peine respirable. Un ou deux individus glissèrent une main furtive sous leur col pour en détacher les pressions. Ici, on ne plaisantait pas avec le code vestimentaire, même entre hommes. Malheur à celui qui faisait fi de l'étiquette.

— Messieurs, commença le maire, debout sur sa chaise, en balayant l'assemblée avec son verre.

Blair Montague était la figure de proue de l'archipel. Non seulement il en était le maire, mais il était également à la tête de l'Association des Pêcheurs de Perles. Il partageait son temps entre l'achat et la revente de perles en Asie et en Europe, et la supervision de ses importants bénéfices. Tel un berger rassemblant son troupeau, il parlait d'une voix forte et monocorde.

— Voilà que nous nous retrouvons dans une situation quelque peu délicate. À l'aube d'une toute nouvelle saison de pêche à la perle, notre gouvernement vient d'édicter une nouvelle directive : nous devons renvoyer de nos flottes toute la main-d'œuvre étrangère.

Il sortit un document de la poche intérieure de sa veste et le déplia.

— Je cite : « *L'Australie blanche ne tolérera plus de travailleurs jaunes sur ses bateaux perliers. Les Japonais, les Malais et les Kupangais doivent rentrer chez eux.* »

Il observa alors la marée de visages luisants, face à lui.

— Il semblerait que nos Asiatiques ne fassent pas le poids face aux plongeurs blancs de la Marine royale. Ces messieurs du gouvernement nous imposent donc d'accueillir des plongeurs anglais au sein de notre communauté et de les engager dans nos flottes. Aucune protestation ne sera tolérée.

Blair mesura l'impact de son annonce sur le visage de ses concitoyens. Ils savaient tous les conséquences que cela aurait sur leur bilan annuel.

— Je partage votre sentiment, poursuivit-il en hochant gravement la tête. Mais ces hommes sont déjà en route, et il nous est malheureusement impossible de stopper la machine. Je me suis donc chargé de les répartir, et nous devrons supporter le coût de leur passage chez nous. Un rapide calcul vous apprendra que ces plongeurs de génie nous coûteront cinq fois plus que nos Asiatiques. Cette nouvelle directive sera donc non seulement source d'un profond mécontentement parmi notre main-d'œuvre, mais aussi de conséquentes pertes financières pour nous.

Il sortit un nouveau papier de sa poche, sur lequel il avait scrupuleusement rédigé, dans différentes colonnes, des noms et diverses informations. Il avait évidemment fait un choix prudent. Les hommes qu'il avait sélectionnés étaient des entrepreneurs résilients, des individus durs et exigeants qui avaient constitué leur fortune perlière à coups de contrats intraitables, dans cette industrie périlleuse.

Blair descendit de sa chaise et la repoussa contre le mur du bout de sa chaussure. Il avait les jambes ankylosées, à force de rester debout. Il balaya alors l'assemblée des yeux et trouva son homme parmi l'élite grincheuse de la ville. Un sourire presque imperceptible vint aussitôt adoucir son visage anguleux.

— Un verre dehors ? lança-t-il en désignant la porte d'un coup de menton.

Blair dénicha une table libre sur l'étroite terrasse couverte et fit signe à son compagnon de s'asseoir. Un serveur apparut, son plateau coincé sous le bras, tel un soldat au repos attendant les ordres.

— Apportez un single malt et un verre d'eau pétillante au capitaine Sinclair. Pour moi, ce sera comme d'habitude.

— Depuis quand es-tu au courant de cette histoire ? lança Maitland Sinclair en regardant Blair droit dans les yeux.

Blair s'enfonça tranquillement dans son fauteuil de rotin et croisa les jambes.

— Pauvre de moi, commenta-t-il d'une voix faussement peureuse. Aurais-je oublié de te consulter ?

Il tendit alors le bras sur la table voisine et attrapa le journal que l'on avait attaché à un bâton. Blair ne transpirait jamais. Il n'y avait pas une seule auréole sous ses bras. Son visage et ses vêtements étaient dénués de tout pli disgracieux.

— Regarde ça, dit-il en tapotant le gros titre de son long doigt tout fin. Le capitaine Scott a enfin atteint le pôle Sud.

Le journal datait de janvier 1912 ; il avait déjà six semaines. Quelque chose d'autre attira son attention, un peu plus bas. Il lissa la page du dos de la main.

— Quel est le nom de famille de cette petite bourgeoise que tu fais venir tout droit d'Angleterre, déjà ? Son père est juge, n'est-ce pas ?

Maitland le scruta du regard, sa pipe pendant de sa lèvre inférieure. La ligne tendue de sa bouche se décrispa enfin.

— Tu as une bonne mémoire. En effet, c'est le juge George Porter.

— Il semblerait que ce soit lui qui s'occupe de cet affreux meurtre de Juifs, à Londres.

— Montre-moi ça…

Maitland se pencha vers le journal et suivit du bout du doigt la légende qui accompagnait la photo.

— Oui, c'est bien lui.

Puis il donna une chiquenaude au cliché du capitaine Scott et son traîneau.

— Je ne serais pas contre fuir un moment ce four pour un peu de neige… Nous n'en sommes qu'à mi-chemin de la *Wet* [1].

Il essuyait son front à l'aide d'un mouchoir de soie blanche quand un éclair illumina le phare contre le

1 Saison des pluies qui s'étend de novembre à mars.

ciel orageux. Quelques secondes plus tard, la foudre étouffa le bruit de son poing qu'il venait de cogner sur la table.

— Pourquoi tu ne m'as rien dit au sujet de ces plongeurs anglais ?

— Mait, Mait… Je ne voulais pas te parler de cette directive gouvernementale de but en blanc. J'avais besoin de prendre un peu de recul.

Blair détacha le journal de son bâton et le roula pour en faire une matraque.

— Je dois avouer que cette histoire ne va pas nous arranger...

À côté de lui, Maitland secouait la tête, dépité.

— Arrête de faire cette tête, Mait. Tu en sais autant que moi, désormais. Maintenant, il va falloir que tu m'aides à trouver une solution pour faire échouer ce plan, d'accord ?

Le serveur arriva avec leurs boissons, interrompant momentanément leur discussion. Maitland attrapa son verre sur le plateau, prit une lampée puis se tamponna la bouche avec son mouchoir.

Blair, lui, vida le sien en deux gorgées, sans simuler une quelconque retenue, et le rendit au serveur.

— Un autre.

Le serveur opina du chef. Lorsqu'il s'éloigna, Maitland se pencha vers Blair d'un air conspirateur.

— Qu'est-ce que tu attends de moi, au juste ? souffla-t-il.

— Que tu embarques tout le monde avec nous. La presse locale, tous, là-dedans, dit Blair en désignant le bar. Même le médecin jap.

— Oui. C'est vrai qu'il est populaire… Ce type a sacrément de cran.

— C'est de l'ambition, pas du cran, rétorqua Blair en plissant les yeux. Il a joué ce projet de construction d'hôpital au bluff. C'est un manipulateur de foule.

— Ce qui tombe à pic, donc.

Blair pressa le bras de Maitland, les lèvres étirées par la résolution.

— Je compte sur toi, Mait. Je m'occupe pour ma part des coulisses, mais c'est à toi que je confie les clefs pour tuer ce projet dans l'œuf. Va voir nos plongeurs et propose-leur une avance sur salaire, un meilleur pourcentage sur ce qu'ils nous rapportent… N'importe quoi. Soudoie leurs équipiers, les écaillers… Parle au docteur Shin et propose-lui un don pour son hôpital, mais assure-toi de l'avoir dans la poche avant. Tout ce que tu as à faire, Mait, c'est de serrer la corde de l'échec assez fort autour du cou de ces Anglais pour qu'ils se ridiculisent. Ensuite, je pourrai continuer à refourguer mes perles à un bon prix, et toi, continuer à t'acheter de la classe. Est-ce qu'on est d'accord ?

— N'ai-je pas toujours été ton homme ? rétorqua Maitland sans le lâcher du regard.

Blair frappa des mains comme s'il fermait un livre.

— Si, comme j'ai été le tien. Nous devons travailler ensemble, Mait, et écraser ce fantasme stupide avant que nous ne perdions l'un comme l'autre tout ce que nous avons construit. Dans un mois, quand ces plongeurs mettront le pied sur notre jetée, ils seront déjà condamnés.

Quelques semaines après que le maire eut lâché son pavé dans la mare, Maitland, assis derrière son bureau au bois fatigué, fixait le mur de la pièce d'un regard noir. Les paroles de Blair tournoyaient tellement sous son crâne qu'il en avait des migraines. Cette histoire de plongeurs blancs devait être étouffée dans l'œuf, mais sur le papier, les choses se devaient de paraître irréprochables, bien sûr. Il faisait une chaleur torride, dans l'entrepôt, et il sentait déjà la sueur couler sous sa chemise. Il s'était levé tôt et s'était arrêté sur le chemin au *Black Dog Hotel* afin d'avaler un copieux petit déjeuner composé de steak frit, de bacon et de tomates en conserve. Il n'y avait pas d'œufs frais, ce qui l'avait mis dans une sacrée colère. Les stocks avaient été vidés, lui avait expliqué le propriétaire japonais, confus, et ils attendaient le prochain bateau en provenance du port de Fremantle pour remplir leurs réserves. Maitland avait déversé un chapelet de jurons, s'était levé en repoussant rageusement la table et avait déclaré qu'il ne paierait pas.

Son regard passa sur les bancs de vase que l'on distinguait au-delà de la porte grande ouverte. Dans ce court instant de distraction, ses poings se serrèrent. La fille arriverait bien trop tôt du port de Fremantle. Il avait envoyé un télégramme à son bateau ; une fois sur l'archipel, elle aurait un lit où dormir. Que restait-il à prévoir ? Il secoua la tête pour en chasser tous ces tracas inutiles. Cette fille allait lui servir à atteindre son but.

Mieux valait rester concentré sur le travail. Il faisait le calcul de ce que lui avait coûté jusqu'ici son plongeur blanc, William Cooper. Il ne connaissait rien de lui, en dehors du fait qu'il s'agissait là du meilleur homme de la Marine. Quand Maitland avait finalement appris qu'il écopait de ce plongeur, il n'avait évidemment pas eu le temps d'entamer une correspondance avec lui pour en savoir plus, et voilà que l'homme s'apprêtait à débarquer. Quoi qu'il en soit, Blair avait raison. Flanquer ces plongeurs blancs sur les lougres perliers n'avait aucun sens, financièrement parlant. Maitland avait déjà dû s'acquitter du paiement de deux places en troisième classe sur ce satané bateau – Cooper avait tenu à se faire accompagner de son propre équipier. En ajoutant à cela un demi-salaire pour chacun sur les deux mois que durait le voyage, il avait dépensé 24 livres rien que pour les faire venir ici, sans même savoir s'ils feraient correctement leur travail. Cette histoire commençait à lui coûter très cher... Il posa son stylo et bourra sa pipe. Une cendre brûlante tomba sur son pantalon blanc ; Maitland la dégagea d'une main nerveuse en jurant dans sa barbe.

Ce qu'il savait, en revanche, c'est que Cooper allait devoir remonter un sacré paquet de perles pour compenser ce qu'il lui avait fait perdre. Il se doutait qu'il allait se retrouver sur la paille, mais si cela permettait d'appuyer l'échec du gouvernement, alors miser quelques sous sur une bonne cause demeurait un investissement raisonnable. Il se débrouillerait pour récupérer cette somme ailleurs. Après tout, vivre dans ce coin paumé avait au moins l'avantage de laisser libre cours aux petites combines. On n'avait jamais vu l'ombre d'un membre du gouvernement sur l'archipel – personne ne s'intéressait à ce qu'il s'y passait. Et s'il parvenait à récupérer une perle ou deux par-dessus le marché, il ferait un don généreux à l'Association et s'achèterait un peu plus de respectabilité parmi les siens.

Maitland pivota sur son fauteuil et posa le regard sur l'eau trouble. Tout en haut du lais, les lougres attendaient sagement en file indienne d'être briqués et refournis pour le début de la nouvelle saison. Ces grands voiliers de près de dix mètres de longueur paraissaient immenses sur l'étendue sableuse, mais une fois chargés pour la saison, il y avait à peine la place pour un homme, dessus.

Il quitta son fauteuil, puis son bureau, gagnant l'arrière du bâtiment d'un pas lourd, l'ombre temporaire parvenant toutefois à tempérer son humeur. Il s'engagea alors sur le chemin de coquillages pilés qui serpentait en direction du phare avant de disparaître. Autour de lui se trouvaient des amoncellements de barils de pétrole vides et de palettes de bois. Écœuré par les odeurs qui s'en dégageaient, mêlées à celles de poisson et d'urine, il grimpa péniblement les marches qui menaient au point de chargement de son entrepôt de conditionnement.

Le bruit familier du tomahawk martelant les coquilles lui parvenait de l'intérieur du grand entrepôt de tôle. À l'entrée du bâtiment, il lui fallut quelques instants pour s'habituer à la pénombre ambiante, après la lumière aveuglante du soleil. Tout au fond de l'entrepôt, il distingua une immense pile d'huîtres que deux Manillais étaient en train de trier, accroupis, leurs sarongs pendant entre leurs cuisses pendant qu'ils jetaient les huîtres dans des casiers posés au sol selon leur taille et leur état. Les coquilles ceintes d'or scintillaient sous la lumière qui filtrait à travers l'entrée avant d'atterrir dans leurs paniers respectifs. Un troisième homme était en train de peindre des lettres sur une caisse en bois à destination de New York, où Maitland vendait la majorité de ses huîtres pour l'industrie des boutons. Un autre, dos à la porte, était assis en tailleur à côté de la caisse qui contenait les huîtres les plus grosses. Maitland le regarda en prendre une et la dresser face à lui pour s'observer sur la surface brillante. Puis il caressa la coquille du bout de son long doigt et la porta à sa joue tout en continuant à la caresser, comme il l'aurait fait avec une femme. L'intimité de ce geste pétrifia Maitland sur place. Il balaya les alentours des yeux, et lorsqu'il fut assuré qu'ils étaient seuls, il parla rapidement en malais. L'homme se tourna vers lui, la coquille toujours pressée contre sa joue. Ils s'observèrent un instant, puis Maitland donna un coup de menton en direction de la porte. Le Malais jeta l'huître dans sa caisse d'origine et se leva péniblement.

— Aller dans bureau patron, lâcha-t-il dans un anglais précaire.

Maitland quitta alors tranquillement l'entrepôt, un sourire sournois étirant un coin de ses lèvres. Le Malais lui emboîta le pas, traînant les pieds dans la poussière.

3

Le ciel était limpide, ce matin-là, lorsque le *SS Oceanic* s'amarra dans le port de Fremantle. Bientôt, les six semaines qu'il avait fallu à Maisie pour venir d'Angleterre ne seraient plus qu'un souvenir de parties d'anno-tennis, de palet, de concerts et de repas interminables passés à éviter les mains baladeuses de Mr Smalley. Sur le pont, douze Anglais s'étaient rassemblés au niveau du bastingage. Immobiles, ils observaient en silence les pilotis en pleine décomposition de la jetée. Vêtus d'épais costumes de laine noire aux cols blancs en celluloïd qui semblaient affreusement raides et qu'elle n'avait jamais vus ailleurs, la plupart fumaient. Le pantalon légèrement trop petit de l'un d'eux laissait deviner les drôles de chaussettes à motifs qu'il portait dans ses chaussures en pointe. Assise pour sa part sur une chaise longue aux côtés de Mrs Wallace, Maisie avait tellement de peine pour eux qu'elle contracta par pur réflexe ses pieds enflés.

Un petit remorqueur envahi d'individus aux costumes blancs qui faisaient de grands signes s'approchait tranquillement du navire. Ils serraient tous des calepins, et un appareil photo pendait au cou de certains. Le second du *SS Oceanic* avait informé Maisie que les journalistes viendraient en première classe ce matin, ce qui retarderait malheureusement leur débarquement d'une heure ou deux. Sur le quai, une fanfare jouait à plein volume *Land of Hope and Glory* [1]. Troublée par l'esprit d'allégresse qui semblait s'être emparé de la foule, Maisie s'avança sur sa chaise pour mieux voir le spectacle. Une main en visière afin de se protéger du soleil aveuglant, elle vit que le premier des journalistes venait tout juste de grimper l'échelle et était en train de serrer la main de Mr Farmount. Quand tous les passagers du remorqueur furent enfin à bord, Mr Farmount avait rassemblé les douze Anglais, et un photographe en fit asseoir quelques-uns, plaça les autres debout derrière, pour officialiser la chose. Ils demeurèrent ainsi un long moment sous le soleil brûlant, les yeux fixés sur l'objectif, des rougeurs apparaissant peu à peu sur leur peau pâle.

Maisie porta sa main une nouvelle fois en visière et songea un instant à retourner à l'ombre lorsqu'elle vit que Mr Farmount s'était rapproché des journalistes.

— Je crois que Mr Farmount va faire un discours, dit-elle en tapotant le bras de Mrs Wallace.

— Bien évidemment, très chère. C'est pour ça que les journalistes sont venus. Parlez moins fort, voyons, si vous voulez entendre quelque chose !

Maisie pinça les lèvres, les joues brûlantes.

Farmount parcourut ses notes puis, décidant que son autre main n'avait aucun usage, il la fourra dans sa poche. Maisie voyait bien qu'il était nerveux. De la sueur perlait sur son front, et la main qui tenait les papiers tremblait. Il tira sur sa veste d'un coup sec et s'éclaircit la gorge.

— Merci à tous d'être venus, commença-t-il, sa voix à peine audible par-dessus l'ardeur des musiciens, sur

1 Chant patriotique britannique, signifiant littéralement « Terre d'espoir et de gloire ».

le pont. Les messieurs qui se trouvent à ma gauche sont tous d'anciens plongeurs de la Marine royale. Je suis ici en tant que leur ambassadeur, mais aussi pour représenter Siegfried and Hammond, la plus grande entreprise d'équipement de plongée du monde. Il n'y a qu'avec elle que l'amirauté britannique et les agents de la Couronne pour le Bureau des Colonies et des Indes ont accepté de travailler.

Il s'interrompit un instant pour se tamponner le front à l'aide de son mouchoir.

— Leur arrivée sur le sol australien marque la fin d'une ère. Nos plongeurs sont venus pour prouver, une bonne fois pour toutes, la supériorité des Britanniques sur les Asiatiques.

Farmount dressa un menton fier, toute trace de nervosité semblant s'être envolée.

— Nous ne pouvons pas laisser les plus grandes industries australiennes se faire dominer plus longtemps par une bande d'étrangers à la peau basanée ! Que les Japonais, les Malais et les Kupangais dressent bien leurs oreilles ! Leur mainmise sur l'industrie perlière sera bientôt terminée, et ces hommes…

Il agita sa grosse main tachetée en direction du petit groupe dégoulinant de sueur.

— Ces hommes, chers journalistes, sont ceux qui y mettront un terme.

Sa ferveur électrisa la foule. Parmi la clameur extatique, un journaliste aux cheveux coiffés en pics dressa la main en criant :

— Mr Farmount ! Ray Jones, du *Perth Advertiser.* Combien de temps cela prendra-t-il, d'après vous, pour chasser tous ces étrangers ?

Farmount coula un regard en direction des plongeurs et donna un petit coup de tête.

— Nous nous sommes fixé un an, mais nous sommes convaincus que ce sera plus rapide.

— Bien dit ! tonna une voix dans la foule.

Maisie remua sur sa chaise, son regard passant frénétiquement de Mrs Wallace à Mr Farmount. Elle ne savait pas grand-chose de ce pays – il faut dire qu'elle n'avait pas vraiment eu le temps de se renseigner –, mais elle sentait au plus profond d'elle-même que tout cela n'était pas sain.

— Ils devraient quand même faire preuve d'un peu plus de respect vis-à-vis des hommes qu'ils s'apprêtent à remplacer, commenta-t-elle, ignorant tout de la suprématie blanche sur la population de couleur.

Mrs Wallace, dans son épaisse robe en vichy prune, hochait vigoureusement la tête et frappait ses mains gantées en soutien au discours de Mr Farmount.

Une nouvelle main fendit l'air.

— Pete Ramsey, du *Fremantle Chronicle*. Serait-ce possible d'avoir le nom de ces braves plongeurs anglais ?

Mr Farmount se tourna vers le petit groupe et nomma les douze hommes les uns après les autres. Le dernier, William Cooper, fut présenté comme étant le plus expérimenté de l'équipe.

— Vous pouvez nous dire quelques mots, monsieur ?

Maisie se pencha pour mieux voir et découvrit que celui qui venait de s'avancer était le fameux homme-panthère des joueurs de cartes. Ses cheveux étaient noirs comme le charbon, et même aveuglés par le soleil, ses yeux étaient sombres et fiers. Maisie eut de nouveau l'image du félin agile, accroupi dans les herbes hautes, sa proie piégée entre ses griffes. Elle se recula par pur réflexe : son cœur battait si fort qu'elle se crut sur le point de s'évanouir.

Un bras passé autour du cou du plongeur, Mr Farmount lissa ses cheveux gominés de sa main libre et essuya le surplus de pommade sur son pantalon.

— William Cooper est le meilleur plongeur de la Marine royale, messieurs. C'est le premier à avoir utilisé le compresseur à air mécanique de mon entreprise en eau profonde. Et c'est grâce à cette merveilleuse machine, que nous avons évidemment apportée, que nous prouverons une bonne fois pour toutes que l'ère des pompeurs à bras basanés est officiellement terminée ! Vous verrez très bientôt, sur les lougres de l'archipel, ce dont sont capables l'équipement britannique et les plongeurs blancs.

William Cooper avança d'un pas et dégagea d'un coup de tête les cheveux qui masquaient ses yeux. Il exsudait de cet homme l'assurance tranquille de celui qui a l'habitude d'être sous les feux de la rampe.

— Avez-vous déjà entendu parler de ce William Cooper, Mrs Wallace ? souffla Maisie en jouant nerveusement avec ses gants.

Mrs Wallace s'enfonça un peu plus dans sa chaise longue et lissa sa robe au niveau de la poitrine.

— Vous ne lisez donc jamais les journaux, Maisie ?

La jeune femme ouvrit la bouche, pour la refermer aussitôt. Elle savait qu'elle obtiendrait ce qu'elle désirait, avec un peu de patience. Mrs Wallace était comme une bouteille de bière : une fois secouée et le bouchon retiré, tout finissait par sortir.

— Mr Farmount m'a confié que c'était l'un des meilleurs éléments de l'amirauté et qu'il avait vidé les navires engloutis de leurs trésors à travers toute la Méditerranée. Il n'est pas marié, mais la rumeur dit que c'est un homme à femmes. Apparemment, il serait aussi dur que la viande de kangourou, raison pour laquelle on a fait appel à lui pour cette mission. Taisez-vous, maintenant, très chère. Il va parler !

William Cooper adressa un sourire étincelant aux journalistes et s'exprima d'une voix forte afin de se faire entendre par-dessus la musique.

— C'est vrai. Ce que Mr Farmount a dit est exact. Nous sortons tous de la Marine royale britannique, et les profondeurs de cet archipel sont ridicules à côté de ce que nous connaissons. On nous a lancé un défi, et je dois vous avouer que nous sommes impatients à l'idée de le relever. Nous désirons nous y mettre sur-le-champ et prouver que le gouvernement australien a bien fait de placer sa confiance en nous.

— Bravo ! Bravo ! s'égosilla Mrs Wallace.

La confusion de Maisie se lisait sur ses traits.

— Mrs Wallace, je ne suis pas certaine d'avoir bien compris… Parce que ces hommes sont blancs, vous pensez vraiment qu'ils seront capables de faire mieux que ceux qui font ce travail depuis des années ?

Mrs Wallace retira ses lunettes, l'air soudain très grave.

— Maisie, il vous reste beaucoup à apprendre, comme moi le jour où j'ai mis les pieds ici pour la première fois. Le gouvernement australien ne supporte plus d'employer de la main-d'œuvre étrangère, et ils font tout leur possible pour chercher une alternative un tant soit peu viable. Ces plongeurs anglais représentent la réponse aux prières de tout le monde, ici. Votre futur mari partage sans aucun doute ce même point de vue, et je suis certaine qu'une fois devenue sa femme vous en ferez de même lorsque vous essaierez de trouver des domestiques compétents parmi les Japonais, les Malais ou les Binghis…

— Des Binghis ?

— Des Aborigènes. La population indigène, si vous préférez. Ces Noirs savent se montrer raisonnablement honnêtes… jusqu'à ce qu'ils découvrent la réserve de gin. Là, ils deviennent de vrais sauvages, au point de pouvoir vous menacer avec un tomahawk !

Maisie fit de son mieux pour contenir son angoisse.

— Je pensais que c'était dans les Amériques qu'on utilisait ça.

— Quand on ne sait pas de quoi on parle, on se garde de tout commentaire, très chère, rétorqua Mrs Wallace en faisant claquer sa langue. La patrie australienne a besoin de se protéger de ces gens et des hordes asiatiques qui arrivent en masse par le nord. Tous ces Japonais et ces Malais… ça ne peut pas continuer comme ça. L'Australie est une île vulnérable, Maisie. Il est tout à fait légitime de vouloir mettre un terme à ces invasions.

Depuis ce fameux soir où la fille était descendue sur le pont C, William Cooper avait été incapable de se la sortir de l'esprit.

Après cela, assis dans la pénombre, nuit après nuit, il avait levé les yeux de son jeu de cartes pour tenter de la chercher sur le pont des première classe.

Il l'avait vue pour la première fois lorsqu'on leur avait expliqué les consignes de sécurité. Encore maintenant, alors que le voyage touchait à sa fin, l'idée que l'on ait attendu vingt-quatre heures pour dire quoi faire aux passagers si le navire venait à couler le rendait fou. Peut-être était-ce parce qu'il connaissait si bien la mer qu'il trouvait une telle négligence inadmissible… Une eau noire et glaciale n'était l'amie de personne. Elle ne viendrait pas à votre secours, en cas de naufrage. Il respectait beaucoup la mer – c'était le cas de tous ceux qui en vivaient.

Deux bonnes heures passèrent avant que les journalistes ne quittent enfin le navire.

Il s'adossa à sa chaise de métal ; un boulon s'enfonça dans son dos. Le métal était bouillant sous cette chaleur. Coop remua légèrement et laissa retomber ses bras.

Quand il l'avait vue l'écouter, tout à l'heure sur le pont, il avait eu l'impression de ne parler rien que pour elle. Lui expliquer pourquoi il venait en Australie. Il avait toutefois noté un changement, sur ses traits. Une chose qu'il avait dite l'avait fait se renfrogner. Elle avait plissé les lèvres et les yeux, une petite ride apparaissant au sommet de son nez.

Il se demandait où elle allait. Ce port était-il sa destination finale ? Que lui dirait-il, s'ils venaient à se rencontrer ? À quoi ressemblerait sa voix ? Le remarquerait-elle même ?

Sa chemise trempée de sueur lui collait au dos.

— Je sais que nous changeons de bateau dans ce port, Mrs Wallace, dit Maisie en jouant nerveusement avec le tissu froissé de l'accoudoir de son fauteuil. Mais devrons-nous y embarquer ce soir ?

— Bonté divine, bien sûr que non, très chère. Nous allons séjourner quelques jours dans un hôtel pour récupérer avant de reprendre la mer en direction de la côte nord-ouest. Je ne sais même pas si le bateau à vapeur que nous allons prendre suit un emploi du temps précis… Quoi qu'il en soit, nous allons pouvoir profiter de ce répit pour vaquer à nos loisirs.

Maisie tamponna son visage du dos de la main. Même si l'on avait ouvert les hublots en grand, il faisait une chaleur accablante dans le salon de première classe, et elle était en train de bouillir sous sa tenue de voyage toute de laine anglaise. Elle s'était déjà débarrassée de la longue veste, mais le chemisier de soie et la cravate qui allaient avec lui serraient atrocement la poitrine. Elle écarta les jambes sous la jupe qui tombait à ses chevilles, et tenta de secouer discrètement le tissu.

— N'est-ce pas ce que nous avons fait ces six dernières semaines, déjà ?

— Ne soyez pas si pressée d'entamer votre nouvelle vie, Maisie. Il y a des chances pour qu'elle ne ressemble pas tout à fait à celle que vous meniez en Angleterre, croyez-moi. Profitez de ces quelques jours à Fremantle, ainsi que de la fraîcheur. Et pour l'amour du Ciel, très chère, vous voulez bien cesser de vous agiter comme ça ? Si vous avez chaud à ce point, allez donc faire un tour sur le pont. Avec un peu de chance, vous aurez droit à une petite brise.

Il faisait aussi chaud, sur le pont.

Le soleil tapait si fort que le ciel semblait irradier de blanc. Maisie marqua un temps d'arrêt à la porte du salon et l'observa quelques instants avant qu'il ne la voie. William Cooper était assis sur une chaise, à l'endroit exact où il avait fait son discours un peu plus tôt. Les pieds posés sur le bastingage, il avait le regard fixé sur l'eau. Il avait retiré sa veste et relevé les manches de sa chemise. Elle ne put s'empêcher de remarquer les longs doigts qui terminaient ses mains, qui pendaient de chaque côté de sa chaise.

Maisie se mut dans l'ombre avant de se couler dans une chaise longue. Elle posa son sac sur le pont et sortit son livre, en espérant pouvoir se concentrer sur les mots. Elle le voyait, du coin de l'œil, balancer les pieds d'avant en arrière, en rythme. Elle ouvrit le livre en plein milieu et posa son front sur le papier lisse.

Une main chaude vint soudain lui broyer l'épaule et lui plaquer la bouche contre la page. Aussitôt, sa gorge se contracta sous une montée d'angoisse.

— Miss Porter ! tonna Mr Smalley. Je n'avais pas dans l'idée de vous surprendre, pardonnez-moi. Le commissaire de bord a annoncé que nous débarquerions bientôt ; je me suis dit que j'allais vous prévenir.

En se levant, Maisie renversa son sac, dont le contenu s'éparpilla sur le pont.

— Merci, Mr Smalley. J'arrive dans une minute. Laissez-moi juste..., balbutia-t-elle en agitant la main en direction de ses affaires.

Smalley eut la courtoisie d'afficher un air légèrement embarrassé avant de disparaître en titubant.

William Cooper tourna la tête et dégagea une mèche de cheveux de ses yeux. Puis il se leva en faisant crisser sa chaise sur le bois poli, et la regarda droit dans les yeux. Maisie sentait les gouttes de sueur qui s'amassaient sur son front.

Il demeura immobile un instant, puis s'empressa de récupérer ce qui roulait sur le pont avant de coincer chaque objet contre son flanc. Maisie l'observait, confuse, le cœur battant à tout rompre.

— Oh, veuillez me pardonner..., dit-elle, les joues rouges d'embarras. Je suis désolée d'avoir interrompu votre rêverie.

Il lui refit face, le rire qui s'échappa de sa gorge étirant les coins délicats de sa bouche.

— Vous êtes toute pardonnée d'avoir interrompu ma « rêverie », répondit-il en déposant ses trésors sur la table.

Maisie se hâta de ranger ses affaires, les mains tremblantes, regrettant déjà d'avoir ouvert la bouche. *Pourquoi ai-je choisi de dire le mot « rêverie » ? C'est malin, j'ai l'air d'une nigaude, maintenant.*

Lorsqu'elle partit retrouver Mrs Wallace, elle ne put s'empêcher de remarquer qu'elle chancelait sur ses jambes.

Le débarquement prit un certain temps, mais enfin, leurs papiers bien à l'abri dans leur sac à main, les deux femmes purent franchir la passerelle flanquée de toile, agrippées aux épaisses cordes qui servaient de garde-fou, tenant à peine sur leurs jambes qui s'étaient habituées, ces six dernières semaines, aux remous de la mer. Leur bagage de cabine ne tarderait pas à être déposé dans leur chambre, mais le reste serait stocké dans un entrepôt sur le quai.

Mrs Wallace semblait véritablement heureuse de rentrer chez elle.

— Bienvenue en Australie, très chère ! L'hôtel n'étant situé qu'à quelques minutes d'ici, il est inutile de s'embêter à chercher un moyen de transport, commenta-t-elle en dégageant ses cheveux humides de ses yeux. Vous conviendrez sûrement qu'un peu d'exercice ne nous fera pas de mal…

Elle n'attendait évidemment pas de réponse particulière, et Maisie ne put s'empêcher de ressentir une pointe de découragement. S'il y avait bien une chose qu'elle avait apprise durant ces six semaines de voyage, c'est que contredire Mrs Wallace revenait à lutter contre la marée. L'effort serait vain.

Elles entamèrent donc leur route au milieu des cabanons de tôle ondulée sur lesquels le soleil dardait ses rayons. Il n'y avait pas une seule trace d'ombre aux alentours. Elles marquèrent un temps d'arrêt en gagnant une ligne de chemin de fer qui divisait le quai en deux et où un drôle de petit train crachait des nuages de vapeur par intermittence. Un passeur était en train d'attacher son bateau à côté de tout un tas d'autres navires délabrés qui tanguaient sur leur point d'attache. Maisie avait l'impression d'avoir atterri à l'autre bout du monde.

— Vous tenez bon, très chère ? Vous m'avez l'air bien fatiguée.

— Oui, oui, ça va, Mrs Wallace, ne vous inquiétez pas, parvint à dire Maisie. Je ne me suis pas encore tout à fait habituée à la chaleur, c'est tout.

Mrs Wallace, visiblement rassurée, repartit de plus belle. Elles longèrent la rue principale, où une femme vêtue d'une robe vert pâle était en train de nettoyer à la brosse l'allée qui menait à son magasin. Deux ou trois virages plus loin, elles s'arrêtèrent de nouveau. Un panonceau en triste état cloué à un eucalyptus annonçait en grosses lettres jaunes peintes à la main : *The Garden of Eden Guesthouse* [1]. La bâtisse était à moitié mangée par un jardin laissé à l'état sauvage que contenait un portail en acier rouillé.

— Quel endroit sordide ! s'exclama Maisie tandis qu'elles grimpaient l'escalier étroit qui menait à la porte d'entrée. J'imaginais une maison blanche…

Elle s'était également attendue à un accueil plus intime et plus chaleureux. Rien, que ce soit dans le télégramme que lui avait envoyé son futur mari ou dans son choix d'hébergement, ne parvenait à dissiper l'affreux sentiment de malaise dont Maisie semblait toujours plus en proie.

Les deux femmes restèrent plusieurs jours à Fremantle. Lorsque le bateau à vapeur de la fameuse compagnie Blue Funnel arriverait enfin, ce nouveau voyage durerait sept jours, avec cinq points d'attache où

1 « Le Jardin d'Éden – Chambres d'hôtes ».

il déverserait ses passagers petit à petit. Après presque deux mois passés en mer, Maisie rencontrerait enfin l'homme pour lequel on l'avait forcée à l'exil. Au troisième arrêt, Gantry Creek, Mrs Wallace la quitterait pour retrouver la maison où elle vivait avec son mari et ses sept enfants. Son mari avait apparemment construit leur élevage de moutons à partir de rien – et celui-ci ferait aujourd'hui la taille d'un petit pays. Cet Écossais d'origine avait, à vingt-deux ans, fait la peur de leur vie à ses grands-parents en étant incapable de se débarrasser d'une mauvaise toux. Terrorisés à l'idée qu'il puisse contracter la tuberculose, et aussi à celle de perdre leur unique petit-fils, ils l'avaient envoyé en Australie pour s'assurer la longévité de la lignée Wallace.

Maisie était captivée par les quelques anecdotes familiales que son chaperon avait bien voulu lui conter.

Le premier soir, elles venaient tout juste de terminer leur dîner et étaient encore à table. La vieille femme avait mis un morceau de sucre dans son café et remuait le breuvage avec sa cuillère. Le soleil couchant fit soudain scintiller l'alliance en or qui enserrait son annulaire gauche.

— Comment avez-vous rencontré votre mari, Mrs Wallace ? lui demanda-t-elle alors. Vous étiez déjà en Australie ?

Mrs Wallace s'enfonça dans son fauteuil, fit courir ses deux mains sur le décolleté carré de sa robe et en profita pour relever légèrement celui-ci.

— Non, très chère. Nous nous sommes rencontrés sur le bateau qui me menait à Perth, où je m'apprêtais à débuter dans le métier. Nous étions assis l'un à côté de l'autre, à table.

— Et qu'est-ce qu'il s'est passé ? l'interrogea Maisie en nichant son menton dans sa paume.

— Ce soir-là, il y avait d'affreuses turbulences. Nous traversions péniblement l'Atlantique. Vous vous souvenez de cette épreuve ?

Maisie hocha la tête. Elle n'oublierait pas de sitôt le petit lavabo, le thé sucré que lui avait fait préparer Mrs Wallace et les journées, ensuite, qu'elle avait passées à récupérer, confinée dans sa cabine.

— Nous écoutions l'orchestre jouer tout en discutant. Je me souviens comme si c'était hier de ce que je portais. J'avais opté pour une nouvelle robe noire au corsage assez serré et recouverte de grosses paillettes, et j'avais des plumes dans les cheveux. J'adorais cette robe ! Arthur s'est penché vers moi, m'a dit que je ressemblais à une princesse venue d'un autre monde et m'a demandé si j'accepterais de lui accorder une valse. Il était si beau, avec ses cheveux gominés… J'étais toute tremblante, à l'intérieur.

— Vous avez dansé ensemble et êtes tombés amoureux, alors ?

— Nous avons dansé un certain temps, oui. Le bateau tanguait tellement qu'il nous a jetés dans les bras l'un de l'autre. Vraiment ! Et voilà.

Maisie imagina le charmant Écossais s'agenouiller et lui demander sa main.

— Il vous a demandé en mariage sur-le-champ ?

— Pas vraiment, non, répondit Mrs Wallace en remontant ses lunettes. Nous venions tout juste de nous rencontrer, mais nos chemins furent intimement liés dès cet instant.

Maisie se demanda si elle connaîtrait un tel moment, avec son capitaine. Au-delà du balcon sordide de la salle à manger de l'hôtel et de ses volets qui s'écaillaient, elle distinguait les immenses mâts des bateaux qui mouillaient dans la baie. Elle l'imaginait derrière la barre, à fredonner un air romantique tout en traçant le chemin qui menait jusqu'à elle.

L'après-midi suivant, Mrs Wallace reposa sa tasse de café et essuya sa lèvre supérieure.

— Je vais faire un somme, très chère. Vous devriez m'imiter, d'ailleurs.

— En Angleterre, on ne dort jamais l'après-midi, commenta Maisie.

— Nous ne sommes pas en Angleterre. Lorsque vous serez mariée, votre époux rentrera pour l'heure du déjeuner et ne manquera certainement pas de se reposer une petite heure avant de repartir travailler, vous savez. C'est une pratique courante, ici, et je vous suggère fortement de l'adopter vous aussi. Après cela, vous serez libre de sortir.

Maisie ignorait si, par là, son chaperon entendait qu'elle devrait se joindre à son époux ou faire sa propre sieste de son côté.

— En tant que jeune femme anglaise et donc étrangère aux mœurs du pays, vous serez passée au crible par les dames, lorgnée par leurs maris et jugée par vos domestiques. Une fois par mois, vous devrez inviter chez vous toutes les femmes de votre cercle social pour le thé, une partie de cartes, un récital de piano… Tout ce qui vous passera par la tête. Vous devrez sortir votre plus beau service, bien évidemment. Et au vu de la solennité des circonstances, vous devrez également proposer les gâteaux les plus légers qui soient, et apprendre à vos domestiques la bonne manière de les servir.

Mrs Wallace plongea la main dans son sac de couture et en sortit des profondeurs un œuf à repriser en bois, sa paire de ciseaux et tout un assortiment de fils. Un bas brun en fil d'Écosse pendait du guéridon, derrière elle.

— Vous devrez évidemment vous rendre à leurs propres événements et y laisser deux cartes à vous ainsi qu'une carte à votre mari. Manquer une seule de ces occasions serait vu comme la pire des impolitesses. Il y a des chances pour que vous ne vous entendiez pas avec la majorité de ces femmes, sachez-le. Les vieilles commères examineront tous vos faits et gestes, et les jeunes filles encore célibataires critiqueront votre allure, passeront votre garde-robe au peigne fin et commèreront très probablement aussi à votre sujet. Si vous ne vous intégrez pas dès le début, vous vous sentirez bien seule, croyez-moi.

Puis elle remonta ses lunettes, concentrée sur le chas de son aiguille. Maisie, elle, était terrorisée d'avance par ce qu'elle venait d'apprendre.

— Je dois vous avouer que je ne m'attendais pas à ça... C'est beaucoup plus solennel qu'en Angleterre, on dirait.

— Bien évidemment. C'est tout ce à quoi peuvent se raccrocher ces gens. Ils se sont créé une minuscule réplique de leur « chez-eux », et il va vous falloir prendre le train en marche et vous fondre dans le moule, très chère.

— Et si personne ne m'appréciait ? s'inquiéta Maisie.

— Vous devrez travailler dur pour vous assurer que ce ne soit pas le cas, répondit Mrs Wallace en s'attaquant à son bas. Votre mari ne laissera tomber ni ses verres, ni ses clubs, ni ses jeux pour vous. N'y pensez même pas. Il est de votre devoir de vous adapter à lui et à son mode de vie. Si vous ne vous intégrez pas, il continuera d'agir comme quand il était célibataire et vous laissera seule à la maison. Même dans une position confortable, financièrement parlant, si vous êtes isolée de tout et de tout le monde, vous vous sentirez affreusement triste, croyez-moi.

— Mais c'est…

— … comme ça que ça fonctionne dans les villes frontalières, très chère. Assurez-vous de réussir. Il va falloir vous endurcir et prendre votre courage à deux mains. Pensez à votre mère. Cela devrait renforcer votre détermination.

Quelques jours après leur arrivée au port de Fremantle, Maisie dormit bien après l'heure du petit déjeuner.

Quand elle se réveilla, elle se rendit compte que Mrs Wallace en avait profité pour fouiller dans ses affaires. Elle se redressa sur ses oreillers et s'arracha un sourire tremblotant. Sa mère ne supportait pas la sensiblerie. *Tu ne vas pas pleurer, Maisie, rassure-moi ?*

Elle se pinça l'intérieur du poignet ; la douleur lui permit de penser instantanément à autre chose.

— Bonjour, Mrs Wallace. Vous avez bien dormi ?

Son chaperon passa les épaisses sangles de cuir de son sac à main sur son bras rondelet et en tapota le contenu.

— Moyennement. Un plateau vous attend à côté de votre lit, si vous avez faim – même si tout est froid, vu l'heure. Je me disais que nous pourrions faire les boutiques, aujourd'hui. Je sais que c'est déplacé, comme question, mais… avez-vous de quoi payer ?

Avec un rapide hochement de tête, Maisie confirma que ses parents ne l'avaient pas exilée sans argent.

— Parfait. Il va falloir profiter de notre présence ici pour refaire votre garde-robe. J'ai passé vos affaires en revue, ce matin. Vous considérerez sûrement cela comme une ignoble violation de votre intimité, mais je me devais de le faire. Si vous voulez tenir sous cette chaleur, il va vous falloir des robes en coton, des sous-vêtements amples et des bas en soie, un chapeau à bord large et une ombrelle pour vous protéger du soleil, ainsi que des gants. Il va également falloir songer à remplacer ces affreuses chaussures. Elles ne sont pas faites pour un tel climat. Mais à quoi pensait votre mère, au juste ?

— Mais, Mrs Wallace, riposta Maisie en attrapant un morceau de son petit pain tout sec. Si je porte plus de vêtements, je vais mourir !

— Interdiction de laisser votre belle peau blanche se faire griller par le soleil, très chère. Vous finiriez hâlée comme tous ces étrangers : un vrai suicide social. Vous devriez vous trouver une espèce de blouse en coton, dans le style kimono, pour être à l'aise chez vous. Vous pouvez porter ce genre de chose sans rien en dessous, sous réserve que vous soyez seule et que les portes soient toutes verrouillées, bien évidemment.

Maisie l'observait d'un air stupéfait.

— Et n'oubliez surtout pas ! Si vous parvenez à vous intégrer dans le beau monde de l'archipel des Boucaniers, il vous faudra plusieurs robes de soirée. J'imagine que vous avez tout ce qu'il faut dans les bagages restés au port ? Et si jamais ce que vous avez apporté ne colle pas au style d'ici, alors vous ferez venir ce qu'il vous faut de Paris ou de Londres. Ici, tout le monde est sur son trente-et-un dès qu'un dîner est organisé, peu importe la chaleur.

La veille de leur départ, Maisie se réveilla avec une affreuse douleur qui lui tiraillait le ventre, au point qu'elle fut incapable de se lever. Une violente nausée envahit sa bouche d'un goût âcre. La salle de bains commune se situait de l'autre côté du palier, tout en bas d'un piètre escalier en bois qui regorgeait d'échardes. Maisie se leva sur des jambes chancelantes. La porte de la chambre avait tellement travaillé, à cause de la chaleur, que l'on devait s'y appuyer de tout son poids pour pouvoir l'ouvrir. Elle évalua mal la manœuvre, la porte s'ouvrit brutalement, et Maisie se retrouva projetée contre le mur.

— Tout va bien ? appela Mrs Wallace, de sa couche.

— Oh ! grogna Maisie en s'écroulant par terre. J'ai le Visiteur, et ça ne va pas, non…

Sa mère avait toujours refusé de parler de cet événement mensuel, et durant cette période, Maisie n'avait pas plus le droit de montrer un quelconque signe d'indisposition, quel que soit le degré de la douleur ressentie. Si elle devait s'y référer, c'était en parlant du Visiteur, c'est tout.

Elle distingua des bruits de pas rapides, et Mrs Wallace apparut dans la seconde à la porte, armée de son propre stock de serviettes hygiéniques de chez Southall.

— Venez, très chère, dit-elle en aidant Maisie à se relever. On va nettoyer tout ça, et vous pourrez vous reglisser sous les couvertures en attendant que le plus gros des crampes passe.

Elle attrapa la clochette toute rouillée qui traînait sur la table de chevet et la secoua.

— Je vais demander à cette empotée de la réception de vous préparer un thé bien chaud. Quand je me sens mal, ce breuvage fait toujours des merveilles sur moi.

Maisie regrimpa dans son lit, et quelques minutes plus tard, une fille à la peau sombre et en effet très empotée, aux épaules voûtées et aux joues rondelettes, arriva dans un entrechoquement de vaisselle. Elle portait une robe d'un bleu passé qui lui moulait beaucoup trop les hanches, si bien que l'on devinait les pinces de ses porte-jarretelles, dessous.

Mrs Wallace lui prit le plateau des mains, qu'elle posa sur une table au bois usé – sans manquer de claquer la langue d'un air contrarié –, puis elle tira une chaise à côté du lit de Maisie. Elle versa dans une tasse de thé une cuillère à café d'un sirop pour enfants et remua le tout.

— Je ne suis peut-être pas Florence Nightingale, mais je pense qu'il vaudrait mieux nous assurer que vous avez tout ce qu'il faut pour ce genre de crise, avant de reprendre le large. Si vous vous retrouvez dans le même état chaque mois, il va falloir vous armer en conséquence. J'ignore complètement ce que vous trouverez dans votre campagne, mais j'imagine que les protections ou les médicaments pour femmes sont loin d'être leur priorité… Il faut que vous ayez tout sous la main. Voyez ça comme un plan de bataille pour un siège de plusieurs longues décennies, d'accord ?

Maisie sentit ses joues rosir avant de s'enfoncer sous les draps.

— Vous ne vous êtes jamais acheté de protections avant ? demanda Mrs Wallace en se penchant vers le plateau afin de se servir à son tour une tasse de thé.

Maisie secoua la tête, rouge de honte.

— Je ne fais jamais les boutiques moi-même. Je ne sors que très rarement seule. Les serviettes hygiéniques apparaissent dans un tiroir de ma chambre, et notre domestique doit tenir le compte à la protection près car le stock demeure invariablement le même. Je n'imagine pas du tout ma mère aller acheter elle-même quelque chose d'aussi intime. Je suis certaine que tout arrive par la poste…

— Mais comment s'imagine-t-elle que vous gériez cela toute seule ?

Maisie secoua la tête en repensant aux paquets de papier brun qui apparaissaient régulièrement sur le guéridon de leur entrée, à Londres.

— Nous n'avons jamais eu cette conversation, à vrai dire.

Le souvenir d'un Noël lointain lui revint brusquement. Elle était encore petite, un énorme sapin trônait dans le vestibule, sa cime atteignant presque le troisième étage de la maison. Sur ses branches scintillaient une multitude de boules, de bougies et de petits cadeaux enveloppés de papier coloré. Sous les branches les plus basses, on avait disposé de grands paquets bruns fermés par de la ficelle et étiquetés à la main. Elle avait alors découvert un minuscule ourson accroché à l'une de ces branches, une écharpe de laine bleue nouée autour de son cou duveteux. Aux anges, Maisie avait tendu le bras pour l'attraper.

— Ne touche pas ! avait aboyé sa mère en lui giflant la main.

Puis elle avait récupéré l'ourson avec une tendresse dont Maisie avait rarement été témoin chez elle et l'avait bercé dans ses bras, comme un bébé.

Mrs Wallace tapota sa cuillère contre la paroi de sa tasse.

— Connaissez-vous quoi que ce soit au sujet de votre futur mari, très chère ?

Maisie sentit la chaleur s'intensifier sur son visage. La brutalité du souvenir l'avait désarçonnée.

— Je ne sais rien sur lui en dehors du fait qu'il s'agit d'un capitaine. J'ignore à quoi il ressemble, ou même quel âge il a. Il a écrit à mes parents avant Noël en leur signifiant que sa position lui permettait de m'épouser, et me voici, deux mois plus tard, en Australie.

Mrs Wallace semblait sincèrement stupéfaite.

— Vous n'avez pas eu votre mot à dire ?

— Tout semblait déjà prévu avant même qu'ils ne m'en parlent, répondit Maisie en secouant la tête.

Le cousin Maitland avait envoyé une liste de courses, et j'étais juste une ligne de plus à cocher. Si je puis m'exprimer ainsi…

— Oh, très chère, dit Mrs Wallace en riant. Je suis sûre que ce n'est pas ce qu'il pense…

— Non, je suis sérieuse, insista Maisie. Mes bagages contiennent un service en porcelaine pour vingt-quatre convives, de la verrerie, du linge de maison, de l'argenterie et que sais-je encore… Mes parents n'ont jamais mentionné ce que tout cela leur avait coûté. J'imagine qu'ils étaient simplement ravis que quelqu'un m'éloigne d'eux le plus possible géographiquement parlant. Je n'exagère pas – j'ai vérifié sur un atlas.

— Arrêtez de vous faire du mouron, tenta de la rassurer Mrs Wallace en lui tapotant la main. Vous réfléchissez beaucoup trop. Aucun parent ne jetterait son enfant dans la cage aux lions sans être convaincu qu'il s'en sortira. Et rien de surprenant à ce qu'ils vous aient pourvue d'une dot conséquente. Tous les parents rêvent d'un bon mariage pour leur fille. Qu'elle se trouve un mari, et une place dans la société. Bien. Quoi qu'il en soit, en ce qui concerne vos épreuves menstruelles, vous ne pourrez jamais porter sous votre robe le tablier de caoutchouc que vous avez apporté, avec une telle chaleur. Il vous collerait à la peau et finirait par vous donner de l'urticaire – ce que vous avez certainement commencé à développer sur le bateau, avec toutes ces couches de tissu.

Maisie était convaincue d'avoir les joues aussi rouges que son couvre-lit, mais Mrs Wallace ne semblait, pour sa part, pas le moins du monde gênée.

— Il va vous falloir faire avec les culottes menstruelles dont vous disposez dans votre malle. C'est une aubaine d'avoir une chose pareille dans un pays chaud, tant que vous ne vous surmenez pas. L'idéal serait de vous dénicher une chemise de nuit spéciale, également. Il y a des chances pour qu'il y en ait chez le pharmacien. Il s'agit d'un voile composé de mousseline et d'une doublure imperméable. Cela évitera de salir vos draps et de donner plus de travail à vos domestiques. Je suis contente que vous ayez emporté cette boîte en métal pour garder les serviettes au sec. Sans cela, à la saison des pluies, elles auraient fini par moisir. J'imagine que vous n'avez pas particulièrement envie de faire la connaissance des mites ou des poissons d'argent, n'est-ce pas ? La meilleure stratégie reste d'avoir un bébé tout de suite, puis d'en faire un tous les ans. Ceci vous évitera toute protection hygiénique pendant quelques années. C'est ce que j'ai fait, pour ma part, commenta Mrs Wallace en lui servant une nouvelle tasse de thé.

— Est-ce que ça fait aussi mal que ça d'avoir un bébé ? tenta Maisie en sachant pertinemment qu'elle n'aurait jamais osé poser la question à sa mère.

— Ne me dites pas que l'on ne vous a pas préparée à cela ?

Maisie se crispa sous la honte, tira le drap jusqu'à son menton et s'enfonça un peu plus dans le lit. Elle savait quelques faits rudimentaires, mais ses connaissances de l'acte sexuel et de ses conséquences demeuraient très vagues. Chez elle, ses parents ne se déshabillaient jamais l'un devant l'autre, et ils faisaient chambre à part. Elle n'avait jamais vraiment réfléchi à la mécanique de la procréation. Ce qui était certain, c'est que sa mère avait au moins soulevé sa robe deux fois devant son père… mais les détails ne lui avaient jusqu'ici jamais paru importants. Au moins cette ignorance lui avait-elle permis de ne pas intégrer la réalité physique dans son rêve de romance…

Mrs Wallace enfonça son derrière généreux dans sa chaise et se lança dans une explication poussée des besoins et des désirs des hommes, et de leur « appétit » insatiable.

— Mais je suis certaine que votre mari saura répondre à vos besoins et vous traitera avec le plus grand respect. Et puis, si jamais l'envie n'est pas là, vous pourrez toujours simuler une migraine. C'est là une excuse acceptable qu'aucun homme digne de ce nom ne saurait contester. J'ai un exemplaire de la *Physiologie du mariage*, à la maison. Dès que j'aurai remis la main dessus, je vous l'enverrai.

Maisie se glissa plus profondément encore sous les draps.

— Qu'est-ce que c'est ?

— Le fin du fin en matière d'ouvrages sur les relations maritales. Le livre parfait pour vous, avec une mère qui…, commença Mrs Wallace avant de se mordre la lèvre.

— Qui quoi ?

Son chaperon remplit de nouveau sa tasse et avala une grosse gorgée.

— Qui…, balbutia-t-elle en posant la soucoupe en équilibre sur le bras du fauteuil. Je… Je crois bien qu'elle avait des vues sur quelqu'un d'autre, à un moment donné.

— Avant qu'elle n'épouse mon père, vous voulez dire ?

Mrs Wallace porta la tasse à ses lèvres, et Maisie vit ses joues s'empourprer.

— Précisément, très chère. Pourriez-vous me rappeler de quoi je vous parlais avant cela ? J'ai complètement perdu le fil.

— De *Physiologie du mariage* et de la raison pour laquelle ce livre serait parfait pour moi, avec la mère que j'ai.

— Oh, oui ! Les journaux en ont parlé, mais vous n'auriez pas trouvé d'exemplaire en Angleterre, étant donné qu'il s'agit d'une publication australienne. Elle n'est disponible qu'ici, et seulement par correspondance. Comme je vous l'ai dit, je vous l'enverrai dès mon arrivée, afin que vous puissiez l'avoir avant votre nuit de noces. Cela pourrait vous détendre un peu.

Puis elle versa une nouvelle cuillerée de sirop dans le thé de Maisie.

— Allez, buvez cela et reposez-vous un peu. Je vais m'installer sur le balcon et dresser une liste de tout ce dont vous allez avoir besoin. À votre réveil, nous déjeunerons et nous nous occuperons de vous trouver tout cela.

Maisie saisit le flacon de sirop et tenta de déchiffrer la liste interminable d'opiacés que celui-ci contenait. Elle avait beau plisser les yeux et secouer le flacon noir dans tous les sens, elle était incapable de fixer son attention sur l'écriture minuscule de l'étiquette.

Elle finit par renoncer et se laissa retomber sur les oreillers, les paupières lourdes. Durant ce bref instant, Maitland Sinclair et ses besoins insatiables n'auraient pas pu moins la concerner.

4

Presque une semaine plus tard, juste avant le lever du soleil, Maisie enfila sa nouvelle robe couleur crème et savoura la fraîcheur du vêtement aérien. Elle leva les bras pour mieux tester le poids de ce tissu inconnu, doux et tellement féminin. La robe que lui avait choisie sa mère chez Peter Jones était retournée au fond de la malle, ce sans cérémonie. Grâce à Mrs Wallace, Maisie disposait désormais d'une garde-robe légère parfaitement adaptée au climat australien. Elle sortit sur le pont, ses nouvelles chaussures claquant bruyamment le sol, et s'installa sur une chaise longue, rassurée par le contact du bois sous ses vêtements. Si elle s'était réveillée si tôt, c'était afin d'admirer le lever du soleil – son dernier en mer, du moins pour le moment. Mais le soleil restait obstinément caché derrière un ciel pourpre de rage.

Cela faisait six jours que le bateau à vapeur avait appareillé – six jours qui étaient passés à une lenteur qui aurait fait pleurer un escargot. Et elle était censée débarquer ce soir sur l'archipel des Boucaniers. Le navire longeait péniblement la côte plate et grise, qui n'offrait aucune distraction digne d'intérêt en dehors des roches et de cette brousse qui semblait interminable. Lorsqu'elle aperçut une lumière clignotante sur le rivage, elle ne put réprimer un frisson en espérant qu'il ne s'agissait pas là d'un signal de danger. Mrs Wallace n'était plus à bord. Deux jours plus tôt, elle avait débarqué à Gantry Creek, pressée de retrouver son mari, ses garçons et leurs moutons dans le Pilbara.

Maisie avait fait preuve d'une émotivité inhabituelle, lorsqu'elle avait dû lui faire ses adieux.

— Que deviendrai-je sans vous, Mrs Wallace ? s'était-elle lamentée, dans ses bras.

La vieille femme l'avait plaquée contre sa poitrine généreuse et avait répondu, avec cette dureté bienveillante qui la caractérisait :

— Mais qu'est-ce qui vous prend, aujourd'hui ? Je ne serai qu'à deux jours de chez vous ! Il y a des bateaux toutes les deux semaines, et nous nous écrirons. Cessez de gémir, Maisie. Vous passez pour une faible.

Maisie s'était contentée de serrer la mâchoire, consciente qu'il était inutile d'argumenter.

Le bateau poursuivait son avancée tranquille, labourant la mer turquoise sur son passage. Bercée par ses grondements réguliers, Maisie finit par sombrer dans d'étranges rêves. Son père portait sa perruque de juge. Quant à elle, elle se tenait sur le banc des accusés, à implorer sa grâce. Sa mère, dans l'accusation, réclamait qu'on la pende jusqu'à ce que mort s'ensuive. Son père plaça un linge noir sur sa propre tête, secoua celle-ci puis le retira. Le châtiment était trop sévère, déclara-t-il avant de l'alléger en emprisonnement à vie dans un bagne. Il opta pour l'Australie, prétextant que ce serait là le pays idéal. Maisie les implora au moins de lui expliquer ce qu'elle avait fait pour mériter cela, mais le juge martela son bureau en déclarant : « C'est la volonté de la cour ! »

Elle se réveilla en sursaut et mit quelques secondes avant de se souvenir où elle était. Des voix lui parvenaient du pont de troisième classe, en dessous. Elle en reconnut une : celle de William Cooper, le plongeur anglais qui avait fait ce fameux discours, au port de Fremantle. La fanfare faisait un raffut de tous les diables, mais il avait réussi à se faire entendre. Elle était contente de ne pas l'avoir recroisé, depuis. Cet homme avait le pouvoir de la troubler. Un énorme poisson surgit hors de l'eau, juste à côté de la coque du navire, avant de replonger aussi sec. Puis il réapparut pour s'enfoncer pour de bon sous les profondeurs. Maisie lui enviait sa liberté.

Sur l'archipel des Boucaniers, l'arrivée d'un bateau était de toute apparence un événement. Tandis que la lumière déclinait tranquillement et que le navire jetait l'ancre au milieu d'une forêt de mâts mis à nu, la poignée de passagers qu'il restait prit les différents ponts d'assaut pour mieux voir la terre plongée dans l'ombre. Secouée par les ballottements du bateau, Maisie observa tout ce remue-ménage, aussi bien sur le pont que sur la terre. Un attroupement attendait, sur la jetée de bois, agitant mouchoirs et chapeaux en direction des arrivants. Les hommes, dans leurs costumes blancs immaculés et sous leurs casques coloniaux, étaient l'élégance incarnée. Une Européenne, vêtue d'une robe qui lui tombait à la cheville, tentait d'avancer malgré le tas de paquets qui lui barraient le chemin. Maisie aurait été incapable de dire son âge, mais Mrs Wallace avait raison : un chapeau, un voile, une paire de gants et des chaussures montantes s'assuraient que le soleil ne touche pas un seul centimètre carré de sa peau.

La foule prit la passerelle d'assaut dès que celle-ci toucha terre. Les hommes aux moustaches lissées, certains arborant un teint hâlé, jouaient des coudes pour arriver en premier sur le pont. Toute cette agitation avait le pouvoir d'angoisser Maisie, qui balaya la scène des yeux, ne sachant que faire. Maitland Sinclair se trouvait-il parmi tous ces gens, se frayant un chemin tête baissée pour venir chercher fièrement sa future épouse ? Il ne lui en fallut pas plus pour paniquer. Comment la reconnaîtrait-il ? Elle suivit la foule dans le salon de première classe, où le capitaine donnait un cocktail de bienvenue. Elle accepta un verre de limonade et s'assit sur une banquette de velours, les yeux fixés sur la porte d'entrée. Son cœur lui martelait les côtes, et ses mains étaient toutes moites. Il n'allait plus tarder… Et s'il avait changé d'avis et qu'elle avait fait ces milliers de kilomètres pour rien ? L'appréhension commençait à la rendre malade.

Les minutes passaient, et il n'était toujours pas là.

Dans le salon, Mr Farmount entama un nouveau discours. Maisie dressa la tête et l'écouta. Elle n'avait pas d'autre choix, de toute façon – il parlait si fort que sa voix résonnait à travers toute la pièce. Il était en train de présenter les plongeurs anglais aux quatre maîtres perliers qui avaient accepté de les engager, en profitant au passage pour faire une fois de plus la promotion de l'entreprise de plongée dont il était le représentant. Il parla en long et en large d'un nouveau compresseur à air mécanique qui n'avait jamais encore été utilisé sur les territoires perliers du nord-ouest. D'après lui, cette machine était la garantie d'une sécurité assurée, à bord. On se serra les mains, on échangea des contrats et l'on parla mise en œuvre. Les maîtres perliers demandèrent aux plongeurs le détail de leur formation, et s'ils avaient déjà plongé en eau profonde. On porta des toasts, on se tapota l'épaule et l'on enchaîna les verres. Maisie se demanda comment ces hommes parvenaient à rester concentrés, avec tout cet alcool qui coulait dans leurs veines.

Assis au bar, William Cooper s'essuyait le front du dos du bras. Elle vit les taches sombres sous ses aisselles et autour de son cou. Les yeux de l'homme s'illuminèrent un instant, en réponse à ce qu'un barman venait de dire, et elle l'entendit rire. C'était un rire gai, et il ne lui en fallut pas plus pour sombrer dans la morosité. *Quand as-tu été vraiment heureuse pour la dernière fois, Maisie ?* Elle chercha la réponse, en vain.

Soudain, une voix toute proche la sortit de ses songes.

— Cousine Maisie ?

Elle sursauta et se tourna vers lui.

Il était vêtu d'un costume de lin couleur crème, une fleur aux feuilles pointues qu'elle ne connaissait pas plantée dans sa poche de poitrine. Cette fleur formait un contraste saisissant avec la ligne flasque de sa mâchoire et les lourdes poches sous ses yeux. Il était court sur pattes, chauve et très pâle. Son nez était difforme, ses joues rougeâtres et criblées de pores noirs, et il tenait entre ses dents tachées une pipe à tout petit tuyau.

Maisie se leva d'un coup sec, agrippée à son verre comme à une bouée de sauvetage. Son geste brusque envoya valser quelques gouttes de liquide jaunâtre sur l'avant de sa robe.

— Cousin Maitland ?

Sa pipe toujours calée entre ses dents, il prit sa main entre ses deux paumes puis la serra rapidement avant de la laisser retomber. Il se frotta alors les mains et l'examina du regard. Elle chercha à y lire une quelconque satisfaction, mais elle n'en trouva pas. De toute évidence, ils étaient aussi déçus l'un que l'autre.

Il ne prit pas la peine de se présenter. Il ne demanda pas non plus, avec la sollicitude touchante qu'elle s'était imaginé, si elle avait fait bon voyage. Si elle parvenait à supporter la chaleur, ou si ses parents ne lui manquaient pas trop. Elle décida alors de s'inquiéter de son allure, tracas certes bien plus léger.

— Je dois faire peur…, dit-elle en passant une main tremblante sur ses cheveux.

Il se tenait si proche d'elle qu'elle sentait l'haleine âcre qui s'échappait de sa bouche. Il lui saisit le bras si brusquement qu'il lui pinça la peau, sous la fine couche de tissu.

— Personne ne fera attention à ça, là où nous allons. Viens, tout le monde attend.

Elle aurait pu envier son insouciance, si seulement celle-ci n'était pas son unique garantie. Elle voyait bien que rien, chez elle, n'avait éveillé son intérêt, que sa présence semblait même l'ennuyer. Elle chercha à comprendre ce qu'elle avait pu faire de mal.

— *Attend* ? répéta-t-elle en sortant son mouchoir pour tapoter timidement la tache qu'elle venait de faire à sa robe.

— Oui. T'attend, toi. Viens. Autant battre le fer quand il est chaud.

Puis il cala sa main libre au creux de son dos et la fit gagner au petit trot la cabine de luxe du navire.

— Autant se débarrasser de ça une bonne fois pour toutes, si tu veux avoir un lit où dormir, ce soir. Tout le monde a désarmé [1].

Elle n'avait pas la moindre idée de ce dont il pouvait bien parler.

---

1 Ici, « désarmer » fait référence au fait de garder un bateau amarré dans un port, après avoir débarqué son matériel mobile et donné congé à son équipage.

Maisie avait l'impression qu'elle venait de pénétrer dans la fosse aux lions. La cabine était pleine à craquer de gens qu'elle ne connaissait pas et empestait l'alcool, le tabac et la transpiration. Elle se pressa discrètement une narine et fit de son mieux pour se défaire de ce sentiment d'angoisse qui venait de la saisir. Tous les yeux semblaient braqués sur elle, si bien que ses joues la brûlaient. Non, elle ne devait pas se croire le centre d'attention. Sa mère l'aurait fait fouetter d'être aussi présomptueuse. Depuis toute petite, elle avait été conditionnée pour éviter d'être sous la lumière. Et pourtant, tous les yeux étaient sur elle, à cet instant. Ses genoux se mirent à trembler. Elle aurait voulu prendre ses jambes à son cou et fuir le plus vite possible. Chez elle, c'était comme ça qu'elle se protégeait. Terrifiée à l'idée de se faire réprimander, elle baissa la tête et commença à s'excuser pour son manque de correction.

Le capitaine du bateau dressa un doigt pour l'interrompre et remua le bracelet de sa montre. Puis ses lèvres esquissèrent un sourire, et il désigna une chaise.

— Si vous voulez bien vous asseoir, nous allons commencer.

— Je ne comprends pas, souffla Maisie en se tournant vers Maitland.

— Ma chère petite Maisie… Tu as fait tous ces kilomètres pour devenir ma femme. Tous mes amis sont ici, sur ce bateau. Je ne vois donc pas pourquoi nous n'en profiterions pas pour nous marier maintenant et fêter ça comme il se doit.

— Nous ne sommes pas censés nous marier à l'église ?

— C'est inutile. Le capitaine peut s'en charger. C'est une coutume assez courante, en mer, dit-il avec un coup de menton en direction du capitaine, qui afficha un nouveau sourire.

— Mais nous ne sommes pas en mer…

— C'est tout comme.

— Est-ce légal aux yeux de Dieu ?

— Dieu tout-puissant ! tonna-t-il en frappant la chaise du poing. Évidemment que c'est légal ! Tu me crois capable de faire quelque chose d'illégal, Maisie ?

Puis il lui planta le coude dans les côtes.

— Tais-toi, maintenant. Tu me couvres de honte devant tout le monde.

Maisie l'observa tout en cherchant à comprendre ce qui avait pu le mettre dans une telle colère.

Le capitaine attendait en silence, visiblement mal à l'aise.

Malgré ses jambes qui menaçaient de la lâcher, Maisie osa exprimer à voix haute ce qui la contrariait.

— J'aimerais mettre ma robe de mariée, dans ce cas.

— Pour quoi faire ?

— Je l'ai apportée jusqu'ici pour cette occasion toute particulière. J'aimerais la porter le jour de mon mariage. La robe que j'ai sur moi est toute froissée et tachée. Je voudrais la retirer.

Un voile d'irritation vint assombrir les traits de Maitland, et elle vit son poing se contracter sous la rage. Elle recula par pur réflexe et baissa une fois de plus la tête.

— Poursuivons-nous, ou cette dame a-t-elle besoin de quelques minutes ? intervint le capitaine en tapotant sa montre.

— Non, c'est bon. Elle n'a pas besoin de se faire belle.

Le capitaine vérifia alors les documents qu'il avait sous la main.

— Qui sont les demoiselles d'honneur ?

— Miss Locke s'est proposée de prendre leur place, répondit Maitland en désignant la femme que Maisie avait aperçue sur la passerelle.

Elle observa l'élégante étrangère et lui sourit timidement.

— N'y a-t-il pas d'autres femmes, ici ?

— Elles vivent principalement à Perth, répliqua Maitland d'un air frustré. Elles descendent dans le Sud au moment de la saison des pluies. Rares sont celles qui sont taillées pour supporter la chaleur… Elles réapparaîtront vers mars.

Maisie fit de son mieux pour se défaire de son trouble tandis que, vêtue d'une robe souillée et les yeux embués de larmes, elle promettait d'aimer Maitland et de lui obéir pour le restant de sa vie, le moral aussi bas que l'ourlet de sa robe.

Lorsque la nuit tomba enfin, la fête battait son plein.

Maisie se déroba pour rejoindre sa cabine chichement éclairée par le plafonnier de la petite pièce, et dont les ombres avaient au moins le pouvoir d'atténuer l'horreur de sa situation. Personne n'avait remarqué qu'elle s'était éclipsée. Toute cette effervescence n'avait rien à voir avec la célébration d'une quelconque union. Durant la cérémonie, Maitland avait aboyé ses vœux comme s'il commandait une flotte de vaisseaux de guerre. Quant à elle, elle avait répondu d'une voix tremblotante, que Mrs Wallace lui aurait sans aucun doute reprochée.

Son mari – cette simple idée l'emplissait d'horreur – s'adonnait à cet instant à une effusion de bourrades dans le dos et de chants grivois. Elle se laissa tomber sur son lit tout en se demandant où étaient passés ses grands espoirs de bonheur. Elle souleva alors le couvercle de sa malle et caressa la sublime robe de satin duchesse blanc qu'elle ne porterait jamais. Son trousseau avait été cousu à la main, à Londres, et avait coûté fort cher. Elle passa les doigts sur le tissu soyeux de la robe, sur laquelle on avait brodé des perles – un clin d'œil parfait, lui avait assuré la couturière, au vu de la profession de son futur époux. Mais pour Maisie, elles représentaient bien plus que cela : elles étaient sa liberté.

Ce mariage ne collait pas, cela sautait aux yeux.

Le tissu glissa comme du sable entre ses doigts. La tenue qu'elle était censée porter pour la cérémonie était de cette teinte rose cendré très à la mode, en ce moment, avec un voile en soie dorée. C'était la plus belle chose qu'elle ait jamais possédée, et il lui avait interdit de la porter. Pour la première fois de sa vie, on l'avait gâtée, mais ça n'avait servi à rien. Elle reposa la robe dans la malle et rangea le restant de ses affaires tout en regrettant de ne pas pouvoir embarquer sur un nouveau bateau et repartir d'où elle venait.

Quelqu'un cogna à la porte. Maisie sursauta et agrippa le col de sa robe, le cœur battant la chamade. Était-ce Maitland qui venait déjà réclamer son dû ?

— C'est le bagagiste, Miss. Puis-je récupérer vos affaires ?

— Oh, oui, bien sûr, balbutia-t-elle en toussotant, la gorge nouée par l'angoisse. Un instant, je vous prie.

Elle balaya une dernière fois la boîte suffocante et sombre qui lui avait servi de foyer ces huit derniers jours et ouvrit la porte. Elle suivit le bagagiste sur le pont, qui était envahi de valises et de caisses de bouteilles. Le bruit atroce d'un piano désaccordé lui parvenait du bar, et au loin, un train siffla. Voilà qui était surprenant. Elle ne s'était certainement pas attendue à trouver une locomotive, sur cet archipel.

Maitland ne s'était évidemment pas donné la peine de réserver une voiture pour sa femme. En temps normal, il serait rentré à pied, lui apprit-il, étant donné que la maison ne se trouvait qu'à un demi-mile de la jetée. Mais elle avait eu une longue journée et serait sûrement soulagée de prendre la locomotive à vapeur. Il l'aida à monter à bord et la cala sur le dernier banc libre, où elle se trouva pressée entre la fenêtre et un vieil homme corpulent. Maitland s'effondra de l'autre côté et ferma les yeux. La locomotive s'ébroua, et quelques secondes plus tard, ils traversaient la jetée sous un bruit de ferraille, en direction du phare.

Maisie se pencha en avant et lui tapota le bras.

— Tu veux bien me parler de ta vie ici ?

Il ouvrit les yeux et fit craquer ses articulations les unes après les autres.

— Il n'y a rien à dire.

— Mais j'aimerais beaucoup savoir à quoi m'attendre…

Maitland la dévisagea un bon coup avant de détourner les yeux, son pied venant frapper le sol de la locomotive au rythme de ses secousses.

Le premier arrêt était le leur. Il se leva et lui planta le manche de sa pipe dans l'épaule.

— C'est là qu'on descend.

La petite maison de plain-pied était située à la périphérie de la ville. En total contraste avec l'immense maison bourgeoise grise dans laquelle elle avait grandi, à Londres, celle-ci ressemblait à un rectangle blanc et bas de plafond, l'une de ses longues façades faisant face à la mer. Il faisait trop sombre pour que Maisie puisse remarquer quoi que ce soit d'autre.

Trois marches menaient à la terrasse couverte, à l'avant de la maison. Elle posa un pied sur la première et s'agrippa à la rambarde. Maitland la poussa jusqu'à la porte.

— Bienvenue à la maison, marmonna-t-il.

Maisie serra ses gants dans sa main libre, espérant que le geste lui donnerait du courage.

— Il fait trop sombre pour que j'apprécie vraiment la maison, Maitland, et la journée a été longue…

Elle songea alors aux bons conseils de Mrs Wallace.

— J'ai une affreuse migraine. J'aimerais aller me coucher, si tu n'y vois pas d'inconvénient.

Il ne sembla même pas l'entendre. Il fit craquer une allumette et enflamma une lampe à carbure.

L'odeur de la fumée, un mélange pestilentiel d'ail et de sueur, vint lui agresser les narines.

— Maitland ? dit-elle en piétinant.

Cela faisait des heures qu'elle n'avait pas été au petit coin, et sa vessie était aussi tendue que ses nerfs.

— Quoi ?

— Tu pourrais me montrer où je peux… me rafraîchir ?

Un éclair zébré illumina la large terrasse, qui courait sur toute la longueur de la maison. Maitland fit un demi-pas vers elle, sa grosse main tendue. Maisie se recroquevilla contre le montant de la porte, terrifiée à l'idée qu'il puisse la toucher.

— Maitland ? répéta-t-elle d'une voix peureuse.

Quelque chose, dans son ton, capta enfin son attention.

— La salle de bains est à l'arrière. Je vais te montrer.

Bon, il n'avait pas saisi son sous-entendu, tant pis. Sorte de cabane rudimentaire flanquée à l'arrière du bungalow, la salle de bains comportait une baignoire en étain toute tachée et un lavabo fiché dans une table en bois que l'on avait creusée. Un petit chauffe-eau était posé par terre, à côté d'un gros pichet d'émail.

Deux robinets étaient reliés au chauffe-eau – l'un s'étirait au-dessus de la baignoire et l'autre était fixé au bout d'un long tuyau en métal qui courait sur toute la longueur du mur, jusqu'au lavabo. L'étagère au-dessus du lavabo était le seul espace de rangement disponible, et elle était envahie des effets personnels de Maitland. Il n'avait rien cherché à désencombrer pour lui faire un semblant de place…

— C'est la salle de bains, Maitland, mais j'ai besoin d'aller aux commodités. Tu peux me montrer où elles se trouvent ?

Les toilettes étaient situées à l'extérieur, dans leur propre petit cabanon séparé et accolé à la clôture du fond du jardin, à une cinquantaine de mètres de la maison. Une allée de coquillages pilés, flanquée de bouteilles enfoncées tête en bas dans la terre, y menait par la porte de derrière.

— Voilà tes toilettes, Maisie, commenta Maitland en secouant sa main potelée. Je les ai fait mettre là-bas histoire de ne pas être dérangés par le bruit, la nuit, quand ils viennent récupérer la merde.

Son langage lui fit l'effet d'une gifle cinglante.

— Euh… Aurais-tu une lanterne que je pourrais t'emprunter ?

— Non. Je pisse sur la terrasse, la nuit.

Puis il la regarda s'éloigner en direction des toilettes.

— Méfie-toi des serpents et des araignées ! Ils mordent presque tous !

Les toilettes se situaient dans une petite hutte en tôle ondulée. Des carrés de papier que l'on avait enfilés sur une ficelle étaient cloués au mur. L'odeur était indescriptible. Maisie se couvrit la bouche de son mouchoir et s'empressa de retourner dans la maison, le bas de sa robe traînant dans l'épaisse terre sombre du chemin.

Maitland n'avait pas bougé d'un pouce.

— Un petit verre avant d'aller te coucher ? proposa-t-il en secouant une bouteille.

Maisie mourait de soif, et son cœur battait si vite qu'elle se demandait s'il pouvait le voir sous le tissu de sa robe. *C'est un cauchemar.* Grossier et sans aucun charme, cet homme la repoussait. Elle avait passé toute sa vie à rêver du Prince charmant qui viendrait la sortir de son existence somnolente avec un doux baiser... Il s'agenouillerait devant elle, la main pressée sur le cœur, et l'implorerait d'être sienne. Malheureusement, la réalité était tout autre : elle avait épousé un crapaud affreux et repoussant.

Mrs Wallace n'avait pas dépeint une image très romantique des devoirs conjugaux. Si son mari était quelqu'un de bien, il apprendrait à gagner sa confiance à force de mots tendres et de compréhension. Sinon, elle devrait se contenter de subir les choses. Elle se laissa tomber sur une chaise de la cuisine, les genoux tremblants, et tenta de desserrer le col de sa robe.

— Oui, je ferais mieux, dit-elle.

— Il va falloir te relever, dans ce cas. Ça se passe à côté.

Elle le suivit dans le couloir, leurs pas résonnant sur les lames du parquet. Un tas de lettres pas encore ouvertes reposait sur une table de bois poli et, quelque part dans la maison, un carillon sonna. Maitland s'arrêta devant un guéridon et lança par-dessus son épaule :

— Tu bois quoi ?

— Du sherry ? répondit-elle, les deux mains plaquées sur son sac.

— Tu ne trouveras pas ça ici. J'ai du gin, du brandy, du whisky, du champagne ou du vin.

— Du gin, alors, dit-elle d'une voix frêle et haut perchée.

Il se tourna vers elle et lui tendit un verre.

— Un petit coup, et au lit.

Pour la deuxième fois de la journée, Maisie fut traînée dans une pièce dans laquelle elle n'avait aucune envie de pénétrer. Il s'agissait d'une petite chambre dont les murs et le plafond étaient couverts de toile de jute. Il faisait une chaleur insupportable, et ça empestait l'humidité.

— C'est ta chambre. Elle est contiguë à la mienne, lui expliqua Maitland en enflammant une nouvelle lampe à carbure. Tu seras bien, ici. Il reste un tiroir de vide dans la coiffeuse, mais l'armoire est pleine – il va falloir faire sans. La salle de bains est sur la droite, au bout de la terrasse, si jamais tu es perdue. J'entendrai quand tu auras terminé.

Debout dans l'embrasure, il sembla soudain hésiter.

— Je serai sûrement parti avant que tu sois levée, demain matin. Fais comme chez toi. Bonne nuit.

Puis il ferma la porte derrière lui.

Seule au milieu des vêtements de son mari, Maisie s'assit sur le lit, tremblant de tous ses membres dans la pénombre. Même si ses parents faisaient chambre à part, elle s'était imaginé partager le lit de son époux pour la nuit de noces. Peut-être Maitland s'apprêtait-il à l'accueillir, de l'autre côté de la porte, faisant de sa chambre de célibataire la leur ? Elle l'imagina alors en train de se déshabiller mais pressa très vite les paupières pour se sortir cette image de la tête. Au bout d'un moment, elle rouvrit les yeux et observa la pièce. Sa malle n'était pas là. Elle n'avait ni amis, ni affaires, ni courage. Elle se déshabilla et plia soigneusement ses vêtements avant de les empiler sur une chaise, ses chaussures collées l'une contre l'autre juste en dessous. Des années de routine. Le lit était bas, recouvert d'un simple drap que l'on avait tiré au carré, un peu comme un colis prêt à être envoyé. Elle souleva un coin et se glissa dessous, seulement vêtue de sa chemise de nuit. Quelques instants plus tard, elle crut entendre Maitland fermer une porte dans le couloir. Il y eut alors des murmures, puis un cri. Son cœur s'emballa ; la sueur se mit à couler dans sa nuque. Elle dressa l'oreille, à l'affût de bruits de pas qui se rapprocheraient, et se mit à fixer la poignée de sa porte, convaincue qu'elle ne tarderait pas à tourner. *Voilà*, songea-t-elle. *Je suis officiellement au bord du précipice.*

Elle passa la plus grande partie de la nuit ainsi, allongée dans la pénombre, à fixer la poignée de la porte, clignant à peine des yeux, mais celle-ci ne bougea pas.

5

Le lendemain matin, elle fut réveillée en sursaut par un bruit de vaisselle brisée. Pétrifiée dans son lit, les yeux grands ouverts, elle attendait le cœur battant que Maitland surgisse derrière la porte, venant enfin réclamer son dû.

— Toc, toc.

Maisie ne connaissait pas cette voix. Ce n'était en tout cas pas celle de Maitland – cela, elle en était certaine.

Trop terrorisée pour se lever, elle s'enfonça un peu plus dans son lit en tirant le drap sous son menton, le cœur au bord des lèvres.

Un Chinois à la peau couleur café, ses dents plus blanches encore que le maillot de corps qu'il portait, apparut derrière la porte. Ses gencives paraissaient presque bleues, en contraste avec l'émail aveuglant. Maisie s'empressa de pincer le haut de sa chemise de nuit afin de préserver son intimité.

Clouée sur place par le regard curieux du nouvel arrivant, elle serra le drap un peu plus fort contre son corps.

— Qui êtes-vous ?

Un demi-sourire joua sur les lèvres de l'inconnu.

— Ménage et cuisine, Madame. Moi tout faire ici.

— Vous vivez dans cette maison ? souffla-t-elle en s'enfonçant dans ses oreillers, le ventre noué par un affreux sentiment d'insécurité.

Maitland ne lui avait pas parlé de ses domestiques, même si elle s'était doutée qu'il en avait.

— Comment vous appelez-vous ?

— Duc, Dam'.

— Qu'est-ce que vous voulez ? lâcha-t-elle en serrant le drap autour de son cou.

— Patron dire Duc apporter tasse de thé.

— Ce serait avec plaisir, dans ce cas, répondit-elle en s'intimant de se décrisper.

— Tout aller bien, Dam' ?

Elle baissa la tête.

— Le capitaine Sinclair est là, Duc ?

— Patron ? Non, parti travailler. Revenir après-midi ou soir. Peut-être si.

Elle se redressa sur les oreillers et s'aida de ses coudes pour se tenir droite contre la tête de lit.

— Peut-être si ?

— Sept heures. Peut-être si huit.

Puis il sembla hocher et secouer la tête en même temps, laissant Maisie dans un trouble total quant à ce qu'il entendait par là.

— Quelle heure est-il ?

Le regard qu'il lui adressa lui donna la nette impression d'être la dernière des idiotes.

— Heure petit déjeuner.

— A-t-on fait livrer ma malle ?

Il inclina la tête et se remit à la secouer tout en souriant comme un fou. Elle voyait bien qu'il n'avait pas compris sa question.

— Une grosse boîte noire, insista-t-elle en dessinant un rectangle devant elle avec les deux mains.

Duc ouvrit la bouche en grand.

— Oui. Malle arrivée, Dam'. Moi amener ?

— D'abord le thé. Vous pourrez me l'apporter ensuite.

Sa bouche s'élargit encore.

— Vous lever et aller dehors. Moi amener thé. Vous manger ?

Elle ne se souvenait pas de la dernière fois qu'elle avait avalé quelque chose.

— Oui, pourquoi pas. Mais quelque chose de frugal ?

— Moi voir ce que peux faire, répondit-il en joignant les mains devant lui avant de la saluer.

Elle s'attendait presque à le voir s'éloigner à reculons. Pour la première fois depuis des jours, Maisie sentit un sourire poindre sur ses lèvres.

Duc apportait le plateau comme s'il s'agissait là des joyaux de la Couronne sur leur coussin de velours, les bras tendus devant lui et un air solennel au visage. Lorsqu'il la vit, son expression s'illumina. Il posa alors brusquement le plateau sur un guéridon et s'inclina de nouveau devant elle, comme s'il avait affaire à un membre de la famille royale. Les tasses en argile et l'assiette de scones disposées sur le plateau s'entrechoquèrent, éclaboussant au passage le napperon de sucre et de thé. Cet homme intriguait Maisie, et elle ne put s'empêcher de se demander s'il était à l'origine de ce vacarme qui l'avait tirée du sommeil. Elle prit un petit gâteau saupoudré de sucre et croqua dedans. Il était aussi sec que le Sahara.

— Vous auriez du beurre ?

— Non. Beurre arriver en boîte. Très très huileux, dit-il en secouant la tête.

— Du lait ?

— Lait vache partie.

Maisie était beaucoup moins certaine d'avoir compris celle-ci. Avaient-ils une vache qui était partie ? Ou qui était morte ? Ou alors, disposaient-ils d'une source qui s'était tarie ? Il allait falloir qu'elle creuse.

— De la confiture, alors ?

— Non, finie. Poof, répondit-il en écartant les mains en l'air.

Maisie remua sur son siège, frustrée.

— Pas bien dans maison patron ? Vous vouloir aut' chose, Dam' ?

Décidément, rien ne semblait échapper à ce Duc.

— Non, ça ira, merci. Le capitaine dispose-t-il d'une bonne ? D'une fille qui viendrait vous aider… ?

— Oh non, Dam'. Pas filles ici.

— Pas de filles ? répéta-t-elle en le dévisageant.

— Non. Juste patron et Duc, Dam'.

Maisie fit descendre ses scones durs comme du bois à l'aide de grandes rasades de thé. Ils étaient tellement rassis qu'elle craignit pour ses dents. Elle avait eu dans l'idée de n'en manger qu'un, mais elle s'était vite laissé distraire par son nouvel environnement. À la lumière du jour, elle découvrit que la maison était bâtie sur une dalle de ciment, et la terrasse ombragée donnait sur une langue de sable, à l'ouest, qui grouillait d'activité. La marée était basse, et de son point de vue, elle avait l'impression de regarder une armée de sauterelles brunes en train de vider les embarcations de leur contenu. Des bobines de corde, des paniers et des mètres de chaîne furent traînés sur le sable. On décrocha les voiles de leurs gréements et on les tira en haut des dunes afin de les inspecter en détail.

Son regard passa alors sur le phare, qui était aussi propre et aussi étincelant que de la poudre blanchissante.

Toute une enfilade de cabanons en métal et d'entrepôts y était accolée. Deux hommes, séparés du reste du groupe, semblaient en pleine discussion. Le plus petit des deux agitait le bras en direction des ouvriers, sur la plage. L'autre, vit-elle, était William Cooper – le grand plongeur anglais du bateau –, sa chevelure brune encadrée par le ciel radieux. Maisie ressentit comme un pincement étrange et l'observa, sa poitrine se contractant au fil de son examen. La façon dont il inclinait la tête, la carrure de ses épaules... Même de là où elle se trouvait, elle voyait que sa peau perlait déjà de sueur. Elle faisait scintiller son visage comme les rayons du soleil sur la surface de l'eau, et Maisie parvenait presque à ressentir la chaleur de son corps. Elle le regarda retirer ses bottes puis ses chaussettes avant de soigneusement relever son pantalon jusqu'aux genoux. De toute évidence, il allait se mettre à l'eau.

Il tapota alors la poche de son pantalon et en sortit de quoi se rouler une cigarette. Maisie le regarda d'un air curieux. Elle savait qu'elle l'avait déjà vu faire, mais elle ne se rappelait plus quand. Duc apparut de son pas traînant, affublé de chaussures plates et bruyantes dont la lanière en forme de Y séparait ses gros orteils du reste.

— Petit déjeuner fini, Dam' ?

Maisie détacha le regard de la silhouette de William et fit de son mieux pour ne pas avoir l'air de scruter les pieds du domestique. Elle n'avait jamais vu des chaussures pareilles.

— Oui. Merci, Duc.

Elle avala les dernières gouttes tièdes de son thé et se leva. Sa robe, la même qu'elle avait portée pour son mariage la veille, lui collait péniblement à la peau. Elle tira sur l'encolure et l'agita comme elle le pouvait afin de trouver un peu de répit à cette chaleur accablante.

— Vous pourriez peut-être me faire visiter la maison ?

L'expression de Duc s'anima d'une ferveur qu'elle s'autorisa à prendre pour du bonheur.

Le bungalow – que Maitland avait baptisé *Turbine* en hommage à un cheval de course qui lui avait fait gagner beaucoup d'argent – était un long rectangle. De jolies pièces de bois chantournées encadraient les larges terrasses treillissées qui faisaient le tour de la maison. Le bungalow était situé à l'écart du quartier pavillonnaire qui composait la partie « anglaise » de la ville, comme elle l'apprendrait plus tard. Maisie ne pouvait s'empêcher de se demander ce qui avait poussé cet homme à construire sa maison aussi loin de tout. À l'avant, les pelouses verdoyantes de *Turbine* se déroulaient jusqu'au bord d'une colline rouge sang qui donnait sur l'océan. Ils n'avaient aucun voisin.

Ce bungalow avait été conçu avec une véritable volonté d'espace. Duc lui expliqua que le patron l'avait dessiné en se basant sur les lignes d'un bateau.

— Camarades japonais construit ça, oui.

— Pardon… ?

— Japonais quartier asiatique. Avant gouvernement bye bye bons travailleurs.

Maisie ne releva pas. Dès l'instant où elle avait embarqué, presque deux mois auparavant, on l'avait assommée d'opinions racistes, et elle avait encore du mal à digérer une telle intolérance.

— Dam' Tuan. Vous écouter ?

— Oui, oui, je vous écoute. Tuan ?

— Vouloir dire patron. Japonais bien travailler. Prendre même bois pour lougres. Pont devenir terrasse, intérieur comme intérieur bateau et voiles grands rideaux.

Duc parlait une langue qui lui échappait, et elle se retrouva à reproduire son expression, étirant sa bouche en un sourire forcé, au point d'en avoir mal aux joues. Elle désigna alors les câbles d'acier tendus qui traversaient le toit et que l'on avait fixés à la chape de ciment.

— Ça pour gros vent, Dam'. Maison pas bouger.

Elle montra ensuite les piliers de ciment coiffés de métal, au-delà de la terrasse.

— Ça pour bestioles, serpents et fourmis à manger.

— Quoi ? Vous mangez des fourmis ?

— Non, fourmis manger maison, répondit Duc en levant les yeux au ciel. Nous pas manger fourmis.

Ils poursuivirent leur petit tour, elle désignant chose après chose, lui enchaînant les explications, sans que ni l'un ni l'autre ne parviennent vraiment à se comprendre. La maison était à l'image parfaite de son mari : plate et étirée dans la largeur, plutôt que dans la hauteur.

La salle à manger se situait juste à côté de la cuisine, à l'une des extrémités de la terrasse ouest. Les murs étaient recouverts de photos encadrées représentant des scènes de chasse – des biches, des tigres et des éléphants massacrés et immortalisés dans leurs derniers instants ; des chasseurs et leurs chiens posant aux côtés de leurs proies ensanglantées. Elle pouvait presque entendre le son des cors… Maisie détourna très vite les yeux.

La terrasse s'élargissait en angle droit afin d'accueillir le salon d'extérieur, fabriqué à base de canne en provenance de Singapour, lui expliqua Duc. Tout au bout de cette même terrasse se trouvait un long espace cloisonné.

— Ça pièce à moustiques, déclara Duc en agitant les bras à la manière d'un policier. Vous et patron dormir ici. Après-midi.

Maisie dut se retenir au dossier de la chaise, derrière elle. C'était donc ainsi que cela se passerait. Ils consommeraient leur mariage cet après-midi – dans la pièce à moustiques –, avec Duc à quelques mètres seulement.

Duc lui expliqua que la quasi-totalité de l'espace nuit était ceint d'une espèce de filet d'acier très fin, afin de protéger des insectes ceux qui se trouvaient à l'intérieur. Des volets de métal, qui faisaient la hauteur du mur, protégeaient quant à eux les lieux des éléments.

— Et vous, avez-vous une chambre, Duc ?

— Arrière maison. Tout près chambre patron.

Il lui montra ensuite une petite terrasse, à l'arrière du bungalow, qui donnait sur le jardin, et lui expliqua qu'il s'agissait de *son* domaine – tout du moins en ses termes à lui. Le jardin disposait également d'un petit cabanon aux volets fermés que le patron utilisait comme deuxième bureau, ainsi que d'une grande réserve qui contenait une impressionnante collection de boîtes de conserve.

— Ce qui est certain, c'est que nous ne mourrons pas de faim, si le ciel vient à nous tomber sur la tête ! s'amusa Maisie.

Duc lui adressa un large sourire, les yeux pleins d'espoir.

— Apprendre moi à cuisiner, Dam' ? Pas problème si ciel tomber, comme ça.

6

Le *Seafarer's Rest Hotel*, son ossature d'acier et de bois recouverte de treillis, trônait tout en haut de Royal Avenue, du côté japonais, ce qui lui faisait bénéficier d'un panorama avantageux sur le restant de la ville. L'archipel des Boucaniers ne disposait pas de boulevard principal, comme l'on en trouvait dans les autres cités. Il n'existait aucun noyau central à tous ces bâtiments qui avaient poussé derrière les dunes côtières. Cooper s'imaginait que ce trou perdu ne valait son existence qu'à la foi inébranlable de ses habitants, tous convaincus qu'ils pourraient faire fortune avec les perles, ou encore avec les quelques trésors que l'on tirait du fond de l'océan. Après tout, c'était la raison de sa présence, à lui aussi.

C'était le « désarmement », dans l'archipel, une période de grande effervescence. Les équipages des lougres avaient vécu et travaillé neuf mois de l'année dans des conditions où même le plus docile des chiens se serait retourné contre son maître, et l'école était terminée. Le capitaine Sinclair avait logé ses deux nouveaux employés, William Cooper et John Butcher, au *Seafarer*, et le prix des chambres les empêcherait de faire quoi que ce soit jusqu'à ce qu'ils puissent partir en mer pêcher la perle. Les Anglais s'étaient retrouvés coincés au milieu d'individus de toutes les nationalités qui dilapidaient leur paie à une vitesse impressionnante. C'est bien simple, ils passaient leurs soirées à boire ou à jouer. Il faut dire qu'il n'y avait pas grand-chose d'autre à faire, ici.

Cooper s'arrêta sur le seuil de l'hôtel et s'assit sur un siège en rotin en prenant tout son temps. Son crâne pulsait contre ses tempes. La soirée de la veille n'était plus qu'un souvenir flou. Entre le coucher et le lever du soleil, il avait été le centre d'attention du bar, au milieu des Philippins, des Kupangais et des Malais, à jouer au poker et à enchaîner les verres d'alcool au même rythme qu'eux. Assez tôt dans la soirée, il avait accepté un verre de gin à base de pomme de terre de la part d'un Philippin d'une cinquantaine d'années que tout le monde appelait « Sid l'insaisissable ».

Il but une gorgée qui lui brûla la gorge avant de se pencher vers l'autre homme.

— Combien de lougres y a-t-il sur cet archipel, Sid ?

— Trois cents. Têt' plus.

— Et ils ont tous un propriétaire différent ?

— Ça non ! Capitaines avoir deux, têt' trois. Big Tuan, maire, lui avoir vingtaine.

— Et le capitaine Sinclair ?

Sid but une gorgée de son verre et dressa trois doigts.

— Combien d'hommes par lougre ?

Sid lui expliqua que chaque bateau comprenait deux plongeurs : un « numéro un » (en général japonais), et un second qui avait moins d'expérience que l'autre. Ils plongeaient à tour de rôle et disposaient d'un assistant qui s'occupait de tout leur équipement, à bord. Un équipage ordinaire comprenait le cuisinier, quatre hommes qui se relayaient au pompage des compresseurs au cours de la journée, et l'écailler, ce qui faisait neuf personnes en tout. Parfois, le capitaine les accompagnait. Cooper partit donc du principe qu'ils seraient neuf ou dix par lougre, selon les expéditions.

— Le capitaine Sinclair part-il en mer, lui ?

— Non. Pas pied marin !

Cooper faillit s'étrangler à cette révélation.

— Est-ce dangereux de plonger, par ici ?

— Toi peur ? se moqua Sid.

— Non. Je suis habitué à bien plus dangereux qu'ici, en matière de plongée.

— Japonais meilleurs.

— Pourquoi ?

— Eux courageux.

— Et les meilleures équipes ?

— Tout le monde mélangé. Pas de bagarre, comme ça.

— Et les Aborigènes travaillent sur les bateaux, eux aussi ?

— Non. Homme blanc pas aimer homme noir.

— Pourquoi ça ?

Cooper savait que la main-d'œuvre étrangère était un sujet sensible, ici, mais ne pas employer les Aborigènes, qui vivaient en masse dans le coin, lui semblait aberrant.

— Homme noir pas aimer équipement.

— Les équipages ne sont donc pas originaires d'ici…

— Tous venir travailler trois ans ici, puis rentrer chez eux. Très bien ficelé, tout ça.

Autour de minuit, Cooper s'endormit au-dessus de son verre de rhum. Quelqu'un lui secoua l'épaule et le traîna jusqu'à sa chambre du deuxième étage. Il s'était réveillé le lendemain matin vers neuf heures, étalé sur le matelas, à deux doigts de tomber, une jambe coincée sous son ventre, toujours aussi mal en point.

Il voulut lire l'heure et dut plisser les yeux pour y voir clair. Le capitaine Sinclair l'avait convoqué dans son bureau avant dix heures. Leur première rencontre, sur le bateau à vapeur, ne lui avait rien dit qui vaille. Il s'était attendu à une grosse fête, un peu dans la même veine que la fanfare qui les avait accueillis au port de Fremantle, mais l'homme lui avait à peine adressé la parole et avait purement et simplement ignoré John Butcher. Cooper avait bien voulu prendre le contrat de quatre pages que lui avait tendu son patron décidément insaisissable, mais il avait refusé de le signer sans l'avoir lu au préalable. Le regard cendré du capitaine s'était fait orageux. Mais peut-être Cooper se faisait-il des idées... Après tout, comment aurait-il pu deviner que son nouvel employé fantasmait sur la femme qu'il l'avait vu épouser, ou que sa femme semblait déjà regretter son geste ?

Cooper s'enfonça dans sa chaise et entreprit de se rouler une cigarette, ses doigts encore tremblants ne faisant rien pour lui faciliter la tâche. Il mouilla le côté collant du papier et carra la pointe du tube tout fin entre ses lèvres avant de l'allumer. Puis il éteignit la flamme d'un coup de poignet, prit une longue bouffée et croisa les jambes, fermant les yeux pour se protéger du soleil qui l'agressait déjà.

— La vue ne fait pas rêver, n'est-ce pas ? lança une voix de femme, plutôt jeune.

Cooper rouvrit lentement les paupières, sa cigarette pendant entre ses lèvres.

— De la boue et des lougres. La saison du désarmement n'offre pas de spectacle plus réjouissant, malheureusement...

— Je ne regardais pas vraiment la vue, dit-il en se levant péniblement.

— Dorothea Montague, se présenta la jeune femme en lui tendant une main gantée.

Cooper prit le temps de l'observer. Une chevelure brune nouée sous un chapeau, des yeux bleus tout ronds, une bouche large et douce…

— William Cooper.

— Je sais qui vous êtes. Je suis la fille du maire. Nous attendions votre arrivée avec impatience.

— Nous étions tous impatients d'arriver, rétorqua-t-il. Et nous le sommes tout autant de commencer à pêcher ces perles.

— Il va falloir vous armer de patience, dans ce cas. Vous ne pourrez rien faire avant la fin de la *Wet*.

— La *Wet* ?

— C'est vrai… J'oublie tout le temps que les Britanniques de Grande-Bretagne ne savent pas ce que ça veut dire, gloussa-t-elle. C'est la période de novembre à mars durant laquelle les flottes restent amarrées, à cause de la menace des cyclones. Tout le monde passe son temps à boire, et les fêtes s'enchaînent. On s'amuse beaucoup. Et on en profite également pour réparer les lougres. J'imagine qu'on vous donnera très vite de quoi vous occuper. Les employés rémunérés ne doivent pas avoir peur de mettre les mains dans la boue !

— Tous les Britanniques ne viennent pas de Grande-Bretagne ? s'enquit-il.

— Mais non, voyons ! Nous sommes tous britanniques, ici. Les Blancs, bien entendu. Vous comprenez ?

— Oui, je crois. Merci.

Même si en vérité, il n'avait rien compris. Il jeta un rapide coup d'œil à sa montre.

— Veuillez m'excuser, mais je dois retrouver le capitaine Sinclair dans son bureau avant dix heures.

— Bonté divine ! C'est de l'autre côté de la ville… Vous voulez que je vous accompagne ? J'ai ma carriole.

— Votre père ne verrait pas d'un mauvais œil que vous cheminiez avec un étranger ?

— Bien sûr que non ! Nous devons nous serrer les coudes, entre Blancs ! Et puis, on ne va pas s'embêter avec ces histoires ridicules de chaperon qu'ils semblent vouloir imposer partout, en Angleterre. Il n'y a pas assez de femmes, ici ! lança-t-elle en riant. Venez, j'en profiterai pour rendre visite à la nouvelle Mrs Sinclair. Elle est arrivée hier soir, et j'ai entendu dire qu'elle avait plus ou moins mon âge.

— En effet.

Ses grands yeux bleus s'écarquillèrent.

— Vous la connaissez ?

— Je l'ai vue, disons. Nous étions sur le même bateau.

Cooper songea à la jolie blonde toute menue et à la peau nacrée, puis il s'essuya le front avec son mouchoir. Oh que oui ! Il l'avait vue se promener sur le pont avec une femme plus âgée qu'il avait prise pour sa mère. La veille au soir, elle avait épousé le capitaine Sinclair durant la cérémonie la plus étrange à laquelle il ait jamais assisté. *Elle est sienne, désormais*, se tempéra-t-il, mais cette idée ne lui faisait aucun bien.

Miss Montague faisait tournoyer son ombrelle afin de protéger au mieux sa peau pâle du soleil.

— Vous devriez vous acheter un chapeau. Votre peau va beaucoup brunir, sous le soleil, et il ne faudrait pas que les gens vous prennent pour un étranger. Ce serait du suicide social, mon pauvre ami ! Vous ne serez reçu nulle part, si vous bronzez davantage.

Elle désigna alors une carriole attachée à la rambarde, sous l'auvent de l'hôtel.

— Prêt ? Je suis juste là.

Entre la chaleur et son mal de crâne qui lui faisait regretter son excès de la veille, Cooper accepta sa proposition sans plus y prendre la peine de réfléchir. Il regretta sa décision une poignée de secondes plus tard seulement.

Miss Montague, apprit-il, n'avait pas de mère. Bien sûr, se corrigea-t-elle, elle en avait eu une, mais elle était morte de négligence. Ou d'incompétence. Personne ne savait la vérité à ce sujet. Sa mère avait contracté une infection à la suite d'une coupure et était allée consulter le docteur blanc qui officiait à l'hôpital d'État. Tout le monde lui avait conseillé d'aller voir le médecin japonais, mais son père n'avait rien voulu entendre. Il prétendait que les Asiatiques étaient inférieurs aux Blancs, et il était hors de question qu'il se rabaisse à faire soigner sa femme par un immigrant. Mais le médecin blanc était occupé à vérifier que les plongeurs étaient aptes à partir travailler – même si certains ne l'étaient pas du tout –, et il croulait sous les papiers. Sa mère lui était très vite sortie de la tête, l'infection s'était propagée, et la pauvre femme était morte. Miss Montague se retrouvait donc désormais seule avec son cher papounet, qui détestait toujours autant les Asiatiques, les métis, les Blancs quand ils étaient pauvres et les Aborigènes. L'arrivée des plongeurs blancs le réjouissait, lui apprit-elle. C'est ce qu'il avait dit le matin même au petit déjeuner.

Ils traversèrent un dédale aveuglant de petites rues où les constructions et les maisons tout en fer et en bois étaient si agglutinées les unes aux autres qu'une simple allumette jetée au milieu de ce labyrinthe aurait suffi à tout carboniser. Des rangées de boutiques aux devantures ouvertes directement sur la rue débordaient de babioles sans valeur que des vendeurs tentaient de refourguer en beuglant. Ça empestait les épices, le poisson, les oignons frits et la crasse dans tout ce qu'elle avait de plus écœurant. Cooper tenta de respirer par la bouche lorsqu'ils ralentirent pour prendre un virage, le bruit des sabots et l'écho de toute cette misère lui faisant atrocement siffler les oreilles.

— Qu'est-ce que c'est que ça ? s'enquit-il alors en pivotant la tête.

Une longue rangée d'Aborigènes approchait, tous pieds nus, le cortège entier avançant péniblement en file indienne avec une expression abattue. À leur tête, un policier blanc affublé d'un lourd uniforme de sergé marchait en sifflotant, son fusil à l'épaule. Derrière lui, les hommes à la peau noire ne portaient qu'un pagne et étaient affreusement maigres, toutes côtes dehors. Ils étaient enchaînés les uns aux autres par le cou.

Miss Montague arrêta son cheval et se tourna vers son compagnon.

— Ce sont les Abos qui étalent les brisures de coquillages sur les routes. Vous devriez les voir plus tard dans la journée, lorsqu'ils auront fini de travailler. Ils sont tellement recouverts de poussière qu'ils brillent dans le noir comme des fantômes... C'est terrifiant !

— Pourquoi sont-ils enchaînés ?

— Il n'y a qu'un garde pour tous les prisonniers. Comment pourrait-il les contrôler, sans ça ?

Cooper ne parvenait pas à comprendre.

— Mais pourquoi sont-ils si nombreux ?

— Il me semble que quelqu'un a calculé un jour qu'il fallait cinquante hommes pour construire une route, alors ils font en sorte de coller plus au moins au nombre…

— Qu'ont fait ces hommes ?

— Oh, en général, ils tuent du bétail, expliqua-t-elle en secouant les rênes. Les Abos sont plutôt dociles, tant qu'ils ne sont pas affamés ou complètement saouls.

Là, c'est une autre histoire. Mais j'ai entendu dire qu'ils avaient la belle vie, en tant que prisonniers. Papa prétend que certains se font même piquer volontairement. On les nourrit trois fois par jour, et la femme du geôlier leur cuisine des pâtisseries de temps en temps. Ils ont deux heures de pause pour le déjeuner et ont droit à un bain dans la crique après chaque journée pour se débarrasser de la poussière.

— Les prisonniers européens sont enchaînés de la même manière ?

— Bien sûr que non ! Les Blancs ne sont pas embrigadés dans les chaînes de forçats. Ce serait incivique, vous ne trouvez pas ?

Cooper l'observa un instant tandis qu'elle tournait vers lui un regard interrogateur. Plutôt que de chercher une réponse qu'il aurait été incapable de trouver, il décida de changer de sujet.

— Et comment occupez-vous vos journées, Miss Montague ? Vous ne vous ennuyez pas trop ?

Elle dressa le menton et rétorqua d'une voix haut perchée :

— Moi ? Oh, je n'ai certainement pas le temps de m'ennuyer, ça non ! Entre les parties de bridge, le croquet et le club de tennis… Nous organisons également tout un tas de pique-niques, des bals, des concerts, des collectes de fonds pour l'école catholique… Il y a de quoi s'occuper, je vous rassure.

Elle tira alors sur les rênes avec un sourire que Cooper ne put s'empêcher de trouver forcé.

— Vous voici sain et sauf à bon port, Mr Cooper, déclara-t-elle en désignant du menton un regroupement de cabanons chaulés, de l'autre côté de la rue. Le bureau du capitaine Sinclair se trouve dans l'entrepôt de conditionnement, là-bas.

Elle pointa son ombrelle en direction d'un chemin sableux qui serpentait vers la plage. La marée était basse, révélant une longue étendue de boue noire envahie de lougres, certains sur le flanc mais la majorité calés dans de profondes tranchées et soutenus par des sacs de sable, échoués temporairement en attendant que la marée remonte.

— Et pensez à vous acheter un chapeau. Vous êtes déjà plus sombre que quand nous sommes partis !

Cooper inspira un bon coup et le regretta amèrement. L'air empestait le poisson pourri.

— Merci de m'avoir déposé, Miss Montague. Je vous en suis extrêmement reconnaissant.

La jeune femme battit des cils et, du bout de sa petite main gantée, elle toucha une mèche des cheveux de Cooper.

— C'est comme ça que ça se passe, ici, souffla-t-elle. Nous nous serrons les coudes…

Tandis que la carriole s'éloignait, Cooper, la main en visière, observa le cabanon en tôle. Ce satané soleil commençait à lui taper sur les nerfs… Il palpa sa veste pour s'assurer qu'il avait toujours son contrat sur lui. Il avait dans l'intention de discuter de certains points avant d'y apposer sa signature. Il commençait à être à court d'argent et voulait savoir quand il pourrait enfin partir en mer. Il sortit de sa poche de quoi se rouler une cigarette et se tourna vers la grève. La rangée de lougres semblait s'étirer à l'infini. Sid avait raison. Il devait y en avoir des centaines calés dans le sable, leurs mâts dépouillés de leurs voiles, telle une armée d'arbres morts. Il aurait pensé trouver des embarcations plus grosses. Une fois chargées des réserves et de tout l'équipement nécessaire à la plongée, comment pourraient-elles contenir neuf personnes ? Cooper secoua la tête.

Sid avait peut-être vu large, côté équipage. Et puis, si la fortune était à la clef, il était prêt à accepter un confort bas de gamme…

La plage grouillait d'hommes trapus qui passaient d'un bateau à l'autre, les jambes de leurs pantalons retroussées pour éviter la boue. Avec toute cette maintenance à faire sur la flotte, Miss Montague s'attendait-elle sérieusement à ce qu'il évite le soleil ? Tous ces hommes étaient calcinés, de la tête aux pieds. Il tira une dernière fois sur sa cigarette, écrasa le mégot sous son talon et emprunta le chemin qui menait au bureau.

Le débit du capitaine Sinclair était similaire à celui d'une mitrailleuse. Saccadé, nerveux et strident. C'était un peloton d'exécution à lui tout seul.

— J'ai de bonnes nouvelles, Cooper ! Je viens à l'instant de recevoir un message de New York. Notre dernière cargaison d'huîtres s'est vendue pour 300 livres la tonne. Du jamais-vu ! Où est Butcher ?

— Il risque d'avoir un peu de retard.

— Encore une histoire de prostituée ?

Cooper secoua la tête, et ce simple geste raviva sa migraine.

— Est-ce un homme fiable ? demanda le capitaine en coinçant sa pipe entre ses dents tachées.

— JB ? C'est le meilleur équipier dont j'aurais pu rêver, lui assura Cooper. Je ne plongerai pas sans lui.

— De quelle expérience disposez-vous ?

— De plusieurs années dans la Marine. J'ai été formé à l'école d'artillerie de Portsmouth.

— Bon, il faut qu'on parle de votre contrat, déclara Sinclair en cognant sa pipe sur son bureau. Je suis censé vous payer 13 livres par mois, et votre assistant 6.

Cooper hocha la tête.

— C'est ce pour quoi nous avons accepté de partir, oui.

— Mais voyez-vous, Mr Cooper, je peux, pour un mois, me payer un plongeur jap pour 3 livres, un Malais pour 2 livres et un assistant pour même pas 1 livre. J'ai déjà déboursé 24 livres pour vous faire venir tout droit d'Angleterre, vous et votre John Butcher, et je n'ai pas la moindre idée de vos compétences. Quelle garantie pouvez-vous me donner sur un quelconque retour sur investissement ?

L'expression du capitaine était clairement hostile.

— Je ne vois pas comment nous pourrions vous décevoir, monsieur. Nous avons été formés par les plus grands de la Marine. Si les Asiatiques vous assurent un quelconque succès, vous avez ma parole d'honneur qu'un homme de la Marine fera mieux.

Maitland rejeta sa tête en arrière si brusquement qu'il manqua de faire basculer son fauteuil.

— Vous ne manquez pas d'air, vous ! Vous vous croyez en position de m'assurer quoi que ce soit, espèce d'arrogant ? Avez-vous la moindre idée de ce à quoi ressemble une huître, Cooper ?

Cooper s'était imaginé qu'il les repérerait sans problème. Il ne s'était pas une seconde arrêté sur ce point.

— Suivez-moi.

Le capitaine le guida dans l'entrepôt contigu et sortit une huître d'un panier. La nacre scintillait sous les rayons du soleil.

— Voilà ce que je veux que vous me rapportiez, commenta-t-il en tapotant la coquille. Mais ce n'est pas ce que vous verrez. Ça n'a rien à voir, à quarante mètres de profondeur, accrochée à un rocher… Les huîtres ont la couleur du fond de la mer. Les meilleurs plongeurs japonais ont mis des années à parvenir à se débrouiller seuls, et vous, vous êtes un novice embauché sur douze mois seulement.

— Je croyais que nous étions censés plonger deux par deux, pour commencer, afin de nous familiariser au milieu ?

— J'ai l'impression que vous ne comprenez pas ce que je cherche à vous dire, Cooper. Pour vous embaucher, je vais devoir congédier l'un de mes meilleurs plongeurs. Les Japs sont exigeants, voyez-vous. Et ils peuvent se le permettre. Ils savent que ce sont les meilleurs, et ils n'accepteront jamais de signer pour la nouvelle saison si je ne leur accorde pas une avance. Comme ça, s'ils venaient à claquer – ce qui n'est pas rare –, ils auraient quand même pu envoyer quelque chose chez eux. Pour ma part, j'ai déboursé de l'argent pour quelqu'un qui ne me rapportera rien. Vous comprendrez que cela ne me paraît vraiment pas bon, pour les affaires, Mr Cooper.

— Alors, pourquoi suis-je ici exactement, capitaine Sinclair ? rétorqua Cooper en le dévisageant. Vos représentants nous ont assuré que tous les maîtres perliers de cet archipel soutenaient l'idée que des équipages blancs seraient plus efficaces et plus profitables que la main-d'œuvre étrangère que vous embauchez en temps normal. On nous a affirmé que le gouvernement australien s'était rallié à cette cause, lui aussi. Nous sommes tous venus pour vous montrer que vous avez raison de vous fier à nous. Si ce n'est pas le cas, pourquoi avoir fait venir toute une équipe de plongeurs blancs ?

Le capitaine croisa les bras sur sa poitrine et cracha un nuage de fumée.

— Désolé si je vous parais méfiant, Cooper. Il faut que vous compreniez que la période qui précède la remise à flot est très intense. Acheter, équiper et entretenir un lougre revient extrêmement cher. C'est une prise de risque continuelle, et beaucoup de choses peuvent déraper. Nous sommes tous à fleur de peau. Mais ce n'est ni votre faute ni votre problème, et je m'excuse si je vous ai donné l'impression de ne pas être le bienvenu. Je mise beaucoup sur vous et vos compagnons, et j'espère que nous pourrons rapidement renvoyer chez eux tous ces étrangers. Vous parliez de vous familiariser, tout à l'heure… Que diriez-vous de passer les prochains jours à travailler avec Bigleux ?

Cooper ne parvenait pas à s'expliquer ce changement soudain d'attitude, mais il ne pouvait pas se permettre de refuser de travailler alors qu'il était à court d'argent.

— Pas de problème, si vous me payez, bien évidemment. Je ne travaillerai pas gratuitement.

— Dix shillings par semaine, ça vous va ?

— La chambre en coûte trente, au *Seafarer*, répondit Cooper en baissant les yeux.

— Mais où ai-je la tête ? Trente shillings par semaine jusqu'à la fin de la *Wet*.

Quand Cooper acquiesça, le capitaine désigna l'entrée d'un coup de menton.

— Vous pouvez sortir. Je vous envoie Bigleux.

— Comment le reconnaîtrai-je ?

Le capitaine le fixa étrangement et lança :

— Je vous laisse deviner.

Cooper sortit de l'entrepôt en soupirant. Il faisait légèrement plus frais dehors, mais ses oreilles brûlaient encore affreusement. Il mit les deux mains en visière pour se protéger du soleil qui dardait ses rayons. La matinée était à peine entamée qu'il faisait déjà une chaleur torride. Venait s'ajouter à cela un air lourd et poisseux suffocant à souhait, et de grosses mouches noires jouaient des coudes pour venir se repaître de la sueur qui cernait déjà ses yeux et sa bouche. Il les dégagea d'un coup sec de la main.

La marée était en train de remonter.

Un jeune Malais, qui ne devait pas avoir plus de vingt ans, avançait dans le sable brûlant, les pieds nus et seulement vêtu d'un sarong. Il portait une chaîne autour du cou d'où pendait un sac en cuir clouté qui se balançait au rythme de ses pas.

— Toi Cooper ?

— Tout le monde m'appelle Coop. J'imagine que c'est toi, Bigleux ?

Le Malais hocha la tête, ses yeux roulant dans des directions opposées.

— Toi travailler avec moi aujourd'hui. Chasser vermine des lougres. Mais nous devoir faire vite.

— Dis-moi ce que je dois faire.

— O.K. Nous rejoindre les autres, expliqua Bigleux en faisant faire une nouvelle pirouette à ses yeux. Sortir tout des lougres et ouvrir valve. Puis attendre marée patronne. Toi comprendre ?

Patronne ?

— Oui, j'ai compris, bluffa Cooper.

Bigleux lui flanqua sa main sur l'épaule.

— Viens. Pas de temps à perdre.

Son hôtel étant beaucoup trop loin pour aller se changer, Coop retira ses bottes et ses chaussettes jaunes et remonta son pantalon comme il l'avait vu sur les autres travailleurs. Puis il déboutonna sa veste, sortit son papier à cigarette et son tabac de la poche droite et la retira. Les conseils de Miss Montague lui revenant soudain en tête, il plaqua ses cheveux en arrière et noua un mouchoir de coton autour de son crâne.

Bigleux lui prit ses affaires, les roula en boule et partit en direction de l'entrepôt.

— Toi commencer décharger bateaux. Vite. Patronne bientôt arriver.

— Patronne ?

— Oui, oui, venir recouvrir bateaux.

— Et qu'est-ce que je fais de ce que je récupère ?

Le Malais désigna d'un geste pressé les dunes de sable rouge où s'entassaient déjà cordes et paniers.

Coop se roula une cigarette et se mit à l'ouvrage. C'était un travail éreintant. Après avoir passé des semaines entières en mer, avec pour seul exercice quelques parties de palet, il avait besoin de se remuscler un peu. Mais il n'était pas du genre à s'avouer vaincu. Il enchaîna donc les allers-retours, pataugeant interminablement dans la boue noire pour décharger les lougres du capitaine, traversant le sable brûlant pour tout poser sur des palettes qui débordaient, jusqu'à ce que le voile de sueur qui gouttait de son front le rende presque aveugle. La marée était proche, désormais. Bigleux se mit à grimper la dune en tirant sur un cheroot [1] qui dégageait une odeur nauséabonde.

— Arrêter maintenant. Patronne arriver.

Coop grimpa sur la colline à son tour et s'écroula de fatigue au milieu des autres hommes qui attendaient la marée. Il encadra son visage de ses deux mains, en profitant pour se protéger un instant du soleil aveuglant. Les mouches s'en donnaient à cœur joie.

La marée fonçait droit sur eux, frappant les coques de bois de ses vagues tumultueuses, avalant les ponts et envahissant les cales. Coop posa la tête entre ses mains et regarda les milliers de cafards prendre la

---

1 Cigare traditionnel birman.

fuite, se piétinant les uns les autres, chassés de leurs cachettes. Toujours plus impétueuse, la marée terrassait impitoyablement les insectes. Coop eut un haut-le-cœur et ravala la bile.

Bigleux sautillait sur place, euphorique, en roulant des bras. Son enthousiasme balaya le reste de l'équipe à la manière d'un tsunami.

— Patronne très forte aujourd'hui. Nous beaucoup s'amuser bientôt. Toi avoir besoin bâton.

— Je suis lessivé, Bigleux. Je vais me contenter de vous regarder.

— Tuan dire homme blanc faible.

— Ah oui ? Il parle de moi, ou des plongeurs blancs en général ? lança Coop en se hissant péniblement sur ses pieds.

Mais Bigleux ne saisit pas la subtilité.

— Lui dire nouveaux plongeurs faibles. Moi devoir fatiguer vous pour vous plus penser clair.

Coop commençait à comprendre qu'il devait rester sur ses gardes.

— Et en quoi consiste ton travail sur les lougres, Bigleux ?

— Moi beaucoup travail. Parfois faire manger. Parfois nettoyer huîtres. Parfois pomper. Moi faire ce que Tuan demander moi.

Son regard dessinait une boucle incessante, si bien qu'il était impossible d'y lire quoi que ce soit.

— Regarde ! Rats arriver ! s'écria-t-il. Toi prendre bâton pour tuer eux !

Pataugeant désespérément dans l'eau salée afin de regagner la terre ferme, des centaines de rats apeurés et aveuglés par cette soudaine lumière fonçaient vers la rive. Au-dessus d'eux, les oiseaux criaient. Dans l'eau, les pauvres rats couinaient leur infortune. Sur la rive, les hommes hurlaient. Quelqu'un avait lancé un pari sur celui qui en tuerait le plus, et l'argent passait de main en main.

Le soleil lui brûlait la peau, et ce tapage était insupportable. Coop plaqua les deux mains sur ses tempes et tenta de calmer les pensées rageuses qui lui traversaient l'esprit. Dans quoi s'était-il fourré ?

7

Le mois de mars pointa le bout de son nez avec une nouvelle vague de tristesse.

Maisie s'enfonça dans son fauteuil et ferma les yeux pour tenter de revoir dans les moindres détails le petit parc qui faisait face à sa maison, en Angleterre, avec ses grilles peintes en noir brillant, ses jonquilles de la couleur du soleil et ses haies impeccablement taillées. Cela faisait dix jours qu'elle était ici. Chez elle, la verdure devait commencer à reprendre ses droits, et la douce herbe printanière sortirait bientôt ses touffes vert vif de terre. Elle détestait cette humidité suffocante, cette chaleur et cette poussière rouge qui semblait se coller partout. Et elle détestait aussi toutes ces heures qu'elle passait seule, enfermée dans la maison. Elle s'était résignée à être une épouse modèle et à offrir à Maitland affection et compagnie, mais quel genre d'existence lui offrait-il en retour, quand il passait ses journées à l'extérieur et rentrait pour dormir seul dans sa chambre ? Elle trouvait cela à la fois déroutant et inquiétant qu'il ne semble pas désirer une femme dans le sens physique du terme. De toute évidence, il n'avait cherché qu'une personne qui pourrait élargir son réseau et qui accepterait de faire ce qu'il disait sans chercher à discuter.

La première fois que Maisie avait reçu les amis de Maitland, quatre ou cinq jours après son arrivée sur l'archipel, Duc avait menacé de quitter la maison.

— Patron blanc méchant. Moi dire patron. Moi plus vouloir travailler ici. Couverts sur la table. Pourquoi patron crier pour places ?

Maitland avait tenu à ce qu'il dresse la table avec une nappe blanche et le nouveau service que Maisie avait apporté d'Angleterre.

— Moi pas savoir qui assis à côté de qui. Patron très en colère et cassé bouteilles.

Maisie était parvenue à le calmer en lui expliquant que les couverts étaient disposés selon l'ordre des mets servis, de l'extérieur vers l'intérieur. La cuillère à soupe, le couteau à viande, la petite cuillère et le couteau à fromage sur la droite ; l'assiette à fromage, la grande fourchette et la fourchette à dessert sur la gauche.

En agissant ainsi, Maitland s'était imaginé, à tort, que sa femme prendrait son parti. Jamais il n'aurait pensé qu'elle puisse soutenir ceux qu'ils payaient pour les servir.

— C'est *moi* qui m'occupe des domestiques, Maitland. Que les choses soient bien claires : tu ne lèveras plus jamais ni la voix ni la main sur Duc. C'est un garçon loyal, et tu te dois de le traiter avec respect.

Maitland n'en avait pas cru ses oreilles.

— C'est chez moi, ici. C'est moi qui fixe les règles.

— Non, Maitland. Duc vit chez nous, et en tant que ses employeurs, nous sommes responsables de son bien-être. À partir du moment où l'on se permet d'avoir des domestiques, il y a un sens du devoir qui va avec, que l'on vive dans une grande demeure londonienne ou dans un bungalow.

Maitland était ce que son père aurait appelé un opportuniste sans pitié qui avait cédé face aux codes de cette soi-disant bienséance.

Ah, la bienséance... Après s'être rendue à l'église aux aurores, ce matin, Maisie avait enduré une heure de tricot au club de l'archipel avant de rentrer. Elle s'était aussitôt effondrée sur la terrasse, ses vêtements lui collant déjà à la peau. Ses pieds tout enflés lui faisaient un mal de chien. Elle fixait d'un regard vide la pauvre poupée à tricoter que la femme de l'évêque lui avait donnée et se mordilla la lèvre.

Entourer quatre lamelles de bois d'une laine rêche et épaisse ne la faisait pas franchement rêver. La laine rendait ses mains toutes moites, et elle ne voyait pas l'intérêt de préparer des mètres et des mètres de corde qui ne servirait à rien. Elle n'avait pas plus envie de faire un couvre-théière ou tout autre accessoire de cuisine dont l'objet consistait à conserver la chaleur. Elle ferma les yeux et essaya de penser à toutes ces choses qui donnent froid : la neige, le givre, la glace, le bureau de sa mère…

Les recommandations de Mrs Wallace, à Fremantle, n'avaient pu être plus claires, et elle les lui avait répétées dans sa lettre.

Je perçois votre rancœur et votre frustration, mais attention à ne pas vous replier sur vous-même, très chère, et à taper sur l'isolement des petites villes. Vous devez à tout prix vous adapter si vous ne voulez pas vivre dans la solitude. Et n'essayez surtout pas de changer votre mari ou de résister à ses avances. Cela ne fonctionnera pas ; il vous rendra malheureuse et ira chercher son affection ailleurs. La meilleure chose que vous puissiez faire pour la survie de votre mariage est d'avoir un bébé et de vous découvrir une passion.

Maisie faisait beaucoup d'efforts pour s'intégrer, mais avoir un bébé était une tout autre histoire. Mrs Wallace lui avait confié que la plupart des hommes étaient insatiables, en matière d'intimité. Sauf que Maitland n'avait jamais exprimé le moindre désir.

Maisie attendit plusieurs jours avant d'oser aborder le sujet des domestiques.

— Cette maison est grande, Maitland. Tu ne penses pas que Duc aurait besoin d'aide ? Nous ne pouvons pas exiger de lui qu'il fasse toutes les tâches ménagères, et la cuisine par-dessus le marché ! C'est beaucoup trop de travail pour une seule personne.

— Il s'est très bien débrouillé jusqu'ici.

— La maison est sale, Maitland, dit-elle en passant un doigt sur l'accoudoir de son fauteuil. Je suis sûre qu'avoir de l'aide le soulagerait.

— Duc se soucie du ménage comme d'une guigne, mais emploie un autre garçon si tu veux.

— Je préférerais que ce ne soit pas un garçon. N'y a-t-il pas des femmes noires à qui je pourrais enseigner le ménage ?

— Hors de question d'avoir une sale Noire avec ses mœurs de chienne chez moi. Les *lubras* [1] n'ont rien à faire dans une maison digne de ce nom. Ce ne sont que des fainéantes doublées de voleuses. Tu veux apporter la maladie et le chaos dans cette maison, c'est ça ? À tous les coups, elle volerait mon whisky ou viendrait se glisser dans mon lit la nuit !

— Maitland ! Je sais que je viens tout juste d'arriver et que j'ignore encore à quoi ressemble la vie ici, mais je suis convaincue que tu exagères. Je refuse de croire que

1 Nom péjoratif donné aux femmes aborigènes australiennes.

toutes les Aborigènes de cet archipel sont des vicieuses ou des voleuses !

— Tu ne sais pas de quoi tu parles.

Son ton fit à Maisie l'effet d'une gifle.

— Pourquoi m'as-tu fait venir ici, Maitland ? Tu ne fais que t'en prendre à moi, depuis le début. Tu ne penses pas que je t'agacerais moins si tu acceptais de passer un peu plus de temps à la maison pour m'apprendre ?

Il sortit une cigarette de la boîte posée sur la table et l'alluma. Puis il secoua l'allumette tout en soufflant un nuage de fumée en direction du plafond.

— Je vois que la petite souris s'est laissé pousser des crocs…

Maisie préféra ne rien répondre, du moins à voix haute. *Ce qui ferait de moi un rat, Maitland. Sauf que la place est déjà prise, dans cette maison...*

Le différend avait tiré jusqu'au soir, mais Maisie n'était pas du genre à renoncer si facilement. Juste avant minuit, Maitland vida un énième verre de whisky et plaqua ses mains flasques sur ses oreilles.

— Ça suffit, Maisie. Je vais me coucher.

Il n'avait plus reparlé de cette histoire de domestique, et deux jours après leur confrontation, Marjorie était apparue à leur porte.

— Moi vouloir parler nouvelle Missus, dit-elle. Moi venir travailler.

— Je suis Mrs Sinclair.

— Marjorie la Noire.

— C'est vraiment ainsi que vous vous prénommez ? s'étonna Maisie, qui se demandait si cela n'était pas simplement culturel.

— Non. Vous appeler moi comme ça. Moi, Marjorie. Noire, ma couleur.

— Marjorie, je ne peux pas vous appeler par votre couleur de peau. C'est très grossier. C'est comme si vous m'appeliez « la Blanche », ou notre cuisinier « le Jaune ».

— Pas de problème.

— Désolée, Marjorie, mais c'en est un pour moi. Je ne vous appellerai pas « la Noire ».

— D'accord, Missus. Vous savez, nous appeler Blancs « visages pâles ». Vous pas « la Blanche », mais « Visage pâle ».

Maisie était extrêmement sensible aux couleurs. Il y avait cette terre rouge sang, le rouge vibrant des fleurs des flamboyants et la haie vert citronné d'oiseaux de paradis, avec leurs panaches orangés, qui ceinturait son jardin. La journée, l'archipel était baigné d'une aveuglante lumière blanche qui faisait miroiter les multiples nuances de l'océan ; la nuit, le ciel noir d'encre était tacheté d'argent. Elle adorait la richesse de la palette, mais jamais elle n'aurait pu se référer aux gens par leur couleur.

Marjorie était une femme d'une trentaine d'années à la large carrure qui avait été formée aux tâches domestiques par les sœurs de la Mission catholique. C'était un vrai rayon de soleil et, déjà toute petite, elle brûlait d'apprendre. Pour aller à l'école, elle devait marcher presque sept kilomètres tous les jours. Durant la saison des pluies, marcher sous le soleil accablant pour patauger ensuite dans la boue avait été le plus difficile, avait-elle confié à Maisie, car Marjorie n'avait pas de chaussures. La plante de ses pieds se retrouvait soit brûlée par le sable, soit infectée par la boue crasseuse. Au début, elle avait tenté de sauter de butte d'herbe en butte d'herbe afin de laisser le temps à ses pieds de refroidir ou de sécher. Une fois, elle avait proposé à l'une de ses amies, qui disposait de vieilles bottes de seconde main, de partager la paire.

Son amie porterait la gauche et elle la droite, mais elles avaient amèrement regretté les ampoules que cette idée avait occasionnées. Une autre fois, elle avait essayé de sautiller sur une jambe, puis sur l'autre, mais cela s'était avéré bien trop fatigant. Après tous ces efforts, elle avait fini par abandonner l'école.

Maisie aimait beaucoup Marjorie.

Un oiseau quitta son arbre en poussant un long cri plaintif qui tira Maisie de sa torpeur. Elle se leva de son fauteuil et tenta d'apercevoir, derrière le treillis de la terrasse, ce qui avait pu faire ce bruit. Duc et Marjorie étaient partis faire les commissions, et il y avait *un homme* dans le jardin, adossé à un énorme flamboyant, les jambes écartées.

Ce n'était pas le premier Aborigène qu'elle voyait. Il devait avoir plus ou moins vingt ans, et de là où elle se tenait, elle distinguait les plaques de peau brûlée qui lui recouvraient le visage. Il avait une grosse tête avec un front très arrondi, et ses paupières étaient à moitié fermées. Maisie se demanda d'abord s'il dormait, mais elle le vit très vite dresser la main pour chasser les mouches qui lui tournaient autour. Son gros nez, qui avait la forme d'une bouteille, tombait sur des lèvres pleines et une large bouche. Mais c'étaient ses cheveux qui l'intriguaient le plus. Ils étaient aussi noirs que du goudron, bouclés comme ceux d'une fille, et tombaient sur ses épaules comme une cape de fourrure. Au bout d'un long moment, l'homme se releva et étira ses bras derrière son dos. Il était très grand et très maigre, ses côtes ressortant sous le tissu léger de sa chemise. Elle aurait presque pu compter ses os.

L'homme se tourna alors vers le bungalow et l'interpella.

— Missus ! Moi devoir arroser herbe mais mule partie.

— Excusez-moi… mais qui êtes-vous ? répondit Maisie en reculant d'un pas.

— Moi m'occuper jardin. Moi Charlie.

— Charlie.

Elle laissa le nom s'étirer sur sa langue tout en se demandant ce qu'elle pourrait dire ensuite.

— Pourquoi avez-vous besoin d'une mule pour arroser le jardin, au juste ?

— Pour prendre eau dans trou.

— Oh, je vois…, dit-elle, même si elle ne voyait pas du tout. Et où est ce trou ?

— Seul mon peuple savoir, dit-il en tapotant son nez du bout du doigt.

— Votre peuple ?

— Oui. Famille. Oncles, tantes.

— C'est donc un endroit secret ?

Il dressa la tête et l'observa d'un air prudent.

— Pourquoi avez-vous besoin d'arroser l'herbe ? Il pleut pratiquement tous les jours.

— Mardi, moi arroser. Patron devenir fou, sinon.

À chaque angle de la maison, quatre cuves récupéraient les eaux de pluie, qu'ils utilisaient aussi bien pour boire que pour la toilette.

— Pourquoi ne vous servez-vous pas dans les cuves ?

— Robinets fermés, Missus. Pas bonne eau pour herbe.

— Dans ce cas, utilisez l'eau artésienne, dit-elle en désignant l'énorme cuve carrée partiellement cachée par une haie et qui contenait l'eau du puits.

Tout ce qu'elle désirait, c'était que la pelouse soit arrosée au plus vite pour que cet homme disparaisse de son jardin. Mais Charlie semblait méfiant.

— Moi pas sûr…, répondit-il en baissant la tête à la manière d'un animal rejeté.

— Prenez cette eau, Charlie. Nous l'utilisons pour la lessive. Ça ne posera pas de problème, exceptionnellement.

Il se mit à la fixer, son visage rond vide de toute expression.

— Ça ira, répéta-t-elle. Allez, au travail.

Il fit alors rouler ses yeux sombres et partit en direction de la grosse cuve. Ses bottes, qui n'avaient pas de lacets, traînaient sur la terre sèche.

À dix-sept heures, Maitland pénétra dans la maison avec une telle fougue que les volets de métal en tremblèrent. Maisie leva les yeux de son bureau, son stylo en suspens au-dessus du papier.

Son mari se servit un verre de scotch avant de se planter devant elle.

— Qu'est-ce que tu fais ? lâcha-t-il en désignant le petit bloc-notes, sur son bureau.

Maisie s'empressa de couvrir de sa main la lettre qu'elle était en train d'écrire à Mrs Wallace.

— Je prends des notes.

— Des notes sur quoi ?

— Toutes les belles choses qui me sont arrivées depuis que je t'ai épousé, riposta-t-elle avec une note de sarcasme.

De sa grosse main, Maitland envoya voler le papier au sol, le visage déformé par la rage.

— Je n'ai aucune intention de me laisser insulter par toi !

Tu ne risquerais rien, si seulement tu faisais preuve d'un tant soit peu de correction, pensa-t-elle.

— Cette saleté d'Abo a brûlé ma pelouse. Attends un peu que je lui mette la main dessus, à celui-là… Je le dépècerai vivant !

— Qu'est-ce qui s'est passé ?

— Ce qui s'est passé, c'est qu'il y a des marques brunes partout sur ma pelouse, voilà ce qui s'est passé ! Il a détruit mon terrain de boules. Ce nègre va avoir droit à une leçon qu'il n'est pas près d'oublier.

— Charlie m'a dit que la mule n'était pas là et qu'il ne pouvait pas aller chercher l'eau, marmonna Maisie en jouant nerveusement avec le col de son chemisier.

— Charlie ? Depuis quand tu appelles ces sales Noirs par leurs prénoms, toi ?

— Tu préférerais peut-être que je l'appelle Mr Charlie ?

Maitland plaqua les mains sur le filet d'acier et regarda le jardin à travers le treillis.

— Il a des jambes, non ? Il aurait pu marcher. Ces saletés d'Aborigènes sont vraiment les rois des fainéants… Ils font des excursions dans la brousse pendant des semaines, mais aller chercher de l'eau au puits ? Oh là, autant leur demander de marcher jusqu'à la lune…

— Je suis certaine que c'est un malentendu, Maitland. Il n'a ni ton éducation ni ton esprit, tenta-t-elle de le calmer à coups de flatterie. Quoi qu'il en soit, c'est moi qui lui ai dit de prendre l'eau artésienne parce que les robinets étaient fermés. Si quelqu'un est responsable, c'est donc moi.

— Ne songe même pas à prendre sa défense, Maisie. Même un sombre crétin n'aurait pas osé prendre cette eau. Tu te tournes en ridicule. Et d'ailleurs, tant qu'à parler des fainéants, je peux savoir ce que tu as fait de ta journée, encore ? J'en ai assez de te voir passer ton temps à écrire des lettres à cette femme de fermier !

Si tu veux manier le stylo, tu n'as qu'à tenir la cambuse de la goélette – au moins te rendras-tu utile.

Maisie ouvrait et fermait nerveusement le couvercle de son encrier d'argent.

— Que devrai-je faire ?

Maitland s'éloigna du treillis et vida son verre, sans rien répondre.

— Si tu veux que je t'aide, Maitland, il va falloir m'expliquer ce que tu attends de moi. Je refuse de m'engager dans quoi que ce soit si je ne sais pas de quoi il s'agit d'abord.

— Je ne te demande pas non plus de piloter le bateau à une main, Maisie.

— Alors, dis-moi à quoi sert cette goélette, déjà. Quelle est la différence entre un lougre et une goélette, par exemple ? Je n'en sais rien, moi.

Maitland retourna son verre et le posa sur le bureau.

— C'est avec le lougre qu'on travaille. Ça, c'est bien clair, déjà ? Les plongeurs remontent les huîtres que nous vendons et les stockent dans le bateau, mais…

Il dressa deux doigts en l'air.

— Deux choses. Les lougres sont petits, et les bancs d'huîtres sont assez éloignés du port. La goélette transporte les provisions et rejoint la flotte pour récupérer les huîtres et nourrir les hommes. Comme ça, les lougres peuvent rester en mer et les plongeurs travailler non-stop, vu que c'est pour ça qu'on les paie.

— Six jours par semaine, du lever au coucher du soleil, neuf mois dans l'année.

— Qui t'a dit ça ?

— J'ai des oreilles, Maitland. Que devrai-je faire, au juste, sur la goélette ?

— Ce que tu dois d'abord comprendre, c'est que ce bateau nous sert à faire du profit. Tu comptes les huîtres, tu compares ton inventaire à celui du plongeur et tu le rapportes dans le registre. Les coquilles sont vendues à la tonne – il en faut plus ou moins mille cinq cents pour faire une tonne. Il va falloir que tu saches garder ton sang-froid, je te préviens, parce que ces enfoirés de Japs chercheront forcément à te faire falsifier le poids de leur pêche.

— Pourquoi feraient-ils une chose pareille ?

— Pour paraître meilleurs qu'ils ne le sont. En se taillant une réputation légendaire, ils peuvent négocier de bien meilleures avances sur leur paie, l'année suivante. Ce ne sont tous que de sales voleurs, méfie-toi.

— Je suis sûre qu'il y a des plongeurs tout à fait honnêtes, Maitland. Qu'aurai-je d'autre à faire ?

— Le courrier de l'équipage arrive au bureau de conditionnement. Ce sera toi qui l'apporteras aux hommes. Il est scellé à l'adhésif rouge, et ils doivent signer pour le récupérer. Ils viendront te voir une première fois avec les huîtres – qui arrivent dans des paniers. Là, ils récupéreront leur courrier, puis ils reviendront quand la cambuse sera ouverte.

— De quoi s'agit-il, au juste ?

— D'une boutique flottante. Nous transportons tout ce qui peut manquer à un homme après plusieurs semaines passées en mer. Du thé, du café, du tabac, du cake, des conserves de fruits et de légumes, des tonnes d'accessoires pour hommes et des litres d'alcool. Nous enregistrons ça dans un registre en tant qu'avance sur salaire, et dans un autre, nous notons ce que nous avons vraiment vendu.

— Pourquoi une double entrée ? Je ne comprends pas…

Sans prendre la peine de répondre, Maitland s'empara du coupe-papier et se mit à le faire passer entre ses doigts.

— Je refuse de m'occuper de ça si tu ne m'expliques pas pourquoi, Maitland.

— On se fait assez plumer comme ça sur les droits d'exportation des huîtres, qu'on vend 4 livres la tonne. C'est notre moyen de nous assurer d'éviter les frais de douane sur les marchandises qu'on vend à nos hommes.

— Les douaniers ne voient donc rien d'anormal dans les livres de comptes, et vous, vous notez dans un autre registre le stock à remplacer, c'est ça ? Vous vous prenez une marge conséquente sur ça aussi ?

Maitland ignora sa question.

— Tu penses pouvoir gérer ?

— Je tenterai de me dépatouiller, rétorqua-t-elle.

Il recula vers la porte avant de planter un grand coup de botte dans le coin de son bureau.

— Et remets ce fichu bureau où il était, cracha-t-il en saisissant un fouet sur l'une des chaises. Je ne me souviens pas de t'avoir autorisée à tout changer, ici.

Elle faillit lui rétorquer que c'était Duc qui avait bougé le meuble, mais les mots moururent sur ses lèvres.

— À quoi sert cette chose ? murmura-t-elle, les yeux rivés sur le fouet.

— À dresser les chevaux, rétorqua-t-il en la défiant du regard.

L'après-midi touchait à sa fin, et le soleil déclinant tachetait d'or le sol rouge quand Maitland tomba sur son jardinier. Dans sa main droite, le fouet lisse et si familier… tel un vieil ami qu'il aurait retrouvé après une longue absence. Ce fouet lui avait coûté une petite fortune. Fait en peau de kangourou et fabriqué spécialement pour lui dans le Queensland, il était lesté spécifiquement pour l'usage qu'il avait prévu d'en faire.

Ce ne serait pas la première fois qu'il mettrait une raclée à l'un de ces sales Noirs.

Action, réaction. Maitland ne s'embarrassait d'aucune culpabilité. Il ne se souciait guère de la justesse de son geste. La douleur était liée au péché : sa foi était marquée par ce principe comme les clous de la crucifixion dans la chair humaine. Ce sale nègre avait cramé sa pelouse, et il allait le payer cher.

L'Abo n'avait pas été difficile à retrouver. Un vrai jeu d'enfant. Ce crétin s'était traîné à travers le bush, créant derrière lui un nuage de poussière aussi haut qu'un feu d'artifice. On disait que les forces de l'ordre songeaient à enrôler les Aborigènes comme pisteurs – ce devait être une plaisanterie ! Le sale traître était vautré dans les broussailles, la tête à l'ombre d'un eucalyptus, les jambes écartées, à se prélasser sous le soleil. Il dormait à poings fermés, les coins de sa bouche légèrement affaissés…

Maitland retira sa veste, la plia soigneusement – la doublure à l'extérieur –, et l'accrocha à un arbre.

Il réveilla l'Aborigène avec un coup de botte dans l'entrejambe.

— Debout, sale bâtard ! Tu brûles ma pelouse parce que tu es trop fainéant pour bouger ton cul, et tu crois peut-être que je ne vais rien dire ?

Charlie roula au sol en se tenant les parties génitales.

Maitland serra son fouet et, avec un hochement de tête déterminé, il apposa la marque de son arme sur la joue du jeune homme. Il regarda le sang suinter de la plaie. Cela lui fit d'abord penser aux perles – à des dizaines de minuscules perles docilement alignées –, mais il changea vite d'avis. Les gouttes tiraient beaucoup plus sur le grenat.

Charlie baissa la tête vers son épaule, et Maitland le fit voler face contre terre d'un coup de botte dans les fesses. Le fouet claquait l'air, encore et encore, frappant chaque morceau de peau qu'il trouvait sur sa trajectoire. Maitland adorait ce bruit, le craquement sec du cuir contre la peau.

— Tu as compris ou tu en reveux, sale nègre ?

Charlie était recroquevillé au sol, muet.

Mais Maitland vit ce silence comme un affront. L'acceptation silencieuse de tout son peuple. Il aurait dû y avoir quelque chose. Un cri. Une excuse. Une imploration. Un sanglot, tout au moins.

Maitland se redressa alors, déboutonna sa braguette et baissa son pantalon. Voilà. Au moins, ce vaurien aurait bien compris le message.

C'est amusant comme certaines choses vous marquent. L'Abo portait de vieilles bottes usées. Le cuir était ouvert au niveau des orteils, et il n'avait pas de lacets. Il n'y avait même plus les œillets, d'ailleurs. *Quel genre de pauvre type porte des bottes sans lacets ?*

Puis il récupéra sa veste sur l'arbre et la passa par-dessus son épaule. Il avait un peu trop chaud pour la renfiler tout de suite.

Il reprit alors le chemin du retour, jeta un dernier coup d'œil derrière lui et se mit à siffloter. Il avait toujours aimé la musique, et cet air en particulier. *Comfort, comfort ye my people* [1].

C'était de circonstance, il faut dire.

Quand Maisie se réveilla le lendemain matin, le soleil était déjà haut dans le ciel. Maitland lui avait dès son arrivée fait comprendre qu'il ne voulait pas

1 « Consolez mon peuple », tiré du *Messie*, de G. F. Haendel.

la voir au petit déjeuner, si bien qu'on lui apportait un plateau directement dans sa chambre. Elle avait beaucoup de mal à saisir son humeur, et encore plus à la gérer, mais elle apprenait petit à petit à en deviner les signes. Il ne lui avait pas fallu longtemps pour se caler au rythme de la maison. Elle restait en dehors de son chemin tant qu'il n'était pas parti travailler. Maitland était du genre exécrable, au réveil, et elle se sentait incapable de s'émouvoir des gueules de bois qu'il s'infligeait à répétition. Elle tendit l'oreille pour savoir s'il était encore là, puis reposa doucement la tête sur les oreillers, rassurée.

Sur la porte arrière de la maison, des coups lui parvenaient sans qu'elle puisse deviner de quoi il s'agissait. Maisie se dégagea des draps et attrapa son peignoir à fleurs. Il faisait trop chaud pour le porter, mais Mrs Wallace avait bien insisté : il fallait à tout prix observer la bienséance si Maisie n'était pas seule, et la maison pas verrouillée..

— Marjorie ! Il y a quelqu'un derrière la maison.

Les coups persistaient.

— Marjorie !

Elle noua sa ceinture et glissa les pieds dans ses pantoufles, une main serrant son peignoir contre son cœur. Puis elle entreprit de suivre le bruit le long de la terrasse, tentant de dompter sa chevelure hirsute de sa main libre. Elle découvrit Marjorie dans le jardin, en train d'étendre les draps sur deux longs fils de fer. Elle portait une casquette et un tablier blancs par-dessus une robe marron et avait enfoncé deux bouchons de bouteille dans ses oreilles. Dans la cuisine, Duc massacrait une chanson. Maisie comprenait désormais pourquoi Marjorie n'avait rien entendu.

— Oui ?

Un visage brun l'observait de derrière le treillis.

— Docteur Shin vouloir voir Madame.

— Qui est le docteur Shin ?

— Docteur japonais hôpital.

— Maintenant ?

— Très urgent. Moi avoir lettre.

Le jeune Malais leva une enveloppe afin qu'elle puisse la voir à travers le filet. Elle y lut son nom écrit en jolies boucles noires.

Elle ouvrit la porte et tendit le bras. L'enveloppe avait été consciencieusement scellée pour la préserver des regards curieux. Maisie partit chercher le coupe-papier en demandant au garçon de bien vouloir l'attendre. Puis elle glissa la lame tranchante à l'angle de l'enveloppe et la fit courir tout du long. L'enveloppe comportait une feuille de papier très fin. Le message lui retourna l'estomac. Elle replia la feuille, la fourra dans sa poche puis retourna voir le garçon.

— Dites au docteur Shin que je viens tout de suite. Je m'habille et j'arrive. Vous avez compris ?

— Oui, Madame. Dire docteur Shin vous venir vite.

Maisie récupéra le vélo de l'autre côté de la maison et décida de pédaler jusqu'à l'hôpital japonais, situé au bout de Royal Avenue – ce serait toujours plus rapide que de faire apprêter la carriole. Elle coinça sa jupe sous ses fesses pour éviter qu'elle ne se prenne dans la chaîne. À Londres, elle faisait beaucoup de vélo, mais sa robe à larges plis lui donnait assez d'amplitude pour pédaler. Malheureusement, elle l'avait laissée là-bas, ne s'étant pas une seule seconde imaginé qu'elle en aurait besoin ici.

Il faisait tellement chaud que l'on aurait pu faire cuire un œuf sur le guidon, et pour une fois, elle était bien contente de porter des gants – au moins cela lui évitait-il de se brûler les mains sur les poignées en caoutchouc. La route avait beau être bordée par le bush de chaque côté, il n'y avait pas un seul centimètre carré d'ombre. Elle plissa les yeux, aveuglée par le blanc criard des coquillages qui parsemaient le chemin.

L'archipel des Boucaniers était structuré selon un système de grille, s'étendant sur trois kilomètres, du phare jusqu'à l'hôpital japonais. Au quatrième pâté de maisons, Maisie longea l'hôpital d'État, qui n'était rien de plus qu'une grosse demeure mangée par les termites. La peinture qui s'écaillait de toutes parts témoignait de son triste état.

Tandis qu'elle dépassait l'entrée décrépie, les paroles que lui avait soufflées Miss Locke au club de tricot, la semaine précédente, lui revinrent en mémoire. Elle avait voulu savoir s'il y avait un docteur, en ville, assez compétent pour l'aider à surmonter les douleurs que lui infligeait le Visiteur chaque mois.

— Le docteur anglais n'est pas en bonne santé. C'est un ancien de l'armée indienne. Vous l'aurez peut-être déjà croisé lors d'une soirée… Il empeste le vieux brandy et le tabac bon marché. Je ne devrais sûrement pas dire une chose pareille, mais ses patients ont l'air de se porter beaucoup mieux que lui ! Il a la peau toute pâle et toute tachetée, et ses mains tremblent constamment. J'ai également entendu dire qu'il était incompétent, mais il ne s'agit peut-être que de vilaines rumeurs. Ce que je peux vous assurer, en revanche, c'est que l'on ne fait que peu de cas des femmes, dans cet hôpital. Avec tout ce que l'on doit endurer… Je suis sûre que le moment venu, vous préférerez accoucher chez vous ou aller jusqu'à Perth, plutôt que de vous rendre là-bas.

Prise par une soudaine bouffée de chaleur, Maisie s'éventa à l'aide de son patron et fit de son mieux pour revenir au sujet initial.

— Qu'arrive-t-il aux gens qui vont vraiment mal, alors ?

— Si la maladie est infectieuse, le patient est placé dans un bungalow à part. Il y a deux ou trois ans de cela, un marin japonais a débarqué avec la variole. Le médecin l'a installé dans une tente sur la plage. L'homme est mort, mais au moins, la maladie ne s'est pas répandue, ce qui est une bonne chose. Ils ne l'ont jamais installé à l'hôpital.

— Mais il n'y a pas d'autre solution ? Un autre praticien, peut-être ? avait insisté Maisie. Faut-il retourner à Fremantle pour cela ?

Miss Locke balaya la pièce des yeux avant de répondre.

— Je peux vous faire confiance, Mrs Sinclair ?

Maisie hocha la tête.

— Certaines d'entre nous – les plus ouvertes d'esprit parmi les Britanniques, si vous voulez – consultent le médecin de l'hôpital japonais. Il parle parfaitement bien anglais et traite tous les maux habituels : fractures, rhumes, bourbouille… C'est un homme extrêmement discret.

— Cela m'étonne qu'on ait accepté d'ouvrir un hôpital japonais, vu l'état d'esprit général… Comment la ville a-t-elle pu permettre une chose pareille ?

Miss Locke toussota et baissa la voix.

— Vous avez vu juste, Mrs Sinclair. Au début, l'idée qu'un hôpital japonais puisse voir le jour sur l'archipel – avec un médecin japonais, par-dessus le marché – n'a pas du tout été bien reçue. Le maire a tenté de propager l'idée que les peuples de couleur ne cherchaient, à travers ce geste, qu'à défier la suprématie blanche. Il avait bien sûr le soutien de tous ses collaborateurs, mais la main-d'œuvre japonaise était extrêmement présente, en ville – du jardinier au pêcheur de perles –, et ils désiraient tous avoir un médecin à eux, qui parle leur langue. Pendant la période du désarmement, il y a environ deux mille Japonais sur l'archipel.

Miss Locke balaya une nouvelle fois l'assemblée des yeux, s'avança dans son fauteuil et fit cliqueter ses aiguilles pour masquer sa voix.

— Je pense que le souci, c'est que tout s'est fait en secret, au final. Lorsque le maire a compris ce qui se préparait, les Japonais avaient déjà le consul général de Sydney dans leur poche, et tout était lancé. Le nouveau médecin et sa femme sont arrivés peu de temps après, et l'hôpital est sorti de terre en un temps record. C'est la communauté asiatique qui l'a financé.

— Mais… Étant donné que l'hôpital d'État manque de compétence, n'est-ce pas une bonne chose, au final ? tenta de comprendre Maisie.

— Oui et non. C'est une bonne chose d'avoir enfin accès à un service médical qui s'occupe vraiment des gens souffrants, mais tout le monde craignait que les Asiatiques se croient égaux aux Européens. Et c'est d'ailleurs toujours d'actualité. Tous les jours, le gouvernement prêche sa fameuse Australie blanche et exige que la main-d'œuvre de couleur soit expulsée de nos terres, mais…

Elle jeta un énième regard prudent en direction des autres femmes.

— L'hôpital japonais est un vrai succès, et personne ne peut le nier. Le médecin croule sous les patients, et beaucoup parmi eux sont blancs. Nous évitons simplement de l'ébruiter.

Une fois arrivée à destination, Maisie posa son vélo contre un mulga aux larges feuilles. L'humidité était étouffante. Elle retira ses gants, récupéra son mouchoir pour s'essuyer le cou et le front, puis entra.

Le docteur Shin était assis sur un tabouret, dans son bureau, une cigarette pendant d'entre ses lèvres. C'était un homme petit et soigné, qui portait une blouse blanche pour protéger ses vêtements. Ses doigts étaient tachés de jaune et sa bouche envahie de dents en or. Il écrasa sa cigarette, se leva, la salua et sembla profondément soulagé.

— Mrs Sinclair. Je vous suis sincèrement reconnaissant d'être venue.

Maisie joignit les mains et lui rendit son salut – cela semblait être la moindre des choses.

— Je vous en prie, ma chère, suivez-moi. Je dois avouer que cette affaire me dépasse…

Le médecin la guida dans un long couloir. À travers les fenêtres, Maisie découvrit que la plupart des chambres étaient occupées.

— Y a-t-il un mal qui frappe l'archipel en ce moment, docteur ? Je n'ai pas entendu parler d'une quelconque épidémie, pourtant…, murmura-t-elle en serrant le col de son chemisier sur sa gorge.

— Non, très chère. Ces patients souffrent de la paralysie du plongeur.

— Tous ces gens ne peuvent plus bouger ?

— Certains y parviennent, un peu. D'autres sont touchés beaucoup plus sérieusement.

— De quelle manière ?

— Je ne sais pas trop… Je tente justement d'étudier ce cas. Ces hommes sont tous des plongeurs en eau profonde, envoyés pêcher les huîtres. J'ai lu beaucoup d'articles du *British Medical Journal*, et je suis convaincu que, sous la pression, le corps humain finit par être saturé en azote. Tant que le plongeur reste à la même profondeur, la pression est constante ; il ne ressent donc aucune gêne. Pour mieux comprendre, il faudrait comparer le plongeur à une bouteille de champagne. Quand il remonte lentement à la surface, l'azote se dissout dans son sang en faisant de petites bulles. Mais s'il remonte trop vite, ce serait comme secouer la bouteille. Une fois à la surface, les bulles explosent dans son corps exactement comme à l'instant où le bouchon de la bouteille saute sous la pression. Ce sont leurs articulations qui sont principalement touchées, et cela provoque une douleur intolérable.

— Alors, pourquoi ne pas remonter lentement pour s'épargner une telle douleur ?

— Certains remontent par paliers et souffrent tout de même de paralysie. D'autres fréquentent les fonds marins quotidiennement et n'ont jamais rien eu. C'est pour cela que j'ai décidé d'étudier leur cas, afin de trouver une réponse scientifique à cette énigme. Tout le monde a sa théorie, bien sûr. Certains pensent qu'un homme mince au long cou ne souffrira pas, tandis que les trapus au cou assez court mourront au bout de quelques semaines… Les équipages disent que les Blancs y sont particulièrement sensibles.

— Mais c'est terriblement inquiétant ! Tous les nouveaux plongeurs sont blancs, docteur. N'est-ce pas du suicide ?

— L'avenir nous le dira. Ils ont débarqué en clamant détenir le nec plus ultra en matière d'équipement, pour réguler leur remontée. Espérons que cela leur suffise à rester sains et saufs. Mais laissez-moi vous montrer ce pour quoi je vous ai fait venir aujourd'hui.

Il ouvrit une porte tout au fond du couloir et s'écarta pour la laisser entrer. Maisie réalisa que c'était la première fois qu'un homme se confiait à elle sans la moindre trace de condescendance – comme si elle était son égale, capable de comprendre ce qu'il lui disait sans avoir à tout simplifier.

Il faisait une chaleur étouffante, dans la pièce, si bien que Maisie crut un instant mettre les pieds dans l'antre du diable. Charlie était allongé sur le ventre, les bras le long des côtes, les doigts écartés. À ses pieds, des draps maculés de sang roulés en boule. L'odeur âcre de la transpiration du jeune homme la prit à la gorge. Elle recula d'un pas en joignant les mains devant elle, convaincue qu'elle allait défaillir.

— Je l'ai trouvé sur les marches de l'hôpital, ce matin, lui expliqua le médecin.

— Comment est-il arrivé jusqu'ici ?

— C'est l'éboueur de nuit qui l'a amené sur sa charrette.

Livide, Maisie dévisagea le jeune homme allongé sur le brancard.

— Pourquoi ne l'avez-vous pas soigné sur-le-champ ?

— J'ai besoin d'assistance. Vous allez très vite comprendre pourquoi, Mrs Sinclair.

Charlie avait confié au docteur Shin – comme il l'avait pu – qu'il avait longuement attendu le capitaine Sinclair dans son jardin afin de lui expliquer que c'était la maîtresse de maison qui lui avait dit d'arroser la pelouse avec l'eau artésienne.

À la fin de la journée, le capitaine n'ayant toujours pas réapparu, Charlie était parti dans le bush. Il n'aurait jamais imaginé que le patron viendrait jusqu'à lui pour le fouetter.

— Mais pourquoi m'avoir fait venir, *moi*, docteur Shin ? Ne me dites pas que vous n'avez pas d'équipe qualifiée ?

— Vous êtes certaine de ne pas vouloir m'assister vous-même ? dit-il en agitant les doigts en direction du patient. Vous préférez peut-être que tout le monde apprenne ce dont votre mari est capable ?

Maisie releva le menton, même si elle n'avait pas la force de le regarder dans les yeux. Elle avait conscience de la valeur de son geste, et elle était désormais liée à ce médecin, qu'elle le veuille ou non.

— C'est à moi que revient la responsabilité de ce drame, docteur Shin, déclara-t-elle enfin. Charlie m'a dit qu'il n'avait pas le droit d'utiliser cette eau pour la pelouse, mais je l'ai forcé à le faire tout simplement parce que je ne voulais plus de lui dans mon jardin. Je suis aussi responsable que Maitland, ajouta-t-elle en plantant un poing sur sa poitrine.

Le médecin partit se positionner du côté de la tête de Charlie.

— Vous ne pouvez pas partager la faute de votre mari, Mrs Sinclair. Venez voir ce qu'il a fait. Certaines de ces plaies font trois centimètres de largeur et trente de longueur. Des morceaux de tissu sont même incrustés dans la chair, à certains endroits. Il ne s'agit pas là d'une simple réprimande, mais d'une tentative de meurtre. Un homme n'oserait même pas battre un chien aussi sauvagement. Nous allons devoir lui laver le dos, les bras, les épaules, ainsi que tous les endroits qui ont été lacérés. Pensez-vous pouvoir m'aider ?

Maisie secoua d'abord la tête, avant de la hocher. On lui avait appris à toujours acquiescer. C'était beaucoup moins douloureux, au final, même si son instinct lui criait de fuir. Le médecin la regarda se laver les mains, puis elle récupéra une pince dans un haricot et entreprit de décoller les bouts de tissu des plaies.

— Vous avez suivi une formation médicale, Mrs Sinclair ?

Maisie se figea l'espace d'un instant. Elle aurait rêvé d'être infirmière, à l'instar de Florence Nightingale, et elle avait tout fait pour convaincre sa mère. *Ne sois pas ridicule, Maisie. Tu n'as pas la détermination suffisante pour étudier.*

— Non, dit-elle, une boule dans la gorge. J'ai fait un peu de bénévolat dans un hôpital, en Angleterre, mais j'ai tout oublié depuis longtemps.

— Il n'y a aucune infirmière de formation, ici. J'en attendais une en provenance de Perth, mais elle a changé d'avis dès l'instant où elle a vu l'archipel, et elle est directement repartie. Ce sont les sœurs de la Mission qui m'aident à prendre soin de mes patients.

— Et ça fonctionne bien comme cela ?

— Sœur O'Reagan est là depuis le début et a fini par prendre la direction de l'hôpital. Mais elle n'a pas été formée. Elle a le cœur sur la main, mais ce n'est pas une professionnelle.

— Les jours de Charlie sont-ils en danger ?

— D'après vous ? lança-t-il d'un ton qui ne laissait que peu d'espoir. Je suis très inquiet, Mrs Sinclair. Ses vêtements n'étaient pas propres, et la terre est l'ennemi invisible de la chair…

— Oui, je le sais, docteur. C'est Miss Nightingale qui a fondé l'hôpital où j'ai travaillé. Elle fait de l'hygiène sa priorité.

— Je vais tenter de soigner ces plaies avec un antiseptique. Opter pour une pommade serait la pire des erreurs, avec toute cette humidité. Pouvez-vous m'aider à appliquer ce talc sur les papules ?

Maisie opina du chef et s'exécuta du mieux possible.

La lumière déclinait, dehors, lorsqu'ils eurent enfin terminé. Une fois tout rangé et leurs mains lavées, ils s'apprêtaient à partir quand Maisie remarqua un objet posé sur un guéridon, à côté de la table.

— Qu'est-ce que c'est que ça ? s'enquit-elle en désignant l'objet d'un coup de menton.

— Oh, c'est le sac de Charlie.

Maisie se gratta la joue, perplexe.

— On appelle ça un *dilly-bag*, ici. C'est fait avec de la peau de kangourou, que les Aborigènes assouplissent avec de la graisse. La sangle, ce sont des cheveux humains tressés. Les siens, très probablement.

Maisie caressa le sac soyeux, ses doigts traçant au passage le contour de ce qu'il contenait.

— Qu'y gardait-il, d'après vous ?

— Vous n'avez qu'à y jeter un œil.

— Oh, non, je ne me permettrais pas ! Cela reviendrait à regarder dans le sac à main de quelqu'un, ou pire encore, lire son journal intime !

— Dites-vous que vous agissez pour le bien de la cause anthropologique.

Maisie hésitait toujours. Cela lui paraissait terriblement déplacé.

— Allez-y, l'encouragea le médecin.

Elle glissa la main dans le sac et en sortit quatre pierres, le bec d'un petit oiseau, un os pointu et un morceau de tabac à chiquer. Elle les sépara du bout du doigt.

— Charlie est un guérisseur, murmura le médecin.

— Comment savez-vous cela ?

— Miss Locke mène actuellement une étude sur les Aborigènes. Vous l'avez déjà rencontrée ?

— Oui, quelques fois.

— Si vous travaillez pour une communauté mixte, Mrs Sinclair, il est de votre devoir – en particulier en tant que médecin – d'essayer de comprendre les mœurs et les croyances des patients qui viennent vous voir. Cela serait très mal vu de les offenser. Miss Locke m'a donc appris que les pierres servaient à guérir et que le bec d'oiseau était un talisman.

— Et l'os ? On dirait une longue aiguille…

— Ça, c'est pour les mauvais sorts. C'est un os de la mort.

— Je vous en prie, poursuivez, souffla Maisie, captivée.

— Charlie doit être un Kurdaitcha – un « bourreau rituel », si vous préférez.

Maisie remit précautionneusement chaque accessoire dans le sac.

— Les plaques de peau brûlée, sur son visage… Elles étaient déjà là avant le drame.

Elle repoussa alors une mèche de cheveux sur la joue de Charlie et fit courir le dos de sa main sur sa peau et ses os saillants. Le docteur n'avait pas cessé de l'observer.

— Vous vous attendiez peut-être à ce que la peau noire soit différente ?

— Je… eh bien…, balbutia-t-elle, les joues empourprées.

— Il a également les deux yeux pochés et plusieurs hématomes au visage. Ce n'est peut-être pas frappant, sur une peau noire, mais c'est de tout même bien là.

— Pensez-vous que mon mari…

Le médecin la coupa aussitôt.

— Je vais demander à Sœur O'Reagan de veiller sur lui cette nuit. Elle devra appliquer une nouvelle couche de talc sur ses plaies. Cela le soulagera peut-être un peu, même si je doute que ce soit d'une grande aide.

Une larme apparut alors au coin de l'œil de l'Aborigène et se mit à couler. Maisie tira son mouchoir de sa poche et lui tapota délicatement la joue.

— Nous savons qui a fait ça à Charlie. Et c'est sûrement la même personne qui lui a infligé ses autres blessures.

Maisie déglutit péniblement. La bouche soudain sèche, elle tenta de s'humecter les lèvres du bout de la langue. Elle regardait son dos tout maigre se soulever à chaque respiration… Elle aurait été prête à tout pour soulager ne serait-ce qu'un peu ce pauvre homme. Elle releva la tête, et quelque chose dans l'expression du docteur – de l'acceptation, de la compréhension ou du chagrin, elle n'aurait su le dire – fit soudain battre son cœur plus vite.

— Vous allez dénoncer mon mari ?

— À quoi cela servirait-il, Mrs Sinclair ? L'homme blanc règne sur cette ville. Votre mari est de mèche avec le maire. C'est un gros poisson, comme vous dites. Nous disposons de policiers et d'un magistrat résident, certes, mais les lois promulguées à des milliers de kilomètres d'ici ne passent pas les frontières de l'archipel des Boucaniers, madame. Encore moins s'il s'agit d'un cas conflictuel entre un homme de couleur et un Blanc. Les membres du gouvernement ne visitent que très rarement cette petite ville, vous savez. Si une loi ne nous arrange pas, alors nous l'ignorons. L'abus aussi bien financier que physique de la main-d'œuvre étrangère perdurera, et les Aborigènes seront toujours traités comme des faux malades dont l'unique but est de duper l'homme blanc. Aucun compte ne sera demandé sur cette affaire, et je crains malheureusement que la situation ne soit pas près de changer. Pour ma part, je continuerai donc de soigner ceux qui plongent trop loin, qui mangent trop peu ou qui travaillent pour un patron trop violent. C'est ce pour quoi j'ai été formé. Mais, Mrs Sinclair, s'il s'agit là de l'œuvre de votre mari…, conclut-il en désignant le pauvre patient sur la table. C'est *vous* qui devriez rester sur vos gardes.

8

Maisie était en pleine panique. Sa seule et unique robe de soirée, si l'on omettait sa robe de mariée encore intacte, était recouverte de moisissure. Mrs Wallace lui avait fortement conseillé de prévoir plusieurs tenues, mais Maisie ne pouvait pas vraiment s'en vouloir de ne pas l'avoir écoutée, étant donné qu'elle avait été persuadée de ne pas en avoir besoin.

— Marjorie ? appela-t-elle en faisant de son mieux pour contenir sa détresse. Vous pourriez venir m'aider, s'il vous plaît ?

Marjorie était en train de polir les grandes lattes de jarrah [1] qui composaient le sol de la terrasse. Cette fois, les bouchons de liège étaient enfoncés dans ses narines. L'encaustique qui recouvrait le sol était en effet un puissant cocktail de tabac, de cire et de pétrole ; ainsi équipée, l'odeur ne l'indisposait donc pas.

— Missus ! Pourquoi votre visage être comme banane pourrie ?

Elle retira les bouchons de son nez et les fourra dans la poche de son tablier.

— Regardez, dit Maisie en désignant sa robe.

---

1 Une des espèces d'eucalyptus parmi les plus communes dans le sud-ouest de l'Australie.

— Ahhhh, ça moisi. Vous devoir coudre vêtement dans sac en calicot !

— Oui, certes, mais je ne l'ai pas fait, comme vous pouvez le voir. Je ne pensais pas que je devais également protéger mes vêtements de ce climat atroce... Je ne suis là que depuis quelques semaines, je vous rappelle. J'ai le bal, ce soir, et je n'ai plus rien à me mettre, maintenant ! Je ne pourrai pas y aller…

— Vous être invitée d'honneur, non ? Alors, vous y aller, sinon tout le monde parler dans votre dos, et patron être furieux. Vous aller à cette fête, sauf morte !

— Vous pouvez faire quelque chose ?

— Pas pouvoir laver, Missus, ça non. Têt' frotter avec bicarbonate.

— Vous pensez que ça peut marcher ?

— Têt'. Frotter puis sécher. Têt' m'sieur soleil pourra effacer taches noires.

— Parfait. Vous voulez que je vous aide ?

— Non.

— Je termine de cirer le sol, alors ?

Marjorie la dévisagea d'un air blasé.

— Moi vous avoir déjà dit : Missus pas faire le ménage.

— Mais j'aimerais vous aider, Marjorie. Je ne peux pas vous regarder vous démener, tranquillement assise sur ma chaise, alors que je n'ai rien à faire de mes journées !

— D'accord… Allez demander bicarbonate à Duc et mettez dans une tasse. Ensuite, prendre eau de la maison et mélanger. Attention ! Pas eau artésienne – robe toute marron, sinon. Puis frotter et prier.

— Prier ?

— Moi être élevée par nonnes, Missus. Moi prier très fort.

Maisie scruta l'air sérieux de Marjorie avant d'éclater de rire.

— Et moi, Marjorie, je loue chaque jour le Seigneur de m'avoir mise sur votre chemin !

La domestique ne cilla pas.

— Têt' en profiter pour vérifier gants et chaussures. Têt' moisis eux aussi !

Maisie était soulagée. Maitland était de bonne humeur, et tout allait bien jusqu'ici. Il avait apporté son whisky dans sa chambre et avait mis des heures à se préparer. Elle savait qu'il aimait ce genre de soirées. Attirer l'attention, passer du bon temps avec ses amis et boire jusqu'à plus soif. Pour le coup, Maisie était loin de partager son aise. Marjorie avait sauvé sa robe – si l'on n'y regardait pas de trop près –, mais cette soirée l'angoissait d'avance. Elle réarrangea ses cheveux indisciplinés, qui étaient aussi cassants que du vieux papier, sous cette chaleur, et regretta pour la énième fois de ne pas pouvoir rester à la maison et prendre un bon bain frais.

Maintenant qu'elle était prête, sans avoir rien d'autre à faire, elle attendait sur la terrasse, un verre de limonade à la main. Près des bouteilles, une élégante composition florale fixée à la boutonnière, Maitland s'affairait à touiller elle ignorait quelle boisson avec un bâton. Il posa son verre, glissa sa bourse de cuir dans la poche de son pantalon et tapota la bosse qu'elle produisait d'un air satisfait. Puis il éclata de rire et versa un nouveau trait de whisky dans son verre. Maisie imaginait qu'il se réjouissait d'avance des parties de cartes de la soirée. Son mari devait certainement se sentir en veine, ce soir. Qu'il joue ne la dérangeait pas le moins du monde, si cela pouvait lui permettre d'être de bonne humeur…

Les Sinclair se rendirent à la soirée du maire dans leur carriole, Maitland fouettant toujours plus férocement le pauvre cheval avec les rênes. Une fois sur place, ils laissèrent la vieille bête au museau gris à un petit Aborigène affreusement maigre qui était payé un penny pour le surveiller. De temps à autre, ses flancs humides de sueur tremblaient tandis que l'enfant chassait mollement le nuage de moustiques qui voulaient sa peau.

William Cooper n'avait aucune envie de se rendre à cette fête, mais John Butcher n'allait certainement pas les laisser refuser un repas gratis. Coop portait l'unique costume qu'il avait apporté, le même veston croisé en laine dans lequel il avait cru cuire, au port de Fremantle. Le vêtement sentait le tabac et la sueur. Le tout agrémenté d'un élégant gilet blanc et de jolies chaussettes que l'on devinait par-dessus ses chaussures vernies, il ne pouvait pas faire mieux. Quoi qu'il en soit, il se sentait affreusement mal à l'aise dans cet accoutrement. L'événement attirerait aussi bien les gens aisés que les nécessiteux, et ne ferait bien sûr qu'accentuer la barrière qui existait déjà entre les deux. Cooper n'était pas à l'aise, sur cet archipel, et il lui tardait de commencer le travail pour lequel il avait fait tout ce voyage. Les gens d'ici ne ressemblaient en rien aux Anglais, population hybride de différentes races prêtes à tout pour se marcher les unes sur les autres. Il en respectait certains, en appréciait moins encore, mais il n'y avait qu'une seule personne dans ce lot qui lui faisait battre le cœur plus vite, quand il la voyait. La deuxième fois qu'il l'avait aperçue sur le bateau, il était en train de jouer aux cartes, sur le pont, et il l'avait regardée jusqu'à ce que ses yeux brûlent. Comme il aurait aimé embrasser ces lèvres charnues… Il ferma les yeux pour tenter de fixer le souvenir dans sa tête. Elle avait épousé son patron sous ses yeux, et Maisie Sinclair ne pourrait désormais rien être de plus qu'un doux rêve. Il n'en parlerait jamais à qui que ce soit. Il avait l'habitude de garder ses sentiments pour lui, de toute façon. Une vraie huître, comme disait son père. Si c'était le cas, alors Maisie Sinclair était sa perle. Le magnifique et chatoyant secret qu'il garderait pour lui à tout jamais.

Il n'aimait pas particulièrement la ligne tracée à la craie sur la piste de danse, pour bien séparer les colons endimanchés de la populace. Il ne supportait pas cette façon grossière de distinguer la masse de l'« élite », et cela n'aidait en rien à rehausser l'opinion qu'il avait de la « haute » société blanche de l'archipel, qui comportait bien sûr le maire et ses acolytes.

Il n'avait de cesse de l'observer. Aux côtés de son capitaine trapu, chauve et rougeaud, elle portait une robe rose pâle et de longs gants blancs, ses cheveux blonds rassemblés derrière sa nuque. Il devina à la nuance de rouge sur ses joues couleur ivoire qu'elle était nerveuse. Elle avait tourné la tête vers lui, et il lui avait semblé voir le coin de ses lèvres former un sourire.

Les battements excessifs de son cœur lui rappelèrent qu'elle ne pourrait jamais savoir qu'il désirait plus. Il hocha poliment la tête puis lui tourna le dos. C'était le fils d'un ouvrier, et elle venait de la bourgeoisie, mais la nature se fichait des préjugés ou des divergences sociales. Il rejoignit JB au bar et entreprit de noyer son chagrin dans l'alcool.

Exception faite de Maisie et de ses tout récents compagnons de voyage, personne, parmi les invités, n'avait jamais mis un pied en Angleterre. Voilà qui rendait encore plus risible la détermination qu'avait cette ridicule population blanche, très largement surpassée par sa main-d'œuvre de couleur, à tenter de dupliquer quelque chose qu'elle ne pouvait qu'imaginer.

Dorothea Montague avait tiré le décor de cette cérémonie des pages société d'un vieux journal anglais. Le tout était si obséquieusement inapproprié que c'en était drôle.

Les longues tables étaient recouvertes de nappes dorées que l'on avait chargées de tout le cristal et de toute la vaisselle que l'on avait pu trouver – la plus élaborée possible, bien sûr. La nourriture proposée avait sa place dans une salle à manger anglaise glaciale, en plein hiver, mais certainement pas dans cette salle des fêtes étouffante où la température passait difficilement en dessous des quarante degrés. Les serveurs étaient vêtus pour l'occasion de larges culottes blanches, leurs mains brunes recouvertes de gants blancs qui ne leur facilitaient aucunement la tâche. Les couverts d'argent scintillaient impitoyablement sous la lumière aveuglante.

La soirée s'étira péniblement, et Maisie brûlait de rentrer chez elle. Elle découvrit alors, horrifiée, que Dorothea Montague portait la même robe qu'elle, mais sans une seule tache, et d'une teinte beaucoup plus fraîche. Maisie ne l'avait portée qu'une seule fois sur l'archipel, et le fait que sa robe ait été si méticuleusement scrutée puis copiée l'agaçait moins que celle qui y était parvenue.

Le beau plongeur anglais était au bar. L'avait-il vue ? Elle lissa le bas de sa robe et réarrangea sa coiffure. Cet homme avait le pouvoir de la mettre dans tous ses états, sans qu'elle puisse s'expliquer pourquoi. Elle détourna le regard et réalisa soudain qu'elle venait d'être abandonnée par son mari, se retrouvant seule dans une pièce immense où elle ne connaissait personne.

Maitland avait disparu.

Un serveur affublé d'une culotte digne d'un personnage des *Mille et Une Nuits* passa devant elle avec un plateau vide.

— Pourrais-je avoir un martini, s'il vous plaît ? lança-t-elle en souriant. Avec de la glace.

— Quelle marque, Madame ?

— Square Face.

C'était là son premier geste de rébellion pour saluer sa nouvelle vie, ou enterrer son ancienne – peu lui importait, au final.

Quand elle eut son verre, elle s'éclipsa sur la terrasse et prit une longue gorgée.

— Mmm, un délice ! déclara-t-elle à personne d'autre qu'à elle-même.

Le liquide glacé était une perfection amère, et Maisie en profita pour se détendre un peu.

Quelqu'un d'autre se trouvait sur la terrasse, un peu plus loin, du « mauvais » côté de la ligne que l'on avait tirée à la craie. L'homme lui tournait le dos, mais elle vit la lueur de sa cigarette briller, et une odeur de tabac ne tarda pas à lui venir aux narines. Elle se cala dans l'ombre et observa la lumière, spectatrice muette.

Debout sur la terrasse illuminée par des lanternes, il s'essuya le front à l'aide de sa manche de chemise. Il enchaînait les cigarettes, jetant mégot après mégot vers la mer et faisant passer la chaleur avec une boisson remplie de glace, lui aussi. Elle distinguait le bruit cristallin contre la paroi du verre.

Une autre personne approcha d'un pas déterminé, le bruit de ses talons claquant sur les lattes de bois. Maisie prit une nouvelle gorgée de son gin, se cacha derrière un poteau et se mit à suçoter les petits morceaux de glace. Miss Montague passa droit devant elle, le regard fixé sur sa proie.

— Bonsoir, Mr Cooper. J'espère que vous passez une bonne soirée...

L'homme fit volte-face et la regarda d'un air surpris, comme si c'était là la dernière personne qu'il espérait voir.

— Ma robe vous plaît-elle, Mr Cooper ? Je l'ai fait faire ici, en ville. C'est du tout dernier cri, en Angleterre.

— C'est une jolie robe, commenta-t-il.

— Je me demandais, Mr Cooper, si vous me feriez l'honneur de danser avec moi ? Ils vont jouer un country, et je ne peux pas résister à la tentation de fouler la piste de danse... Seriez-vous d'accord ?

L'homme recula d'un pas.

— Je ne pense pas qu'il soit approprié que l'on vous voie avec moi, Miss Montague. Je n'ai pas le droit de franchir cette ligne, rappelez-vous. J'ai bien peur que cela soit plus une contrainte qu'autre chose, pour danser.

Miss Montague, visiblement hermétique au sarcasme de son hôte, insista avec toute l'audace de sa jeunesse.

— Mais non ! Personne ne trouverait quoi que ce soit à y redire, rassurez-vous. Je suis la fille du maire, je vous rappelle...

— Dans ce cas, je ne peux pas refuser, n'est-ce pas ? dit-il avec une amabilité affectée.

Maisie les regarda partir en direction de l'immense salle à manger, toutes sortes de pensées affluant sous son crâne. Mrs Wallace ne lui avait-elle pas dit que William Cooper était un homme à femmes ? Et pourtant, il avait tenté à l'instant de décliner l'invitation de Miss Montague... Dorothea faisait claquer bruyamment ses talons tout en touchant le bras de Cooper par intermittence, comme pour s'assurer qu'il était toujours là. Le clair de lune qui venait baigner son visage révéla à Maisie que la jeune femme gloussait de joie.

Ce soir, je suis officiellement devenue accro au gin, songea Maisie en terminant son verre, *mais je m'en fiche.* Elle sortait de sa cachette, déterminée à aller s'en chercher un autre, quand elle se retrouva nez à nez avec William Cooper.

Il fit un pas de côté pour la laisser passer. Il avait détaché son col, et l'un des boutons de son gilet pendait mollement à son fil. *Je pourrais vous le recoudre,* songea-t-elle, *si vous me le demandiez.*

— Permettez-moi de vous présenter tous mes vœux pour votre récent mariage, Mrs Sinclair. Je suis William Cooper, le nouveau plongeur de votre mari.

— Oui, je vous ai écouté parler, à Fremantle. Et vous êtes venu m'aider lorsque j'ai renversé mon sac, sur le pont.

— Je m'en souviens très bien, oui. Puis-je vous être d'une quelconque assistance, madame ?

Maisie coula un rapide regard en direction du bar.

— Merci, Mr Cooper. Je m'apprêtais à aller me chercher un verre.

— Il fait une chaleur étouffante, là-dedans, commenta-t-il en souriant. Je venais justement me rafraîchir un peu, après avoir dansé avec la charmante Miss Montague. Désirez-vous que j'aille chercher votre verre pour vous ?

— Ce serait très aimable à vous. Je ne sais pas où est passé mon mari, mais j'imagine que je devrais y être habituée, maintenant, lança-t-elle, de toute évidence enhardie par l'alcool.

— Il semblerait que certains gentilshommes soient difficiles à suivre, ce soir. Miss Montague a égaré son père, elle aussi, dit-il d'un air ironique.

J'espère seulement que cette expression ne m'est pas destinée, songea Maisie. Elle attendait, mais Cooper ne semblait pas décidé à bouger.

— Un martini, peut-être ? finit-elle par dire.

— Entendu. Je reviens tout de suite.

— Prenez votre temps, dit-elle avec un rire léger. J'ai toute la soirée devant moi.

Installé dans la pièce qu'il réservait à ses réunions maçonniques, Blair Montague s'enfonça dans son fauteuil en osier et se mit à rouler son cigare entre ses paumes.

— Des nouvelles de l'Association des Pêcheurs de Perles, Mait ?

Assis à côté de lui, Maitland Sinclair était occupé à se curer le nez.

— Non. Et toi ?

— Non, pas encore. Mais ils savent que je ne suis qu'un président de remplacement, et j'ai fait mon maximum pour te vendre. Ce genre de chose prend du temps, ne t'inquiète pas. Pas de nouvelles, bonnes nouvelles.

— Tu penses que j'ai mes chances ?

— Tu n'as rien fait qui puisse te desservir, mais il faut à tout prix que tu fasses taire ces rumeurs, Mait. Maîtrise-toi un peu, c'est tout ce que je te demande.

— C'est déjà le cas, Blair.

Son compagnon se tut un instant, le temps d'allumer son cigare.

— Bien. Les langues commencent à s'agiter, Mait, et il faut faire attention. Tu dois à tout prix apporter un tant soit peu de respectabilité à ta vie – tout du moins en donner l'apparence. Je te l'ai déjà dit : maintenant que tu t'es trouvé une Anglaise, fais-lui un chiard. Joue au mari dévoué, comme moi. Le moment venu, emmène ton fils nager, pêcher… Il faut simplement faire en sorte de détourner la suspicion. Sinon, tu perds ton temps, Mait ; ils ne te toléreront pas assez pour voter pour toi, crois-moi.

— Ils t'ont bien toléré, *toi*, rétorqua Maitland en envoyant voler d'une chiquenaude ce qu'il avait sorti de son nez.

— Parce que je me suis fondu dans le moule, lâcha Blair d'un air contrarié. Ils ont vu ce qu'ils voulaient voir : un mari et un père dévoué, c'est tout.

— Maisie n'est pas enceinte.

— Bon sang, Mait ! Fais un peu preuve d'imagination, tout de même ! Je ne sais pas, moi… Sers-toi de Mason, par exemple ! Ce type ne pense qu'à ça, et il passe son temps chez toi quand il n'est pas en mer. Si tu es incapable de te débrouiller tout seul, demande-lui de s'en occuper à ta place. Invite-le à dîner et propose-lui de passer la nuit chez toi. Crois-moi : il aura trouvé le lit de ta femme en moins de cinq minutes.

Blair se frotta l'œil avec un doigt avant de lâcher un soupir blasé.

— La *Wet* ne dure pas un an, Mait. À un moment ou à un autre, il va nous falloir envoyer ces Anglais sur les lougres. Fais preuve d'un peu de bonne volonté, tu veux bien ?

— J'y réfléchissais, justement.

Le maire sortit son mouchoir de sa poche et se tamponna le coin de l'œil.

— Ah oui ?

— J'enverrai Cooper sur le *Sharky* dès que j'en aurai l'occasion. Une sorte de mise en jambes, si tu veux…

— Ce lougre n'est plus bon à grand-chose, Mait. Tu le sais très bien.

— À ton avis, pourquoi je veux le mettre dessus ? Il n'a jamais été retapé et les voiles sont complètement pourries. Le moindre coup de tempête, et l'affaire sera classée.

— Tu ne t'en sortiras pas aussi facilement.

— Je ne suis pas complètement abruti, Blair. Je garde l'œil sur le baromètre, figure-toi. Dès qu'on a droit à un petit vent d'est, je l'envoie en mer pour deux ou trois jours avec l'équipage minimum. Cuistot, Bigleux, Cooper et son second, plus un plongeur japonais que je choisirai parmi les insurgés, histoire de le former. Pas besoin d'un écailler – on pourra s'en occuper si jamais ils reviennent. Il nous faudra peut-être sacrifier le bateau et l'équipe, mais ça devrait suffire pour faire passer ça pour un accident.

— Tu l'as assuré, au moins, ce vieux machin ?

— Parce que tu assures tes lougres, toi ?

— Mouais, tu n'as pas tort, marmonna Blair en faisant rouler son cigare sur le rebord du cendrier. Mais moi, je peux me permettre de perdre un bateau ou deux…

— Oh, je ne suis pas sur la paille, tu sais. J'ai deux ou trois autres affaires juteuses. Et puis franchement, vu le climat actuel, personne ne pleurera la perte de quelques basanés...

— C'est sûr. Il y en a encore à la pelle qui cherchent du travail, en ville. Si jamais tu es à court, je m'occuperai de ton cas.

L'intégration annuelle de la main-d'œuvre étrangère avait lieu en février, et leur nombre était censé strictement concorder avec le nombre de permis de travail détenus par chacun des perliers. Au bout de trois ans de contrat – si l'ouvrier survivait tout ce temps –, le gouvernement décrétait que l'étranger devait retourner dans son pays d'origine. La plupart n'en faisaient rien, même si les papiers administratifs attestaient qu'ils étaient partis.

Blair Montague détenait beaucoup plus de permis que ce qu'il était censé avoir, et il avait le sous-receveur des douanes dans la poche. Il engageait sa main-d'œuvre supplémentaire à la manière d'une agence de recrutement. Les travailleurs étaient plutôt dociles – rien de bien surprenant, quand on savait qu'ils vivaient sous la menace de l'expulsion.

— Et ce nouveau compresseur que Cooper a embarqué avec lui ? Tu es prêt à t'en passer, si jamais tu perds ton lougre ?

— Ça m'est égal, Blair. Les Japs n'utiliseront jamais cette machine. Si tu veux mon avis, sa place est au fond de l'océan, point.

— Très bien. Alors, imagine qu'il n'y ait pas de tempête ?

— Ils reviennent, on décharge les huîtres et on les renvoie en mer avec le reste de la flotte à la fin du mois. Ce qu'on fait d'habitude. Personne ne se doutera de rien.

Blair se pencha vers le cendrier et y cala son cigare.

— Et ensuite, alors ? Tu as un autre plan, si celui-ci ne marche pas ?

Maitland but une gorgée de brandy et fit rouler l'alcool sur sa langue.

— On gardera les Anglais à part. On les fera plonger au niveau des bancs qui auront déjà été vidés, histoire de les éloigner de la flotte. Je suis en train d'appareiller le *Hornet*, et c'est Maisie qui sera à bord. Elle ira directement à eux afin qu'ils ne puissent pas revenir en ville comparer leurs notes. Il faudra que tu t'assures qu'Espinell, Hanson et Mason, et tous ceux à qui on a imposé des plongeurs blancs, soient raccord, bien évidemment.

Blair sortit une feuille de papier de sa poche et relut ses notes.

— Oui, les Blancs sont bien chez ces trois-là, en effet. On va les convoquer et jouer cartes sur table. Et ta femme… Tu lui as appris à tenir sa langue ? Tu es sûr de pouvoir compter sur elle ?

— Je ne me fais aucun souci de ce côté-là.

— Des nouvelles de ses parents ? l'interrogea Blair en faisant craquer sa nuque.

Maitland secoua piteusement la tête.

— C'est du côté de la mère que l'argent se trouve, c'est bien ça ? insista Blair.

— Oui. Je t'ai déjà dit qu'ils avaient coupé les ponts avec elle.

— Attends, Mait, je ne te suis plus, là…, reprit Blair en tendant les bras devant lui. De qui on parle ? De Maisie ou de sa mère ?

— Bon sang, Blair, fais un effort… De la *mère* de Maisie.

— Pourquoi est-ce qu'ils ont coupé les ponts avec elle ?

— Je ne sais pas. Peut-être que son mari ne leur plaisait pas.

— Ah, les histoires de famille…, grogna Blair en se grattant le nez.

Maitland opina du chef, le regard perdu dans le vide.

Blair jeta alors un coup d'œil à sa montre.

— Bon, on ferait mieux de retourner là-bas pour faire danser ces dames. Je ferai la présentation après le dîner. La collection est plutôt correcte, ce soir. Une centaine de livres. Nous pourrions jouer contre ces fameux Anglais, tout à l'heure, histoire de tout récupérer. Qu'en dis-tu ?

Maitland s'arracha un sourire qui ne trahissait toutefois aucune joie. Il coinça sa pipe entre ses dents et se leva péniblement de son fauteuil. Blair était vicieux, mais Maitland avait un temps d'avance.

Maisie s'adossa à la rambarde de la terrasse et ferma les yeux. Elle avait bientôt terminé son deuxième martini, et sa tête commençait sérieusement à tourner.

William Cooper se tenait juste à côté d'elle, et elle sentait son regard sur son visage. Il la fixait avec une telle intensité qu'elle en était profondément troublée. Au moins n'avait-elle pas à soutenir ce regard brûlant, tant qu'elle gardait les yeux fermés…

Elle ne savait que dire pour combler ce silence. Au loin, ils distinguèrent la corne de brume d'un bateau à vapeur.

Maisie rouvrit les paupières en espérant qu'il ne parvienne pas à y lire son soulagement.

— Je ne pourrai plus jamais entendre ce son sans repenser à toutes ces semaines en mer… Comment s'est passé votre voyage, Mr Cooper ?

— Nécessaire mais fatigant, répondit-il. Et vous ?

Obligatoire, aurait-elle voulu crier. *Parce qu'on a décidé de mon avenir derrière mon dos. Parce que votre patron l'a rédigé sur un vulgaire bout de papier sans jamais me demander mon avis. Tout cela est tellement loin de ce que j'aurais pu désirer...*

— Aussi pénible que le vôtre. Mais nous avions chacun nos raisons pour entreprendre une telle traversée, n'est-ce pas ?

William Cooper agitait les glaçons dans son verre du bout du doigt.

Maisie poursuivit, décidée à naviguer parmi les eaux troubles de la gêne évidente qui s'était instaurée entre eux.

— C'est pour cela que nous nous trouvons tous les deux ici ce soir, à célébrer votre arrivée sur l'archipel et mon tout récent mariage…

Il agita une nouvelle fois les glaçons avant de dresser son doigt dégoulinant en direction de la salle des francs-maçons.

— Les deux messieurs manquant à l'appel semblent être réapparus, dit-il.

Le liquide qui gouttait de son doigt soulevait de petits nuages de poussière sur les lattes du parquet. Maisie se tourna vers lui et décida de mettre l'emballement de son cœur sur le compte du gin.

— Merci beaucoup pour le verre, Mr Cooper, s'excusa-t-elle en le lui rendant. Mais je ferais mieux de rejoindre les miens, si vous me le permettez.

9

Maisie était fatiguée, la migraine menaçait, et elle avait plus que tout envie que leurs invités se décident enfin à partir. Cela ne faisait que quelques semaines qu'elle vivait ici, mais pas un soir n'était passé sans que Maitland s'entoure de tout un tas d'individus. Il les empilait comme il aurait construit un mur. Elle avait dîné avec le directeur de la banque, qui lui donnait la désagréable impression d'être attardée quand il s'adressait à elle ; avec le docteur anglais, qui d'après Miss Locke était un ivrogne invétéré, l'évêque myope comme une taupe et sa femme qui semblait ne jurer que par les motifs écossais ; et ainsi de suite, subissant tous les acolytes de son mari, qui n'hésitaient pas à enchaîner les verres jusqu'au petit matin. Maitland rentrait du travail tard et faisait constamment en sorte qu'ils ne se retrouvent jamais seuls. Lorsqu'ils avaient fini de manger, il était soit trop fatigué, soit trop saoul. Toujours est-il qu'il partait directement se coucher.

Maisie était devenue experte pour se faire petite en Angleterre – se tenir hors du chemin des autres, garder ses opinions pour elle, serrer les dents et éviter les coups. Elle avait si souvent joué le rôle de quelqu'un d'autre que c'en était devenu une seconde nature. Mais ce n'est pas pour autant qu'elle avait cessé de se poser des questions.

Le souvenir de sa nuit de noces la laissait encore perplexe, et elle regrettait de ne pas avoir Mrs Wallace auprès d'elle, avec ses trésors de sagesse. Au moins aurait-elle pu lui parler de cette facette de sa vie maritale, ce qu'elle n'aurait jamais pu confier à qui que ce soit d'autre ici. Fidèle à sa parole, Mrs Wallace lui avait envoyé le fameux ouvrage qui traitait de la vie maritale, mais celui-ci ne l'avait malheureusement pas aidée à y voir plus clair. Maitland n'était toujours pas venu revendiquer ses droits conjugaux. Peut-être qu'en parfait gentleman, il lui laissait simplement le temps de s'adapter ? Elle secoua la tête. Non. Maitland n'était pas ce genre d'homme. Quoi qu'il en soit, ce n'était certainement pas ainsi qu'ils auraient des enfants. Il y avait autre chose qui la tracassait, depuis cette affreuse première soirée, mais elle était incapable de le faire remonter à la surface.

Elle avait déjà demandé à Maitland pourquoi il l'avait fait venir ici, mais il n'avait jamais pris la peine de lui répondre. À vrai dire, elle le voyait très peu. Lorsqu'elle se réveillait, il était déjà parti. En début d'après-midi, c'était l'heure de la sieste. Maitland ne réapparaissait jamais pour le déjeuner mais revenait avant cette période accablante de la journée durant laquelle plus rien ne bougeait d'un pouce, sur l'archipel. Seule la vieille chèvre de Duc – la seule résidente de l'archipel qui devait avoir moins de jugeote que Dorothea Montague – tenait debout à cette heure. Même les mouches à viande cherchaient l'ombre.

Leur table, le soir, se composait principalement d'hommes. Maisie savait qu'entretenir son réseau était important dans le monde des affaires. Il était arrivé à son père de convier ses collègues à la maison, lui aussi, et elle les avait observés avec sa mère, toutes deux muettes comme des tombes, jusqu'à ce qu'il soit l'heure d'abandonner ces hommes à leurs cigares et leur porto. Les femmes, elles, partaient siroter leur café brûlant dans le petit salon glacial de sa mère. Quand sa mère soufflait sur sa tasse, une vague tiède, cocktail des deux, la submergeait.

Maisie mit une main devant sa bouche pour dissimuler un bâillement qui faillit lui dévisser la mâchoire. Ce soir, pour la énième fois, ils recevaient les Montague, le combo père et fille étant l'un de ceux qu'elle avait le plus de mal à supporter ici.

Le maire ressemblait à un page du Moyen Âge et truffait sa conversation de fragments rudimentaires de français. Elle avait vu des photos de ses ancêtres, dans ses livres d'histoire. Vous lui mettiez un luth, un pourpoint et des bas, et l'homme aurait pu trouver sa place dans l'Angleterre du XVe siècle. Le Blondel brun (comme elle aimait le surnommer) n'était qu'un sale arriviste qui s'engraissait sur le dos des autres. Dorothea, aussi creuse qu'un pot de chambre, était une fille tout en boucles et en froufrous qui incarnait ridiculement « la vie à l'anglaise » dans cette minuscule colonie. Maisie avait conscience qu'au lieu de juger, il aurait mieux valu faire un peu plus d'efforts pour se lier d'amitié avec la fille du maire, mais elles n'avaient absolument rien en commun.

Les résidents qu'elle avait rencontrés jusqu'ici semblaient essayer de copier un ancien système de classes anglais qu'ils pensaient pouvoir égaler sans détenir aucune référence. Maisie avait la sensation que cette nouvelle vague d'imposteurs mettait tout son argent dans l'illusion d'un certain statut social sans avoir la moindre idée de ce que cela signifiait, en réalité.

Blair Montague se pencha vers elle, son coude dérapant par-dessus la table au passage. Il repositionna son bras, le stabilisa avec sa main gauche et prit son menton dans sa main droite.

— *Eh bien* [1], Mrs Sinclair… Avez-vous des nouvelles de vos parents ?

Les dents de Maitland crissèrent sur le manche de sa pipe.

— Non, Mr Montague, répondit-elle en devant réprimer un nouveau bâillement. Je n'ai eu aucune nouvelle depuis mon arrivée. J'imagine que je devrais mettre ce silence sur les caprices de la poste…

— Mais vous leur écrivez, *non* ?

— Bien sûr, religieusement. J'écris aussi à Mrs Wallace, et ses réponses me parviennent toutes les semaines par bateau. L'Angleterre est si loin… Il y a forcément plus de chances que les choses ne se passent pas comme prévu.

Dorothea se renfrogna et se mit à tapoter son verre.

— C'est tout de même étrange que toutes vos lettres se soient retrouvées sans réponse. Vous ne pensez pas être victime d'un vilain tour ?

— Tu te fais des idées, mon trésor, souffla Blair en posant la main sur le poignet de sa fille avant de se pencher vers Maisie. Et dans ces fameuses lettres que Dorothea pense qu'elles vous ont été subtilisées, que madame Sinclair raconte-t-elle à ses parents au sujet de sa nouvelle vie ?

Maisie inclina la tête tout en réfléchissant à la question. Sous la lumière de la lampe, Maitland lui donnait soudain l'impression d'être un rat de laboratoire. Ses yeux brillaient, et l'air chargé laissait un voile humide sur son visage tacheté. Elle fut prise d'un frisson. *Ma vie*

1 En français dans le texte.

en tant qu'épouse de cet homme ? Elle mourait d'envie de raconter la vérité à quelqu'un : qu'il ne lui montrait aucun intérêt ; que ce n'était qu'un sale type intolérant ; que ses bonnes manières étaient simulées et que c'était un grossier personnage ; qu'il devait forcément avoir une maîtresse – comment expliquer autrement ses longues absences et son manque évident d'intérêt physique pour elle ? Sans parler de sa cruauté, et du fait qu'il ait manqué d'assassiner leur jardinier…

Maisie débita donc son mensonge.

— Je leur dis que je me fais tranquillement à la vie ici, que je m'habitue à la vie maritale sous ce climat difficile, et que je me suis fait quelques amies.

— Et Maitland vous tient-il occupée ?

— De quoi voulez-vous parler, au juste ?

Blair Montague lâcha un rire mauvais.

— De gérer son joli petit foyer, de superviser les domestiques et d'assouvir ses besoins, bien sûr !

— Et plus encore, Mr Montague. Je ne vois pas en quoi assouvir les besoins de son mari vous paraît si drôle, ceci étant dit. Oui, je suis occupée, à la maison aussi bien qu'à l'extérieur. Dès que la *Wet* sera terminée, je serai en charge des réserves du *Hornet*, figurez-vous. Et je nourris bien sûr d'autres centres d'intérêt.

Si Dorothea avait remarqué le ton offensif de Maisie, elle n'en montra rien.

— Oh, quelle chance, Mrs Sinclair ! Que j'aimerais moi aussi prendre le large sur une goélette… Papa et moi pique-niquons parfois au bord de la nôtre, mais nous ne levons jamais l'ancre, malheureusement. Papa a très vite le mal de mer, et il préfère tout superviser de ses bureaux. Il en a un à l'entrepôt, et un chez nous, et il travaille constamment, même une fois que je suis partie me coucher ! Pas étonnant qu'il soit si fatigué et si râleur, n'est-ce pas, papa ? J'ai entendu quelqu'un le traiter de « perlier de terrasse », un jour. Je me suis dit que ça t'allait comme un gant, papounet, lança-t-elle en se tournant vers lui, les yeux humides, comme un chiot.

L'expression du maire se referma. Maisie aussi avait déjà entendu ce terme ; Miss Locke le lui avait expliqué en toute discrétion, au club de tricot. Et ce n'était pas un compliment. En effet, cette expression se référait à ceux qui dirigeaient leur entreprise perlière de la terre ferme, tandis que leurs équipes risquaient leur vie au grand large pour les enrichir.

— C'est vrai que Blair aime diriger son entreprise de sa terrasse, avec un bon whisky à la main, commenta Maitland en attrapant le porto.

L'expression de Dorothea fut traversée par un éclair amusé.

— Mrs Sinclair, j'ai la solution idéale, pour votre souci de courrier. Pourquoi ne pas envoyer de télégramme ? Nous avons tout ce qu'il vous faut, ici. Vous pouvez être connectée au reste du monde en passant par la colonie de Java.

Cette suggestion, lancée tout à fait innocemment par la jeune femme, les mit tous les trois dans un embarras évident. Maitland et Blair voulurent tous les deux s'emparer du grog, et Maisie, qui déglutit trop vite, se mit à hoqueter.

— Oui, c'est la solution, c'est certain ! insista Dorothea, déterminée à ramener la discussion sur un sujet qu'elle pouvait maîtriser. Il faut que vous alliez au central télégraphique et que vous demandiez Wayne Ramsey. Il travaille là-bas. Je le connais un peu, ajouta-t-elle en jetant un regard en coin à son père. Pas socialement, bien sûr – ce n'est pas l'un d'entre *nous*. Mais c'est un très gentil garçon, et plutôt doué au croquet, par-dessus le marché. Je l'ai rencontré l'année dernière, durant l'un de ces après-midi organisés par Mrs McMahon. C'est un ami de Miss Locke, en vérité. Bref, quoi qu'il en soit, il m'a impressionnée, avec son maillet, ce jour-là ! Il pourra sûrement vous expliquer la marche à suivre pour envoyer un télégramme, babillait-elle, visiblement incapable de s'arrêter. C'est ce qu'a fait oncle Maitland, le jour où il a décidé que vous épouser serait la cerise sur le gâteau. Je l'ai entendu le dire à papa.

Blair Montague serra un peu plus fort le poignet de sa fille.

— Je ne suis pas certain que tu aies tout à fait compris ce qu'il voulait dire, chérie.

— Oh si, papa ! C'est exactement ce qu'il a dit.

— Il me semble que j'ai adressé une lettre aux parents de Maisie pour lui demander sa main, intervint Maitland. J'envoie beaucoup de télégrammes pour le travail, Dorothea. Tu dois sûrement confondre.

La jeune femme fit la moue et se tourna vers Maisie.

— Cela doit vous inquiéter de ne pas avoir de nouvelles de vos parents. Et je suis sûre qu'ils sont tout aussi impatients d'entendre parler de vous. Désirez-vous que je passe vous prendre, demain ? Je pourrais vous emmener au central télégraphique avec ma carriole ?

Maisie réprima un soupir. Sa mère n'avait pas reçu de télégramme de la part de Maitland, mais bien une lettre. Elle se revoyait écouter la femme glaciale lui en lire le contenu. Cette fille était décidément très sotte.

Blair Montague, qui était légèrement moins ivre que Maitland, renifla avant de se nettoyer le nez avec son mouchoir. L'étoffe était tellement amidonnée qu'elle refusait même de se plier.

— Si vous me permettez de faire preuve de galanterie, chère madame, je pourrais y apporter votre télégramme moi-même, ce qui serait beaucoup moins fatigant pour vous. Si vous voulez bien rédiger un message, je me ferai un plaisir de le transmettre à votre place. Les jeunes employés du central sont peut-être très serviables, commenta-t-il avec un regard appuyé en direction de sa fille, mais ils ne sont pas les plus fiables. En tant que maire de cet archipel, soyez assurée que vos échanges avec l'Angleterre seront entre de bonnes mains.

Marjorie cogna à l'embrasure de la porte, visiblement contrariée.

— Scusez, Missus. Y a des hommes pour cap'taine Sinclair, dehors. Moi pas être prévenue, alors demander aux messieurs d'attendre sur terrasse ouest avec café. Moi espérer bien faire…

— Merci, Marjorie. C'est très bien.

Maisie dévisagea alors son époux. Il ne l'avait pas informée qu'il attendait encore du monde.

Le maire consulta sa montre et s'agrippa d'une main molle au rebord de la table.

— Je vais devoir aller coucher ma fille, *mes chers amis*. Je ne m'étais pas rendu compte de l'heure. Merci mille fois pour ce délicieux repas, *madame*, et n'oubliez pas de rédiger votre message. J'enverrai quelqu'un le chercher demain dans la matinée.

Maitland se hissa sur des jambes chancelantes.

— Tu peux aller te coucher, Maisie. J'ai des affaires à régler. Blair, ajouta-t-il en se tournant vers son ami, je vais vous raccompagner.

Maitland aida Dorothea à grimper dans la carriole puis lui tourna le dos pour qu'elle n'entende pas ce qu'il avait à dire à son acolyte. Il écarta les jambes afin de s'assurer de garder son équilibre.

— Des nouvelles de l'Association ? lança-t-il en

faisant de son mieux pour paraître le plus détaché possible.

— Non, pas encore, Mait. Ces choses-là prennent du temps.

— Tu ne connais pas quelqu'un d'autre qui pourrait nous aider ?

Blair inclina la tête en arrière et se mit à observer le ciel.

— Ce serait si terrible, si tu ne te faisais pas élire ?

— Bon sang, Blair, comment peux-tu me mépriser à ce point ? Tu sais bien que c'est ce que je veux ! J'ai fait tout ce que tu m'as dit de faire. Je me suis même trouvé une bobonne et la porcelaine qui va avec…

— Elle se débrouille très bien, Mait. Cette femme t'attirera les bonnes grâces de nos pairs, tu verras.

— Pourquoi ça met autant de temps, alors ?

— Beaucoup de gens ne sont pas encore revenus, avec la *Wet*…

— Ça fait six ans, Blair. Pas six mois !

— Il y a un nouvel arrivant, en ville. Un certain Pierre Fornallaz, expert en perles. Il est suisse, ou français, je ne sais plus très bien. Quoi qu'il en soit, il paraîtrait que cet homme est un crack et qu'il aurait une réputation longue comme le bras. Demande à Maisie de les inviter à dîner, lui et sa femme. J'imagine que ton épouse parle français, elle qui semble tout savoir faire. Qui sait, ça ne peut pas nuire à ta réputation. Allez, file, maintenant. Il est temps que je ramène ma fille chez moi.

Maitland s'arrêta sur la marche du bas et souffla un bon coup afin de calmer ses nerfs. L'air nocturne était imprégné du goût saumâtre de la mer, et il en emplit goulûment ses poumons. Les trois hommes qu'il avait conviés s'étaient installés sur la terrasse, s'étaient servis dans sa boîte à cigares et avaient pratiquement vidé une bouteille de brandy. Une cafetière refroidissait tranquillement à côté d'eux.

Le capitaine Hanson donnait l'impression de sortir tout droit d'un magazine maritime. Il avait une moustache tombante, et de longues rouflaquettes encadraient son gros visage buriné. Ses mains étaient calleuses, carrées et jalonnées de cicatrices ; la première phalange de son index gauche manquait à l'appel, sectionnée par un malencontreux coup de tomahawk. Il ne connaissait pas de plus grand plaisir que la liberté d'être en mer, et il partait avec sa flotte des semaines entières, endurant les mêmes conditions inhumaines que les Japonais et les Malais qui composaient son équipage. Il savait relever ses manches et était prêt à effectuer n'importe quelle tâche qu'il aurait donnée à ses hommes. D'un naturel franc et juste, il était respecté par chacun d'entre eux.

Le capitaine Espinell, lui, était son opposé – grand, mince et à la peau parcheminée, des doigts délicats et sans aucune partie manquante. Il était rasé de frais, et ses yeux s'agitaient de part et d'autre sur son visage las, l'angoisse rongeant ses traits. Propriétaire d'un seul lougre, il n'était pas dans sa période la plus fructueuse, vivant sur le lais dans un rassemblement de cabanons en bien piètre état. Mais un maître perlier, même infortuné, restait un gros poisson dans une mare boueuse. La couleur de votre peau valait ce qu'elle valait, sur l'archipel, et l'homme parvenait encore à survivre.

Le capitaine Mason, surnommé Courtaud, était une armoire à glace hirsute aux yeux d'un bleu de glace. À l'instar de Hanson, c'était un homme, un vrai, et il se sentait parfaitement dans son élément sur cet archipel que dominait largement la gent masculine. Les femmes se devaient d'être amusantes, jolies ou aguicheuses pour attirer son attention, et il n'en faisait que peu de cas. Il étira ses longues jambes et tira sur son cigare d'un air pleinement satisfait.

Alors que Maitland les rejoignait enfin, il entendit Mason dire :

— … Je me disais bien que ça sentait la panique, cet après-midi.

Maitland s'effondra dans un pauvre fauteuil maltraité et s'empara de la bouteille de brandy.

— Qu'est-ce qui sentait la panique, Courtaud ?

— Que tu nous fasses venir ce soir. C'est que tu dois être sacrément désespéré.

— Pas désespéré, non. Mais ça n'en est pas moins important. Je ne vais pas tourner autour du pot, messieurs. Notre gagne-pain est en jeu. Blair m'a demandé de vous parler de ces Anglais qu'on nous a confiés.

— Quoi, il y a un danger ? demanda Espinell en jouant avec la boîte à cigares. Qu'a dit Blair ?

— Il pourrait y en avoir, si nous ne nous serrons pas les coudes. Blair s'excuse de ne pas pouvoir être présent, mais il a dû raccompagner Dorothea. Il veut que nous nous mettions d'accord sur un plan d'attaque.

Mason fit craquer sa nuque, à droite, puis à gauche.

— À quoi tu penses, exactement ?

Maitland se pencha en avant, les mains jointes devant lui. Puis il pressa son index droit sur ses lèvres, les coudes posés sur ses genoux. Courtaud rapprocha sa chaise. Les deux autres refermèrent le cercle tandis que Maitland révélait le plan que le maire désirait mettre à exécution.

Même s'ils parlaient plutôt fort, Maisie ne parvenait pas à distinguer ce qui se disait, dehors. Elle longea la terrasse à tâtons et débusqua Marjorie, qui était en train d'empiler la vaisselle dans la cuisine.

— Marjorie, apportez-leur du café, s'il vous plaît.

— Patron déjà avoir son café, Missus. Pas vous souvenir ? Vous vouloir patron debout toute la nuit, à traîner dans la maison pour finir dans lit de Missus ? lança-t-elle en agitant agilement les doigts.

— Je sais, Marjorie. Mais nous pouvons en proposer aux autres…

— Déjà donné café aux autres.

— Mince ! Ils l'ont bu ?

— Sais pas. Têt'.

— Retournez voir et attardez-vous un maximum dans la pièce. Je ne sais pas… Vous pouvez renverser le café, par exemple, et prendre tout votre temps pour l'essuyer. J'aimerais que vous me disiez ce dont ils parlent.

— Vous vouloir Marjorie épier discussion du patron ?

— *Écouter*, disons. Ils ne penseront pas une seule seconde à se taire, en votre présence. Si je les rejoins, c'est certain qu'ils se fermeront comme des huîtres.

Marjorie opina du chef d'un air entendu.

— Cap'taine Sinclair taper Marjorie si café renversé.

Elle n'avait pas tort.

— En effet, ce n'est pas le but. Dans ce cas, disposez les tasses le plus lentement possible. Et revenez pour le sucre, par exemple.

— O.K. Combien de temps Missus vouloir Marjorie là-bas ?

— Je ne sais pas. Essayez de comprendre de quoi ils parlent, puis revenez me voir. Je vous attendrai dans la cuisine.

— O.K., commenta Marjorie en se grattant la tête. Moi devoir demander Duc plus de café. Duc pas être content, ça non... Moi aller voir patron et faire comme si oublié patron déjà bu café.

— Oui. Où est Duc, d'ailleurs ?

— Sûrement dans maison Marjorie, comme tous les soirs après travail.

Maitland enfonça la main dans la poche tendue de son pantalon et en sortit l'énorme bourse qu'il y avait cachée un peu plus tôt dans la soirée. Le vêtement lui serrait la taille, et il jura dans sa moustache contre le coton amidonné qui venait de lui râper les doigts. Cette discussion ne se passait pas aussi bien qu'il l'aurait espéré. La domestique lubra ne cessait de leur tourner autour avec son café – il avait déjà bu le sien ce soir, mais il était trop distrait pour la réprimander pour son inattention.

— Donc, Maitland…, reprit Espinell. Si j'ai bien compris, nous envoyons nos plongeurs dans des directions opposées pour deux ou trois mois d'affilée dès que la *Wet* est terminée, ce pour pêcher des huîtres qui ne seront déjà plus là. En gros, l'idée est de faire passer ces Anglais pour des incapables. Grâce à la distance, ils ne pourront pas se retrouver pour comparer leur malchance. Pendant ce temps, nos plongeurs japonais rempliront nos caisses et prouveront par là même qu'ils sont plus efficaces et qu'il n'y a aucune raison de les expulser. C'est ça ?

— Parfaitement résumé.

— Et comment cela va-t-il m'aider à atteindre mes objectifs financiers, Maitland ? rétorqua alors Espinell. Je suis presque sur la paille, tu le sais.

— C'est bien là le problème. Dans un premier temps, nous allons tous nous retrouver fauchés. C'est pour ça qu'il faut qu'on se serre les coudes. Mais nous devons à tout prix nous assurer que cette expérience que semble vouloir nous imposer le gouvernement échoue. Ces plongeurs anglais et leurs équipiers coûtent beaucoup trop cher. Il est même prévu qu'on les paie plus sur chaque huître qu'ils nous rapporteront. En moyenne, ces types nous coûteront huit fois plus cher que nos Japs. Ce qui est sûr, c'est qu'on va tous faire faillite, si on laisse faire cette folie !

— Mais… Et s'ils s'avéraient bons, au final ? Personnellement, tant qu'ils me pêchent mes huîtres, ça me va, se mit à geindre Espinell.

— Ce n'est pas le problème ! Nous ne pouvons pas nous permettre de les payer ce que le gouvernement leur a promis. Pas si nous voulons maintenir nos affaires à flot. Nous devons nous assurer qu'ils échouent, peu importe la manière. Je ne sais pas, moi… Demande à l'un de tes hommes de causer un accident – avec le compresseur, par exemple. Tu peux aussi trafiquer ces foutus tableaux de l'amirauté qu'ils tiennent tant à nous faire respecter. Une petite erreur de calcul et hop, le tour est joué…

Les maîtres perliers ne comprenaient pas ces tableaux qui limitaient le temps de plongée, et ils étaient persuadés que la main-d'œuvre qu'ils exploitaient ne les comprendrait pas davantage. Si l'on se conformait à ces fichues données, leurs plongeurs passeraient la plus grande partie de leur journée de travail suspendus à une corde, entre la surface et le fond, plutôt qu'à ramasser les huîtres. Ces tableaux se basaient sur des chiffres. Si un plongeur travaillait à trente mètres de profondeur et y restait l'espace d'une heure, il devait remonter à la surface lentement, par paliers préétablis. Il lui faudrait trente minutes pour regagner la surface. S'il plongeait plus bas, remonter lui prendrait évidemment plus de temps. Les maîtres perliers avaient conscience qu'ils ne pouvaient pas obliger leurs plongeurs à rester sous l'eau.

Mais plus ils y restaient, plus ils avaient de chances de remonter des huîtres. D'un autre côté, plus le temps de plongée était long et plus celui de remontée l'était. Une autre norme recommandait également un temps de repos de minimum trois heures entre deux plongées – contrairement aux quinze minutes que prenaient les Japonais, juste de quoi avaler un café et fumer une cigarette. Et si le plongeur descendait à plus de trente mètres, alors il ne devait plus replonger de la journée.

— Bon, on dirait bien qu'on va avoir du mal à se mettre d'accord, commenta Courtaud en se tournant vers Hanson. On laisse le hasard décider ?

Hanson passa une main songeuse sur ses longues rouflaquettes.

— Ça me va. À quoi vous voulez jouer ?

— Ce sera sans moi, commenta Espinell en secouant la tête.

— Je ne suis pas non plus d'humeur à miser ma fortune sur un vulgaire jeu de cartes, lança Courtaud en avalant une gorgée de brandy. Pile ou face, ça vous va ? Hé, Mait, tu as bien deux petites pièces, dans cette grosse bourse… On peut jouer chacun notre tour et faire le compte.

Maitland aimait bien cette idée. Deviner de quel côté tomberait une pièce serait beaucoup moins difficile que d'essayer de mémoriser le jeu de ses adversaires, vu tout ce qu'il avait bu ce soir. Il jeta ses deux pièces en l'air, et les trois capitaines ouvrirent les paris. Entre chaque lancer, Maitland gobait un verre d'alcool. Que pouvait-il souhaiter d'autre, à cet instant ? Il était chez lui, à jouir de ses deux passe-temps favoris.

Si seulement il n'avait pas à partager cet endroit avec cette satanée femme…

Maisie attendait fiévreusement dans la cuisine quand Marjorie revint avec les verres vides.

— Alors, qu'est-ce qu'ils ont dit ?

— Ça complote, Missus.

— À quel sujet ?

— Cap'taines manigancer mauvais tour, ça oui.

— Comment ça ?

— Eux faire pari avec des pièces.

— Je ne comprends pas un traître mot, Marjorie ! s'impatienta Maisie, qui aurait voulu la secouer comme un prunier.

— Moi dire, Missus, répondit Marjorie en passant une main nerveuse dans sa crinière, cap'taines faire pari avec des pièces, et eux rire beaucoup, aussi.

— Sur quoi ont-ils parié ?

— Ça, Marjorie pas savoir.

— Les capitaines sont-ils rentrés chez eux ?

— Oui. Partis quand patron devenu tout bizarre. Yeux blancs tout d'un coup. Moi plus voir couleur. Puis bang, tête du patron tomber sur la table, comme ça ! s'enflamma-t-elle en tapant son poing sur celle de la cuisine.

— Chut ! Moins fort, Marjorie. Il est toujours là-bas ?

— Moi pas toucher patron, Missus. Moi pas vouloir taper.

Devant l'air terrorisé de sa domestique, Maisie lui prit la main et la serra doucement.

— Je me doute, Marjorie, mais nous ferions tout de même mieux d'aller nous assurer qu'il va bien, surtout s'il s'est cogné la tête. Nous pourrons ensuite décider quoi faire, d'accord ?

Sur la terrasse, Maitland ronflait comme un cochon. C'était encore pire que d'habitude. Le bruit semblait à la fois provenir de ses narines et de sa gorge. Pour ajouter au glamour de la situation, il lâcha un vent tonitruant. Marjorie se pinça le nez, dégoûtée.

— Vous vouloir réveiller patron, Missus ?

— Non, je pense qu'on va le laisser là. De toute façon, il est tellement lourd que je ne suis pas sûre qu'on puisse le porter.

— Vouloir le couvrir, retirer ses chaussures ?

— Non. Mais je vais mettre quelque chose sous sa tête. Peut-être cela aidera-t-il à étouffer un peu tout ce bruit.

— Moi débarrasser la table puis au lit. O.K. pour Missus ?

— Oui, merci. Et… Marjorie ?

Maisie se demandait où était encore passé Duc.

— Oui, Missus ?

— Non, rien. Ça peut attendre.

Elle scruta alors la masse graisseuse affalée sur le rebord de la table. Un nouveau ronflement, accompagné une fois de plus par un pet, envoya l'homme voler au sol, mais il ne cilla même pas. Sur la table, cachée par son bras quelques secondes plus tôt, se trouvait sa bourse. Les paroles de Mrs Wallace firent aussitôt écho sous son crâne : « Ne vous fiez jamais à un homme qui a une bourse, Maisie. Il sera forcément vicieux. »

Maisie était en plein cas de conscience. Mrs Wallace avait bien évidemment vu juste : Maitland avait l'âme d'un sale type, c'était certain. Elle ramassa le gros sac de cuir, fit tourner l'ouverture d'argent et versa son contenu dans sa main gauche. Le poids des pièces était une sensation merveilleuse, dans sa paume ; le poids d'une punition bien méritée. Elle lâcha alors la bourse vide sur la table.

Vu l'état dans lequel il est, il ne se souviendra jamais comment il a perdu tout cet argent.

Maitland donnait de quoi payer les commissions à Duc, mais tous les achats que Maisie faisait s'ajoutaient à sa dette. Elle n'avait aucune liquidité rien qu'à elle. Maitland savait exactement combien elle dépensait, et pour quoi. Pour la première fois de sa vie, elle avait l'occasion d'être indépendante. Elle remua la tête de gauche à droite, pensive.

Je suis sa femme. Techniquement parlant, son argent est aussi le mien. Oui. Alors, d'un hochement de tête déterminé, elle fit tomber les sous dans sa poche. *Mais où pourrais-je bien cacher tout ça ?* Le gros bocal dans lequel Marjorie lui avait conseillé de ranger sa lingerie de soie – à l'abri des mites et des poissons d'argent affamés – lui parut être l'endroit idéal.

De retour dans sa chambre, elle entreprit de se déshabiller, retirant couche après couche telle une superposition de peaux mortes. Lorsqu'elle posa les yeux sur la boule de soie fragile que formaient ses sous-vêtements au sol, elle comprit qu'une nouvelle femme venait d'émerger de ce cocon. Elle s'enveloppa du doux coton de son kimono et serra la ceinture sur sa détermination. Oui, elle en était convaincue : quatre des plus influents maîtres perliers de cet archipel préparaient un coup juteux.

— Et je découvrirai de quoi il s'agit, déclara-t-elle d'une voix assurée.

Un lézard traversa furtivement le mur avant de se couler dans une fissure.

10

— Coucou ! Il y a quelqu'un ?

Maisie et Marjorie avaient entendu la porte-fenêtre grincer, et la voix haut perchée leur avait arraché à l'une comme à l'autre une moue blasée. Marjorie faisait la chasse aux pétales de bougainvillées qui envahissaient chaque jour la terrasse, et Maisie était assise à son bureau, griffonnant sur son buvard d'un air rêveur. Elle venait de lire la toute dernière lettre de Mrs Wallace, et celle-ci l'avait sensiblement démoralisée.

Qu'est-ce que c'est que cette attitude, très chère ? Voilà que vous baissez déjà les bras, alors que cela ne fait que quelques semaines que vous vivez ici. Je n'aurais jamais pensé cela d'une jeune femme qui ose retirer son corset quand elle pense que j'ai le dos tourné ! Je vous envoie quelques paquets de graines. Plantez-les dans votre jardin et regardez-les fleurir. Cela vous servira aussi bien de leçon que de passe-temps.

Marjorie se mit à agiter son balai avec un zèle inhabituel et se plia en deux pour rassembler les confettis violets.

— Missus être là ? demanda-t-elle par-dessus son épaule.

— Oui, juste une petite minute, répondit Maisie en levant les yeux au ciel.

Marjorie se redressa, s'appuya sur son balai et lança à travers le treillis :

— Missus occupée, Miz Montague. Missus pas tarder.

Dorothea apparut dans l'embrasure, et ses yeux de biche s'abattirent cruellement sur l'Aborigène.

Celle-ci bloquait l'entrée, les pieds bien ancrés au sol, les mains plaquées sur ses larges hanches, un air résolu au visage. Les deux femmes se défiaient du regard, tels deux prédateurs étudiant méticuleusement leur proie.

— Alors, jeune Missus venir dans belle carriole ?

Dorothea passa son doigt ganté de blanc sur la rambarde et l'inspecta ensuite avec un mépris qui se lut dans sa posture.

— Pourquoi toi vouloir savoir ?

Les Européens blancs de l'archipel utilisaient le pidgin anglais pour s'adresser aux domestiques. Quelle que soit la raison qui se cachait derrière cela, Maisie trouvait cette coutume incroyablement grossière. La langue de la majorité des gens qui vivaient ici n'était pas l'anglais. Le fait que tous ces individus s'attendent à ce que l'on s'adapte à eux était encore un exemple de la volonté inexorable de la minorité blanche à écraser les pauvres gens de couleur. Sa propre hypocrisie lui noua soudain le ventre. Elle-même n'avait fait aucun effort pour apprendre une autre langue que la sienne… Valait-elle vraiment mieux que les autres, au final ?

— Cheval Miz peut-être aimer voir cheval Missus, commenta Marjorie en se grattant le ventre.

Puis elle récupéra son balai et reprit sa chasse aux pétales, tête baissée.

Dorothea cligna des yeux, et sa bouche se tordit en une affreuse grimace.

— Pourquoi lui vouloir ça ?

— Visiter un peu, même si lui pas pouvoir annoncer sa visite comme vous.

Maisie quitta son bureau et longea le mur. Dorothea se tenait toujours dans l'entrée. Face à elle, Marjorie l'observait la bouche grande ouverte, telle une baleine édentée prête à bondir sur sa proie pour la gober.

— Marjorie ! souffla Maisie. Vous pouvez laisser entrer notre hôte, merci.

— Moi penser Missus prendre plus de temps, répondit Marjorie avant de partir en marmonnant dans sa barbe.

Maisie accueillit Dorothea en esquissant un sourire de circonstance.

— Dorothea... Désolée de vous avoir fait attendre. J'ai dû oublier que vous passeriez, vous m'en voyez navrée.

De toute évidence, Dorothea ne voyait pas la peine de s'embarrasser de cartes de visite. Maisie ne l'avait jamais vue en dégainer une. Elle avait la fâcheuse habitude de débarquer à l'improviste, cédant à ses propres caprices de petite fille.

— Oh, ce n'était pas prévu, Mrs Sinclair. Papa ne sait pas que je suis ici – il est en réunion, voyez-vous. Je sais qu'il s'est proposé d'envoyer votre télégramme à votre place, il y a quelques jours déjà, mais j'espère qu'il ne l'a pas fait. J'imagine que vous n'avez pas encore pris le temps de le rédiger, et connaissant papa, ça a dû lui sortir de la tête. Comme oncle Maitland, il a tendance à vite oublier ce qu'il dit ! D'ailleurs, en parlant de ça, j'ai vérifié dans mon journal, et j'avais presque raison, figurez-vous. Je crois en effet qu'il a envoyé une lettre plutôt qu'un télégramme à votre mère – et c'est là mon erreur, mais quoi qu'il en soit, je me souviens très bien l'avoir entendu dire que vous seriez la pièce finale de son entreprise financière. C'est plus ou moins la même chose que la cerise sur le gâteau, vous n'êtes pas d'accord ?

Maisie regardait les lèvres de Dorothea se mouvoir devant elle, stupéfaite, ne parvenant pas à croire à ce qu'elle venait d'entendre. Ses parents ne lui avaient jamais parlé d'un quelconque accord financier. Elle agita une main en direction d'une chaise, ayant elle-même la sensation de tomber du haut d'un précipice sans aucun point de chute à l'horizon. Elle s'entendit parler, mais les mots semblaient lui parvenir d'affreusement loin.

— Je vous en prie, Dorothea, asseyez-vous. Mettez-vous à l'aise.

La jeune femme se laissa choir dans un fauteuil à haut dossier et inspira un bon coup.

— Alors voilà, Mrs Sinclair. Je me suis dit que tant qu'à faire, vous pourriez en profiter, en toute discrétion bien sûr, pour envoyer *deux* télégrammes. J'apprécie énormément Wayne, voyez-vous, et cela serait beaucoup plus raisonnable de donner une véritable raison à ma visite, si je veux éviter que les gens ne se mettent à parler. Il est assez difficile de justifier le moindre de ses gestes ici, vous ne trouvez pas ? Alors, vous pensez pouvoir me rendre ce petit service, dites ? Ne pas dire à papa que vous avez déjà envoyé votre télégramme, afin que je puisse voir Wayne ?

Maisie faisait de son mieux pour paraître intéressée par son babillage, mais son sourire affecté dissimulait difficilement le choc qu'elle venait d'avoir. Elle proposa alors du thé à son hôte, mais Dorothea secoua la tête tel un chien qui s'ébrouerait.

— Si vous voulez tout savoir, Mrs Sinclair, je déteste ça – j'ai toujours l'impression de boire du lait rance. Et pour être totalement honnête, cette histoire de télégramme n'était qu'un prétexte pour passer vous voir, même s'il nous faut faire vite, si nous voulons passer au central télégraphique avant que papa ne termine sa réunion. Je dois à tout prix faire comprendre à Wayne qu'il n'y a aucun espoir pour nous deux, et je me dois de le lui dire en personne. Si je suis venue vous voir, c'est que je n'en peux plus de garder ça pour moi ; il fallait que je le dise à quelqu'un ! Et bien évidemment, je ne peux en parler ni à papa ni à oncle Maitland – vu qu'il le connaît. J'ai juste besoin de me confier à quelqu'un qui puisse me comprendre !

— À quel sujet, Dorothea ?

Elle se pencha en avant, les coudes posés sur ses genoux.

— Je suis amoureuse !

Chanceuse, songea Maisie en s'adossant à son siège.

— De qui ?

Son interlocutrice se redressa et, tel un témoin rongé par la nervosité, observa Maisie pour lire sur son visage l'effet de sa révélation.

— De Mr Cooper, le plongeur d'oncle Maitland. Il est tellement charmant… Je lui ai fait faire un tour de carriole le lendemain de son arrivée, et je peux vous dire en toute discrétion, souffla-t-elle en lui agrippant le bras, qu'il est tout à fait, mais tout à fait charmant. Je dirais même divin, vu de près. Et c'est un tel gentleman… Il a eu beau me faire croire qu'il n'était pas intéressé, je sais que mes sentiments sont partagés et qu'il brûle de désir pour moi.

Maisie dut se retenir à l'accoudoir de son fauteuil. Son cœur battait à tout rompre, comme s'il s'était mis à dévaler une colline sans pouvoir s'arrêter, et des petits points blancs s'étaient mis à danser devant ses yeux. Elle espérait seulement ne pas défaillir devant son hôte. Elle était, à mesure égale, aussi bien horrifiée que désespérée, et elle parvint seulement à exprimer d'une voix serrée :

— J'ignorais que vous le fréquentiez.

— Vous avez raison, bien sûr. Pas officiellement, du moins. C'est pour cela que c'est un énorme secret. Comme je vous l'ai dit, je l'ai rencontré le jour de l'arrivée de tous ces plongeurs blancs, le lendemain de votre mariage. J'aurais tellement voulu assister à la cérémonie, mais papa craignait que je ne tienne pas, entre la foule, la chaleur et toutes ces brutes… Mais il y a tellement peu d'hommes ici que je voulais voir par moi-même s'ils étaient si dangereux et si laids que ça. Alors, pendant que papa faisait la fête avec vous, je suis allée au *Seafarer* – j'avais entendu papa et oncle Maitland dire que certains plongeurs y séjourneraient car oncle Maitland possède une partie de l'hôtel.

Dorothea terminait chacune de ses phrases en élevant la voix, comme si elle posait une question, une habitude que Maisie trouvait fort irritable.

— Nous n'avons organisé aucune fête pour notre mariage, rétorqua-t-elle. Où que se soit trouvé votre père ce jour-là, ce n'était en tout cas pas en notre compagnie.

— Pardonnez-moi, mais vous vous trompez, riposta Dorothea en secouant vivement la tête. Il m'a bien dit cela ; je l'ai même noté dans mon journal. Je lui ai posé quelques questions, et il m'a dit que la fête avait duré toute la nuit, pour mieux reprendre le lendemain.

Monsieur le maire est donc un menteur, lui aussi, songea Maisie. *Comme Maitland.*

— Et ce fameux plongeur anglais ? ne put-elle résister.

— Oui ! Mr Cooper. Donc, pendant que papa faisait la fête sur votre bateau, j'en ai profité pour sortir et suis tombée sur lui au *Seafarer*. Il était installé sur la terrasse, tout seul, à fumer sa cigarette comme s'il n'attendait que moi. Nous étions voués à nous rencontrer, ce jour-là. C'était tellement romantique, et j'étais tellement fière de moi d'avoir eu le courage d'y aller seule… Vous imaginez ? Rien ne se serait jamais passé, sinon ! Je lui ai donc proposé de faire un tour de carriole, et nous avons discuté tout du long comme si nous nous connaissions depuis toujours !

Prenant le silence de Maisie pour de l'encouragement, elle poursuivit sur sa lancée :

— Il est tellement adorable. Et…, ajouta-t-elle avant de marquer une pause pour délivrer la dernière perle, nous nous sommes embrassés au Bal de Bienvenue !

À travers le treillis, Maisie sentait le soleil qui venait lui percer les yeux de ses aiguilles aveuglantes.

— On vous a vus ? souffla-t-elle.

Dorothea parut soudain surprise, comme si elle n'y avait pas songé une seule seconde jusqu'ici.

— Je ne pense pas que qui que ce soit ait vu le baiser, non. En revanche, nous ne sommes pas passés inaperçus sur la piste… Il faut dire que cet homme sait danser ! À la fin du quadrille, je n'avais qu'une seule envie : me jeter sur lui et l'embrasser ! Mais évidemment, je me suis vite reprise : toutes les femmes du club de tricot étaient là – je ne vous parle pas du scandale ! Non, nous nous sommes embrassés plus tard, alors qu'il allait chercher quelque chose à boire. Je l'ai suivi et – oh là là, vous allez sûrement me trouver directe, mais tant pis – je lui suis rentrée dedans exprès et l'ai embrassé fougueusement. C'était magistral. Maintenant que nous nous sommes embrassés, nous sommes secrètement fiancés, bien sûr.

Vous devez me promettre de ne pas en souffler un mot à âme qui vive !

On aurait dit un chat siamois assis sur son coussin ; un chat qui aurait trempé la langue dans le lait et qui aurait adoré ça.

— Vous a-t-il demandé votre main ?

— Non… pas de cette manière, du moins. Mais il m'a dit que j'étais charmante, agile, et qu'il avait beaucoup aimé danser avec moi. Et quand il partira en mer – ce qui est pour bientôt, d'après papa –, William m'a dit que nous ne nous verrions que très peu, car il travaillerait très dur, et que notre rencontre avait été délicieuse mais trop brève. Alors, voilà, je me demandais, Mrs Sinclair… Étant donné que c'est vous qui allez ravitailler la flotte d'oncle Maitland, pensez-vous que je pourrais vous accompagner de temps en temps pour voir mon cher et tendre William ? Il est tout, pour moi. Et puis, comment pourrons-nous prévoir notre mariage, sans jamais nous voir ?

Maisie sentait la nausée menacer.

— Je doute que cela soit possible, Dorothea. La goélette ne dispose que de très peu d'espace, et il me semble que les femmes blanches célibataires ne sont pas admises à bord de ce genre d'embarcation. Je ne suis pas sûre que mon mari consente à vous soumettre à de telles conditions, ou à un quelconque scandale. Peut-être pourriez-vous lui écrire ? Je serais ravie de lui remettre vos lettres avec le courrier. Et ainsi, votre père ne se douterait jamais que vous fréquentez William Cooper.

Les larmes ruisselaient sur le visage de Dorothea, qui sortit un mouchoir pour tamponner ses joues bouffies par le chagrin.

Maisie avait grandi en apprenant à refouler ses larmes, qui étaient considérées comme le pire des déshonneurs.

Pleurer est de mauvais aloi, Maisie, comme féliciter quelqu'un qui a bien travaillé. Ce n'est pas ainsi que les femmes obtiendront quoi que ce soit. Les paroles de sa mère résonnaient sous son crâne.

— Je n'aurais jamais imaginé qu'aimer puisse être si douloureux, Mrs Sinclair, gémissait la jeune femme. J'arrive à peine à dormir, tellement mes rêves sont envahis de son image. Si je dois ne pas le voir pendant des semaines, au moins aura-t-il connaissance de mes sentiments, si je les lui écris. Et vous avez raison. Je vais devoir convaincre papa que William est le seul homme qui me convienne et que je mourrai de chagrin si je ne peux pas l'avoir. Il se rendra bien assez vite compte que je dépéris, sans le seul homme qui puisse me rendre heureuse sur cette Terre, et il viendra alors me demander ce qui me cause tant de chagrin. Il ne peut rien me refuser, quand je suis contrariée.

Maisie l'observait sans rien laisser transparaître de ses émotions.

— Dorothea… Malheureusement, vous devriez vous préparer à ne pas être entendue. Je suis convaincue que votre père n'acceptera jamais que vous épousiez un plongeur, l'employé de l'un de ses plus proches amis, par-dessus le marché. Ne devriez-vous pas plutôt fréquenter des hommes plus… appropriés à votre rang ? Peut-être un des employés de la banque ? Ce serait terrible de vous attacher à ce point à quelqu'un pour voir tous vos espoirs balayés…

— Oh, je ne me vois pas encourager qui que ce soit, maintenant que je suis fiancée… Que dirait William ?

Maisie espérait sincèrement que William Cooper serait horrifié de découvrir que Dorothea Montague, la fille la plus insupportable et la plus sotte de l'archipel, les considérait comme « fiancés ». Sûrement regrettait-il déjà ces malencontreux entrechats, sur la piste de danse ? Elle disait qu'il l'avait embrassée. Voilà ce qui la contrariait le plus. Si Dorothea était à l'initiative de ce baiser, le lui avait-il rendu, alors même qu'il semblait l'avoir suivie à reculons sur la piste ? Peut-être Mrs Wallace avait-elle raison, au fond… William Cooper n'était rien d'autre qu'un coureur de jupons.

Je ne serai pas jalouse, tenta-t-elle de se convaincre, malgré son cœur qui s'emballait toujours plus.

Elle tapota le bras de la petite sotte tout en hochant la tête, mais elle était incapable de voir clair dans ses propres sentiments. Elle regarda la trotteuse, sur l'horloge murale, égrener les minutes en cliquetant sourdement. *Tic, tac, tic, tac*, tels les battements de son cœur. Elle était liée à un homme avec qui elle n'avait rien en commun, en dehors d'un arrière-grand-parent et d'un certificat de mariage. Elle vivait avec un homme qu'elle n'aimait pas, qui ne l'aimait certainement pas plus et qui ne lui avait jamais montré le moindre intérêt physique. Elle lui avait été envoyée en sacrifice par des parents qui, selon Dorothea, avaient en plus accepté de payer pour cela. De toute évidence, elle ne représentait rien de plus, pour lui, qu'une fructueuse acquisition pour gonfler son portefeuille. Elle était en terrible manque d'affection, et pourtant, lorsqu'elle songeait à William Cooper, elle était prise d'une bouffée d'exaltation qu'elle aurait été incapable de décrypter. Elle le connaissait à peine et ne s'était certainement pas attendue à la déferlante de désir qui s'était emparée d'elle, ni au golfe amer d'envie qui menaçait de la faire sombrer.

Dorothea, dont les larmes s'étaient déjà taries, lança de son enthousiasme surprenant :

— Bien. Et si nous nous occupions de ce télégramme, Mrs Sinclair, maintenant que nous sommes devenues confidentes ?

Les deux jeunes femmes trottaient vers le nord, en direction du central télégraphique, dans la carriole de Dorothea. Les cigales avaient beau être omniprésentes, elles n'arrivaient pas à la hauteur du babillage perçant de Miss Montague. Elles dévièrent de l'avenue principale et empruntèrent un chemin cahoteux qui consistait en deux ornières parallèles creusées dans la terre rouge sang. L'averse toute récente avait transformé la voie en mare de boue, et le cheval avançait péniblement dans la terre collante, les naseaux frémissants et le garrot humide de sueur.

Le central télégraphique était du tout dernier cri. Des constructions auxiliaires mises à disposition des employés étaient situées tout autour, à l'ombre d'énormes tamarins.

Dorothea attacha la pauvre bête à une branche basse avant de se tourner vers Maisie.

— Suivez-moi, Mrs Sinclair. Le bureau se trouve dans le bâtiment rectangulaire, là-bas. Celui avec le toit abrupt. C'est là que nous pourrons envoyer votre message.

Wayne Ramsey se tenait derrière le comptoir, les manches de sa chemise relevées et maintenues par deux longues spirales de métal qui ressemblaient aux supports à pain qu'elle avait dans sa cuisine, en Angleterre. C'était un charmant jeune homme à l'épaisse moustache blonde qui surplombait sa lèvre d'un air rigide.

— Bien le bonjour, Miss Dorothea Montague, lança-t-il d'un ton parfaitement liturgique.

— Mr Wayne Ramsey.

Dorothea ne cachait aucunement son besoin de séduire.

— Mrs Sinclair doit envoyer un télégramme en Angleterre. Pourriez-vous l'aider ? Il s'agit là d'une affaire secrète, et je compte sur vous pour ne pas en souffler un seul mot à mon père.

Wayne la gratifia d'un clin d'œil avant de se tourner vers Maisie.

— Pas d'inquiétude, Mrs Sinclair, déclara-t-il avec un air grave. Ça ne prendra qu'une petite minute.

Il s'éloigna du comptoir pour récupérer un formulaire imprimé dans un plateau, qu'il fit glisser sous la vitre avec un crayon bleu parfaitement taillé.

— Vous n'avez qu'à rédiger le message ici, ainsi que le nom du destinataire. Je m'occupe du reste.

Maisie indiqua le nom et l'adresse de ses parents dans la partie du haut, puis rédigea les trois mots sur lesquels elle s'était arrêtée. Elle les avait choisis avant même d'apprendre que son mariage était un pacte financier, mais ils lui paraissaient d'autant plus adéquats, vus sous cette lumière. *Ne cede malis.*

Ses parents comprendraient sans difficulté les paroles de Virgile, le poète latin. « Ne cède pas au mal. » Elle avait fait ce qu'ils lui avaient demandé. Elle était partie en Australie et avait épousé Maitland, et même si ce n'était pas ce dont elle avait rêvé, elle faisait contre mauvaise fortune bon cœur. Oui, ils comprendraient son message. Peut-être alors parviendrait-elle enfin à obtenir leur soutien ?

Même dans la semi-pénombre matinale, Maisie voyait bien que l'eau coulait dans une autre direction que celle du lavabo de sa salle de bains anglaise. Son père aurait été là, elle aurait profité de ses connaissances immenses pour en comprendre la raison. On disait que cela avait à voir avec la rotation de la Terre, mais elle l'imaginait très bien rétorquer que c'était davantage dû à la forme de l'évier. Elle se pencha pour mieux voir.

— Missus ?

Maisie sursauta.

— Que se passe-t-il, Marjorie ?

La domestique se tenait dans l'embrasure de la porte, son immense silhouette bloquant la lumière.

— Vous pouvoir donner Marjorie queq' pièces du gros bocal à culottes ?

Maisie se redressa si brutalement qu'elle manqua de se perforer la tête dans l'angle de l'étagère.

— Comment êtes-vous au courant ? hoqueta-t-elle en vérifiant du bout des doigts que son crâne était sain et sauf.

— Moi faire lessive et rangement. Moi avoir vu argent dans bocal.

— Pourquoi avez-vous besoin d'argent ? Le capitaine Sinclair ne vous paie-t-il pas ?

— Pas avec pièces. Lui donner Duc et moi manger et tabac. Têt' Duc avoir sous pour autre chose, moi pas savoir.

Maisie savait que Maitland ne payait pas le jardinier. Le docteur Shin lui avait confié que personne, sur l'archipel, ne payait les petites mains, mais elle ignorait que ses propres domestiques n'étaient eux-mêmes pas dûment payés pour le travail qu'ils effectuaient.

— Pouvez-vous me dire à quoi cet argent va vous servir, Marjorie ?

— D'abord, moi avoir besoin jumelles, répondit la domestique en posant un premier doigt sur sa joue.

— Des jumelles ?

— Oui, Missus. Moi pas bien voir quand Duc venir dans ma maison.

Maisie tenta de contrôler son émoi, mais elle sentit malgré tout une bouffée de chaleur rebelle lui envahir le cou. Des idées qu'elle aurait préféré ne pas avoir se mirent à tournoyer sous son crâne. Les gens retiraient-ils leurs lunettes, une fois au lit ? Tout deviendrait flou, certes, mais ne serait-ce pas une bonne chose ? Elle agita les mains devant elle pour dissimuler son embarras.

— Hé ! Quoi Missus en train de penser, là ? Vous imaginer smac-smac entre maigrichon jaune et moi ? Oh non, Missus. Moi apprendre Duc à lire. Lui beaucoup aimer livre cuisine Missus mais lui rien comprendre. Moi pas être fille facile qui fricote avec marins et attrape vilaines maladies. Moi avoir principes. Quoi Missus penser de moi ?

— Oh… Je suis désolée, souffla Maisie, mortifiée. C'est juste que… Il m'est arrivé de vous entendre discuter tous les deux en pleine nuit, et je pensais…

— Missus avoir beaucoup blessé Marjorie. Vous pas savoir Duc pas aimer filles ? Bon, vous pouvoir donner argent moi, maintenant, pour moi sentir mieux.

Maisie réfléchit un instant avant de hocher brièvement la tête.

— Très bien. Mais il va tout de même falloir aller tester votre vue. Vous allez devoir prendre un rendez-vous.

Marjorie balaya sa remarque de la main.

— Missus déjà avoir entendu parler chiffa ?

Maisie secoua la tête.

— Ça être deuxième chose moi vouloir parler Missus. Deuxième raison pourquoi besoin d'argent. Nous boire thé avec Duc et lui tout vous expliquer. Vous intelligente, vous pouvoir nous aider.

Duc était en train de travailler la pâte à pain qu'il avait laissée reposer la veille au soir. Il se pencha en avant, essoufflé par tant d'efforts. Son haleine sentait la levure, comme si c'était avec sa bouche qu'il avait pétri tout ça. Maisie se demanda s'il ne brassait pas sa propre bière, ou s'il avait tout simplement bu. Elle planta un poing sur son front, comme pour repousser cette idée.

— Dam' avoir besoin queq'chose ? lui demanda-t-il en la dévisageant, prêt à recevoir ses ordres.

Maisie tira une chaise de sous la table en prenant bien soin de ne pas faire frotter ses pieds sur le sol ciré, puis elle posa les deux mains sur son dos arrondi. En dehors de l'inspection quotidienne du domaine de Duc – toujours impeccable – et d'un bref échange au sujet des menus, elle mettait rarement un pied dans la cuisine.

— J'aimerais beaucoup une tasse de thé, Duc, merci. Et pourquoi pas un biscuit ou deux. Et ensuite... vous pourriez peut-être me parler du chiffa ?

Elle jeta un regard en coin à Marjorie pour s'assurer qu'elle avait bien prononcé. La domestique opina du chef, tira une deuxième chaise, dont les pieds arrière dessinèrent deux lignes parallèles dans la cire encore fraîche, et se laissa choir sur l'assise rutilante.

— Moi avoir parlé Missus plan à nous.

Duc balaya quelques miettes qui traînaient par terre et les jeta dans la poubelle avant de se frotter les mains comme un maniaque. C'était un homme vif, compétent, et un obsédé de la serpillière. Il passait des heures entières à laver le sol de sa cuisine, et il se tenait désormais derrière Maisie, arme au poing, prêt à effacer les traces de sa visite.

— Dam' vouloir faire miettes avec biscuits ? Beaucoup travail. Pas bon pour plancher, ça. Mieux si vous manger dehors.

— Duc, toi être gros rustre ! s'exclama Marjorie.

La gratifiant d'un grand sourire, il reporta alors son attention sur la marmite qui mijotait sur le feu, remuant son contenu tel un sorcier en train de concocter une potion.

— Jeu cartes plus populaire être fan tan, Dam'. Très ancien. Tét' deux mille ans. Deuxième jeu populaire être chiffa.

Le chiffa, lui expliqua Duc, était une sorte de loto chinois organisé par Mr Kyougoku, qui était également le propriétaire du grand magasin de la ville. Les numéros étaient tirés deux fois par jour : à midi, puis de nouveau le soir. On misait sur des énigmes à résoudre. Les indices étaient donnés après chaque tirage, afin que les participants aient du temps pour réfléchir à la réponse avant le prochain. Durant la saison du désarmement, les paris étaient beaucoup plus nombreux, avec la concentration de gens en ville, ce qui rendait la somme à empocher plutôt conséquente. Ces tirages quotidiens étaient une véritable aubaine. Tout le monde pouvait s'y rendre, et tout le monde pouvait miser 1 shilling – sauf si vous étiez blanc.

— Vous êtes sérieux ? souffla Maisie en s'asseyant avant de boire une gorgée de thé.

— Oui, Missus, confirma Marjorie. Nous avoir beaucoup besoin d'argent, là-bas, pour manger. Nous gagner, nous pouvoir manger. Blancs pas avoir besoin d'argent pour ça.

Elle lui expliqua alors que les forces de l'ordre toléraient les jeux d'argent sur l'archipel à deux conditions : ils devaient être tenus par des Asiatiques, et aucune bagarre ne devait y éclater. Les Aborigènes avaient le droit de participer, mais ils ne pouvaient pas organiser leurs propres jeux en public. Bien sûr, certains endroits étaient réputés pour être leur territoire, et ces jeux étaient bien souvent l'unique source de revenus de beaucoup de familles.

Les bureaux des Affaires natives ne distribuaient des rations qu'une fois par jour, devant leur bâtiment. Les miséreux non blancs n'avaient pas d'autre choix que de se tourner vers le chiffa. Quant aux Blancs, ils restaient miséreux ou vivaient aux crochets de leurs autres voisins blancs.

Marjorie vida sa tasse avec un tel bruit que l'on aurait pu la croire en train de siphonner de la boue à travers une paille. Maisie esquissa une moue écœurée, mais la domestique n'y prêta aucune attention.

— Ça être logique, Missus. Vous jouer, vous têt' gagner. Si vous perdre, vous sûr pas manger, commenta-t-elle en levant les mains vers le plafond. Si vous pas jouer, vous aussi bien rester au lit jusqu'à distribution des rations.

— Donc, vous aimeriez que je joue… C'est ça ou je me trompe ?

— Non, Missus. Vous pas écouter ! Vous donner l'argent à nous et trouver solutions énigmes, puis nous jouer. Blancs pas pouvoir jouer.

— Et si nous gagnons ?

— Alors, nous diviser mise. Grosses sommes à gagner pendant la *Wet*. Vous utiliser l'argent, plutôt que laisser pourrir avec vêtements ridicules que vous vouloir tant porter sous canicule.

Maisie se gratta la tête, songeuse. Ces deux-là étaient décidément impayables… Ils avaient découvert sa cachette, avaient fomenté un plan qui ne leur coûtait pas un sou, et prendraient deux tiers de la mise s'ils gagnaient. Duc la gratifia d'un grand sourire, les yeux brillant d'excitation.

— Très bien. Je vous donnerai cet argent, mais pas sans établir quelques règles au préalable. Je garderai la moitié, et vous vous partagerez l'autre. C'est mon argent, c'est moi qui prends les risques ; il est donc normal que je gagne plus que vous. Mais j'aimerais savoir ce qui motive un tel besoin d'argent, soudain… Rassurez-moi, vous n'avez pas dans l'idée de vous faire la malle ?

Duc secoua la tête.

— Moi avoir gros projet. Ami crieur faire faux papiers. Mais nous avoir besoin argent et personne blanche pour plan.

— Quels faux papiers ? demanda Maisie en se tournant vers Marjorie.

La domestique lui expliqua que seuls les hommes blancs avaient le droit de posséder des lougres, mais certains maîtres perliers revendaient leurs vieux bateaux, qui étaient pour la plupart en piteux état. Ils les appelaient les « cafards », et les refourguaient en général à leur main-d'œuvre étrangère, ou à quiconque d'assez fou pour acheter une telle épave. Le seul obstacle demeurait le permis de pêche, qui devait être détenu par le propriétaire blanc d'origine.

— Nous discuterons de ça une autre fois. Allez prendre rendez-vous pour vos yeux et profitez-en pour voir quelle est la prochaine énigme. Ce n'est pas un exercice évident, vous savez – c'est là tout l'intérêt de la chose, d'ailleurs. Il va falloir éviter de tomber dans le piège de la facilité.

Elle poussa sa chaise et se leva.

— J'ai moi aussi ma petite idée pour me faire un peu d'argent. Où vous fournissez-vous en fruits et en légumes, Duc ?

— Pourquoi Dam' vouloir savoir ? riposta-t-il, sur la défensive. Vous plus aimer cuisine Duc ?

— Si, bien au contraire ! J'envisage justement d'en vendre aux plongeurs lors de mon passage hebdomadaire, mais je ne sais pas où m'en procurer, ici.

— Ça pas marcher, Missus, commenta Marjorie d'un air assuré.

— Pourquoi ? Ils n'ont pas un seul aliment frais. Tout ce qu'ils mangent sort d'une boîte !

Marjorie planta les coudes sur la table.

— Et comment Missus pense conserver nourriture ? Vous acheter légumes, vous aller sur bateau et rejoindre plongeurs. Trois jours au moins. Plongeurs pas pouvoir garder bouffe fraîche sur bateaux. Non, Missus. Ça pas marcher, pour sûr. Vieux bateau Duc bien meilleure idée.

— Je vais tenter le coup, déclara Maisie en scrutant le fond de sa tasse. Si ça ne fonctionne pas, alors je réfléchirai à autre chose. Dites-moi où je peux trouver ces légumes.

— Dans jardin du Chinetoque, à côté de l'église, répondit Marjorie en attrapant un biscuit.

— Quelle église ? Anglicane ou catholique ?

Duc jeta un regard contrarié à sa marmite et se remit à remuer.

— Mi-chemin hôpital japonais.

L'église anglicane, donc, confirma Maisie pour elle-même.

— Dites-moi, Duc… Je peux savoir ce que vous mijotez, là-dedans ?

Le cuisinier lâcha un rire profond et contagieux, un rire qui appelait la complicité.

— Petite tempête, Dam'. O.K. pour vous ?

Maitland tapota le baromètre fixé à l'extérieur de l'entrepôt. La pression atmosphérique était descendue en dessous des 976 hPa, ce qui annonçait une tempête imminente. Le *willy-willy*, comme on l'appelait ici, était un phénomène cyclonique parmi les plus meurtriers du nord-ouest de l'Australie. Cette curiosité de la nature avait fait de l'archipel des Boucaniers son terrain de prédilection, avec ses eaux chaudes et peu profondes et ses températures extrêmes.

Dans de telles conditions, les maîtres perliers gardaient bien évidemment leurs lougres amarrés, mais Maitland, lui, se frottait les mains, un sourire sournois aux lèvres. C'était exactement ce qu'il avait espéré.

Son bol dans la main gauche, il tira sur sa pipe et lança :

— L'Anglais aimerait faire un tour d'essai avec son assistant. Vous allez partir sur le *Sharky !*

Un cri résonna dans l'entrepôt, et Bigleux ne tarda pas à apparaître à la porte.

— Bateau pas prêt, Tuan. Encore à Mangrove Creek. Lui pas bon même sous beau temps. Et temps pas beau du tout, là.

— Tu ne veux pas y aller, Bigleux ? Tu préfères peut-être que je demande à quelqu'un d'autre ?

Maitland savait pertinemment que le Malais avait besoin de cet argent ; il n'avait pas d'autre choix que d'accepter.

— Non, Tuan, moi aller, répondit Bigleux en roulant des yeux. Moi juste prévenir si vous pas savoir pour bateau.

— Bien évidemment que je suis au courant. Tu me prends pour un abruti ou quoi ? Voilà ce que tu vas faire : descends sur le lais et assure-toi que les autres lougres sont solidement amarrés.

Bigleux se plaqua contre l'embrasure, comme s'il cherchait à se faire tout petit.

— Ce n'est pas mon genre de faire prendre la mer à un bateau fragile, mais les Chinois commencent à me réclamer leur argent…

Il cogna alors si brutalement sa pipe sur le bureau que le manche se brisa. Il lâcha un horrible juron.

— Va me dénicher Daike au quartier asiatique. Ce sera notre numéro un. Vous partirez demain avec la marée.

Du bout du pied, Bigleux formait un arc de cercle dans la terre, devant lui. Maitland était convaincu que d'avoir Daike à bord le rassurerait. Le plongeur japonais était indéniablement le meilleur, et il ne partagerait jamais ses tuyaux avec la nouvelle recrue. Chaque plongeur désirait remonter un maximum d'huîtres, évidemment, ce qui arrangeait tout à fait les maîtres perliers. Le meilleur plongeur de la saison deviendrait une célébrité locale. Mais Daike était un donneur de leçons sûr de lui, pénible et arrogant. Il n'était pas très populaire parmi l'équipage, et Maitland en avait assez de ses critiques constantes. La peur ne faisait pas partie du vocabulaire du plongeur, et c'était une faiblesse qu'il méprisait chez les autres. Maitland savait qu'il pousserait ses coéquipiers à leurs limites, quelles que soient les conditions météorologiques. Et c'est justement sur cet entêtement qu'il comptait.

Bigleux semblait en effet moins soucieux.

— O.K., Tuan. Moi aller chercher Daike. Qui d'autre, encore ?

— On va se contenter d'un petit équipage. Cuistot, deux assistants, et ça ira.

— Pas d'écailler ?

— Non. Si les gars remontent de la coquille, vous la rapporterez directement. Vous ne partez que trois jours, d'accord ?

— Tuan pas vouloir dire ce qui se passe ?

— Ce qui se passe, tonna Maitland en abattant la main sur son bureau, c'est que tu vas bientôt te retrouver sans travail, Bigleux, si tu ne te bouges pas le cul très vite. Le *Sharky* quitte Mangrove demain matin aux aurores. C'est compris ?

Bigleux recula d'un pas, terrorisé.

— Les Anglais vous accompagneront, mais je me charge de les prévenir. Je veux être sûr qu'ils ont bien le message. Occupe-toi de rassembler les autres. Allez, du vent !

Le Malais fila comme l'éclair.

— Cigarette ? proposa le capitaine en faisant glisser le paquet sur son bureau.

Coop en saisit une en regrettant de ne pas pouvoir en prendre toute une poignée. L'argent commençait sérieusement à manquer, et il n'avait pas de quoi se payer autre chose que des roulées.

— Bigleux est en train de rassembler une équipe, Cooper. La météo semble plutôt favorable pour les jours qui viennent, alors j'ai décidé de vous envoyer en mer, vous et votre assistant, afin que vous vous familiarisiez au milieu, comme vous me l'aviez réclamé. Veillez toutefois à ne pas le crier sur tous les toits. Vos collègues n'auront pas la même chance que vous. Pour eux, ce sera la plongée dans l'inconnu dans quelques semaines.

Coop fit de son mieux pour dissimuler sa joie. Il allait enfin pouvoir faire ce pour quoi il était venu ! Et le hasard lui avait attribué un perlier prêt à lui donner sa chance, par-dessus le marché.

— Très bien. Qui sera le numéro un ?

— Daike. Mon meilleur plongeur japonais. Il a beaucoup d'expérience. Il connaît l'équipage, les bancs d'huîtres et toute la marche à suivre comme sa poche. Vous serez entre de bonnes mains.

— Ce n'est pas la plongée en soi qui m'inquiète, capitaine. C'est le fait de trouver des huîtres. Êtes-vous certain qu'il fera preuve de fair-play, si cela risque d'affecter ses performances ?

— Daike est un m'as-tu-vu, Cooper, répondit Maitland sans lâcher l'Anglais des yeux. Je sais très bien comment il fonctionne : il va s'empresser de vous emmener dans un coin qui regorge de coquilles pour vous prouver que c'est lui le meilleur. Ne le laissez pas prendre trop ses aises. Observez-le et prenez des notes, c'est tout. Vous serez bientôt aussi bon que lui.

Coop opina du chef. Maitland sortit alors un épais registre à la couverture blanche d'un tiroir de son bureau.

— Et sachez par ailleurs que je prends très au sérieux le bien-être de mon équipage, Cooper. Il est de mon devoir de vérifier que vous êtes bien assurés et que toutes les mesures de sécurité sont prises tant que vous travaillez pour moi. Je vais vous demander de signer votre contrat, maintenant.

Il dévissa alors le bouchon d'un flacon rempli d'encre et plongea la main dans la poche intérieure de sa veste. Il en sortit un stylo-plume en or, dont il trempa la pointe dans l'encre noire.

— J'ai mis une croix là où vous devez signer.

Cooper avait fait des milliers de kilomètres pour prouver qu'il était un plongeur accompli, le meilleur de tous. La gloire et la fortune étaient enfin à portée de main. Il dressa la tête, esquissa un sourire et saisit le stylo. Puis il écrivit son nom à côté de la croix sans laisser deviner que, du haut de ses vingt-deux ans, il ne parvenait toujours pas à déchiffrer les petits caractères.

Le capitaine Sinclair reboucha son stylo, le regard vissé au contrat.

— Parfait, Cooper, déclara-t-il en gardant les yeux résolument baissés. Vous êtes fin prêt à prendre le large. Vous partirez avec la marée de Mangrove Creek. Demain, j'espère.

Cooper bondit de son siège et récupéra son chapeau, qu'il avait posé sur le bureau.

— Oh, encore une chose, Cooper. Vous pourriez aller dire à ma femme que j'ai besoin d'elle à l'entrepôt ?

Submergé par une vague d'enthousiasme qu'il avait beaucoup de mal à contenir, Coop haussa brièvement l'épaule et s'élança vers la porte.

11

Maisie était de nouveau dans son lit, à observer le soleil qui jouait à cache-cache derrière le treillis. Une douleur fulgurante au niveau du ventre mit fin à son émerveillement. *Je mesure ma vie en blocs de quatre semaines*, songea-t-elle. Mrs Wallace lui avait assuré qu'elle ne verrait pas le temps passer, livrée à elle-même, et que ces longues journées se fonderaient les unes aux autres. Mais pour une fois, Maisie n'était pas d'accord avec elle. *Le Visiteur me rappellera toujours à la réalité.* Elle descendit péniblement du lit et longea le couloir, chancelante, en direction de la salle de bains. Les gouttes de rouille qui tombaient des robinets la firent grimacer. Elle croisa les bras sur sa poitrine, saisit le coton de sa chemise de nuit, dressa les bras telle une ballerine et retira le vêtement.

Les pieds sur une serviette, elle se mit à farfouiller dans sa malle. Duc la lui avait tirée jusqu'ici, et c'était donc désormais dans la salle de bains qu'elle conservait ses affaires personnelles. Le sirop que lui avait donné Mrs Wallace prescrivait deux cuillères, à surtout ne pas dépasser. Mais dévorée par la douleur, Maisie avala la moitié du flacon.

Elle sursauta lorsqu'on cogna à la porte.

— Il y a quelqu'un ?

Elle se recroquevilla contre le mur et s'empressa de remettre sa chemise de nuit.

— Duc ! Il y a quelqu'un, dehors. Vous pouvez aller voir de qui il s'agit ?

— Oui, Dam'. Tout suite. Pas soucis.

Elle en profita pour regagner sa chambre sur des jambes toujours aussi chancelantes.

Duc apparut alors à la porte.

— Grand plongeur blanc vouloir parler à Dam'.

Maisie sentit tout son corps se raidir sans pouvoir s'expliquer pourquoi.

— Vous pouvez lui dire que je ne suis pas là ?

— Oh, trop tard. Moi prévenir Dam' arriver bientôt.

— Vous a-t-il dit ce qu'il voulait ?

Duc se tenait sur une jambe, la plante de son autre pied plaquée contre sa cheville, tel un yogi.

— Moi pas savoir.

— Vous le lui avez demandé, au moins ?

Duc secoua la tête, mais son expression s'illumina dans la seconde.

— Mais avoir fait gâteau comme vous apprendre moi. Au cas où.

Maisie se massa le front, épuisée.

— Merci, Duc, répondit-elle de sa voix la plus égale. C'est très gentil à vous. Pourriez-vous préparer du thé et l'installer sur la terrasse est le temps que je m'habille ?

— Oui, oui. Tout suite.

Maisie se sentait soudain toute chose, comme… excitée.

Elle enfila la robe la plus pratique dont elle disposait et noua ses épais cheveux blonds en un chignon qui laissait déjà échapper des mèches moites alors qu'elle rejoignait son invité. C'était la première fois qu'elle recevait un homme en étant seule à la maison, et son cœur battait si vite qu'elle craignait qu'il ne prenne la fuite. *Ça doit être le sirop*, tenta-t-elle de se convaincre.

Il l'attendait debout sur la terrasse, les mains enfoncées dans ses poches, son chapeau relevé sur son crâne. Il se gratta le front puis tendit la main. Maisie avança d'un pas vers lui, mais son talon se prit dans le tapis. Perdant l'équilibre, elle tomba de justesse dans un fauteuil, battant des bras vers la chaise qui lui faisait face. Ses joues la brûlaient de honte. Elle dégagea le coussin de derrière son dos et le plaqua sur son ventre. Les douleurs étaient moins vives, mais sa langue lui donnait l'impression d'être anesthésiée. Elle tenta de la faire passer sur ses lèvres, en vain. Elle inspira alors longuement et écarta les bras, les mots piégés dans sa gorge.

Ils demeurèrent ainsi de longues secondes, assis l'un face à l'autre, à la fois isolés et curieusement liés par leur malaise mutuel. Coop entreprit d'inspecter le tissu de son fauteuil, et Maisie était incapable de se fier à sa langue. Elle sentait sa poitrine enfler à chaque respiration, beaucoup trop vite à son goût. Elle ne l'avait pas vu depuis le Bal de Bienvenue, et il lui paraissait amaigri, plus marqué par le soleil, et surtout beaucoup trop proche. Elle pivota sur le côté pour mettre un peu de distance entre eux. Dans son geste, elle manqua de tomber de l'assise.

— Mrs Sinclair… J'espère que vous allez bien ?

Son crâne roula en arrière et cogna l'appuie-tête. Voilà que le sirop affectait sa vision, désormais… Le plongeur anglais semblait tanguer devant ses yeux tel un mirage. Elle cligna des paupières plusieurs fois, plissa les yeux et se redressa afin de se redonner un peu de contenance.

Concentré sur les cuticules de ses doigts, Cooper haussa légèrement ses sourcils bruns avant de relever la tête Quand leurs regards se croisèrent, elle vit un éclair de perplexité balayer ses traits. Maisie reprit le temps d'inspirer un bon coup et tapota ses joues du bout de ses doigts.

— Un petit rafraîchissement, Mr Cooper ? parvint-elle à articuler. J'ai demandé du thé pour moi.

— Ça m'ira très bien, merci. Je préfère attendre le soir pour les choses plus fortes. Il serait beaucoup trop facile de prendre de mauvaises habitudes, dans une ville où boire de l'alcool est moins risqué que boire de l'eau. Vous n'êtes pas d'accord ?

— Oh, si… Je n'ai pas le vice de l'alcool, même si…

Elle tenta de tourner la tête, mais son geste fut si brusque qu'elle chancela.

— J'avoue m'être prise d'affection pour les cigarettes égyptiennes. Je les dérobe à Maitland en cachette. Il ne voit jamais rien.

Elle plaqua une main sur sa bouche, mais les mots étaient sortis tout seuls, incontrôlables.

Duc apparut avec le plateau du petit déjeuner. Il y avait disposé une jolie rangée de biscuits, alignés tels des soldats au garde-à-vous. Il se tenait de nouveau sur une jambe, grattant l'autre du bout de sa chaussure ouverte.

— Vous ne m'aviez pas parlé de gâteau ? s'étonna-t-elle.

— Non, Dam', gâteau tout aplati par terre.

— Mince… Bon, tant pis. Vos biscuits ont l'air très… droits. Vous pouvez nous laisser, maintenant. Et…

Elle leva sa tasse comme pour porter un toast. Mais même si sa langue s'était dénouée, son cerveau était incapable de lui rappeler ce qu'elle souhaitait dire.

— Désirez-vous que je serve ? suggéra alors Coop pour elle.

— C'est très aimable à vous, merci. J'ai les mains qui tremblent un peu trop pour ça.

Elle agita la tasse entre ses doigts pour illustrer son geste, la posa sur le plateau et s'effondra de nouveau dans son fauteuil. Ses joues la brûlaient, sous cette fournaise.

— Voulez-vous que je fasse venir un médecin, Mrs Sinclair ?

Surprise par cette question, elle se trouva incapable de formuler une réponse appropriée, prise à nouveau par les vertiges.

— Il ne me semble pas que vous m'ayez dit le motif de votre visite.

Coop but une gorgée de thé tout en l'observant par-dessus sa tasse, puis il désigna la mer, au loin, d'un coup de menton.

— Le capitaine Sinclair m'a envoyé vous chercher. Il a besoin de vous à l'entrepôt.

— Je ne peux pas me lever.

Elle jeta les mains en l'air, les laissa retomber sur ses genoux puis, lentement, glissa de son fauteuil pour s'effondrer sur les lames du parquet. Là, elle ferma les yeux.

Le silence s'étira un long moment, mais elle se sentait nettement mieux ici, contre le bois nu et frais. *L'air chaud monte, Maisie. N'importe quel idiot sait ça.*

— Va-t'en, souffla-t-elle, désireuse de se débarrasser de sa mère une bonne fois pour toutes.

Une main chaude lui secouait le bras.

— Pardonnez-moi, Mrs Sinclair. Je n'ai pas entendu… Que dois-je dire au capitaine ?

Elle ouvrit les yeux pour aussitôt plonger dans les siens.

— Dites-lui que je suis occupée, répondit-elle alors d'une voix grave et ferme.

Le jour se levait à peine qu'il faisait déjà une chaleur suffocante, et les insectes bataillaient sous la lueur gris pâle aveuglante du soleil. L'archipel des Boucaniers grouillait d'activité, comme d'habitude.

Quand Maisie dit à Marjorie de se préparer pour aller en ville après l'heure de la sieste, l'Aborigène fit la moue. Le visage chiffonné, elle plongea une main dans la poche de son tablier et fouilla sa crinière hirsute de l'autre avant d'inspecter sous ses ongles ce qu'elle y avait gratté.

— Pourquoi devoir faire ça, Missus ?

— Vous m'avez dit avoir besoin de lunettes, alors je vous emmène voir un spécialiste.

— Quoi ? Vous et moi ?

— Oui, répondit Maisie, soudain hésitante. Vous avez parlé de « jumelles ». Vous parliez bien de lunettes, n'est-ce pas ?

— Pas possible pour moi.

— Pourquoi ça ? Il faut que vous voyiez un oculiste, et je vous accompagne, un point c'est tout.

— Non, Missus. Pas marcher comme ça. Vous pas comprendre.

Maisie avait au contraire l'impression de très bien comprendre comment les choses marchaient et ne marchaient pas, ici. Elle joignit les mains devant elle et inspira un bon coup afin de s'octroyer un peu de patience.

— Et je peux savoir ce que je ne comprends pas, cette fois ?

— Moi pas pouvoir entrer dans boutique de Blancs pour tester yeux, tout ça. Moi pas avoir le droit.

Maisie haussa un sourcil circonspect, observant sa domestique, qui savait très bien jouer du suspense.

— Donc, Marjorie ?

— Donc vous faire test pour moi.

— Mais… Comment voulez-vous que je fasse une chose pareille ? Vos yeux ne sont pas les miens, voyons ! Je n'ai aucun souci de vision, moi !

— Missus, parfois devoir faire semblant, dans la vie. Missus voir ce que moi vouloir dire ? riposta Marjorie en se tapotant l'aile du nez.

— Bon, d'accord, soupira Maisie. Nous allons prendre une grande feuille de papier et y écrire les lettres de l'alphabet sous différentes tailles. Vous me direz celles que vous ne voyez pas, et je ferai de mon mieux pour convaincre l'oculiste.

— Missus devenir vraie femme des Boucaniers ! s'enflamma la domestique en tapant des mains. Marjorie la Noire très fière de Missus !

Maisie étala les cartes de visite sur son bureau avec la dextérité d'un croupier. L'une de ces femmes devait bien se trouver chez elle, un jeudi après-midi… Elle avait besoin qu'on lui conseille un bon oculiste, et elle ne savait pas par où commencer. Elle s'arrêta sur un nom et se mit à suçoter son doigt d'un air songeur quand elle comprit qui elle devait se résigner à aller voir. Mais elle n'avait pas le choix. Comme le disait l'expression : aux grands maux les grands remèdes !

Une heure plus tard, elle était installée sur la terrasse couverte de l'évêque McMahon et de sa femme, à siroter son thé sous une chaleur accablante.

— Ces sandwiches sont fameux, Mrs McMahon, commenta-t-elle en balayant l'assemblée des yeux.

Son hôtesse portait une robe affreuse aux motifs écossais jaune moutarde qui n'aidait en rien à flatter son teint déjà cireux. Sous son crâne, la voix de sa mère semblait déterminée à imposer son avis sur le sien. *Qu'est-ce que c'est que cette dégaine ? Vois-tu ce que c'est d'épou-*

ser un homme d'Église, Maisie ? La pauvre femme n'a aucune allure.

Elles étaient entourées de toutes les vieilles femmes du village, qui approuvaient d'un regard satisfait la présence de Maisie et discutaient en boucle du temps et des derniers ragots. D'autres s'époussetaient le menton pour en balayer les miettes prises au piège entre deux poils. Une boîte de cigarettes tentatrice trônait sur la table, à côté du plateau que venait de déposer la domestique. Maisie brûlait d'en attraper une et d'emplir ses poumons de cette délicieuse fumée libératrice, à la vue de toutes ces bonnes femmes moralisatrices. *Seules les femmes faciles fument, Maisie.* Elle esquissa un sourire en songeant à quelle vitesse elle en était devenue une. Ou alors, qui sait si cette femme n'était pas là depuis longtemps, à attendre désespérément le jour où elle pourrait enfin crever la surface... ? Assise sur sa main, Maisie faisait de son mieux pour résister à la tentation.

— C'est très gentil à vous, Mrs Sinclair. Miss Locke, ma dame de compagnie, fait en effet les meilleurs sandwiches au concombre qui soient. Son secret, c'est de couper de très fines tranches de pain... Oh, bien sûr, c'est notre cuisinier qui prépare et qui cuit le pain – sous ma supervision, naturellement, mais il semble avoir vraiment pris le coup de main. Et nous faisons pousser nos concombres dans le jardin. Notre jardinier abo les surveille patiemment. Oh, mais j'y pense ! Comment s'en sort le vôtre pour entretenir une pelouse aussi ravissante ?

Maisie avait l'impression que son estomac venait de se retourner.

— Charlie, notre jardinier, a eu un accident il y a quelques semaines, répondit-elle, les lèvres tremblantes.

Je crois que Maitland l'a fait remplacer, le temps qu'il se rétablisse.

Elle s'attendait presque à être frappée par la foudre, après un mensonge aussi éhonté.

— Duc, notre cuisinier, est extrêmement compétent. Je lui confie les rênes de la cuisine les yeux fermés ! Marjorie lui est d'une excellente assistance, d'ailleurs.

— Pardonnez-moi, mais… Ai-je déjà vu cette personne ?

— Oh oui, bien sûr. C'est ma domestique, répondit Maisie en redressant les épaules.

Tiens-toi droite, Maisie. Une dame du monde ne se tient pas voûtée.

— Oh, vous voulez parler de Marjorie la Noire ? Votre lubra ? Oui, je vois ! Ne me dites pas que vous la laissez travailler dans la cuisine et toucher votre nourriture, tout de même ?

Maisie détourna le regard un instant. Tous les Blancs de l'archipel employaient des cuisiniers étrangers, mais les Aborigènes n'avaient pas la permission de toucher la nourriture et étaient donc mis à distance des cuisines, dans les foyers. Elle n'avait pas spécialement prévu d'aborder dans l'immédiat le sujet de sa visite, mais elle avait encore moins envie d'entendre sa domestique se faire railler en public.

— Mrs McMahon, je me demandais si vous saviez où je pourrais faire tester ma vue ? Je ne parviens pas toujours à déchiffrer les patrons, au club de tricot, et à l'église, le dimanche matin, les versets me donnent l'impression de vaciller sous mes yeux.

De ce qu'elle avait deviné, Dieu n'avait pas pourvu Mrs McMahon d'une vision parfaite, elle non plus.

— Oh, j'ai bien peur que nous n'ayons pas d'oculiste résidant sur l'archipel, Mrs Sinclair. Un spécialiste vient de Perth de temps à autre, mais il ne me semble pas avoir entendu parler d'une quelconque visite, pour le moment. Mr Barnes ne passera probablement qu'après la saison des cyclones. Il ne risquera sûrement pas de faire la traversée en bateau sous une tempête. Il me semble que certains Chinois clament une prétendue expertise en la matière, dans le quartier asiatique, mais j'imagine que vous n'avez pas plus envie que moi de confier votre vue à un Chinois, n'est-ce pas ? Ces gens ont une vue lamentable, c'est bien connu… Ma pauvre, je crains que vous ne deviez prendre sur vous, faire preuve de patience et loucher un petit peu, comme nous toutes.

Maisie posa sa tasse et essuya ses lèvres du coin de sa serviette. Elle n'avait pas non plus prévu d'être traitée comme une enfant par la femme de l'évêque.

— Vous avez bien raison, Mrs McMahon. Quelle égoïste je fais de m'apitoyer sur mes petits tracas quand notre ville déborde de gens mille fois plus dans le besoin que nous toutes dans cette pièce. Je pense à ces pauvres Aborigènes qui souffrent de maladies vénériennes et de la lèpre, ou encore à ces plongeurs japonais paralysés dans leurs lits d'hôpital… Oui, vous avez raison. Je devrais avoir honte de ne penser qu'à moi. Où donc avais-je la tête ?

Mrs McMahon la dévisagea un long moment, bouche bée, prise à son propre piège.

— Quelqu'un reveut du thé ? balbutia-t-elle alors. Oh, Augusta, je voulais vous voir au sujet des fleurs, à l'église. Elles étaient affreuses, la semaine dernière…

Miss Locke, qui avait assisté à l'échange avec un air amusé, profita de ce que sa compagne était en train de réprimander la pauvre vieille Augusta pour rejoindre Maisie. Alors, d'une voix de conspiratrice, elle lui souffla :

— Vous vous souvenez de notre petite conversation, l'autre jour, au sujet des préférences européennes en matière de médecine ?

Maisie opina du chef.

— Peut-être serait-ce une piste plus avantageuse à explorer. Pour vous.

Elle baissa les yeux et remua son thé.

— Pour votre problème de vue.

Maisie la gratifia d'un sourire reconnaissant. Puis elle s'enfonça dans son fauteuil et plongea dans les yeux gris remplis de sagesse de son interlocutrice, à qui elle donnait une petite quarantaine d'années.

— Merci, Miss Locke. Cela me paraît tout à fait raisonnable, en effet. Je me demandais… Si Mrs McMahon acceptait de vous délester de vos fonctions l'espace de quelques heures, peut-être pourriez-vous venir prendre le thé à la maison, un de ces jours ?

Le chemin qu'emprunta Maisie en quittant la maison de l'évêque n'était pas le plus direct, si l'on voulait rejoindre l'hôpital japonais, mais elle avait tout le temps. Personne ne l'attendait, à la maison. Maitland se fichait comme d'une guigne de ce qu'elle faisait de ses journées, et il manquait cruellement de toutes les grâces sociales auxquelles elle aurait pu aspirer. Son périple la mena à travers les ruelles les plus éloignées du centre-ville, une zone sauvage reliée par un réseau de voies étroites intercalées entre les rues principales. Elle longea des bâtisses délabrées où des vagues infectes de pipi de chat venaient vous fouetter les narines. Duc lui avait confié que l'archipel grouillait de chats sauvages. Cela leur évitait d'être envahis par les rats.

Elle glissa un doigt sous ses narines – faire barrage aux odeurs ambiantes était devenu un réflexe, ces derniers mois – et accéléra le pas. La chaleur qui exsudait du sol ne donnait aucune envie de traînasser.

Les Chinois, en plus de leurs postes de cuisiniers, de jardiniers ou de tailleurs, possédaient la plus grande partie des petites entreprises qu'elle longea, aussi bien dans les recoins cachés que dans les espaces plus fréquentés. Elle se trouva soudain face au *Seafarer's Rest Hotel.* Elle savait que William Cooper séjournait ici. *Est-ce pour cela que tu as fait tout ce détour ?* la piqua sa conscience. *Tu espérais peut-être tomber sur lui ? Parce que tu crois que tu l'intéresses ? Tu oublies que tu t'es complètement ridiculisée, la dernière fois... Et je te rappelle qu'il est fiancé à cette idiote de Dorothea, qui ne le rendra jamais heureux, d'ailleurs. Et tu es mariée, Maisie. Tu l'as oublié, ça aussi ?*

Elle croisa un homme qu'elle reconnut pour l'avoir vu à l'une de ces soirées interminables que Maitland organisait chez eux. Son mari tenait à être vu dans certains cercles – elle avait au moins compris cela, même si elle ne parvenait pas à saisir les raisons de ses fréquentations de seconde zone. Cet homme était un comptable particulièrement avide, se souvenait-elle. « Un presseur d'argent », l'aurait appelé son père. Il portait un costume d'un blanc étincelant – comme tous les hommes, ici – et un chapeau colonial.

C'est la saison des pluies, songea-t-elle. *Cette coutume n'a décidément ni queue ni tête.*

Le presseur d'argent, visiblement concentré sur sa destination, ne leva pas la tête sur son passage. Il ne l'avait sûrement même pas remarquée.

Je me demande s'il se doute à quel point je pèse dans la balance financière de Maitland...

Elle savait que son mari ne manquait pas d'argent – comme tous ses comparses, d'ailleurs. C'était de l'argent facile, accumulé dans la sécurité de la terre ferme, au mépris du risque que prenaient ceux qui leur apportaient leurs perles.

Maisie se figea soudain, réalisant seulement maintenant qu'elle faisait désormais partie de la communauté blanche de l'archipel, une communauté qui semblait lutter pour se trouver une véritable identité. La population blanche, du maire à Mister Gregory, qui ramassait les détritus, semblait figurer toutes les strates sociales. Exactement comme en Angleterre. Ce que Maisie ne parvenait pas à comprendre, c'était cette supériorité que tenaient tant à revendiquer les Blancs, qui se prenaient tous pour des rois dans un pays qui ne connaissait pas la royauté.

L'odeur qui émanait du quartier asiatique la rappela aussitôt à la réalité. Elle semblait surgir de partout – un cocktail infect de pourriture, d'humidité et de désespoir. De grandes bâtisses en fer côtoyaient de minuscules boutiques qui vendaient de tout, des bottes de plongée aux tissus orientaux. Il n'y avait pas de fenêtres, seulement de petites ouvertures sous les avant-toits composés de longues barres de métal rouillé. Elle vit que l'une des échoppes était en train de fermer alors que l'après-midi était à peine entamé.

L'atmosphère était oppressante, bien pire encore que d'habitude, et l'humidité vous prenait à la gorge. Des mèches de cheveux s'échappaient de son joli chignon pour venir se coller à sa nuque. Le médecin se trouvait sur la terrasse couverte de l'hôpital, accoudé à la balustrade, tenant une cigarette entre deux doigts jaunis par la nicotine.

— Docteur Shin ! lança-t-elle en montant les marches avant de lui tendre une main crasseuse – elle avait oublié ses gants chez son hôte. Veuillez me pardonner.

L'homme haussa un sourcil parfaitement dessiné.

— Pour quel délit, exactement ?

— Pour ne pas avoir pris de rendez-vous au préalable. Pour ne pas être revenue alors que je vous l'avais promis. Pour ne pas m'être intéressée à votre hôpital. Vous devez avoir une piètre opinion de moi…

— Absolument pas, Mrs Sinclair ! rétorqua le médecin en éclatant de rire. Pour tout vous dire, je n'ai que peu de temps pour m'encombrer de telles pensées. Mais je vous assure toutefois qu'il ne me viendrait jamais à l'idée d'avoir une telle opinion de vous. Et je ne me souviens pas d'une quelconque promesse de votre part, si cela peut vous rassurer.

Maisie posa un doigt sur le treillis et se laissa séduire l'espace d'un instant par le dessin du bois.

— Alors je suis encore plus coupable que ce que je craignais. J'ai tout le temps du monde pour agir, et je le passe à imaginer des choses que je ne fais pas…

Le docteur Shin tira sur sa cigarette avant de recracher lentement la fumée tout en se frottant le front. La pluie qui s'était soudain mise à tomber traversait le treillis pour former de grosses flaques au sol.

Maisie songea à Charlie, prit une longue inspiration, mais elle préféra débuter par une autre question.

— Je ne comprends pas pourquoi ce ne sont que les Asiatiques que l'on met sur les lougres. Beaucoup de Blancs font du travail manuel, sur la terre ferme. Alors pourquoi pas en mer ? Tout le monde semble tellement déterminé à rabaisser les étrangers, ici, que cette exception me laisse perplexe, je dois avouer.

Le docteur Shin termina sa cigarette et écrasa le mégot du bout du talon. Le vent souffla la fumée pour la faire virevolter dans les airs.

— Ils sont ici car ils ont envie de travailler. Parce que sans cela, ils mèneraient une vie de misère dans les campagnes qu'ils ont décidé de quitter. La vie en mer est loin d'être plaisante, Mrs Sinclair, et ces hommes ne valent pas bien cher. Mais la nature semble avoir prédestiné les Japonais à la plongée sous-marine. D'après mes observations, ces hommes ne souffrent pratiquement jamais d'inflammation des oreilles ni d'aucun saignement, lorsqu'ils remontent. L'archipel comporte plus de plongeurs japonais que n'importe quelle autre race, en effet. En revanche, ils sont aussi exposés au risque de paralysie que les autres.

— Est-ce là le seul danger que les plongeurs courent ?

— Malheureusement, non. Les plongeurs japonais souffrent très fréquemment du béribéri.

— Je crains de ne pas savoir de quoi il s'agit… Est-ce contagieux ?

— Non, soupira le médecin. Pas de ce que j'en ai déduit, du moins. Voyez-vous, pendant neuf mois, ces hommes se nourrissent presque exclusivement de nourriture en boîte et extrêmement salée. Ils consomment aussi beaucoup de riz blanc, préalablement poli, avec très peu de légumes et très peu de fruits. Cette maladie peut être aussi dangereuse que la paralysie, et de nombreux symptômes y sont similaires, d'ailleurs – œdèmes, incapacité de marcher et difficultés à respirer. S'il n'est pas traité, le béribéri a de fortes chances de tuer.

— Il n'existe aucun remède ?

Le docteur Shin sortit un paquet de cigarettes de sa poche, en prit une et l'alluma.

— Si. Fruits et légumes frais, légumineuses, riz complet, et un trait de citron dans une tasse de thé.

— Les plongeurs blancs risqueront-ils de contracter cette maladie, eux aussi ?

— Certainement, oui. Jusqu'ici, les seuls hommes blancs qui aient jamais navigué sur ces lougres se résument à un écailler de temps à autre ou à un maître perlier trop frileux à l'idée de laisser son équipage livré à lui-même et lui dérober ses perles.

— Je pensais justement apporter des fruits et des légumes frais aux équipages sur la goélette de mon mari ! s'enthousiasma Maisie. Cela devrait donc leur être plus qu'utile !

— Même si c'est un geste tout à fait louable, ils ne pourront malheureusement pas empêcher ce genre de nourriture de pourrir, commenta le docteur Shin en secouant la tête.

— Oui, c'est ce que m'a dit ma domestique, en effet.

— Mais si vous tenez tant à cette idée, sachez que les citrons peuvent se conserver plusieurs semaines, en évitant la lumière du soleil. Vous pouvez toujours en parler à vos hommes.

Maisie le gratifia d'un sourire reconnaissant.

— Je n'y manquerai pas, et j'ajouterai même que c'était là votre suggestion, par souci pour leur santé.

Ils gardèrent le silence un moment, et c'est le médecin qui le rompit après avoir tiré une nouvelle fois sur sa cigarette.

— Vous vouliez me parler d'autre chose, peut-être ?

Maisie se mordilla la lèvre, hésitant encore à poser la question qui la hantait.

— Comment va notre jardinier, Charlie ?

Les yeux noirs du médecin s'assombrirent davantage.

— Il nous a quittés.

— Il est mort ? hoqueta Maisie, livide.

— Non, Charlie est retourné auprès des siens. Il a mis du temps à se remettre, mais il a finalement recouvré assez de forces pour partir.

— Je suis heureuse de l'apprendre.

— Vous m'excuserez, Mrs Sinclair, mais j'ai beaucoup de travail.

— Oh, juste une dernière question et je vous laisse tranquille, docteur.

L'homme s'arracha son air le plus patient.

— Je vous écoute.

— Comment pourrais-je faire tester la vue de ma domestique ? Elle a besoin de lunettes, mais elle m'a affirmé que personne ne voudrait l'ausculter, à cause de sa couleur de peau, et…

Le docteur esquissa un sourire.

— Prenez-lui un rendez-vous avant de partir, Mrs Sinclair. Les yeux sont loin d'être ce qu'il y a de plus difficile à soigner.

Maisie sentait son cœur battre à tout rompre. Elle voyait bien que le médecin était pressé de reprendre son travail. *Non, je ne peux pas lui poser cette question. Et pourtant*...

L'homme lui désigna alors une chaise et déclara d'une voix douce :

— Asseyez-vous, Mrs Sinclair. Il me semble que vous ne m'avez toujours pas révélé la véritable raison de votre venue, n'est-ce pas ?

Elle s'exécuta, tirant d'une main nerveuse sur le col de son chemisier. Alors, sans oser le regarder dans les yeux, elle murmura :

— Est-ce normal qu'un homme évite tout contact physique avec sa femme ? Est-ce normal qu'il n'ait jamais cherché à l'approcher… même pour leur nuit de noces ?

12

La veille de leur départ, qui avait déjà été différé de trois jours, Coop se trouva dans l'incapacité de fermer l'œil. La canicule frappait toujours, et il avait une fois de plus traîné son couchage à l'extérieur. À croire que les éléments ne se lassaient pas de le voir aller et venir… Quand il essayait de dormir dans sa chambre, il avait l'impression d'étouffer. Sur le balcon, où il faisait modérément plus frais, les insectes surgissaient de l'obscurité, et il abattait les moustiques les uns après les autres jusqu'à ce que sa chemise soit tachée de son propre sang. Il sentait la brûlure du soleil sur sa peau et priait pour qu'il fasse plus frais, au large. Le plongeur japonais qui l'accompagnerait n'avait pas été facile à convaincre pour partir avant la fin de la saison des cyclones, et ces trois jours d'attente avaient bien failli le rendre fou.

Coop se laissa retomber sur ses oreillers et ferma les yeux, mais le sommeil ne venait toujours pas. Son esprit tourbillonnait dans des océans inexplorés, l'empêchant de trouver le repos. Même lorsqu'il parvenait à dormir un peu, un visage s'invitait dans ses songes : celui de Maisie Sinclair. Son cœur se mit à marteler douloureusement ses côtes à cette pensée, et un frisson de désir lui traversa l'échine. Il passa la main sur son menton et regretta de ne pas avoir pu se raser avant d'aller lui rendre visite. Il avait tendance à se laisser aller depuis son arrivée sur l'archipel. À tous les coups, elle avait noté sa petite barbe naissante et s'était fait une mauvaise opinion de lui.

Avait-elle remarqué, se demanda-t-il pour la énième fois, qu'il avait eu un mal de chien à la lâcher du regard ne serait-ce qu'une seule seconde, durant toute sa visite ? Qu'il s'était enivré, brûlé par l'envie, de la délicatesse oblongue de son visage, tandis qu'elle reposait au sol telle une sculpture d'albâtre ? Qu'il avait dû lutter contre la tentation de la prendre dans ses bras pour l'y garder pour de bon ? Comment cela se faisait-il qu'elle ait été ivre, à dix heures du matin à peine ? Son mariage la rendait-il si malheureuse qu'elle n'avait eu d'autre solution que de se tourner vers l'alcool ? En dépit de son tourment, il esquissa un sourire dans l'obscurité, s'agrippant à ses mots comme à une corde : « Dites-lui que je suis occupée. » Elle n'avait pas levé le petit doigt pour son mari, mais elle avait pris du temps pour lui.

Un ronflement sonore le tira brusquement de ses pensées. Sur le balcon voisin, JB s'en donnait à cœur joie. Son ami était roulé en boule, la tête posée sur ses mains, comme un chiot dans son panier. Coop ne pouvait que l'envier : après des années passées à le seconder en mer, JB pouvait dormir n'importe où.

Même de son hôtel, à plus d'un kilomètre de la mer, Coop entendait le bruit des vagues qui s'abattaient sauvagement sur la rive. Au-dessus de sa tête, les éclairs mitraillaient le ciel, zébrures blanches s'affolant parmi les étoiles, rendant tout repos définitivement impossible. Il étira alors lentement ses jambes jusqu'à gagner la fraîcheur du bout des draps, s'enivrant de ce court instant de répit avant que la chaleur ne l'accapare de nouveau.

À six heures le lendemain matin, Coop repoussa son assiette à peine entamée. Les côtelettes trop grasses ne lui faisaient pas envie, et il était beaucoup trop nerveux pour se battre avec la viande filandreuse, de toute façon. Il chargea de sucre sa tasse de thé et se rejoua son entrevue avec le capitaine Sinclair, se demandant une fois de plus s'il n'avait pas raté quelque chose. Qu'est-ce qui avait bien pu le faire changer d'avis sur lui si vite, lui qui, quelques semaines plus tôt, l'avait fait passer pour un moins que rien ?

À six heures et demie, le soleil se leva enfin. Coop et JB quittèrent l'hôtel silencieux en direction de la plage. La pluie s'était calmée, mais le vent continuait d'affoler les vagues, qui venaient s'écraser bruyamment contre les rochers. Les deux hommes avançaient malgré tout, courbés contre les éléments, déterminés à rejoindre les embarcations. Le sable semblait s'être retourné contre eux lui aussi, mitraillant leur peau par grosses rafales.

JB frotta son visage du bout de sa manche avant de se tourner vers son compagnon.

— Prêt, Coop ? Nerveux ?

Coop prit une longue gorgée d'air salin avant de répondre.

— Comme toujours avant de plonger, tu sais bien. Le temps ne me paraît pas très favorable pour partir… Avec ce vent, la visibilité sera quasi nulle.

— Tu as plongé dans des conditions bien pires, Coop. Tu te souviens de cette mission, l'année dernière, sur la côte nord de l'Écosse ?

— Ce n'était pas pareil. Nous étions en plein hiver, et il faisait un froid atroce, mais ça n'avait rien à voir avec une tempête. Personne d'un tant soit peu sensé ne prendrait le large sous un temps pareil.

— Alors pourquoi nous le faisons ?

— Bonne question, JB, répondit Coop en lui donnant une petite bourrade. C'est moi qui ai demandé à faire un galop d'essai – on ne peut pas dire qu'on ait vraiment le choix. C'est la première chose décente que le capitaine Sinclair accepte de nous accorder, alors il n'est pas question de faire marche arrière parce que la mer est un peu agitée. De toute façon, il a dit que les prévisions étaient bonnes.

— Mon cul, oui…, marmonna JB.

Ils poursuivirent leur pénible route, luttant contre le sable belliqueux, leurs sacs remplis de tout leur matériel de plongée. Tout au bout de la plage, ils bifurquèrent vers les terres. Brusqués par les bourrasques, ils longèrent presque au pas de course le chemin sinueux qui menait à la crique où Maitland gardait ses bateaux pendant la saison des pluies. La tête rentrée dans les épaules, JB tenta de résister à la force du vent afin de ralentir un peu.

— Tu peux aller plus vite, JB ?

— Je ne la sens pas, cette histoire, Coop.

— C'est pour ça qu'on est venus.

— Peut-être mais, je ne sais pas…, marmonna JB en se redressant. Ça sent le piège, tu ne trouves pas ? Ce sont des nuages orageux, là-bas, et tu le sais aussi bien que moi.

Un rayon pâle en provenance du phare lui éclaira brièvement le visage avant de balayer la baie.

— Ne te tracasse pas comme ça, JB. Plus tôt on sera en mer, plus tôt on pourra leur montrer de quoi on est capables.

Une fois sur le camp, Coop troqua ses chaussures contre de lourdes bottes de plongée, coinça son casque sous son bras et pataugea dans la boue jusqu'à la petite embarcation qui les attendait dans la crique, proue retroussée, sa peinture vert pomme s'écaillant de partout. JB retira ses chaussures, hissa son sac sur son épaule et suivit, pieds nus, l'air plus méfiant que jamais.

Ils savaient que le capitaine Sinclair avait pour principe de mixer ses équipes. Sa main-d'œuvre multinationale se tolérait tout juste, ce qui faisait parfaitement son affaire, disaient certains. Les Japonais se considéraient au-dessus de tout le monde et traitaient les Malais ainsi que les Philippins avec le pire des mépris. Quant aux Kupangais, ils étaient au plus bas de l'échelle.

Daike, le plongeur numéro un, était déjà à bord, assis au milieu d'un fatras de cordes et de provisions. Il regardait la lumière évoluer à l'horizon, les nuages se bousculer et les rapaces chasser leurs proies dans cette drôle d'aube liquide, toutes griffes dehors. À l'approche de Coop, le Japonais toucha l'amulette en papier de riz qu'il portait sous sa veste, plongea sa cuillère dans son bol de riz et en envoya valser par-dessus bord.

— Les poissons aiment ça ? lui lança Coop.

— Toi prendre mer, le Blanc, toi rendre mer.

Coop grimaça sous la migraine qui menaçait. Il manquait cruellement de sommeil, et il n'était clairement pas d'humeur à entamer un conflit.

— C'est une tradition japonaise ?

Daike ne répondit pas.

— O.K. Et ça ? poursuivit Coop en désignant une branche de palétuvier fixée au mât.

— Pour retour vivants.

L'homme planta alors son doigt sur les pieds de Coop.

— Toi pas porter bottes dans bateau.

— Pourquoi ça ?

— Mieux, c'est tout.

— Pourquoi ?

— Mieux pour… debout, déclara-t-il après un instant d'hésitation, comme s'il cherchait le mot adéquat.

Coop ouvrit la bouche, mais l'homme l'arrêta d'un geste.

— Toi trop parler, le Blanc. Toi devoir te taire pour voir coquilles. Nous y aller. Avant pluie tomber.

Une demi-heure plus tard, ils levaient l'ancre. L'homme affecté à la barre manœuvra à travers la crique sinueuse pour enfin s'infiltrer dans la baie. Les vagues s'acharnaient sur le lougre, jetant leur écume fumeuse aux pieds de l'équipage. Ils négocièrent le long canal parsemé de récifs, les mâts grinçant sous les bourrasques, pour enfin rejeter l'ancre avant le redoutable Neptune's Dairy, une étroite bande d'eau cernée d'affleurements rocheux.

— Nous arrêter ici, déclara Daike. Nous commencer travail.

Il refusait d'aller plus loin tant qu'il n'avait pas vu Cooper en situation.

— Où est mon compresseur, Daike ? lui demanda alors Coop, ne le voyant nulle part.

— Pas emmener.

— Pas emmener ? Et pourquoi ça ?

— Pas aimer. Malais mieux tourner manivelle.

— Tu as déjà utilisé un compresseur à air mécanique ?

Le Japonais ne répondit pas.

— Tu as peur que cela nous porte malheur, peut-être ?

— Moi pas peur.

— Alors tant mieux, parce que si nous devons un jour replonger ensemble, sache que j'apporte mon compresseur avec moi. On peut plonger beaucoup plus loin avec, et c'est beaucoup plus sûr, si on respecte les paliers.

— Nous pas replonger ensemble. Une fois seulement. Gros service.

Sur le pont, JB agitait les tableaux de l'amirauté d'une main et un chronomètre de l'autre. Les vagues bousculaient si violemment le lougre qu'il avait du mal à maintenir son équilibre.

Daike déclara qu'ils descendraient jusqu'à trente mètres, tous les deux.

— Pas comme ça d'habitude. Moi y aller puis toi ensuite. Comme ça, toujours quelqu'un en bas. Aujourd'hui, moi te montrer les bancs.

— Et les temps de décompression ?

— Toi vouloir te reposer comme fifille ? rétorqua Daike d'un air méprisant. Pas de problème. Descendre, puis remonter. Petit thé et cigarette puis redescendre.

— Tu ne crains pas la maladie des caissons ?

— Moi rien craindre, marmonna Daike en s'éloignant d'un pas lourd.

JB reposa son matériel et alla se caler contre la coque, luttant contre les secousses. Son travail consistait en grande partie à aider Coop à s'équiper, et c'était une tâche minutieuse que l'on ne devait aucunement bâcler. Coop enfila deux épais bas de laine tout rêches, puis deux vestes en laine elles aussi, un pantalon en tweed rouge et deux gros pulls, avec une casquette en laine afin de protéger sa tête.

Malgré le vent, Coop commençait déjà à transpirer. Il savait que les premiers instants dans l'eau seraient agréables, mais dès qu'il se mettrait à couler comme une pierre dans les profondeurs, le froid glacial qui viendrait le saisir ne lui ferait pas regretter toutes ces couches de laine.

L'impressionnante combinaison en caoutchouc trônait devant lui. Il était évidemment impossible de l'enfiler seul.

JB savonna les poignets de Coop et ouvrit la tenue en grand afin que le plongeur puisse se glisser à l'intérieur. Puis Coop s'assit sur le seul accessoire du bateau – le tabouret – et se prépara au plus délicat.

Daike attendait déjà sur l'échelle de corde, contre le flanc du bateau, son sac noué autour du cou, l'eau brune moussant au niveau de sa taille. Derrière la paroi de verre de son casque, son expression demeurait indéchiffrable.

Coop enfonça les pieds dans ses bottes lestées – sept kilos de plomb dans chaque pied afin de pouvoir fouler les fonds marins. JB disposa ensuite des plaques, lestées elles aussi, au niveau de son torse et de son dos, et un corselet de cuivre sur ses épaules.

Coop gagna la seconde échelle en fibre de coco avant de finaliser l'opération : la mise du casque. Perché contre le flanc du lougre, il laissa patiemment JB caler le casque en laiton teinté de vert sur chacune de ses fixations, tout autour de son cou. Il plongea la visière dans l'eau pour éviter la formation de condensation à l'intérieur, puis s'assura de l'étanchéité en resserrant chaque vis à l'aide d'un petit morceau de bois. Le tuyau d'oxygène fut glissé dans le casque, la corde de sûreté nouée autour de son torse, et Coop fut enfin prêt. Un des matelots était déjà occupé à tourner la manivelle afin d'alimenter le plongeur numéro un en oxygène. Avoir deux pompes à bord était une chose plutôt rare – il y avait déjà à peine de la place pour une seule.

Un rouleau percuta si violemment l'embarcation que le *Sharky* se mit à tanguer. Coop se retint à l'échelle jusqu'à ce que le vieux lougre se redresse, secoué de toutes parts. Puis il se laissa tomber pour disparaître quelques secondes plus tard dans les eaux troubles.

Sur le bateau, JB laissait tranquillement se dérouler la corde de sûreté, adossé à la cabine. Cela lui faisait tout drôle de regarder l'homme responsable de l'apport en oxygène de son plongeur, et il attendait, nerveux, le coup sec sur la corde qui lui signalerait que Coop était tout au fond. Dès que celui-ci eut lieu, il lança le chronomètre. Il laissa les deux plongeurs à trente mètres de profondeur pendant soixante minutes puis, au terme d'un long processus, les hommes réapparurent à la surface. Leur première exploration n'avait rien donné du tout. De retour sur le pont, les deux plongeurs s'allumèrent une cigarette tout en buvant leur thé.

— Comment ça se fait qu'il n'y ait pas une seule huître, Daike ? l'interrogea Coop.

— Nous passer trop de temps à remonter. Pas cherché assez longtemps. Coquilles en bas. Nous retourner et trouver. Arrêter de pendre à cette stupide corde.

JB jeta un regard inquiet aux nuages noirs qui s'amassaient à l'horizon. Puis il se tourna vers Coop et secoua la tête.

— Tu as besoin de récupérer, Daike, bluffa Coop. Bois encore un peu de thé. Nous y retournerons d'ici une heure ou deux.

— Moi pas attendre. Boire mon thé puis retourner. Moi avoir vu coquilles avant la *Wet*, rétorqua Daike. Descendre et tout prendre. Aujourd'hui, moi montrer à toi comment plonger. Demain, tirer plus loin et toi plonger seul. Toi vouloir mon aide pour trouver coquilles ? C'est maintenant.

Coop interrogea JB du regard.

— Tu signes ton arrêt de mort, Coop, répondit celui-ci, au désespoir. Tu devrais attendre au moins trois heures, et ça ne fait que vingt minutes que tu es remonté. Mais si tu veux jouer au plus malin, c'est toi qui vois.

Alors ils replongèrent, encore et encore. Plus les heures passaient et plus JB laissait s'exprimer son inquiétude. Coop lui avait parlé de la visibilité quasi nulle, et Daike parlait régulièrement des courants chauds et froids, ce qui n'aidait en rien à le rassurer. Les énormes nuages noirs que les éclairs venaient percer paraissaient plus menaçants que tous ceux qu'il avait vus dans sa vie. Le vent mugissait à vous faire trembler, et ils n'avaient toujours pas trouvé une seule huître.

— Coop, souffla JB, nous devrions lever l'ancre et retourner à la crique, crois-moi.

Il était quinze heures, et les voiles ruisselaient, pendant mollement à leurs mâts.

Coop partageait son avis, mais Daike ne voulait rien savoir.

— Blanc vouloir faire mauviette ? Qui avoir peur, maintenant ? Hein ?

— Je n'ai pas peur. J'essaie juste d'être raisonnable.

— Si, toi avoir peur ! Moi dire patron toi grosse mauviette.

— Et toi, tu es complètement fou. Tu veux donc tous nous tuer ?

JB intervint en dressant une main entre les deux hommes. Il en avait assez entendu.

— Ça s'empire. Regardez le ciel.

En effet, le ciel était devenu entièrement noir, comme si la nuit était tombée plus tôt que prévu.

— Vous avez trouvé ! sourit Jane Locke en levant les yeux de son journal.

Maisie posa un petit paquet brun sur la table. Elle avait les joues en feu.

— Merci de m'avoir conviée, Miss Locke. J'espère que vous me pardonnerez de vous avoir fait attendre.

J'avais deux, trois petites choses à faire en ville, et je dois vous avouer que je me suis un peu perdue…

— Oh, ces ruelles sont de vrais labyrinthes, la rassura Jane. Je n'ai moi-même pas échappé à mon lot de culs-de-sac et de chats sauvages, croyez-moi.

Maisie retira ses gants et plaqua ses paumes contre ses joues. Les bouffées de chaleur semblaient enfin se calmer.

— Je ne connaissais même pas l'existence de cet endroit. Il faut dire que je n'ai pas vraiment eu l'occasion de manger à l'extérieur, en dehors de chez nos amis, bien sûr.

— Je vous en prie, Mrs Sinclair, asseyez-vous et laissez-moi vous servir un peu d'eau. Ce restaurant est mon refuge préféré, quand j'ai besoin de m'évader, mais je reconnais qu'il est un peu éloigné de votre bungalow. Vu qu'il est assez proche de chez les McMahon, j'essaie d'y venir toutes les semaines. Il faut dire que les ramens de Mr Truong valent le détour !

Elle désigna la cuisine, tout au bout de l'échoppe, où un vieux Chinois aux cheveux longs était en train de faire sécher des nouilles sur un épais cylindre de bois.

Maisie prit son verre et avala une gorgée.

— J'ai honte, mais je dois vous avouer que je ne sais même pas ce qu'est un ramen, Miss Locke, ni même un… saté ? dit-elle en lisant le nom du restaurant. J'ai conscience de n'avoir fait que trop peu d'efforts pour m'intégrer, jusqu'ici… Mon amie Mrs Wallace ne cesse de me le reprocher, mais il est vrai que mon pays me manque.

— Ne vous inquiétez pas, répondit Jane. Vous venez à peine d'arriver, et votre nouveau statut d'épouse ne saurait tarder à vous tenir occupée, n'est-ce pas ?

Maisie était incapable de détacher les yeux de la nappe à carreaux. Elle se remettait tout juste de la honte qu'elle avait ressentie en avouant sa virginité au docteur Shin.

— Alors, dites-moi, en quoi consistent tous ces plats, exactement ?

— Une rumeur dit que les satés de Mr Truong – des morceaux de viande piqués sur une brochette et cuits au feu de bois – seraient à base des chats errants du quartier. Mais je n'y crois pas une seule seconde ! Vous savez pourquoi ? Ces pauvres chats sont bien trop maigres pour être mangés.

Ne sachant pas vraiment quoi répondre à cela, Maisie se contenta de garder le silence.

Mr Truong arriva d'un pas traînant et planta sur la table deux menus, deux cuillères et deux serviettes. Maisie ouvrit son menu et découvrit, circonspecte, que chaque plat proposé était représenté par un dessin.

— La composition n'est pas indiquée ? s'étonna-t-elle.

— C'est plus simple comme ça, quand la majorité des gens ne parlent pas la même langue, sourit Jane. Laquelle faudrait-il choisir ? Mr Truong est arrivé avec la première grande vague d'immigrés chinois, dans les années 1850, à l'époque de la fameuse ruée vers l'or. La plus grande partie d'entre eux étaient embauchés comme cuisiniers, et de fil en aiguille, Mr Truong a fini par faire son trou.

— C'est lui qui vous a raconté ça ?

— Oui, quand je le lui ai demandé. Qui est Mrs Wallace ?

— D'après les images, commenta Maisie en parcourant le menu du doigt, je dirais qu'un ramen est une soupe épaisse avec des nouilles, de la viande et des légumes, c'est bien ça ?

Jane opina du chef.

— Mais ce que le dessin ne montre pas, c'est la saveur délicieusement épicée de la soupe et le croquant des légumes. J'ai tendance à très vite oublier la viande et à me jeter sur les légumes ! Il faut dire que chez les McMahon, nous n'en mangeons que très rarement – et lorsque c'est le cas, ils sont en général bouillis.

Tout en tortillant sa serviette, Maisie marmonna que, décidément, les légumes semblaient être un vrai casse-tête, sur cet archipel.

— Qui est Mrs Wallace ? répéta alors Jane.

— Une amie chère avec qui j'ai fait tout le voyage jusqu'en Australie, répondit Maisie d'une voix affaiblie par la nostalgie. Je ne pensais pas qu'elle me manquerait à ce point.

Jane lui prit la main et la pressa entre les siennes.

— J'ai conscience que ce n'est pas facile de tout laisser derrière soi et de devoir s'adapter à un nouvel environnement. Les amis sont chose précieuse, et nous nous devons de prendre soin de ceux que nous avons. Pensez-vous que nous pourrions nous appeler par nos prénoms ?

Maisie fixait la main de Jane, qui ne l'avait toujours pas lâchée.

— Ce serait avec grand plaisir, oui, répondit-elle tout en se demandant comment dégager ses doigts sans paraître impolie. Vous pouvez m'appeler Maisie.

Jane retira sa main pour attraper le pichet d'eau.

— Et moi, c'est Jane, une femme toute simple qui a la nette impression que vous ne vous sentez pas chez vous, ici.

Maisie observa la femme qui se tenait devant elle. Grande et imposante, avec un carré roux qui grisonnait légèrement au niveau des racines, un visage carré et une poitrine volumineuse qui détonnait avec sa taille élancée. Elle avait l'air parfaitement à l'aise, dans sa petite robe en coton taille basse – le parfait opposé de son employeuse. La femme de l'évêque était bourrue, corpulente, et victime d'une sudation excessive.

— Il me semble que vous vous faites là grande injustice, en particulier d'un point de vue intellectuel. Si j'en crois le docteur Shin – merci encore de me l'avoir recommandé, d'ailleurs –, vous menez actuellement des recherches sur les Aborigènes et leur culture, c'est bien cela ?

Jane semblait sincèrement ravie. Rares devaient être ceux, ici, qui parvenaient à voir qu'au-delà des rides sur son visage et du duvet sur ses lèvres, cette femme cachait un esprit vif et curieux.

— C'est exact, et j'aimerais d'ailleurs beaucoup m'entretenir avec votre domestique, Marjorie, un de ces jours. Mais ce n'est pas la raison pour laquelle je vous ai conviée ici, ajouta-t-elle en balayant le restaurant des yeux. Reconnaissez-vous quelqu'un qui puisse vendre la mèche ?

Maisie observa la pièce à son tour et secoua la tête. Un jeune homme surgit dans le restaurant, sa chemise trempée plaquée sur sa peau et les cheveux emmêlés par le vent. Elle ne connaissait presque personne, sur l'archipel, et le peu de gens qu'elle aurait pu qualifier de connaissances avaient sûrement eu la sagesse de rester chez eux, par un temps pareil.

Jane s'empara d'un menu et le retourna sur la table.

— N'hésitez pas à me le dire si cela ne me regarde pas, mais les véritables amis et l'honnêteté font cruellement défaut, ici. Alors je vais être franche, d'accord ? Êtes-vous heureuse, Maisie ? J'ai le terrible sentiment que c'est loin d'être le cas.

— Je doute de détenir la définition du bonheur, mais… ma vie devait prendre cette tournure, visiblement, commenta Maisie en faisant des cercles avec sa main à côté de son oreille. On m'a envoyée ici épouser un homme que je ne connaissais pas. Je n'ai pas eu mon mot à dire.

— Vous n'étiez pas proche de vos parents ?

— Pourquoi une telle question ?

— Oh, je ne sais pas, marmonna Jane en l'étudiant du regard. Vous n'en parlez jamais, et ni l'un ni l'autre n'étaient présents à votre mariage. Pour la plupart des pères, confier sa fille à un autre homme est un véritable déchirement, et n'importe quelle mère aurait envie de s'assurer que son enfant est entre de bonnes mains, et heureuse. Je dois avouer que je suis surprise qu'ils ne vous aient pas accompagnée.

— Oh, mes parents ne sont pas très démonstratifs, soupira Maisie, mais je suis certaine qu'ils ne pensaient qu'à mon bien en me confiant aux bons soins de Mrs Wallace.

— Mais venir ici… ce n'était pas ce dont vous rêviez, n'est-ce pas ?

— En effet.

— Moi non plus, lui confia Jane sans la lâcher du regard. J'ai rêvé de beaucoup de choses, dans ma vie, mais vivre sur cet archipel n'en a jamais fait partie. Il suffit de baisser la garde, et la vie passe sans crier gare. Techniquement parlant, je ne suis pas célibataire, mais j'ai décidé de garder le titre pour éviter les questions.

— Je ne vous suis pas…

— J'ai été mariée. Mon mari n'est plus là, mais je sais ce qu'est le véritable bonheur, pour l'avoir vécu.

Maisie sentit ses joues la brûler à nouveau. Le regard perçant de Jane la troublait au plus haut point et lui donnait l'impression d'être affreusement jeune. Elle leva brièvement les yeux vers son amie et pinça les lèvres pour lutter contre les larmes. Jane Locke ne pouvait que comprendre la douleur déchirante que symbolisait l'abandon, l'une des émotions humaines les plus dévastatrices qui soient. Alors, pour la première fois, Maisie laissa libre cours à ses larmes.

— Votre mari est mort de la fièvre ?

— Non. Il est polygame.

— Dam' vouloir passer commande ? retentit la voix de Mr Truong, dans la cuisine.

— Dans un instant, oui. Merci, répondit Jane.

Maisie dévisageait son amie, bouche bée, ses larmes brusquement taries.

— Mais… Vous avez dit qu'il était mort ! dit-elle en se mouchant.

— Non, j'ai dit qu'il n'était plus là, dans ma vie. Cela n'a rien à voir. J'ai découvert qu'il avait un sacré pedigree, en matière de relations conjugales... J'étais sa quatrième épouse. La centralisation des contrats de mariage faisant cruellement défaut à ce pays, il est très facile d'y devenir polygame. Frank voyageait beaucoup, et à chaque contrat de mariage, il racontait un nouveau mensonge. Il modifiait son nom, son âge ou sa profession. Il aurait dû faire écrivain, il aurait fait fortune avec toutes ses fables.

— Comment l'avez-vous découvert ?

— Sa deuxième épouse l'a retrouvé, quand nous vivions à Perth. Cela faisait deux ans que nous étions « mariés ». Je n'ai jamais eu vent de la numéro une ni de la numéro trois.

— Comment avez-vous échoué ici, alors ? s'enquit Maisie en tirant sur les manches de son chemisier.

— Et si nous commandions ? répondit Jane avant de s'emparer du menu. C'est une bien longue histoire ; je vous la garde pour une autre fois, si vous le voulez bien.

Les éclairs formaient un ballet dans le ciel, et les nuages avançaient telle une petite armada se mettant docilement en position pour le combat. La pluie, qui menaçait depuis des heures, se mit à tomber à verse. Mais le typhon eut beau frapper de toutes ses forces, les habitants de l'archipel furent chanceux. Le récif, qui pouvait détruire les lougres en un seul passage, protégea la ville du plus gros de la tempête. Toutefois, les bateaux amarrés payèrent les pots cassés, les moins robustes d'entre eux furent emportés par les vagues, qui les réduirent en miettes.

Au bord de la falaise, à côté du phare, un baril de pétrole vide vint s'écraser contre le bungalow. Dehors, il faisait nuit noire alors qu'il était à peine dix-sept heures. Maisie rentrait tout juste de son déjeuner avec Jane, et elle entendait Maitland beugler après Duc, à l'arrière de la maison. Debout au pied des marches, elle fumait sa cigarette le plus vite possible, la main agrippée à la rambarde. Sous ses doigts, le bois lui faisait la sensation d'une drôle de callosité. Une fois sa cigarette terminée, elle fit de son mieux pour chasser l'odeur tout en sachant qu'elle se donnait du mal pour rien – mais l'idée de défier son mari l'emplissait d'une certaine satisfaction.

— Un peu de nerf, Duc ! Si on ne se dépêche pas de fermer les volets, le toit va finir par s'envoler, et tu n'auras plus nulle part pour carrer ton cul maigrichon tout jaune !

Le capitaine Mason était déjà là, prêt pour une nouvelle nuit de débauche.

— Occupe-toi des volets de devant, Courtaud ! aboya

Maitland sans lui demander son avis. Sinon, toi, c'est du gin dont tu devras te passer !

Maisie entendit les volets claquer lourdement les uns après les autres. Décidément, la subtilité était un mot inconnu aussi bien chez son mari que chez ses acolytes.

— Où est ta foutue lubra, Maisie ? entendit-elle alors Maitland brailler par-dessus le vent. Dis-lui de ramener ses fesses vite fait, si elle veut être payée !

L'ironie de la situation faillit lui arracher un éclat de rire. Marjorie se trouvait à cet instant en ville, à essayer de gagner de l'argent, justement, parce que son patron ne la payait pas assez. Elle était en train de marquer son ticket de chiffa des signes qui – ils l'espéraient – symbolisaient chance en amour et vengeance sur ses ennemis. Ils avaient eu du mal à déchiffrer l'énigme et avaient fini par laisser le hasard les guider.

— À quelle heure pensez-vous rentrer ? lui avait demandé Maisie.

— Moi pas vraiment savoir, Missus. Eux vouloir Noirs rentrés pour six heures, mais moi peut-être aller voir mes tantes.

Maisie savait que les faits et gestes des autochtones n'étaient pas plus supervisés que cela. À l'image des chats sauvages qui se baladaient à travers la ville, on tolérait leur présence en partant du principe qu'ils se rendaient utiles. Marjorie pouvait compter sur Maisie pour tenir sa langue, mais aussi sur Duc. Ces trois-là avaient fini par former une drôle d'équipe où l'entraide et le respect régnaient en maîtres.

Au bruit des pas bourrus qui approchaient, Maisie se recula dans l'ombre du coin de la maison.

— Ça va, tu n'as pas perdu de lougres ? demanda Maitland à Courtaud de sa grosse voix.

— Non. On les a tous remontés jusqu'à la crique.

— J'ai envoyé l'un de mes plus vieux en mer, aujourd'hui.

— Ah, ah ! Tu es complètement dingue, mon pauvre Maitland !

— C'était notre accord, tu ne te souviens pas ? Parfois, il faut savoir se montrer impitoyable et les laisser pourrir, s'ils ne valent plus rien…

— Laisser pourrir quoi ? intervint Maisie en grimpant les marches.

Puis elle s'arrêta devant les bouteilles, versa une grosse lampée de gin dans un verre et y jeta des glaçons.

— J'ai envoyé un de mes vieux lougres en mer pour voir s'il tenait le choc. Je n'ai pas envie de dépenser de l'argent en réparations pour rien.

— Par un temps pareil ? souffla Maisie, incrédule. Mais c'est de la folie, Maitland ! Aucun bateau ne pourrait réchapper d'une telle tempête ! J'espère qu'il est bien assuré.

Elle se tourna alors vers leur hôte.

— Et vous, capitaine Mason, auriez-vous également envoyé l'une de vos embarcations en mer tout en sachant qu'un cyclone menaçait et qu'elle ne tiendrait jamais le choc, vu son état ?

— Vous savez, Mrs Sinclair, répondit Courtaud en s'étirant sur sa chaise, envoyer un bateau en mer est toujours un coup de bluff… Nous attaquons tous la saison la semaine prochaine, et Maitland a toujours été du genre à avoir un temps d'avance. Votre homme a du flair, et tout le monde le sait, madame. Vous devriez être fière de lui, pour avoir osé risquer un bateau à cette période de l'année. Très peu d'entre nous seraient prêts à faire la même chose, croyez-moi. Cet homme a du cran.

Maitland s'installa dans une chaise longue tout en gratifiant son acolyte d'un petit sourire narquois, comme s'ils cherchaient à lui cacher quelque chose.

C'est à cet instant que Maisie comprit l'ignoble vérité : le lougre n'était évidemment pas parti sans équipage. C'était bien plus qu'un vieux bateau qu'il avait risqué.

— Et puis-je savoir quel équipage tu as sacrifié pour ce caprice, Maitland ?

— Je ne suis pas bête, Maisie. Ceux que je peux me permettre de perdre, bien évidemment.

— Ne me dis pas que tu y as mis un plongeur, aussi ?

— Bien sûr que si. Un de mes Japs, et cet Anglais, là. Cooper.

Maisie reposa son verre avec le plus de délicatesse possible. Sa main était sûre et sa paume sèche, mais son ventre était noué par l'angoisse. Elle n'avait aucune envie de déclencher une nouvelle colère chez son mari, mais elle ne pouvait pas laisser passer cela sans rien dire.

— Un ouragan n'est pas un être vivant, Maitland. On ne peut pas l'accabler de quoi que ce soit. Mais l'homme qui envoie des vies innocentes entre ses griffes, si. Comment un être humain peut-il être capable d'une chose pareille ?!

Puis elle s'empara d'un magazine et le tordit entre ses doigts. Son cœur se noua un peu plus quand elle repensa à Coop – grand comme un Viking, les yeux couleur réglisse, des doigts longs et fins dont elle rêvait qu'ils se posent un jour sur elle… Elle fixa son attention sur un fil qui dépassait du fauteuil, à côté d'elle, luttant contre la marée d'émotions dont elle se sentait soudain submergée. *Tu ne le reverras peut-être jamais.* Ces mots se mirent à tournoyer sous son crâne jusqu'à lui donner la migraine.

Maitland se tourna vers Courtaud en faisant tinter son verre avec ses glaçons.

— On dirait que la tigresse est de sortie, ce soir, commenta-t-il d'un air méprisant. Tu veux boire autre chose, Courtaud ? De toute façon, vu le temps, tu ne peux pas rentrer chez toi. Autant vider les bouteilles dès maintenant, non ? Tu peux rester, si tu veux, ajouta-t-il avec un coup de menton en direction de Maisie. Ce n'est pas comme si tu avais mieux à faire ailleurs, pas vrai ?

— Non merci, Maitland. Je suis prête à t'assister du mieux que je peux pour tes affaires, mais je n'ai aucune envie de rester là toute la soirée à vous regarder, toi et tes amis, boire jusqu'au dernier de nos profits. Si vous voulez bien m'excuser, messieurs, je crois que je vais me passer de dîner et me contenter d'un bon livre. J'ai besoin d'être seule.

Les deux capitaines décollèrent très légèrement le derrière de leurs sièges puis reprirent leurs échanges tonitruants, criant à qui mieux mieux pour se faire entendre par-dessus le maelstrom qui soufflait toujours plus fort sur la forteresse de Maitland.

La chambre de Maisie était un vrai four, volets fermés ; la température dépassait largement les quarante degrés. Cette chaleur lui faisait penser à sa mère : une force implacable et impénétrable qui refusait de lâcher prise. Au bout d'une heure ou deux à tourner et à se retourner dans les draps, Maisie dut se résigner au fait qu'elle ne dormirait pas, cette nuit. Elle fit de son mieux pour ne pas penser à son ancienne chambre, à Londres, à l'odeur fraîche et amidonnée de ses draps luxueux, à cet espace calme et rien qu'à elle où elle gardait tous ses trésors. Finalement, tourmentée par l'angoisse, elle quitta son lit et se mit à arpenter la pièce, l'esprit fixé sur une seule personne : William Cooper. Cet archipel était bien pire que l'image qu'en avait dépeinte Mrs Wallace, et à cet instant précis, Maisie se dit que si c'était là son châtiment de vivre dans un pareil endroit auprès d'un mari impuissant (d'après le docteur Shin), alors elle avait dû faire quelque chose de terrible dans une vie antérieure.

Les vagues étaient telles qu'elles faisaient deux à trois fois la hauteur du lougre.

— Aide-moi à retirer cette combinaison, JB.

Puis Cooper se tourna vers l'un des matelots.

— Descends la grand-voile ! hurla-t-il. Laisse la misaine, pour l'instant. Si le vent se lève, j'essaierai de nous ramener dans la crique. Retire ta combinaison, Daike. Il faut que tu puisses bouger.

— Pourquoi toi donner des ordres ? C'est moi, le numéro un.

— Tu sais piloter un bateau en pleine tempête ? Ou tu te fais passer pour un gros dur en basant ta chance uniquement sur tes petits rituels ridicules, hein ? Il ne suffit pas de bénir le bateau et la mer pour être protégé, Daike.

Le Japonais détournait résolument le regard, mais Coop devinait à sa mâchoire contractée qu'il ne venait pas de se faire un ami. Une heure plus tard, la mer était déchaînée. Les vagues s'invitaient par-dessus bord, frappant les chaînes de l'ancre contre les casiers dans un fracas assourdissant. Bigleux émergea de la cabine, trempé de la tête aux pieds, le visage défiguré par la peur.

— Quoi faire, maintenant ?

— Sortir ancre flottante ! cria Daike. Nous subir willy-willy.

Puis il posa la main sur son amulette, sous sa chemise.

— Quand jour pour mourir, nous devoir mourir.

— Non ! vociféra Coop, fou de rage.

Il en avait par-dessus la tête de ces discours fatalistes. Les bourrasques le firent tanguer, mais il tint bon, ancré au sol par sa détermination. Il s'efforça de gagner la barre sain et sauf, agrippé au bastingage comme à une bouée de sauvetage.

— Baissez les gréements et délestez le bateau ! Laissez-moi juste la misaine. Détachez la barque et les pompes et tranchez les pavois avec les tomahawks que j'ai vus dans la cabine, tout à l'heure. En laissant l'eau envahir le pont, il y aura moins de résistance quand nous essaierons de regagner la crique. Accrochez-vous à n'importe quoi qui soit bien fixé au sol et priez pour qu'on s'en sorte vivants !

Les cheveux dégoulinants, Daike fusilla Coop de son regard noir puis, agrippé au mât d'artimon dont la bôme grinçait sourdement, il se mit à vider sa vessie par-dessus la poupe du lougre.

— Moi pisser sur toi, sale Blanc ! Toi pas être gros dur. Toi regarder moi et voir moi gagner ! tonna-t-il.

— Pauvre fou, marmonna Coop.

À tous les coups, il a demandé à la mer de bénir sa pisse.

Alors, sans avertissement, le vent tourna. Les nuages, dans leur course folle, lâchaient des trombes d'eau sur l'embarcation, qui tentait tant bien que mal de se maintenir à flot, secouée de toutes parts. Coop agrippa la barre et écarta les orteils, les pieds bien ancrés au sol, pour garder son équilibre. Daike avait raison : avec ses bottes, il aurait forcément glissé, à cause de toute cette eau. En son for intérieur, il remercia le Japonais pour ce conseil qui, il l'espérait, pourrait lui sauver la vie.

Daike, lui, était toujours obstinément agrippé au mât, trop têtu pour écouter Coop, attendant que la tempête atteigne son stade maximal.

Une bourrasque cingla soudain la bôme et arracha Daike de son poste. Coop se baissa à temps pour éviter de prendre la poutre de bois en plein visage, mais il la vit percuter l'autre plongeur comme une quille.

Dans ces eaux perlières, il était rare qu'un homme passe par-dessus bord. Sous la violence du phénomène, le gouvernail se mit à tournoyer entre ses mains, et le bateau s'ébroua.

— Un homme à la mer ! hurla Coop. Daike est tombé ! Il n'est pas attaché au bateau ! Montrez-moi où il est et ne le lâchez surtout pas des yeux ! Bigleux, récupère la ceinture de sauvetage et lance-la à JB ! JB, une fois à son niveau, jette-lui la ceinture et ramène-le ! Ne le lâchez surtout pas des yeux ! Si nous le perdons de vue, c'est un homme mort !

Ballotté entre les vagues, Daike tentait désespérément de se débattre tandis qu'il était toujours poussé plus loin du lougre. Coop le vit ouvrir la bouche, mais les nuages se chargèrent de balayer ses cris. Luttant contre le vent, Coop tentait de maintenir le bateau sur place en lui faisant faire un huit, mais les vagues rageuses lui arrachaient impitoyablement la barre des mains. Les yeux brûlés par le sel, il ne lâchait rien, déterminé à récupérer son compagnon, dessinant de lentes et pénibles spirales tout en évitant la bôme et en tirant sur les écoutes.

— Rapproche-toi, Coop ! cria JB. Je l'avais presque !

Enfin, ils parvinrent à se rapprocher suffisamment. Les hommes, épuisés, tirèrent Daike avec la corde et le firent remonter à bord en le portant à bout de bras.

Coop arracha un pan de sa chemise pour le rouler autour de ses doigts en sang.

— Cuistot, amène-le dans la cabine et roule-le sur le flanc. Les autres, faites en sorte d'être bien attachés. Je vais essayer de nous ramener au bras de mer que nous avons longé ce matin. Les palétuviers devraient nous abriter, le temps que ça se calme.

— O.K., mais toi complètement fou, rétorqua Bigleux.

Coop agrippa la barre des deux mains et entreprit de manœuvrer parmi les vagues déchaînées, faisant de son mieux pour coller sa trajectoire au vent. *Si l'écoute se met à claquer, nous sommes perdus*, ne cessait-il de se répéter, comme un mantra, ses yeux injectés de sang passant alternativement du récif à la voile, jusqu'à ce que tout devienne flou devant lui.

Les hommes, horrifiés, ne le lâchaient pas des yeux, comme si cela leur permettrait de rester en vie. Coop concentra toutes ses pensées sur le canal qu'ils avaient traversé le matin même. Il savait qu'il n'était pas loin. Par chance, Daike avait douté de ses capacités de plongeur, si bien qu'ils n'avaient pas franchi le Neptune's Dairy. De longues minutes plus tard, il se rendit alors compte que le vent s'était calmé et que les formes menaçantes devant lui n'étaient plus des vagues, mais des arbres.

Daike émergea de la cabine, dévisageant les membres de l'équipage les uns après les autres, les yeux écarquillés, comme s'il n'en revenait pas d'avoir survécu.

— Pourquoi toi venir chercher moi ?

— Tu ne m'as pas encore montré où étaient les coquilles, espèce de tête à claques ! cria Coop de derrière la barre.

Juste avant minuit, Maisie enfila son kimono de coton blanc et sortit de sa chambre sur la pointe des pieds. Elle mourait de soif. Sur la terrasse, les deux compères continuaient à enchaîner les verres d'alcool.

— Alors, Maisie, on vient me chercher, maintenant que le lit est chaud ? lança le capitaine Mason en se levant péniblement de sa chaise avant de l'attraper par-derrière.

Un instant plus tard, il lui empoignait un sein comme il aurait broyé sa serviette, les veines noueuses de sa main saillant sous ses gestes brusques. Puis il lui fit faire volte-face et plaqua sa bouche humide de gin sur ses lèvres.

Maisie le repoussa sauvagement, effarée.

— Mais qu'est-ce que vous faites, Mason ?

Courtaud était beaucoup trop ivre pour se laisser décourager. Il plongea de nouveau sur elle, toutes dents dehors, son haleine chaude et infecte lui envahissant les narines. La faible lumière rendait son teint grisâtre, et de la sueur perlait sur son nez. Maisie détourna la tête et tenta de se libérer, mais il la maintenait fermement contre lui, remuant sauvagement des hanches contre sa cuisse.

— Maitland ! hurla-t-elle. Dis-lui d'arrêter, je t'en supplie !

Un rictus aux lèvres, Maitland renâcla et pointa sa pipe vers elle.

— Ne va pas t'imaginer que tu es mieux que les autres, femme. Il est comme ça avec toutes.

Elle parvint à se dégager et tomba à genoux, dévisageant toujours son mari d'un regard haineux. Cambré en arrière, Courtaud était prêt à assener un nouveau coup de reins. Maisie vit alors la bosse proéminente sous son pantalon. En comprenant que sa détresse l'excitait, elle fut prise d'un frisson d'horreur. Elle se releva en titubant et resta pétrifiée de longues secondes, incapable de bouger ses jambes chancelantes. Alors, lentement, elle recula vers la porte, les bras tendus derrière elle, saisie par la chair de poule. Ce n'est qu'une fois barricadée dans sa chambre qu'elle se rendit compte qu'elle tremblait de tous ses membres.

Poussé par les vagues toujours aussi rageuses, Cooper carra le *Sharky* dans la crique cernée de palétuviers afin de le protéger du cyclone. Il était évident qu'ils ne pourraient pas repartir d'ici avant au moins le lendemain, et ce uniquement si le lougre n'avait pas trop souffert sous les coups. Le vent rugissait et la pluie martelait cruellement leur peau déjà brûlée par le sel. Les hommes, épuisés, installèrent un camp de fortune entre les immenses racines des arbres. Le cuistot leur fit cuire quelques poissons que les déferlantes avaient jetés sur le rivage. Autour d'eux, des centaines d'oiseaux estropiés gisaient dans la boue, mais aucun n'avait le cœur à les goûter.

En guise de chambre pour la nuit, Coop devrait se contenter de la petite cabine basse de plafond, avec ses chevrons de bois sombre à travers lesquels aucun air ne circulait. Les murs étaient jaunis par des années de suie, et les cafards surgissaient d'entre les lattes du sol comme une armée sur ressort. Il n'y avait pas de hublot. C'était une chambre sans vue, et elle n'aurait pas pu être plus sinistre.

Malgré la chaleur étouffante, c'était toujours une meilleure option que de passer la nuit sous une couverture moisie, dans la puanteur des marécages. JB s'était joint à lui dans la minuscule cabine, mais le reste de l'équipage avait décidé de défier les sandflies, qui pullulaient dans les environs. Leurs piqûres laissaient des plaies suppurantes sur les chevilles, les avant-bras… partout où les vicieux insectes pouvaient se régaler de chair fraîche. Les lésions démangeaient terriblement, et la tentation de les soulager était beaucoup trop forte. Oui, Coop préférait de loin transpirer.

Il pressa la joue contre son oreiller et se força à fermer les paupières. JB dormait déjà à poings fermés. Coop roula sur le flanc, puis sur le dos, et se mit à fixer le plafond un long moment. Après s'être tourné et retourné une bonne partie de la nuit, il descendit de sa couchette et passa les doigts dans sa masse de cheveux emmêlés. C'était officiel : il ne dormirait pas. Il sortit alors sur le pont au petit matin et s'allongea sur une bâche. Puis il ferma les yeux et tenta de démêler les événements qui les avaient menés jusqu'ici.

Le capitaine Sinclair s'était brutalement pris d'affection pour lui au point de le pousser à prendre la mer sur un lougre complètement usé. Cette énigme le travailla un long moment. Comme un gosse avant Noël, il avait signé un document dans le bureau de son patron en faisant croire qu'il savait lire. Quoi que le capitaine Sinclair fomente, cet homme était rusé, et Coop se devait de le battre à son propre jeu.

Il tua un moustique et changea de position, incapable d'en trouver une un tant soit peu confortable. Les vagues qui venaient percuter la coque embrouillaient l'ordre de ses pensées. Il se retrouva alors à songer à Mrs Sinclair. Il la connaissait à peine, mais son élégance et sa beauté ne faisaient qu'accentuer son intelligence et sa force de caractère, et malgré son statut, elle semblait véritablement juger les autres selon ce qu'ils étaient et non selon leur origine. Il n'avait jamais rencontré une femme pareille, et il savait qu'elle n'était pas pour lui. Il pressa les paumes l'une contre l'autre, les imaginant prendre délicatement son visage avant d'aller parcourir son corps agile et soyeux. Le sang se mit à lui marteler les tempes, les pensées qui lui traversaient l'esprit le faisant transpirer davantage.

JB émergea de la cabine en se frottant les yeux, puis il sortit une boîte à tabac de sa poche détrempée. Il roula deux cigarettes et en tendit une à Coop.

— Il va nous falloir ouvrir l'œil, à notre retour, commenta-t-il. On se joue de nous, c'est une évidence. Reste à savoir de quel jeu il s'agit.

Coop alluma sa cigarette et opina du chef.

— Je crains bien que tu sois dans le vrai, JB. Quelque chose me dit que nous n'étions pas censés revenir de cette petite escapade.

13

La tempête finit par se calmer au petit matin. Aux premiers rayons du soleil, les habitants émergèrent de leurs abris. Dans les bars des hôtels ou sur les quais, on ne parlait que de ça. Tout le monde s'accordait sur cette nouvelle fraîcheur bienvenue. C'était ce qui arrivait parfois, après une tempête.

Mais sur une autre terrasse, un peu plus loin, il faisait encore affreusement chaud.

Lorsqu'ils avaient enfin décidé d'arrêter de boire, quelques heures plus tôt, Courtaud avait emprunté un pyjama à Maitland et était parti se coucher dans la chambre d'amis. Il venait désormais tirer son hôte du lit. Dans la pièce à moustiques, les volets étaient encore rabattus, et il faisait une chaleur atroce, dans le noir. Il déboutonna sa veste de pyjama, qu'il décolla tranquillement de sa chair toute poisseuse.

— À mon avis, tu as gagné ton pari, Mait. Ton lougre ne reviendra pas, c'est certain.

— J'espère bien.

Maitland envoya valser ses draps trempés de sueur au pied du lit et retourna son oreiller pour y trouver un peu de fraîcheur. Mais le répit fut bref. Son crâne lui faisait un mal de chien, et il avait la bouche affreusement sèche.

Avec Courtaud chez lui, il pouvait d'ores et déjà oublier l'idée de repiquer un somme. Il attrapa le verre posé sur sa table de nuit et le but cul sec.

— On s'est couchés à quelle heure ?

— Alors là, bonne question. Très tard, ou très tôt... C'est selon.

Un coup à la porte suivi d'un toussotement les interrompit.

— Vous vouloir thé ou petit déjeuner, patron ? demanda Duc. Beaucoup de vent encore. Moi avoir fait grosse casserole de porridge.

— Ma femme est levée ?

— Oui. Dehors avec Marjorie.

— Alors non, je vais sortir. Tu viens, Courtaud ?

— Je vais plutôt prendre le petit déjeuner avec ta femme, Mait. J'aimerais bien avoir une petite discussion avec elle.

Duc avait beau avoir ouvert quelques volets, la terrasse empestait toujours autant le brandy et le cigare. Maisie n'avait pas fermé l'œil de la nuit. Tremblante de peur et le ventre noué par l'angoisse, elle ne pensait qu'à lui. *William Cooper.* Le cyclone était passé, mais les vagues déferlaient encore rageusement sur les dunes. Elle aurait voulu dénoncer son mari, dire à qui voulait bien l'entendre qu'il avait volontairement mis en péril la vie du plongeur ainsi que celle des membres de son équipage. Mais qui aurait accepté de l'écouter ? Cette question la hanta un long moment. Emplie d'horreur, elle s'imagina ne plus jamais voir réapparaître ces yeux noirs sur l'archipel, et songea que c'était en partie sa faute. Elle coula un œil en direction du fond de la terrasse plongé dans la pénombre. Le capitaine Mason cuvait son brandy, dans la chambre d'amis. *En fait, je ne suis pas plus en sécu-*

rité que ces plongeurs, réalisa-t-elle. *Je ne compte pas assez aux yeux de Maitland pour qu'il cherche même à me protéger de ses amis.* Elle se tourna alors vers le phare, qu'elle scruta à travers le treillis. *As-tu fait ton travail, hier soir ? Dis-moi qu'ils sont sains et saufs...* Elle secoua la tête. *Non, il faut que j'arrête de penser à lui. Je vais devenir folle, si je continue.*

— Bonjour, Maisie !

Elle fit volte-face à la mention de son prénom, et se retrouva à fixer Courtaud, torse nu devant elle.

— Où est Maitland ?

— À l'entrepôt, en ville, avec sa bouteille de gin... Qu'est-ce que j'en sais, moi ?

— Où sont vos vêtements, capitaine Mason ?

— Je n'envisageais pas de les remettre tout de suite, répondit-il avant de lui saisir la main d'un geste fluide.

Il entreprit alors de lui embrasser la paume, léchouillant sa peau du bout de sa langue comme un chien tout baveux. C'était aussi agréable qu'une toilette en lit d'hôpital. Maisie dégagea sa main et l'essuya sur l'accoudoir du fauteuil sans prendre la peine de dissimuler son dégoût. Courtaud se redressa et plaqua sa grosse paume sur son épaule. Elle crut qu'il allait lui briser les os.

— Maitland est un veinard, Maisie, mais vous méritez mieux. Un homme avec de la sève, si vous voyez ce que je veux dire...

Puis il plongea de nouveau sur elle pour déposer une rangée de baisers collants sur ses lèvres et son cou. Maisie dégagea la grosse patte et s'essuya la bouche du revers de sa manche.

— Qu'est-ce que vous faites ?!

— À ton avis, chérie, souffla-t-il, de plus en plus à l'aise, le front couvert de sueur. J'ai envie de toi.

— Je suis mariée, rétorqua-t-elle sèchement.

Cela n'empêcha pas le capitaine de retenter sa chance, faisant cette fois courir sa main le long de sa jambe.

— Tu es sûre que c'est une excuse suffisante, Maisie ? Je ne vois aucun certificat fièrement encadré sur le mur..., susurra-t-il d'un air moqueur. Tu finiras par changer d'avis, tu verras. J'attendrai que tu te lasses de lui. Je n'abandonne jamais, et tu finiras par céder, je te le garantis. Tu n'auras pas de meilleure offre, crois-moi. Il est temps que tu lâches tes grands airs et que tu comprennes à quoi ressemble la vie, ici.

Maisie recula d'un pas en direction de la porte.

— Vous devriez rentrer chez vous, capitaine Mason. Je ne suis pas à l'aise en votre présence. Maitland n'est pas là, et je pensais que nous savions tous parfaitement entretenir le mythe de la bienséance, dans cette petite parodie de société à l'anglaise que vous vous êtes construite.

— Arrête un peu, Maisie. Je ne suis qu'un être humain.

— Et moi aussi.

— Tu es sûre ? Tu es trop parfaite... Personne ne pourra combler tes exigences. Pas étonnant que Maitland se rabatte sur la bouteille tous les soirs – c'est trop difficile pour lui de vivre avec sainte Maisie.

Puis il s'assit et plongea sa cuillère dans son bol.

— Mange un peu, ce porridge n'est franchement pas mauvais.

— Vous pensez sincèrement que j'ai faim ? répliqua-t-elle en s'efforçant de garder son calme. Vous venez de me dire que j'avais une vision totalement irréaliste de ce qu'était la vie ici, que personne ne pourrait combler mes exigences ou accepter d'être sermonné par une nouvelle venue. Alors maintenant, laissez-moi vous dire ce que je pense, pendant que vous vous gavez de *ma* nourriture.

Tous les Blancs que j'ai rencontrés sur cet archipel s'imaginent irréprochables, esclaves d'un code de conduite britannique qu'ils n'ont jamais vraiment connu et qui a été inventé par une génération d'imposteurs. Votre degré de discrimination est horrifiant, et la violence infligée à l'égard des autochtones – qui demeure évidemment ignorée et impunie – est, à mes yeux, tout bonnement criminelle.

— Qu'est-ce que tu as, Maisie ? marmonna Courtaud, dont l'expression s'était soudain assombrie. D'où vient toute cette rage ?

Elle le dévisageait en silence, furieuse à l'idée d'être ainsi jugée, elle et son mariage.

— Oublie ça, Maisie.

Il se leva alors de table et attrapa l'une des boîtes à cigarettes de Maitland. Il ouvrit le couvercle, en sortit une, la tapota sur le dos de la boîte et la fourra entre ses lèvres.

— Je vais m'habiller et te laisser tranquille. Je reviendrai plus tard, quand tu te seras calmée.

Maisie dut se retenir de le gifler, histoire de faire disparaître une bonne fois pour toutes cet air condescendant.

— Vous êtes trop bon, capitaine Mason… À votre retour, je suis certaine que Maitland sera lui aussi revenu de je ne sais où, et je me ferai un plaisir de vous resservir un énième verre.

Mason s'arrêta à la porte et souffla d'un air presque repentant :

— Désolé si je t'ai vexée, Maisie, mais je pense sincèrement que tu ne sais rien sur la façon dont les choses fonctionnent, ici.

14

Cela faisait de longues années que la saison de pêche n'avait pas démarré aussi tard. Le temps évoluait lentement. Des bourgeons délicats commençaient à apparaître au sommet des tiges ballottées par le vent, et les papillons parsemaient des nuages de pollen ici et là. Dans le jardin, les mauvaises herbes menaçaient d'étouffer les jeunes pousses. Tout cela aurait dû avoir des airs de printemps, mais cette atmosphère d'automne humide à l'anglaise pesait lourdement sur les épaules de Maisie.

Depuis le cyclone, elle faisait de son mieux pour se sortir William Cooper de l'esprit et se concentrer sur sa vie d'épouse. Les paroles de Mason avaient été cinglantes ; peut-être n'y mettait-elle pas assez du sien, ou peut-être sa vision du mariage était-elle naïve… Le docteur Shin pensait quant à lui que le problème venait probablement de Maitland. D'après lui, il avait vécu pendant tellement longtemps dans le célibat qu'il ne parvenait tout simplement pas à se faire à la vie de couple. Il lui avait conseillé de lui laisser du temps ; la nature finirait tôt ou tard par régler la situation. Mais malgré ses efforts, Maisie pensait constamment au plongeur anglais. Un instant, elle se persuadait qu'il avait survécu à la tempête ; l'autre, elle était convaincue qu'il était mort. Il était devenu un fantasme, une romance impossible qui résonnait sous son crâne dès qu'elle posait le regard sur l'océan.

Deux jours après la tempête, alors que le soleil déclinait lentement à l'horizon, le *Sharky* apparut sur la côte.

— Bon Dieu…, bredouilla Maitland, ses joues ballantes soudain rouges de rage. Mais… comment est-ce possible ?

— On dirait bien que ton vieux lougre a tenu le coup, finalement, commenta Blair en vidant son verre de whisky. Impressionnant, ajouta-t-il d'une voix mauvaise.

— Incroyable, souffla Maitland en secouant la tête.

Maisie lâcha un profond soupir et s'enveloppa de ses bras, le cœur empli de soulagement. Maitland n'avait rien raté de la scène.

— Je peux savoir ce qui te rend aussi heureuse ?

— Ton bateau est sain et sauf, et ton équipage aussi, répondit-elle en espérant que sa voix ne trahisse pas sa joie. Tu n'es pas content, peut-être ?

Elle se sentait ridiculement heureuse.

Maitland l'étudia longuement du regard. Ses yeux gris et froids crachaient son mépris.

— Ils ne reviennent pas d'une foutue croisière, Maisie. Ils sont partis chercher des huîtres et ont de toute évidence failli à leur mission. Je vais devoir réparer le bateau et les renvoyer en mer avec le reste de la flotte dès la semaine prochaine. Ça va me coûter de l'argent, et l'argent ne pousse pas sur les arbres, pour ton information, malgré ce qu'on t'a appris. Tu vas d'ailleurs pouvoir te mettre au travail, toi aussi, au lieu de traînasser. Tu as suffisamment profité de mon hospitalité comme ça ; il est temps que tu te rendes utile.

Elle hoqueta, frappée par la violence de ses paroles.

Le lundi suivant, aux aurores, Maisie se joignit donc aux employés de Maitland. Dans le four qui faisait office de bureau à son mari, installée dans un fauteuil pivotant maculé de taches jaunâtres, elle passait en revue la liste des provisions de la goélette. Elle fit tourner sa chaise en s'aidant de son pied et se mit à fixer la nuque graisseuse de Maitland. Elle était criblée de points noirs qui criaient à l'aide et paraissait avoir besoin d'un bon nettoyage.

— Il y a énormément de nourriture, quand même… Combien de temps tes hommes passent-ils en mer ?

Perché sur le bord de son bureau, Maitland ne prit pas la peine de se retourner, ce qui donnait à Maisie une vue intéressante sur ses oreilles.

— Un mois, pour commencer. Ils gardent tout ce qui est boîtes de conserve dans le canot du lougre.

Mrs Wallace lui avait confié que les hommes à petites oreilles, d'après sa modeste expérience, possédaient invariablement un tempérament vénal. *Mrs Wallace.* Maisie articula son nom en silence et dut lutter contre les larmes. Elle en était venue à la considérer comme la mère qu'elle n'avait jamais eue, et son absence lui était encore douloureuse, telle une plaie qui refusait de se refermer. Quels conseils lui prodiguerait-elle, si elle était là ? Avait-elle deviné la taille des oreilles de Maitland, et avait-elle cherché à la prévenir ?

Elle sortit un mouchoir de sa manche et s'essuya délicatement les yeux.

— Je ne vois que des boîtes de conserve. Il n'y a aucune nourriture fraîche ? Des armadas entières sont mortes du scorbut, Maitland. Et du béribéri, ajouta-t-elle d'une voix résolue.

— Bon sang, Maisie, marmonna Maitland en décollant enfin sa bedaine du bureau, je ne tiens pas un foutu restaurant ! Ils compenseront avec du poisson, c'est tout.

Et quand tu iras les voir, tu vérifieras que personne ne s'est gardé une ou deux perles sous le coude. Je sais bien que je me fais plumer de droite et de gauche, et ce sera *toi* qui t'assureras que ça n'arrive plus.

— Comment veux-tu que je m'y prenne ? Le capitaine Hanson mène sa propre régulation. Tu l'as entendu : d'après lui, c'est le seul moyen de réduire un tant soit peu les vols.

— Qu'est-ce que tu cherches à dire, au juste ?

— Ses bateaux pêchent tous sur la même zone, et il passe constamment de l'un à l'autre. Je ne supervise pas l'ouverture des huîtres, Maitland. Et tu penses sincèrement qu'une femme qui fait le travail d'un homme sera prise au sérieux ?

Il mordillait l'embout de sa pipe, mâchonnant la surface lisse de ses lèvres fines et efféminées tout en regardant un Malais vêtu d'un sarong empiler les huîtres dans leurs casiers.

— Je ne t'ai jamais demandé d'ouvrir les huîtres toi-même, Maisie, cracha-t-il. Seulement de récupérer les caisses. Un type, en ville, a inventé une espèce de boîte en bois pour stocker les perles, avec une valve qui empêche de les ressortir. Je suis le seul à en détenir la clef. Je n'ai pas de temps à perdre à traîner sur les bateaux, mais toi, tu n'as que ça à faire. Tu t'occuperas donc de récupérer les huîtres et de gérer la cambuse. Même une femme est capable d'une chose aussi bête.

Maisie songea qu'il serait encore plus simple de dérober la boîte, nouvelle invention ou pas, et faire mine qu'elle était passée par-dessus bord.

— Et que feras-tu pendant que je serai en mer ?

— Les comptes, répondit-il en ouvrant une boîte à tabac pour bourrer sa pipe.

— Ce n'est pas déjà ce que je fais ?

Elle pensa au nombre de registres dont il attendait qu'elle s'occupe.

— Non, répliqua-t-il, ses yeux gris jetant des éclairs. Tout ce qui a été sorti des lougres pour le désarmement a été étiqueté avec le numéro d'immatriculation du bateau correspondant, puis stocké dans les différents campements. Maintenant que nous nous apprêtons à reprendre la mer, je dois tout remettre à sa place, article par article.

Maisie étudia son mari du regard. Il était aussi rouge qu'une tomate, et les gouttes de sueur qui recouvraient son front ressemblaient à de grosses cloques.

— Je croyais que tous les lougres étaient déjà partis.

— Et ?

— Pourquoi faire une chose pareille si les bateaux ne sont plus là ?

— Il s'agit de l'équipement de réserve. Nous le garderons ici ou sur la goélette, pour d'éventuelles réparations.

— Et combien de lougres suis-je censée fournir avec cet équipement de réserve ? marmonna-t-elle, du soupçon plein la voix.

— Les miens, ceux qui appartiennent à Hanson, celui d'Espinell et deux de Blair.

— Pas le capitaine Mason, donc ?

Elle priait pour que l'odieux personnage soit déjà en mer avec ses lougres.

Maitland secoua la tête, envoyant voler un jet de gouttes au passage.

— Et la cambuse ?

— Je te l'ai déjà dit. C'est la boutique de la goélette. Je ne vois pas comment je pourrais être plus clair. Tu récupères les huîtres, tu fais les comptes et tu tiens la cambuse, point. C'est un bateau à trois usages interdépendants. Nous faisons généralement en sorte de garder les lougres sur la même zone pour réduire les frais. Faire des allées et venues pour ravitailler chaque bateau coûte très cher. Mais en ce moment, nous ne sommes pas sur les mêmes bancs. Mason est parti voir au nord de Neptune's Dairy s'il n'y trouverait pas des bancs bien chargés.

— Mais tu mets tous tes œufs dans le même panier, du coup…

Elle sentit qu'il se retenait de taper du pied. Pire encore, de la gifler.

— Pour le moment. La *Wet* n'est pas terminée. Mes hommes prennent Cooper pour le messie, depuis son petit exploit. Mais dans une semaine ou deux, je les ferai changer de zone. Les Japonais savent très bien où trouver des mines d'or.

La semaine passée, Maisie avait entendu des rumeurs comme quoi le *Sharky* avait sauvé la peau de son grassouillet de mari. Mais elle n'avait pas saisi pourquoi.

— Et ensuite ?

— Tu partiras sur le *Hornet* jusqu'à ce que tu les trouves.

— Où est la goélette ? Je ne l'ai pas encore vue.

— Sur la jetée de Mangrove Point, dans le quartier chinois, à côté des grossistes qui me fournissent mon stock. Tu ferais bien d'aller y faire un tour histoire de te faire connaître, d'ailleurs. Tu as un travail, maintenant, alors assure-toi de le faire correctement.

Elle observa ce gros crâne chauve, avec sa moustache aux poils hirsutes mais clairsemés et ses oreilles minuscules.

— Tu es sûr, Maitland ? Je croyais que mon travail consistait à te procurer une certaine respectabilité sociale… Comment veux-tu que j'y parvienne si je ne suis jamais là ?

Elle se leva et cala les registres sous son bras.

— J'emporte tout ça à la maison. Le bruit de ton stylo sur le papier me donne la migraine.

Les pauvres hommes qui passaient six longues journées de leur semaine en mer attendaient avec impatience le samedi. Le soir venu, ils jetaient l'ancre et ne reprenaient le travail que le lundi matin.

Shell Bay était leur point d'ancrage. Tous les lougres de la communauté perlière arrivaient les uns après les autres dès le samedi après-midi, les hommes gagnant la terre ferme sur leurs canots avant de se dégourdir les jambes et de saluer chaleureusement leurs camarades. Le seul équipage anglais se trouvait à bord du *Sharky*, que l'on avait réparé à la va-vite après la tempête qu'il avait essuyée. Coop se demanda si les autres plongeurs blancs suscitaient le même enthousiasme que lui. Cela ne faisait que deux semaines qu'il avait pris la mer, mais il avait déjà du mal à se souvenir de ce à quoi ressemblait la vie en dehors de ces journées interminables passées dans des conditions primaires à chercher un affreux mollusque qui refusait visiblement de se montrer.

Le lendemain, aux aurores, le *Hornet* était parmi eux. La goélette était un impressionnant trois-mâts, gréé à l'avant et à l'arrière, qui avait été fabriqué sur le chantier naval de Fremantle. Coop tenta d'évaluer le coût de tout cela. Le capitaine Sinclair commandait une flotte de trois lougres seulement – s'il en croyait ce qu'il voyait. Vivre sur un bateau assez grand pour contenir seize hommes, en plus du capitaine et de son second, demandait un sacré gros sacrifice financier, il le savait. Le capitaine avait forcément décroché le jackpot à un moment donné.

Coop émergea de sa minuscule cabine, couvert de sueur. Il savait qu'il n'avait pêché qu'une fraction de ce que les plongeurs japonais rapportaient à la surface, et il sentait bien que le capitaine n'en attendait pas plus de lui.

Il protégea ses yeux de la lumière aveuglante et regarda, au loin, les canots chargés à ras bord qui quittaient les lougres les uns après les autres, prêts à décharger leurs pyramides d'huîtres sur la goélette. À côté, sa récolte était vraiment minable. Peut-être pourrait-il la faire paraître un peu plus impressionnante ? Il tapa le tas du bout du pied pour chercher à le faire gonfler un tant soit peu. Il restait convaincu que c'était une simple question d'habitude, mais localiser les bancs s'avérait beaucoup plus ardu que ce qu'il s'était imaginé. Il s'était persuadé, à tort, que ce ne serait qu'un jeu d'enfant, et il savait que le capitaine Sinclair jubilait derrière son dos. Mais Coop était tenace, et il était hors de question qu'il donne raison à son employeur. Il était convaincu que la persévérance et la pratique finiraient par lui être favorables. Il pouvait faire mieux, il le savait.

L'équipage du *Sharky* chargea la récolte sur le canot, puis Coop et JB montèrent à bord pour rejoindre le *Hornet*. Il était beaucoup trop tôt pour compter sur Sid, l'écailler philippin. En général, il n'émergeait qu'en fin d'après-midi. À cette heure, l'homme était carré dans son hamac, à soigner sa gueule de bois à coups de ronflements sonores.

Le soir était le moment que préférait Coop, en mer. Durant la journée, si elle avait été bonne, les paniers d'huîtres se succédaient sur le pont, attendant d'être remis aux mains expertes des écaillers. Sid l'insaisissable menait décidément une vie bien abrutissante, aux yeux de Coop. Il faut dire que son travail lui prenait moins d'une heure et demie par jour – un petit peu plus s'il s'arrêtait pour prendre un café ou une bouffée d'opium. Le capitaine le surnommait « Chapeau chinois », car, à l'instar des mollusques, il s'accrochait à un travail ingrat dont personne ne voulait. La seule raison pour laquelle le capitaine le tolérait sur le bateau était pour dissuader les autres de dérober ses perles. Coop savait qu'une bonne grosse perle pouvait changer la vie d'un homme. Après tout, rien de plus facile que d'en subtiliser une – un vol sans aucune victime, on ne risquait pas grand-chose. Mais Coop était convaincu que le capitaine avait misé sur le mauvais cheval avec Sid, car le Philippin était sûrement le pire de tous. La rumeur disait qu'il revendait sous le manteau les perles qu'il volait, en ville. Les hommes de l'équipage se méfiaient de lui comme de la peste.

Une demi-douzaine de canots encerclaient la goélette, attendant que les échelles invitent les hommes à monter à bord, à l'heure dite. L'un des employés du capitaine, dans sa veste en soie et son pantalon couleur crème, se tenait sur le pont, son écritoire à la main, supervisant le chargement des huîtres.

Coop l'observa de son canot, retenant comme il le put un soupir inquiet.

— Le capitaine est à bord ?

— Non, Coop. Mais Mrs Sinclair est à l'avant. C'est elle qui s'occupe des registres, aujourd'hui.

Coop expira lentement.

— Mrs Sinclair est à bord ? lâcha-t-il alors en faisant de son mieux pour ne pas crier sa surprise.

— Oui, elle tient la cambuse. Le capitaine Sinclair a le mal de mer… c'est tout du moins l'excuse qu'il donne à ses hommes, commenta l'autre en lui adressant un petit clin d'œil. Elle a dit qu'elle n'allait pas tarder à l'ouvrir. Vous voulez venir ?

Coop et JB attachèrent le canot et grimpèrent à l'une des échelles, se joignant aux équipages des autres lougres qui s'étaient déjà rassemblés sur le pont.

Le passage à la cambuse était fiévreusement attendu par tous ces hommes, qui se nourrissaient des semaines entières de rations fades à souhait. C'était aussi un bon moyen pour les maîtres perliers de plumer leurs équipages. L'alcool, la nourriture et le tabac y étaient vendus à des prix exorbitants, et Coop avait la nette impression que par le biais de cette combine, le capitaine Sinclair cherchait seulement à s'assurer que ses hommes avaient dépensé la plus grosse partie de leur salaire d'ici à la fin de la saison. Une fois les étrangers servis, les Blancs suivirent le maître d'équipage japonais jusqu'au milieu du navire où ils descendirent une volée de marches avant de longer un couloir.

Au quotidien, la guerre entre les plongeurs et les équipages était féroce, mais sur la goélette, les hommes savaient faire preuve d'une patience d'ange, alignés les uns derrière les autres en attendant de faire leur choix.

Maisie Sinclair portait un chemisier blanc dont elle avait retroussé les manches jusqu'aux coudes. Les rayons du soleil qui filtraient à travers le hublot teintaient d'or ses cheveux blonds. Elle était assise derrière un bureau, un stylo à la main gauche. Tout ce qu'ils choisissaient était rapporté dans deux gros registres. Un épais paquet d'enveloppes – le courrier des équipages – trônait sur le papier buvard immaculé, fixé par un gros adhésif rouge. Derrière elle, des trésors de marchandise. Les étagères regorgeaient de tentations, pour un pauvre marin nostalgique. Il y avait des cigares, des flacons de comprimés, du thé de Chine et des boîtes en bois remplies d'épices, des paquets aux étiquettes représentant des dragons et des ours, du chocolat, du tabac, du café et de l'alcool, bien évidemment. On y trouvait encore des conserves de fruits et de légumes, et des boules de résine d'opium.

En tête de la queue, Coop hésita soudain sur la façon d'aborder la jeune femme.

— Bonjour, Mrs Sinclair, lança-t-il d'une voix gênée qu'il couvrit très vite d'un petit rire.

Maisie releva la tête et coinça une mèche de ses cheveux derrière son oreille. La dernière fois qu'elle l'avait vu, elle avait fini face contre terre sur le parquet de sa terrasse.

— Mr Cooper. Quelque chose vous amuse, visiblement ?

— Oh, non. Je ne m'attendais pas à vous voir, c'est tout.

— Donc vous trouvez cela amusant ?

— Non. C'est juste… inattendu. Je ne riais pas de vous, voyons !

— Je dois vous avouer que je ne m'attendais pas à me trouver là un jour, moi non plus, Mr Cooper. Mais vous, vous avez choisi de travailler sur les lougres, dit-elle d'une voix nerveuse.

— C'est exact. Même si partager une cabine suffocante avec des rats, des cafards et un Japonais mal luné n'a franchement rien d'amusant.

— Ah bon ? Vos couchettes ne sont pas confortables ?

— Vous n'avez pas idée, madame.

Une rougeur s'empara de la nuque de la jeune femme. Elle porta la main au col de son chemisier pour tenter de la dissimuler.

— Y a-t-il quoi que ce soit, ici, qui pourrait vous aider à mieux supporter ces conditions ? s'enquit-elle en balayant les lieux du regard avec un profond désarroi. Je vois que vous avez prévu de sacrées réserves. Vous ne plaisantez pas non plus avec la nourriture, visiblement…

Ce n'était pas la première fois que Coop notait cette gêne palpable, chez elle, et cela l'intriguait fortement. Il ne semblait jamais la surprendre au bon moment, sauf quand elle venait de s'avaler une demi-bouteille de gin.

— Oh, le riz et le poisson n'ont jamais été ma tasse de thé.

Puis il posa ses achats sur la table : un cake aux fruits, un paquet d'aiguilles et du fil, une boîte de cacao en poudre, cinq boîtes de tabac et deux bouteilles de whisky. Il la regarda enregistrer chaque article face à son nom dans le premier registre, puis dans le second.

— Vous avez trouvé tout ce que vous vouliez ? souffla-t-elle.

— J'aurais préféré des fruits et des légumes frais, mais il va falloir que je me contente de boîtes…

Suçotant le bout de son stylo, Maisie laissa alors échapper un rire léger, comme si elle venait d'avoir une idée de génie.

— Dans ce cas, vous dînez avec moi ce soir ! Je demanderai au cuisinier de nous préparer un petit quelque chose. C'est le moins que je puisse faire pour mes compatriotes. Je ne garantis pas qu'il y ait ce que vous souhaitiez pour cette fois, mais je vous en prie, faites passer le mot.

Coop la dévisagea et répondit d'une voix dont il ne parvint pas à cacher l'amusement :

— J'accepte avec plaisir, au moins en nos noms à John et moi-même. Mais je crains que nous ne soyons que peu nombreux à pouvoir jouir de votre compagnie. Mes camarades plongeurs ont visiblement jeté l'ancre ailleurs. Cela fait des semaines que je ne les ai pas vus – pas même en ville. Il me semble qu'ils ont été directement embarqués dans l'un des campements de Devil's Creek, à leur arrivée.

Maisie l'observait de ses grands yeux bleu marine ; il aurait pu s'y noyer. Elle referma alors les registres d'un geste nerveux et souffla :

— Je pourrais vous demander un service, Mr Cooper ?

Elle tapota le tas de lettres, à ses côtés.

— J'ai oublié de distribuer le courrier aux équipages, et je sais à quel point il leur tarde d'avoir des nouvelles de leurs proches. Serait-ce trop vous demander, à vous et à Mr Butcher, de le leur faire passer ?

— Ce sera notre modeste façon de payer notre dîner, Mrs Sinclair. Il y aura peut-être même une lettre pour nous, qui sait ? Cela ne nous dérange aucunement.

Il était dix-huit heures passées, et la mer huileuse scintillait sous le jour déclinant. La nuit tomba assez vite ; en mer, le crépuscule ne s'attardait jamais bien longtemps. Maniant la rame d'un geste lent et sûr, JB dirigeait tranquillement leur canot, guidé par la lanterne fixée au gréement de la goélette.

Lorsqu'ils atteignirent le flanc du navire, Coop fut le premier à monter à l'échelle. Maisie avait enfilé un chemisier propre, une jupe et une paire de talons, tenue pour le moins incommode pour naviguer en mer. Titubant sous les légères secousses du bateau, elle dut se retenir au bastingage pour garder son équilibre.

Coop ne put s'empêcher de se demander si elle avait déjà bu.

— Êtes-vous certaine qu'il soit très sage de vous soumettre à la compagnie de deux dangereux pirates, Mrs Sinclair ?

Une fois de plus, il venait de rater son entrée en matière. Il remonta les manches de sa chemise, regrettant de ne pas pouvoir ravaler ses paroles.

— Je suis sûre que ces pirates sauront se tenir en présence d'une dame, Mr Cooper, rétorqua Maisie d'un air faussement blasé, et je ne crains absolument rien. D'ailleurs, Mr Butcher me fera office de gardien, ce soir.

— Tout comme moi, madame.

— Oh, je me doute que vous ne ferez rien pour contrarier Doroth… enfin, la femme qui a ravi votre cœur, répondit Maisie.

Devant l'expression perplexe des deux hommes, elle poursuivit :

— À la maison, là-bas, sur l'archipel.

JB jeta un regard interdit à Coop tout en se grattant l'oreille.

— Allez, hop, tout le monde sur le pont ! lança-t-il. Et préparez-vous à repousser les assaillants !

Maisie avait installé ses hôtes dans la cabine principale pour le dîner, et le choix de leurs tenues, compte tenu de la chaleur et de l'occasion, aurait pu en faire sourire plus d'un. Coop avait revêtu un tour de cou jaune vif, et JB transpirait à grosses gouttes sous sa chemise à col montant. Il faisait bien trop chaud pour manger de la viande rôtie, des légumes en boîte et des ravioles, qui plus est dans une cale. Coop coinça une grande serviette en lin dans le col de sa chemise, et Maisie se tapota le visage avec son mouchoir d'un geste très peu discret. Puis, après avoir récité le bénédicité et eu une pensée pour tous ceux que la mer avait gardés, elle invita JB à couper la viande.

— J'aimerais beaucoup que vous me parliez de votre vie à bord du lougre, leur confia-t-elle. Je vois le résultat de vos efforts lorsque nous collectons les casiers, et je vois également la minuscule embarcation qui vous sert de foyer à tous pour des semaines entières, mais j'aimerais mieux comprendre à quoi ressemble votre quotidien…

Elle se tourna vers Coop.

— Tout à l'heure, vous m'avez confié que les conditions de vie étaient sommaires ?

Un léger coup de vent projeta une odeur nauséabonde à travers le hublot. Maisie plissa le nez et tenta vainement de dissimuler son dégoût. Le silence s'étira tandis que JB, dodelinant de la tête, s'appliquait à aiguiser un long couteau très fin sur un fusil, tel un samouraï en plein entraînement.

— C'est certain que ça n'a rien de glamour, Mrs Sinclair. Cette odeur que vous sentez là, lança-t-il en désignant le hublot de la pointe de son couteau, ce sont les huîtres qui s'assèchent sur le pont. Elles se déshydratent tout au long de la journée, et le soir venu, elles lâchent leur dernier soupir. C'est ce qui produit cette odeur.

— Oh, je ne la connais que trop bien, répondit Maisie avec un sourire sombre. Mais faire mine d'y être habituée, c'est au-dessus de mes forces ! Mon mari prend bien soin de rapporter cette puanteur chaque soir à la maison.

Quelques secondes plus tard, elle ajouta, visiblement soucieuse :

— Mais il ne supporte pas de prendre la mer et est de toute évidence un piètre météorologue. Par chance, cela ne semble pas être votre cas, Mr Cooper.

JB se tourna vers son compagnon avec un sourire fier.

— Les hommes ne voient que par lui, à bord. Ils s'imaginent qu'il peut marcher sur l'eau ! Il a même réussi à convaincre les Japs et leur fatalisme imbuvable…

— Tu exagères, JB, intervint Coop. J'ai été élevé près de la mer. Je connais les bateaux, et je suis né sous le signe du Poisson. Je ne dois mon affinité avec l'eau qu'au destin.

— Je suis Poisson, moi aussi, et pourtant je ne sais pas nager, souffla Maisie.

— Je vous apprendrai. Il est inconcevable que vous naviguiez sans savoir nager, madame.

Encore une fois, il s'en voulut d'une telle audace. Il avait parlé trop vite.

— Je vous prie de me pardonner mon impudence…

Les yeux fixés sur la nappe, Maisie sentait ses joues qui la brûlaient. Elle n'avait pas spécialement envie d'apprendre à nager ; elle ne connaissait que trop bien la rage impitoyable dont étaient capables les flots.

Le jour où elle l'avait appris, la mer grise refoulait ses vagues écumantes sur la plage, où Maisie était en train de pique-niquer derrière un pare-vent. Elle se souvenait qu'ils venaient tout juste d'acquérir ces pans de tissus bariolés reliés entre eux par de longues tiges et qui étaient censés les protéger du vent. C'était elle qui l'avait amené jusqu'à la plage, ficelé telle une saucisse sous son bras, et elle avait été fière d'avoir une telle responsabilité. Manque de chance, le mur de tissu n'était pas assez haut pour stopper le vent, et elle avait fini par devoir se recroqueviller pour protéger son visage des bourrasques. Sa mère lui avait donné un coup sec sur le bras en lui ordonnant de ne pas se tenir comme un singe.

Il y avait quelqu'un d'autre avec elles, ce jour-là, sur la plage – un homme qui n'était pas son père –, et elle se souvenait du poids de la déception qui lui avait pesé sur les épaules. Il faisait chaud, en dépit du vent. Ses pieds macéraient dans de grosses bottes à lacets, et le gilet de laine qui recouvrait sa robe lui grattait affreusement la peau. Elle était assise sur un plaid, en tailleur, se servant de sa jupe tendue comme d'une table, se régalant de sandwiches et de gâteaux.

Un sourire nostalgique lui vint.

Le fameux Victoria sponge cake : deux cercles parfaits de gâteau doré à souhait séparés par de délicieuses couches de crème et de confiture à la fraise. Sa mère, jamais satisfaite, avait déclaré qu'elle toucherait deux mots à son cuisinier, car il aurait dû y mettre de la framboise. Les deux adultes buvaient une limonade élaborée tout spécialement par le cuisinier et parlaient tout bas, à quelques centimètres seulement l'un de l'autre. Sa mère, pour une fois, paraissait heureuse.

Maisie se rappelait s'être levée et avoir balayé les miettes de gâteau qui jonchaient sa robe. Puis elle s'était aventurée vers la côte, jetant des coups d'œil réguliers vers sa mère pour voir si elle la surveillait, mais les deux adultes étaient bien trop occupés à siroter leur limonade en gloussant. Elle se souvenait avoir été choquée par le son du rire de sa mère.

Les rochers, qui formaient une marelle géante, gardaient prisonnières de petites poches d'eau. Elle s'était penchée, avait ramassé un coquillage et écouté le bruit de la mer à travers la carapace ronde.

Le coquillage toujours dans la main, elle s'était assise sur le sable, puis elle l'avait posé délicatement à côté d'elle, avait délacé ses bottes et retiré ses bas. Le sable humide avait provoqué une délicieuse sensation de fraîcheur entre ses orteils.

Maisie remua ses pieds pour tenter de capturer le souvenir.

Elle avait récupéré le coquillage et y avait de nouveau collé son oreille. Le doux clapotis des vagues sur le sable semblait l'appeler irrémédiablement. Son regard s'était porté à l'horizon, où les rouleaux se cabraient tels d'impressionnants chevaux blancs. Alors, hypnotisée par ce son, elle s'était laissé guider vers les flots...

Elle se souvenait ensuite de la douleur dans ses côtes. De la suffocation. L'homme essorait son gilet dégoulinant en lui susurrant des paroles rassurantes et lui tamponnait le visage à l'aide du torchon qu'il avait trouvé dans le panier à pique-nique. Sa mère, elle, s'était contentée de la regarder, debout sur le sable, droite comme un i.

Maisie comprit alors qu'elle avait sûrement été déçue de ne pas voir son enfant se noyer.

— Mrs Sinclair ? Tout va bien ?

— Vous nagez, Mr Butcher ? demanda-t-elle alors, ignorant la question.

JB interrompit son geste, ses couverts dressés telles des armes devant lui, un morceau de viande attendant patiemment d'être dévoré sur son couteau. La sauce qui s'en échappait commençait à dégouliner sur sa main. Il lécha la lame et répondit, la bouche encore pleine :

— Je suis plus un homme de main qu'un nageur, à vrai dire. Je suis un ingénieur et un piètre marin. Né et élevé dans le Nord, commenta-t-il en suçotant la sauce qui lui recouvrait les doigts. Et vous, Mrs Sinclair, d'où venez-vous ?

Coop rassembla ses couverts comme elle l'avait fait, aux côtés de son assiette. Le sourire presque imperceptible de Maisie n'eut pas le temps d'atteindre ses yeux. Il voyait bien qu'elle n'était pas à l'aise avec ce sujet.

— J'ai grandi à Londres. Mon père est juge à la Cour suprême.

— Votre famille vous manque-t-elle ?

Face au silence de Mrs Sinclair – qui se contenta d'un discret hochement de tête –, Coop ne put s'empêcher de se demander si JB n'avait pas été trop loin. Le dîner se poursuivit sur le même ton, ponctué de blancs gênants seulement rompus par le bruit des couverts sur la porcelaine et celui de la goélette qui tirait sur son ancre. Coop sentait bien que Maisie ne s'ouvrirait plus, s'il ne se décidait pas à briser le silence.

— Pourquoi tu ne raconterais pas nos journées à Mrs Sinclair, JB ? Cela lui permettra d'avoir une idée du quotidien des différents équipages…

JB essuya d'un revers de main les miettes qui lui parsemaient la bouche. Coop fut pris d'une terrible crainte à l'idée qu'elle l'associe à son rustaud d'équipier et qu'elle le voie comme un homme grossier et mal élevé.

JB attrapa sa tasse de café et souffla bruyamment dessus.

— On commence au lever du jour.

Puis il empila trois morceaux de sucre sur une cuillère, qu'il plongea dans le liquide bouillant en attendant qu'ils se dissolvent. Enfin, il retira la cuillère et se mit à boire avec le moins de discrétion possible.

À son tour, Mrs Sinclair prit un carré de sucre à l'aide d'une pince en argent et le fit délicatement couler dans sa tasse.

— Le cuistot nous prépare le petit déjeuner sur son réchaud – un simple baril de pétrole dans lequel on a enfoncé des barres en métal pour pouvoir poser les casseroles, expliqua JB, totalement inconscient du malaise qu'il était en train de créer. Le temps que Coop prenne son café et fume sa cigarette, je prépare son équipement. Il fait froid, là-dedans, alors il doit enfiler plusieurs couches de vêtements ainsi que des bas en laine qui lui montent jusqu'aux cuisses.

Il illustra son propos en claquant une main sur sa propre cuisse afin de s'assurer que Maisie avait bien compris.

— Et enfin, il faut lui mettre sa combinaison en caoutchouc et ses bottes lestées. Tout cela lui permet de se protéger du froid, mais aussi de la pression.

— On pourrait croire que je pars en expédition au pôle Nord, confirma Coop. Le capitaine Scott serait fier de moi ! Parfois, quand je remonte d'assez profond, ma peau porte les traces de toutes les couches de vêtement. C'est dû à la pression. Même s'il fait un froid glacial, au final, on transpire beaucoup.

— Et Coop est un sacré maniaque ! renchérit JB en éclatant de rire. Tous les soirs, il lave et fait sécher ses sous-vêtements à la belle étoile.

Rouge de honte, Coop tenta de cacher son embarras en se massant les tempes. Mrs Sinclair demeurait implacablement tournée vers JB, hochant la tête, lui accordant toute son attention. Coop observa le profil de la jeune femme et fut soudain submergé d'un désir qui lui arracha presque un grognement.

Mrs Sinclair se tourna alors vers lui, et l'espace d'un instant, leurs regards se croisèrent. Il crut lire quelque chose dans le sien, mais il savait qu'il se faisait des idées. Un trop grand fossé les séparait. Et elle appartenait à un autre homme.

— Il commence à plonger dès le petit déjeuner terminé ? souffla-t-elle alors en se penchant par-dessus la table.

JB reprit de bon cœur son récit, expliquant à leur hôte chacune des vérifications qu'il se devait d'apporter à l'équipement du plongeur.

— Et donc là, il plonge ? répéta-t-elle.

— Oui.

— J'ai conscience que cela peut paraître beaucoup, pour mettre un homme à l'eau, mais la tâche de JB consiste à s'assurer que je remonte vivant, intervint

Coop. C'est lui qui tient l'unique corde qui me relie à la surface. Il doit y interpréter chacun de mes coups. En quelque sorte, je dirige les mouvements du lougre du fin fond de l'océan. JB doit être extrêmement attentif à chacun de mes signaux et y réagir dans la seconde. Ma survie en dépend.

— Je dois également chronométrer le temps qu'il passe sous l'eau, poursuivit JB. J'imagine que vous avez déjà entendu parler de la paralysie du plongeur, Mrs Sinclair ?

Elle confirma d'un hochement de tête et leur confia qu'elle avait aperçu certaines de ses victimes, à l'hôpital japonais.

— Les plongeurs sont en général prudents, mais tomber sur un banc bien chargé peut être tentant, dit JB. Jusqu'à quarante mètres de profondeur, ils ne risquent rien, normalement, et je ne laisse Coop dans l'eau qu'une demi-heure. Par contre, la remontée par paliers est forcément plus longue. En général, il arrive à faire six descentes par jour.

Maisie se tourna vers Coop.

— N'est-ce pas trop épuisant de marcher contre le courant, une fois en bas ?

— Nous faisons en sorte de travailler en eau stagnante, mais un plongeur japonais m'a montré comment chevaucher l'ancre lorsque nous partons en repérage. Les hommes la jettent jusqu'à environ un mètre cinquante au-dessus du fond, je grimpe dessus et je me laisse porter par le lougre. Dès que je vois quelque chose d'intéressant, je le signale à JB, qui relâche complètement l'ancre à l'endroit donné, et je peux me mettre au travail.

Maisie hocha la tête, essuya délicatement sa bouche et reposa sa serviette.

— Vous devez être épuisés de votre journée, l'un comme l'autre. Pardonnez-moi de vous avoir retenus aussi longtemps…

JB s'essuya grossièrement la bouche, lissa les plis de sa serviette avec son poing et la roula en cylindre. Puis il passa la table en revue pour s'assurer qu'il n'y avait plus rien à manger avant d'enfoncer son cigare de lin dans l'anse de sa tasse à café.

— Merci mille fois pour ce festin, Mrs Sinclair. Mais vous avez vu juste : nous commençons tôt demain matin, et la vermine nous attend dans nos couchettes.

Coop ferma les yeux, blasé par la rustrerie de son compagnon et perdu quant à la façon dont il pourrait se faire bien voir après cela. Il posa sa serviette en boule, comme il l'avait vue faire, et se leva.

— Merci, Mrs Sinclair, pour cette très agréable soirée. Cela fut un réel plaisir de bien manger, et dans de la porcelaine, pour changer.

JB ouvrit la bouche pour la refermer aussitôt.

Maisie les escorta jusqu'à l'échelle, sur le pont.

— Le plaisir est pour moi, messieurs. Peut-être me feriez-vous l'honneur de me tenir à nouveau compagnie dimanche prochain, après la fermeture de la cambuse ? En espérant que vous parveniez à mettre la main sur le reste de nos compatriotes…

Alors, sans crier gare, elle se pencha vers eux et embrassa les deux hommes sur la joue. Les deux joues, plus précisément. Et ce geste impulsif sembla les surprendre aussi bien eux qu'elle-même.

Coop s'était avancé une fraction de seconde trop tôt. Les lèvres de Maisie manquèrent sa joue et effleurèrent le coin de sa bouche. Une peau douce, lisse et ferme dont elle avait souvent rêvé… Coop la dévisagea, les muscles de ses yeux se contractant sous la flamme du désir qui venait de lui traverser tout le corps. Il lui fallut faire preuve d'une force de volonté incommensurable pour s'éloigner d'elle, pour repousser ce besoin viscéral de poser ses lèvres sur les siennes et de l'embrasser avec passion. Ses joues reprirent leur teinte cramoisie, et il se détourna, tâtant d'une main nerveuse chacune de ses poches, à la recherche de son tabac. Ce qui le sauva de sa détresse fut un long rectangle rigide qu'il retrouva sous son gilet.

Maisie s'était déjà écartée, honteuse, tournée vers l'océan.

— Pardonnez-moi, Mrs Sinclair, j'ai failli oublier. J'ai trouvé ceci parmi le courrier que vous nous avez demandé de distribuer.

Il lui tendit l'enveloppe couleur crème et vit son sourire se dissiper dès l'instant où elle posa les yeux sur l'écriture raide et sévère.

15

Maisie regarda de nouveau l'écriture serrée, sur l'épaisse enveloppe couleur crème. Elle ne la connaissait que trop bien – même elle n'avait pas le droit d'être voûtée.

Depuis que William Cooper la lui avait donnée, la lettre de sa mère était restée cachée dans le tiroir de sa coiffeuse, sous une pile de vêtements. Sa simple présence lui faisait l'effet d'un reproche. Ce n'était pas son nom qui était inscrit sur l'enveloppe, et elle n'aurait jamais dû la voir. Elle la sortit de sa cachette et palpa l'étroit rectangle, écorchant les angles du bout des ongles, le cœur battant la chamade. Que pouvait-il bien s'y trouver qui ne lui était pas adressé ? Le parquet grinça, et Marjorie apparut sur le seuil.

— Besoin de queq'chose, Missus ?

— Non merci, Marjorie, répondit Maisie en plaquant la lettre contre sa poitrine. Je vais aller m'allonger dans un petit instant.

La domestique jeta un coup d'œil à l'enveloppe et tapota son nez du bout du doigt, ce qui délogea ses toutes nouvelles lunettes de leur poste.

— Si Missus chercher, moi laver le linge.

Puis elle repositionna ses lunettes et ferma la porte.

Marjorie avait le don d'apparaître quand il ne le fallait pas, parfois…

Elle fit courir son doigt sous le rabat. La colle avait séché, sous la chaleur, et le sceau triangulaire céda sans effort. Elle glissa la main dans l'enveloppe matelassée et en sortit une feuille. Elle la déplia lentement puis, faisant de son mieux pour ne pas invoquer la présence impétueuse de sa mère, elle s'allongea sur les oreillers et entama sa lecture.

Cher cousin,

J'espère que cette lettre vous trouvera en bonne santé, vous et ma fille. Nous nous imaginons qu'elle est arrivée à bon port, même si nous en informer aurait été aimable de sa part.

Je serai brève.

L'oncle de Maisie, mon frère Marcus, nous a quittés peu de temps après son départ pour l'Australie. Ce fut une mort soudaine et inattendue.

Marcus aimait beaucoup Maisie – même si leurs chemins ne se croisaient que rarement – et son testament témoigne de cette affection.

Maisie ne sait absolument rien de ce que je vais vous confier.

Mon frère lui a légué une très forte somme d'argent, et ses conditions pour qu'elle en hérite sont très claires.

Il stipule qu'une preuve authentique de votre union à sa nièce soit fournie sous la forme de votre certificat de mariage, dûment signé et daté par les deux parties ainsi que par vos témoins. C'était une

condition établie depuis longtemps, avant même qu'il ne sache qui elle épouserait. Toutefois, en tant qu'exécutrice testamentaire, je me permets d'y ajouter deux des miennes :
** Vous me ferez parvenir un document officiel certifiant que vous cessez toute poursuite vis-à-vis du père de Maisie et toute menace concernant sa carrière politique.*
** Vous m'informerez de ce qui est arrivé à mon fils il y a seize ans, avec tous les détails confirmés par un tiers.*

Bien à vous,

Audrey Porter

P.-S. Nous avons tout récemment reçu un surprenant télégramme de la part de notre fille. Devons-nous en déduire qu'elle est désormais complice de vos transactions ?

Un coup de vent brusque s'insinua à travers le treillis et faillit lui souffler la lettre des mains. Il faisait presque nuit, dehors, et les moustiques commençaient à gémir. Elle était dans sa chambre depuis de longues heures, la lumière du phare, au loin, venant balayer les lames du parquet de son arc lumineux. Maisie plaqua le papier couleur crème contre son visage et ferma les yeux. Les mots tournoyaient sous son crâne.

Oncle Marcus était mort, et voilà qu'un nouveau mystère naissait au sujet de son frère. Elle tenta de se remémorer ce qu'elle avait entendu sur lui. Il était mort alors qu'elle n'était qu'un bébé. Une fois, encore enfant, elle avait voulu poser des questions à son sujet, mais son père l'avait interrompue en l'implorant de ne plus jamais en parler. « Ça rend ta maman triste », avait-il dit. Quoi qu'il en soit, elle n'avait jamais entendu parler de circonstances étranges, concernant sa disparition. Alors pourquoi, des années plus tard – dans une lettre destinée à son mari et qu'elle n'aurait jamais dû lire –, sa mère mentionnerait-elle la mort de son fils comme si celle-ci ne lui avait jamais été expliquée ? Et comment, *et pourquoi*, Maitland menaçait-il la carrière de son père alors qu'il n'y connaissait rien en législation anglaise ? Elle était aussi perdue que désespérée.

Quel espoir puéril avait-elle nourri en ouvrant ce courrier, au juste ? Ses parents n'avaient pas reçu une seule de ses lettres, même si Maitland les lui prenait chaque semaine. *Ne cede malis.* Ne cède pas au mal. Elle avait l'impression d'être à flanc de falaise, sans autre option que celle de descendre. La main plaquée sur sa bouche étouffa son cri de détresse.

Ce dimanche-là, juste après le coucher du soleil, le ciel était maculé d'étoiles et la mer noire comme de l'encre. Maisie partit attendre son invité sur le pont, et elle était en train de repousser la chaleur avec son petit éventail de soie quand William Cooper apparut en haut de l'échelle. Son regard attentif avait suivi chaque long coup de rame qui rapprochait toujours plus le petit canot jusqu'à la goélette. La semaine qui avait succédé à leur baiser involontaire lui avait paru agonisante, le bungalow avait revêtu des airs de cage affreusement oppressive, et Maitland semblait avoir gagné du galon en matière de rustrerie. Pourquoi s'était-elle mis en tête d'embrasser William Cooper sur la joue, quand une poignée de main aurait suffi ? Tout lui criait que ce serait la pire des inconvenances, mais elle avait suivi son instinct. Pour quoi avait-il dû la prendre ? Et ce soir ? Elle s'était changée deux fois et avait dû se recoiffer avant d'être pleinement satisfaite, et désormais, ses mains tremblantes trahissaient sa nervosité.

Elle se leva et avança vers lui.

— Mr Butcher ne se joint pas à nous, ce soir ?

Sa question était rhétorique. Elle savait qu'il était seul.

— JB vous présente ses plus plates excuses, Mrs Sinclair.

Elle attendit qu'il poursuive, en vain.

— Est-il souffrant ?

— Ce doit être quelque chose qu'il a mangé, répondit Coop en se mordant la lèvre.

— Quel dommage. J'espère qu'il se rétablira vite et que cela ne compromet en rien votre travail de demain.

Quelle piètre actrice tu ferais, ma pauvre, se réprimanda-t-elle. *Détends-toi un peu, tu es trop crispée.*

Coop hocha la tête, son expression indéchiffrable. Un long silence s'imposa entre eux, chacun tentant d'assumer au mieux le fait qu'ils s'apprêtent à passer la soirée en tête à tête.

Dans la cale, il s'assit face à elle, si près qu'il aurait pu la toucher rien qu'en dressant le bras. Elle poussa un plat vers lui.

— En parlant de nourriture, Mr Cooper, vous m'avez fait part de votre manque d'aliments frais, la semaine dernière. J'en ai profité pour vous apporter quelques mangues fraîches provenant de mon jardin. Ce n'est pas grand-chose, mais je n'ai pas pu faire mieux, malheureusement.

Il s'empara d'un fruit rouge aux reflets verts et le fit rouler entre ses paumes, ses longs doigts l'enserrant comme il l'aurait fait avec un oiseau blessé.

— Merci. Mais je dois vous avouer que je ne sais pas quoi en faire.

Pourquoi ses jambes se mettaient-elles à flageoler au simple son de sa voix ? Son regard se posa sur sa bouche. Ses dents de devant n'étaient pas tout à fait alignées. Elle ne l'avait jamais remarqué, pas plus que la fossette sur son menton. Il était réapparu dans sa vie après le long périple qui les avait menés tous deux en Australie, à des milliers de kilomètres de chez eux, tel un mirage en plein désert, et elle était terrorisée à l'idée qu'il ne soit pas réel. Qu'était-ce, chez lui, qui l'attirait ainsi ? En dehors du fait qu'il lui soit inaccessible, bien sûr. Et qu'elle ne soit pas libre…

Elle se pencha vers lui, ses yeux bleus se noyant dans l'encre de ceux de Coop.

— Il faut la peler et la manger, Mr Cooper, puis sucer la chair autour du noyau. C'est en tout cas comme ça que je fais.

Il fit courir son couteau le long de la peau ferme et mate du fruit.

— Pourrais-je vous demander un service, Mrs Sinclair ? dit-il, le jus de la mangue s'écoulant entre ses doigts.

Maisie attrapa une serviette et poussa le carré de tissu vers lui. Sa main frôla celle de Coop, mais il ne l'écarta pas. Elle aurait été incapable de s'expliquer la vague d'exaltation dont elle était soudain envahie.

— De quel service s'agit-il, Mr Cooper ?

Il fit passer sa langue sur ses lèvres gercées par le soleil et répondit du ton le plus détaché possible :

— Si nous sommes amenés à dîner ensemble tous les dimanches soir, parviendrai-je à vous convaincre de m'appeler Coop ?

Elle hocha la tête, même si celle-ci lui tournait déjà à l'idée que ce qu'elle s'apprêtait à suggérer les unirait, en quelque sorte.

— Si je parviens à vous convaincre de m'appeler Maisie.

— Maisie, répéta-t-il, prononçant pour la première fois son nom à voix haute. Maintenant que nous avons fait les présentations, il y a autre chose que j'aimerais vous demander.

— Oui ?

Il la regarda puis détourna les yeux, et l'espace d'une demi-seconde, elle perçut son hésitation.

— Vous êtes sûre ? Ce n'est pas un petit service…

— Vous m'intriguez. Je serais ravie de vous aider, si je le peux.

Elle inspira alors longuement et profita de son silence qui s'étirait pour ajouter un timide « Coop ».

— Pourriez-vous retrouver ce que j'ai signé dans le bureau du capitaine ?

Au moment du café, ils se mirent à discuter de leurs premières impressions sur la vie en Australie. Maisie lui demanda si tout correspondait à ses attentes. Il garda le silence un instant, puis se pencha pour allumer sa cigarette, le regard résolument détourné d'elle.

— Pas encore. Mais j'espère que cela changera bientôt. Et vous ?

Maisie décolla les cheveux qui s'étaient plaqués à sa nuque, qu'elle tenta de rafraîchir du plat de la main. Elle s'était mise à les porter plus haut que d'habitude, en chignon au sommet de son crâne, mais ils trouvaient toujours le moyen de glisser. Elle les pressa d'une main rageuse avant de répondre.

— Je ne supporte déjà plus ce climat.

— Mais vous venez à peine d'arriver, dit-il en se tournant vers elle. En vouloir à quelque chose que vous ne pouvez pas changer ne fera qu'empirer votre frustration. Soyez patiente, vous finirez par vous y faire.

Ils sortirent ensuite sur le pont, et il fit de son mieux pour lui changer les idées.

— Racontez-moi l'un de vos souvenirs, en Angleterre, dit-il en jetant son mégot par-dessus bord. Un souvenir qui vous est cher.

— Mon père aimait me faire faire un jeu, quand j'étais petite, murmura-t-elle, le regard braqué sur l'horizon. Je devais attraper mon ombre.

— Et vous n'y arriviez pas…

— Non. C'est un jeu impossible, mais il me tenait occupée pendant des heures.

Quand Coop se pencha vers elle, elle sentit la mer.

— Il vous manque beaucoup ?

— Oui, dit-elle. C'est un homme bon et juste.

Elle le laissa regagner son lougre, allongée sur sa couchette, ses pensées allant et venant entre son mari et son beau plongeur anglais.

Alors qu'il s'apprêtait à la quitter pour une nouvelle semaine, il l'avait embrassée sur la joue – cette fois, il n'y avait pas eu de moment gênant. C'était un baiser extrêmement chaste, mais le contact de sa bouche sur sa peau, ses lèvres rêches venant râper sa chair, avait éveillé en elle un désir qu'elle ne pouvait ignorer.

En général, elle parvenait assez bien à contrôler ce qui lui traversait l'esprit, et elle était devenue experte pour dissimuler ce qu'elle pensait vraiment, mais ce soir, elle était incapable de lutter contre le courant. Si elle accédait à la requête de Coop, cela remettrait grandement en cause sa loyauté. Elle préférait ne pas imaginer les conséquences, si elle se faisait surprendre. Mais elle savait qu'elle voulait lui venir en aide. Elle aussi avait de bonnes raisons d'aller fouiller dans le bureau de Maitland, après tout.

Les bras croisés sur sa poitrine et le dos plaqué au treillis de la terrasse, Maitland n'était toujours pas parti pour son déjeuner en ville. Il était en train de passer en revue le planning de la journée avec Duc, parlant au domestique avec une lenteur qui aurait pu faire croire qu'il s'adressait à un attardé. Cachée derrière un grand laurier-rose, un panier de mangues coincé sur la hanche, Maisie les observait, attendant impatiemment que Maitland daigne enfin partir.

— Il y a encore un débat, à l'Association. Je serai de retour pour le thé.

— O.K., patron.

— Combien de costumes propres y a-t-il dans mon armoire ?

— Plus beaucoup, patron. Têt' cinq, dix ?

— Cinq ou dix ?

— Têt' six ? balbutia Duc.

— Ça suffit ! tonna Maitland en infligeant une gifle à Duc avant de le faire virevolter brutalement vers lui. Il est temps que tu apprennes à compter, espèce d'incapable ! Quand est censé arriver le bateau en provenance de Singapour ?

— Bateau arriver plus tard aujourd'hui, patron, bégaya Duc, le regard envahi par la peur.

Maitland tapa le sol d'un pied rageur.

— Quand, exactement ?

Duc dressa quatre doigts tremblants. Maisie observa alors l'expression de son mari. Il semblait tout excité, comme un écolier qui viendrait de remporter une bagarre. Elle se détourna, écœurée.

— Bien. Je rentrerai pour le repas, dans ce cas. Je passerai à la jetée avant.

Puis elle l'entendit claquer la porte derrière lui et le regarda s'éloigner lourdement, plantant rageusement sa canne dans les brisures de coquillages à chacun de ses pas. Quand elle fut assurée que la voie était libre, elle passa par l'arrière de la maison, posa son panier dans la cuisine et rejoignit le bureau sur la pointe des pieds. Elle s'assit dans le fauteuil de Maitland, dont le tissu était maculé de taches de transpiration. Le bureau de la maison lui paraissait différent de l'autre, plus paisible, comme s'il ne l'avait pas encore pollué de son gaz toxique.

— Quoi faire, Missus ?

Maisie faillit s'écrouler de la chaise, sous l'effet de surprise.

— Marjorie ! Vous allez finir par me faire faire une attaque !

— Vous chercher queq'chose particulier ? Moi sûrement savoir où c'est.

— Comment ça ? Vous espionnez le capitaine Sinclair, maintenant ?

— Moi voir des choses, dit-elle avant de lui tourner le dos.

Maisie abandonna ses recherches et suivit la domestique sur la terrasse. Marjorie poursuivit, les verres de ses lunettes grossissant des yeux qui voyaient définitivement plus qu'ils ne le devraient.

— Quand moi faire ménage, m'entraîner à lire anglais sur documents et courrier.

Maisie dut se retenir d'éclater de rire.

— Pourquoi ne jamais me l'avoir avoué ?

— Moi pas savoir que lire être un crime…

— Ça n'en est pas un, en effet, mais fouiller dans les effets personnels de quelqu'un, si. C'est pour ça que vous m'avez fait peur, d'ailleurs. Mais puisque ça vous intéresse, ce sont les registres du capitaine que je cherche.

— Dirait bien une règle pour moi et une autre pour vous, Missus. Lire des choses que pas devoir être lues par d'autres. Beaucoup de documents, là-dedans. Missus chercher quoi, au juste ?

— Vous avez raison, je suis une belle hypocrite... Je cherche des documents concernant le plongeur anglais.

— Papiers pas là.

— Vous êtes sûre ?

Marjorie l'observa d'un regard blasé, par-dessus ses lunettes.

— Bon, je vais aller voir dans le bureau de l'entrepôt, dans ce cas. Tiens, tant que j'y pense : seriez-vous tombée sur mon certificat de mariage, pendant vos sessions de lecture ?

— Non, Missus. Moi jamais vu ce papier-là. Pas dans la maison.

Maisie se coula derrière la porte de l'entrepôt. Il n'y avait pas âme qui vive, aucun employé occupé à scrupuleusement remplir les registres, à comparer les récoltes ou encore à superviser les marchandises. Les lieux étaient silencieux, baignés de lumière et étincelants. Le sol, à nu, était recouvert de longs coups de pinceau dont le dessin rappelait la pince d'un homard. Elle ignorait pourquoi, mais cet endroit lui fichait la chair de poule.

Elle martela le bureau usé du bout des doigts. Une colonne de tiroirs flanquait chacun de ses côtés. Une intuition inexplicable guida sa main vers la colonne de gauche, et elle ouvrit les tiroirs un à un. Elle savait que ce qu'elle cherchait se trouvait là, quelque part.

Il lui fallut toutefois un certain temps pour mettre la main dessus. Le document ne se trouvait pas dans le registre blanc où étaient rapportées toutes les informations concernant chaque plongeur, mais dans le journal de bord d'un autre des lougres de Maitland, le *Clancy*, un bateau dont le cyclone n'avait fait qu'une bouchée. Pour le cacher ici, Maitland devait très certainement tenir à ce que l'on ne le trouve pas.

Maisie prit sa tête entre ses mains, submergée par une impitoyable vague de colère et de désespoir. La trahison de son mari ne s'était pas arrêtée à la non-distribution de son courrier. De la fenêtre, elle se mit à observer un aigle de mer planant au-dessus de la paroi rocheuse rouge sang qui montait la garde sur la plage. Sa proie ne se débattit que brièvement, piégée entre ses griffes, comme si elle avait deviné qu'il n'y avait aucun espoir. Maisie sentit ses joues pâlir. Elle avait soudain terriblement froid.

Coop avait raison de s'inquiéter. Il avait signé son arrêt de mort.

De retour chez elle, Maisie rapporta le plateau du petit déjeuner vide dans la cuisine. Duc, qui n'était toujours pas enclin à la laisser salir son domaine, faisait barrage dans l'entrée.

— Qu'avez-vous prévu pour ce soir, Duc ?

Il exposa son menu dans les grandes lignes, mais les moulinets qu'il faisait avec ses bras illustraient assez bien son mécontentement. Les fruits de mer avaient été attrapés la veille au soir, dans les pièges posés sur Mangrove Creek, et étaient arrivés tout frais. Duc n'allait que très rarement faire les commissions. Le marché mobile venait jusqu'à chez eux, et ils se faisaient livrer de la glace deux fois par jour, pour la glacière. Mais ce matin, le livreur était en retard.

— Combien de personnes, Dam' ?

— Je ne sais pas. Le capitaine Sinclair espérait pouvoir convier le nouvel expert en perles et sa femme pour le souper, ainsi que l'évêque et sa femme, et Miss Locke. Le maire et Miss Montague seront probablement de la partie, et j'imagine que le capitaine Mason sera des nôtres également, comme d'habitude. Vous n'avez qu'à cuisiner pour douze, et s'il y en a trop, Marjorie et vous pourrez vous partager les restes.

— Garçon glace devoir venir vite ! Ou fruits de mer plus bons !

— Où les avez-vous stockés, en attendant ?

— Dans lavoir après moi faire bouillir.

— Très bien. Je vais les chercher. Essayez de faire un peu de place dans la glacière.

La glacière, qui trônait sur la terrasse arrière, était le seul moyen de garder la nourriture un tant soit peu fraîche. Deux fois par jour, la glace était acheminée jusqu'au bungalow. C'était une tâche aussi pénible que vitale, sous un tel climat. À l'aide d'une grosse pince en fer, un ouvrier portait l'énorme bloc avant qu'il ne fonde complètement jusqu'à la glacière, que l'on avait vidée de ses denrées avant de les redisposer à l'intérieur dès que le bloc était mis en place.

De l'arrière de la maison, elle entendait Duc brailler.

— Moi cuisinier ici ! Moi dire vous glace pas bonne !

— Je ne parle pas aux étrangers. Où est ta maîtresse ?

— Dam' pas parler pauv' Blancs.

— Et moi, je ne reçois pas d'ordre de la part d'un sale pédéraste jaune.

Dans son maillot de corps immaculé, telle une voile opaline sur un pont de teck brun, Duc mit la main derrière son oreille et grogna :

— Toi répéter ?

Maisie s'empressa d'intervenir avant que les choses ne s'enveniment.

— Joe, c'est ça ? Vous pouvez m'expliquer ce retard ?

— Il y a eu un problème à l'usine, Mrs Sinclair.

— Et ce problème est-il une excuse pour un tel retard, quand la fraîcheur de nos denrées et notre bonne santé ne dépendent que de votre ponctualité ? Vous ne vous êtes pas réveillé, c'est ça ?

Joe recula d'un pas et dissimula ses yeux derrière ses mains.

— Je suis désolé, d'accord ? Qu'est-ce que je peux dire de plus ? Mon père est mort hier. Un bloc de glace lui a broyé la poitrine, à l'usine. Je ne voulais pas venir travailler aujourd'hui, mais ma mère m'a dit qu'il fallait continuer comme si de rien n'était jusqu'à ce qu'on trouve une solution…

— Oh, Joe… Je suis sincèrement désolée, souffla Maisie. Puis-je vous aider en quoi que ce soit ?

Joe secoua son visage tanné, commençant à plier sous le poids de la glace.

— Merci, Mrs Sinclair, on va se débrouiller. Je ferais mieux de mettre ça dans la glacière et de filer.

Maisie observa la traînée d'eau qui scintillait sur les lattes de bois, chaque gouttelette semblant symboliser sa culpabilité, sa honte et son lamentable sens des priorités.

Contrairement à l'eau, les mots ne peuvent pas s'évaporer, Maisie. Si tu n'es pas capable de bienveillance, alors tais-toi.

Elle baissa la tête ; elle aurait aimé se cacher dans un petit trou de souris, à cet instant.

Le problème de la glace étant résolu, Maisie partit jeter un œil au petit potager qu'elle avait entrepris de cultiver.

Elle était en train d'examiner un fruit visiblement malade quand Marjorie revint du centre-ville, où elle avait été jouer. Quelque chose s'attaquait aux plantes dont Mrs Wallace lui avait envoyé des graines tout droit de Gantry Creek. Dans une terre pareille, elles étaient censées pousser à merveille, mais leurs feuilles étaient abîmées et les fruits chétifs. La chèvre était-elle responsable de ce ravage ?

— Y a rumeur qui court, Missus…, souffla Marjorie en la rejoignant.

— Qu'y a-t-il, Marjorie ? Dites-moi.

— Nouveau plongeur blanc mort.

Au loin, Maisie distinguait les cris des cacatoès, les oiseaux poursuivant leur petite vie comme si de rien n'était. Pourtant, le monde venait de se mettre à tournoyer rageusement, pour Maisie. La lame glacée de l'angoisse lui transperça le cœur, et son regard se braqua aussitôt sur la jetée. Non, ce n'était pas lui. William Cooper ne pouvait pas être mort. À deux doigts de suffoquer, elle s'enveloppa de ses bras, comme pour masquer les battements affolés de son cœur. Avec un peu de chance, Marjorie mettrait ses larmes sur le compte du soleil cuisant.

— Qui vous l'a dit ?

— Chinetoque qui vend poisson raconter histoires sur la jetée. Lui voir lougre avec drapeau à moitié baissé. Tout arriver avant moi en ville.

— A-t-il vu de quel lougre il s'agissait ?

— Moi déjà dire à Missus. Chinetoques comme Duc pas bien voir. Et avant que vous demander, eux pas capables de lire noms des bateaux. Alors moi pas savoir si le mort est plongeur que Missus aimer bien.

— Je vous demande pardon, Marjorie ?

— Missus, dit la domestique en croisant les bras sur sa poitrine. Moi têt' noire de peau mais cerveau blanc, comme vous, et moi pas être stupide. Moi avoir des yeux. Gros yeux, même, avec nouvelles lunettes. Mais même avant, moi voir les choses. Pas besoin jolies lunettes pour ça.

— Marjorie. Si vous insinuez par là que je nourris des sentiments pour cet homme, au-delà d'une sincère amitié, alors vous vous méprenez cruellement. Je suis une femme mariée.

Je suis peut-être une femme mariée, songea-t-elle, *mais c'est William Cooper qui fait battre mon cœur plus vite, pas mon époux.*

— Désolée, Missus. Moi savoir ça, mais moi pas mauvaise ! Missus et moi être du même côté. Et moi avoir des oreilles aussi. Oreilles aller où pas devoir aller, parfois. Missus se rappeler cap'taine gros pervers soir grosse grosse tempête ? Lui penser filles noires sourdes.

— La couleur n'a rien à voir là-dedans, Marjorie.

— Moi savoir Missus penser ça, mais Missus pas comme les autres. Les autres penser nous invisibles. Et sourds. Donc, nous entendre choses pas devoir entendre. Vous comprendre ?

Maisie hocha la tête.

— Quoi Blancs dire, déjà ? Murs avoir oreilles, hein ? Moi être mur qui écoute cap'taine et sa bande quoi vous demander moi écouter. Vous très contente entendre ce que moi entendre, l'autre fois. Et maintenant, moi plus pouvoir écouter…

— Dites-moi simplement ce que vous savez.

— Docteur Shin être sur jetée, Missus. Lui regarder.

— Regarder quoi ?

— Chinetoque dire que quand plongeur ramené à terre, lui caché sous couverture, tête aux pieds, pour docteur voir quoi dessous.

— Et c'était un homme blanc.

— Oui, Missus. Chinetoque dire visage pâle.

— Et il était mort ?

— Moi pas savoir ça. Rumeur qui court, moi dire Missus.

Alors, comme piquée par une guêpe, Maisie s'élança vers l'arrière de la maison avant d'enfourcher le lourd vélo qui manquait cruellement d'entretien. Le pneu avant était dégonflé, et la chaîne pendait de son pignon. Maisie rétropédala rageusement jusqu'à ce que celle-ci finisse par se repositionner sur les petites dents pointues. Elle avait oublié qu'elle savait faire ça. Elle avait aussi oublié son chapeau, ses gants et sa raison.

William Cooper est peut-être mort.

Elle s'arrêta un instant au carrefour des Horreurs, le petit nom qu'elle s'était amusée à donner aux monstruosités modernes que les nouveaux riches de l'archipel tenaient tant à appeler « maisons », puis elle tourna la tête en direction du campement du capitaine Espinell, côté rivage. Voûtée sur sa machine, elle haletait, les jambes chancelantes, de grosses gouttes de sueur coulant entre ses omoplates. Elle avait serré si fort les poignées en caoutchouc que ses mains étaient toutes poisseuses, ses doigts boursouflés par tant de chaleur, semblables à des griffes cramponnées à leur proie. Un rapace passa au-dessus d'elle ; Maisie dressa la tête et le suivit des yeux tout en croisant les deux doigts de sa main gauche.

Je vous en supplie. Ne le laissez pas mourir.

Appuyant de toutes ses forces sur les pédales, et ayant profité de ce court instant de répit pour reprendre comme elle le pouvait son souffle, elle fila sur les copeaux de peinture dont la dernière tempête avait parsemé la route. De la même teinte que les murs de l'hôpital, les éclats rose nacré étaient éparpillés partout sur la surface blanche. *Comme des confettis*, songea-t-elle. *Y avait-il des confettis, à mon mariage ?*

Elle secoua la tête ; cela n'avait plus aucune importance, aujourd'hui.

William Cooper est peut-être mort.

Elle freina dans un grincement sinistre et abandonna son vélo sur un carré d'herbes broussailleuses. Une des roues tournait toujours. Comme cette funeste phrase dans sa tête.

William Cooper est peut-être mort. William Cooper est peut-être mort. William Cooper est peut-être mort.

Elle savait qu'elle n'avait rien de présentable, mais elle s'en fichait. Elle grimpa les marches de l'hôpital japonais au pas de course et poussa la porte, le cœur au bord des lèvres.

Le silence qui y régnait la mit instantanément mal à l'aise. Elle aurait aimé y trouver des lumières vives, du vacarme, des infirmières pressées et des portes qui claquaient. Simplement quelques signes montrant que l'on se battait pour une vie. Elle cogna sur le comptoir avec son poing.

Sans réponse, elle recommença, sa voix résonnant dans le bâtiment telle une sirène.

— Il y a quelqu'un ?

Une sœur qui passait par là s'approcha lentement d'elle.

— Inutile de crier ainsi, Mrs Sinclair, commenta-t-elle avec un air indigné.

Prise d'une bouffée de chaleur, Maisie baissa la voix.

— Pourrais-je m'entretenir avec le docteur Shin ?

— Vous tombez plutôt mal, je dois vous avouer, à moins qu'il s'agisse d'une extrême urgence, répondit la sœur. Le docteur ne consulte pas à cette heure de la journée, normalement. Les rendez-vous avec les Européennes ont lieu le troisième mercredi du mois, le midi. Mais vous le savez, bien entendu.

— Oui, je le sais, et ce n'est pas de moi qu'il s'agit. Je crains pour la vie d'un des hommes de mon mari, en vérité. Nous avons entendu dire qu'un homme venait d'être transféré ici. Nous sentant particulièrement responsables de la santé de nos plongeurs, je suis donc venue voir si je pouvais être d'une quelconque aide.

— Je vois…, marmonna la sœur.

Puis elle tourna légèrement la tête vers une porte, comme si elle attendait quelqu'un.

— Le docteur Shin est en effet en train de s'occuper du cas d'un plongeur blanc victime de noyade, mais je ne saurais dire par qui cet homme est employé. Je vais prévenir le docteur de votre présence. Il se peut que vous deviez attendre, je vous préviens.

La dernière fois qu'elle s'était trouvée dans cette salle d'attente, cela avait été de son propre fait. Aujourd'hui, la pièce était la même, les murs aussi – hauts, carrés et roses –, mais l'attente n'avait rien à voir. Condamnée à sa solitude, elle avait le cœur tiraillé par l'angoisse. Il était encore trop tôt dans la journée pour ce genre d'accident. En général, c'était le soir que les choses dérapaient, quand la chaleur et l'alcool favorisaient les coups de sang, quand les couteaux des écaillers se mettaient à riper sur les coquilles, dans l'étuve de leurs entrepôts. Un plongeur ne se noyait pas en milieu de journée. Mais existait-il vraiment un moment idéal pour ce genre de drame ? Maisie avait l'impression d'être seule au monde au milieu de cette pièce étouffante ; tordant dans un geste frénétique son mouchoir entre ses mains, ses pensées finirent par faire écho au silence ambiant. La journée s'étira, une heure après l'autre, dans un brouillard confus.

Les vapeurs d'antiseptique étaient atroces. Maisie se cramponnait au souvenir de la voix de Coop, la faisant rejouer sous son crâne, s'enveloppant de son timbre comme un antidote. Elle se mit alors à faire cliqueter ses ongles sur l'accoudoir de sa chaise, au même rythme que l'horloge fixée au mur, mais ils accélèrent bien trop vite la cadence.

Le journal local avait déjà mentionné un accident, parmi les plongeurs anglais, mais Maisie était incapable de se souvenir de quand cela datait. Cette semaine ou la précédente ? Elle inspira lentement et fit de son mieux pour calmer les battements de son cœur.

Cela ne faisait que quelques jours qu'Albert Banks était en mer. Selon l'écailler malais, une bourrasque soudaine avait fait tourner la bôme, qui avait percuté le pauvre homme et l'avait fait basculer par-dessus bord, sa tasse de café encore à la main. Alourdi par ses bottes lestées et les plaques qui lui recouvraient le torse et le dos, il était tombé comme une pierre et s'était noyé avant de pouvoir être secouru. C'était là un accident tragique, avait écrit le journaliste, un accident qui aurait pu arriver à n'importe qui. *À Coop, par exemple*, songea Maisie.

— Mrs Sinclair ?

Le docteur Shin se tenait à la porte. Sous son œil gauche, un muscle tressautait compulsivement sous l'effet de la fatigue. Dehors, le soleil déclinant commençait à plonger la pièce dans la pénombre. L'homme se frotta les yeux, un air sombre au visage.

Maisie se leva, tremblant de tous ses membres, à peine capable de tenir sur ses jambes. Sous sa barbe naissante, elle vit les copeaux de peau sèche qui lui marquaient le menton. Le docteur recula d'un pas en secouant la tête.

Elle avait conscience qu'elle était en train de se mordiller la lèvre, comme Coop le faisait souvent, et c'est par un effort de volonté intense qu'elle parvint à se retenir de hurler : *Est-ce lui ?*

— Je suis venue au nom de la communauté anglaise de l'archipel. Il me semble avoir entendu dire que nous avions perdu l'un des nôtres. Pouvez-vous me dire qui a péri, afin que je puisse en informer son employeur ainsi que sa famille ?

À se donner des airs de pigiste médiocre et hautaine, elle aurait eu envie de se gifler.

Le médecin consulta ses notes, comme si les réponses à ses questions s'y trouvaient marquées au burin.

— En effet, Mrs Sinclair, un Anglais nous a quittés, aujourd'hui. Il était déjà mort avant d'être rapatrié sur la terre ferme, et j'ai réalisé son autopsie afin de m'assurer de la cause du décès. Durant l'une de vos précédentes visites, il me semble vous avoir confié que j'effectuais des recherches sur la paralysie du plongeur – la maladie des caissons, ou encore « les bends », comme on la surnomme sur les lougres perliers.

— S'agit-il de notre plongeur, docteur Shin ? Venons-nous de perdre William Cooper ?

Les mots lui avaient échappé malgré elle. Le médecin japonais la prit par l'épaule et la guida vers la porte.

— Non, Mrs Sinclair. Il ne s'agit pas du plongeur de votre mari. D'après son équipage, l'homme s'appelait John Geoffrey Jones. Il me semble qu'il travaillait pour le capitaine Hanson. C'est le deuxième de ses hommes qui se retrouve ici en une semaine. Ils plongent dans des eaux particulièrement profondes, au-delà du Neptune's Dairy, sans prendre en considération une seule seconde leur propre sécurité. Ces hommes blancs n'ont qu'une seule chose en tête : faire mieux que les Japonais, et ils le paient de leur vie. Je vous l'ai déjà dit, mais j'ai le désagréable pressentiment que cette expérience se terminera mal…

Maisie posa les yeux sur ses chaussures, tapotant le sol de son pied douloureux et enflé. La voix du médecin lui parvenait comme en écho sous son crâne, résonnant contre les hauts murs roses de la salle, tel le bruit des vagues emprisonné dans un coquillage.

William Cooper est en vie. William Cooper est en vie. William Cooper est en vie.

Alors, elle sentit la pièce tourner et s'effondra dans un vertige de soulagement.

16

À peine arrivée chez elle, Maisie se cala dans le canapé de la terrasse et se mit à feuilleter un vieil exemplaire d'*Every Lady's Journal*. Le docteur Shin l'avait fait ramener dans sa propre carriole en lui imposant de se reposer. Il n'était pas rare d'avoir des vertiges, sous une telle chaleur, mais ce n'est pas pour autant qu'il fallait les négliger. Elle doutait que défaillir de soulagement puisse être considéré comme une maladie, mais elle s'était retenue de le corriger.

Duc chantait dans la cuisine. On aurait dit qu'il travaillait ses gammes, montant d'une note à l'autre avant de redescendre tranquillement.

— Et Miss Locke, alors ?

Maisie leva la tête au son de la voix de Marjorie.

La domestique, dans sa robe brune, s'obstinait une fois de plus à débarrasser le sol de la terrasse de toutes sortes de débris apportés par le vent, ses fidèles bouchons enfoncés dans les oreilles. La *Wet* avait beau être terminée, les insectes s'insinuaient encore à travers la fine gaze qui cernait la pièce à moustiques, et ils semblaient résister à tout, à l'exception des bâtons d'encens que Duc rapportait par dizaines du quartier asiatique et qu'ils faisaient brûler continuellement. Maisie les plantait dans des pots sous lesquels elle glissait un petit plateau pour récupérer les cendres. Bien évidemment, tout ce soin était inutile : la cendre couleur écaille voletait partout dans la pièce.

— Elle attendre depuis des heures. Tout juste aller soulager sa vessie, commenta Marjorie en braquant le regard sur les toilettes du fond du jardin.

— Miss Locke est notre invitée, Marjorie. Si elle m'a attendue tout l'après-midi, alors elle a sûrement une excellente raison d'être venue à l'improviste. Je m'excuse si sa présence vous a contrariée. À quelle heure est-elle arrivée ?

— Heure sieste à peu près, et moi devoir garder elle depuis Missus partie.

— C'était une urgence, Marjorie.

La domestique écarta les jambes, les mains cramponnées à son balai.

— Urgence, oui. Avec homme blanc qui fait très gros effet à Missus.

— Il est en vie, Marjorie. C'est ça qui compte.

— Moi voir ça, Missus. Mais elle rester dîner ou pas ?

— Oui, Miss Locke va rester. Ce matin, Duc m'a dit qu'il accompagnerait les fruits de mer de son riz spécial, des tomates du jardin, si la chèvre ne les a pas toutes mangées, et des haricots du marché japonais. Vu la quantité de poissons, il devrait en rester pour vous. Vous pourriez courir chez l'évêque et Mrs McMahon pour leur rappeler qu'ils sont invités, eux aussi ?

Sa question sembla la consumer l'espace d'un instant.

— Moi penser vous pas aimer poisson ?

— C'est le cas, mais je fais des efforts pour surmonter mon dégoût – comme je vous demande de le faire – en rappelant à l'évêque et à sa femme qu'ils sont attendus chez nous ce soir. Je sais que vous préféreriez ne pas y aller, mais il y a des fois où il faut consentir à avaler certaines choses qui ne nous donnent pas spécialement envie.

Marjorie frotta l'arête de son nez du bout des deux index. Maisie connaissait bien ce geste ; elle savait que sa domestique avait autre chose à lui dire.

— O.K., Missus. Moi aller jusqu'à l'église et parler du repas à Duc avant. Mais Duc pas être content, ça non. Lui attendre les autres capitaines. Patron dire amis capitaines venir jouer plus tard, et Duc préférer eux. Vous et moi devoir aussi parler argent chiffa.

— Pourquoi ?

— Beaucoup de pièces dans bocal, maintenant. Duc et Marjorie commencer parler investir.

Jane Locke quitta les toilettes infectes du fond du jardin et reprit le chemin de la maison en s'enivrant du moindre parfum de fleur qui croisait sa route.

Maisie tapota la place à côté d'elle, et Jane s'assit.

— Je suis heureuse de vous voir, et je m'excuse une fois de plus de vous recevoir dans de telles conditions. Au restaurant, l'autre jour, j'étais dans tous mes états, et voilà qu'aujourd'hui, je me suis évanouie, en ville. Le docteur Shin m'a interdit de sortir pour les quelques jours à venir.

— Attendriez-vous un heureux événement ? murmura Jane en se penchant vers elle.

Maisie sentit aussitôt le rouge lui envahir la nuque.

— Non. Rien d'aussi excitant, hélas. Le docteur Shin est convaincu que je suis affaiblie, même si je n'ai rien fait pour le laisser penser une chose pareille. Je ne suis qu'un grand puzzle blanc qu'il cherche à sonder…

Jane hocha la tête d'un air complaisant et servit le thé.

Puis elle se rapprocha et glissa un bras sur les épaules de Maisie.

— Je pense que c'est notre cas à toutes, nous les Européennes, et c'est pour cela que nous devons compter les unes sur les autres. Vous n'êtes pas d'accord ?

— Si, bien sûr. Mrs Wallace a bien insisté sur ce point, d'ailleurs : si je ne m'intégrais pas à la communauté féminine de l'archipel, je me retrouverais bien trop vite toute seule.

— Ce n'est pas tout à fait ce que je voulais dire.

— Pensez-vous que je devrais en faire plus encore ?

Jane la rassura aussitôt : non, elle en faisait bien assez comme cela.

— Alors, de quoi voulez-vous parler ?

— Le nom Sarah Orne Jewett vous parle-t-il ?

— Bonté divine ! s'écria Maisie en se redressant soudainement. Ne me dites pas que j'ai manqué de me présenter à quelqu'un !

— Non. C'était une auteure américaine qui est morte il y a quelques années déjà. En 1909, si ma mémoire est bonne. Elle ne s'est jamais mariée, mais elle jouissait de la compagnie constante d'une autre femme, qui était pour sa part ou divorcée ou veuve – je ne me souviens plus précisément. Elles vivaient ensemble, voyageaient ensemble, faisaient tout ensemble, indépendamment du soutien financier ou affectif d'un quelconque homme.

Maisie ouvrit la bouche pour parler, mais rien n'en sortit.

Jane retira son bras et se mit à siroter son thé, Duc continuant à s'égosiller dans la cuisine. Il était passé aux arpèges, désormais, et Maisie commençait à se sentir affreusement mal à l'aise, entre ses envolées lyriques et la proposition camouflée de Jane.

— Vous m'êtes une très chère amie, Jane, et c'est certainement ce qui me tient le plus à cœur sur cet archipel. Mais, pour le meilleur ou pour le pire, je suis mariée à Maitland.

Jane attrapa un magazine sur la table et l'ouvrit d'un air détaché.

— Pardonnez-moi. Il m'arrive d'avoir des moments de faiblesse ; je ne voulais en aucun cas vous mettre mal à l'aise. C'est tout à fait inopportun, ou inapproprié. Je suis désolée.

Maisie balaya ses excuses de la main, qu'elle laissa retomber sur le bras de son amie, l'espace d'une demi-seconde.

— Lors de notre dernière entrevue, vous m'avez promis de me raconter comment vous vous êtes retrouvée ici, après le départ de votre mari.

Jane referma le magazine et se mit à caresser la couverture du plat de la main.

— Il s'agit d'une véritable conspiration familiale... Une femme qui se retrouve dupée par un menteur professionnel, même mûre et en pleine possession de ses capacités mentales, est piégée. La famille lui impose sa volonté, et dans mon cas, ceci impliquait que je garde un œil sur mon frère – Blair.

— Blair est votre *frère* ? hoqueta Maisie, stupéfaite.

— Mes parents l'ont adopté le jour où ils ont compris qu'ils n'auraient pas d'autre enfant. Il était très jeune. Après ma débâcle maritale, mes parents ont décidé que j'emménagerais chez lui et que je superviserais l'éducation de Dorothea, mais j'ai immédiatement refusé. Nous avons peut-être été élevés dans la même famille, mais Blair et moi ne partageons pas la moindre bribe d'affection. Je ne me suis jamais sentie à l'aise en sa présence, pour tout vous avouer. Je n'ai jamais révélé à mes parents la véritable raison de mon refus, mais ils étaient tellement déterminés à ce que je vive au moins sur l'archipel qu'ils se sont arrangés pour me trouver un poste chez les McMahon. Blair était devenu le centre de leur existence, leur précieux petit garçon, leur héritier… N'est-ce pas amusant de voir qu'on envoie une femme babysitter un homme, alors que nous dépendons d'eux de tellement de manières ?

— Je ne me serais jamais doutée…, murmura Maisie en posant sa tasse à moitié vide.

— Comment l'auriez-vous pu ? soupira Jane. La vie est une histoire de faux semblants, Maisie. Nous sommes des caméléons, endossant une nouvelle peau à chaque nouvel environnement. Nous sommes tous pareils, que nous en ayons conscience ou non, et mon ex-mari me l'a appris de la plus cruelle des manières. Regardez Dorothea : elle est prête à tout pour cacher à quel point elle se sent seule. Certains sont experts en la matière, quoi qu'on en dise. Mon père dirigeait une école catholique à Melbourne, et Blair y a passé toute sa scolarité, même s'il n'est lui-même pas catholique. Il me semble qu'un élément, dans ses papiers d'adoption, l'empêchait d'être baptisé, mais je n'en sais pas plus. C'est là qu'il a rencontré Maitland, qui pour sa part était un fervent pratiquant. Ils ne se sont jamais quittés depuis cette époque.

Le chant strident des cigales résonnait sur la terrasse. *Je n'ai jamais vu mon mari mettre un seul pied à l'église !* songea Maisie, sidérée.

— Je pensais qu'ils s'étaient rencontrés ici, sur l'archipel.

— Non. Ils sont inséparables depuis l'école. Blair précédait Maitland de deux ans, et le jour où il a terminé sa scolarité, Maitland partait quelques semaines plus tard, lui aussi. Il n'a jamais été jusqu'au bout. D'ailleurs, c'est l'école qui lui a demandé de partir, mais j'ignore totalement pourquoi. Quoi qu'il en soit, Blair a fini par épouser une veuve, mère d'une petite fille, Dorothea. Maitland a déménagé ici, et un an plus tard, dès que Dorothea fut déclarée comme étant officiellement sa fille, Blair l'a rejoint avec sa famille. Sa femme est malheureusement morte peu de temps après, des suites d'une intoxication alimentaire. C'est en tout cas ce qu'on dit…

Maisie posa les yeux sur la pelouse de Maitland. Toute trace de l'incident récent avait disparu, les brins d'herbe calcinés ayant déjà laissé la place à un vert riche et luxuriant coupé au cordeau.

— Vous doutez que ce soit la vérité ?

Jane étira ses jambes et s'éclaircit la gorge.

— Je ne saurais dire… Blair a travaillé environ un an pour le père de Dorothea – c'était un riche marchand de pierres précieuses, à Melbourne ; un homme extrêmement respecté –, avant que celui-ci ne meure lui aussi d'intoxication alimentaire, dans des circonstances étonnamment similaires à celles de sa femme. Bien sûr, Dorothea ne sait rien de tout cela. Elle ignore même qu'elle a été adoptée. Je ne vous aurais d'ailleurs rien confié si le passé et le présent de Maitland n'étaient pas à ce point liés à ceux de Blair, d'une manière inexplicable. Et je dois vous avouer qu'en ma position d'*amie*, ajouta-t-elle en appuyant sur le mot, je m'inquiète pour vous.

La maison était beaucoup trop silencieuse. Les gammes chinoises étaient terminées. Le soleil commençait à décliner derrière le phare, projetant des ombres tachetées à travers le treillis.

— Les autres ne devraient pas tarder, commenta Jane en regardant sa montre. Si jamais il vous prend l'envie d'en savoir plus, vous pourrez toujours interroger la mère de Maitland.

Maisie se gratta la joue. Elle commençait sérieusement à se demander si Jane n'était pas en train de se jouer d'elle.

— Maitland ne m'a pas beaucoup parlé de sa famille. Il est fils unique et, d'après ce que j'ai compris, il n'a plus aucun contact avec ses parents. Je pensais qu'ils étaient décédés, pour tout vous dire…

— Son père, oui. Il est mort sur les champs d'opale il y a des années de cela. Mais sa mère est toujours parmi nous, je vous rassure. Il m'arrive de temps en temps de tomber sur un de ses encarts publicitaires, dans le journal. C'est Pammie Sinclair qui a inventé le corset à correcteur de posture. Elle s'est forgé une sacrée réputation, et elle est demandée à travers le monde entier.

— C'en est trop ! s'écria Maisie en levant les mains. Je ne connaissais rien de l'histoire de Maitland jusqu'ici, j'ignorais même qu'il était catholique ! Et voilà que je lui découvre une mère qui conçoit des corsets ! Ce sont vos parents qui vous ont poussée à venir vivre ici, et c'est également mon cas. Tout ce que je sais sur Maitland, c'est que son père, dont je viens d'apprendre la disparition, était le cousin de ma grand-mère. Mes parents ont un jour reçu une lettre de sa part – sans qu'ils s'y attendent, me semble-t-il –, mais ma mère n'est pas catholique. J'ignore totalement pourquoi ils se sont mis en tête que Maitland ferait le mari idéal pour moi, ni ce qui a tant pressé les choses. Trois semaines plus tard, j'étais en mer.

Jane quitta le canapé de tweed et se rapprocha du coffre vert posé sur la table basse.

— C'est de la stéatite, n'est-ce pas ?

— Je n'en ai aucune idée, répondit Maisie, déstabilisée par ce brusque changement de sujet. C'est à Maitland.

— Cet homme a décidément beaucoup de secrets…, murmura Jane en caressant la surface lisse de la pierre, entre ses doigts. Mes parents en ont un aussi. Avez-vous trouvé comment l'ouvrir ?

— Non. J'y ai à peine prêté attention, jusqu'ici.

Jane secoua le coffre et le porta à son oreille.

— Pas facile de deviner ce qu'il contient. Mais le fait que votre mari possède un tel objet est en soi assez intrigant, vous ne trouvez pas ?

Maisie laissa retomber sa tête sur le dossier du canapé, épuisée.

— Je pensais que c'était une boîte à cigarettes, dit-elle en direction du plafond.

— C'est un exercice de logique et d'astuce, lui expliqua Jane. Il n'y a pas de clef, car il n'y a pas de serrure, et les charnières que vous voyez n'en sont pas, en vérité. Il faut réfléchir d'une manière différente. Je n'ai jamais réussi à ouvrir celui de mes parents, mais j'entends encore mon père dire que la ruse et la pression en étaient le secret. Cela vous dirait de jouer à la détective avec moi ? proposa-t-elle en remettant le coffre sur la table.

— Qu'est-ce qui vous pousse tant à savoir ce qu'il contient, Jane ? demanda Maisie, qui reposa les yeux sur son amie.

— Tout d'abord, mon esprit méfiant. Ensuite, le désir profond de veiller sur une amie qui m'est chère. Si Maitland n'est pas la figure respectable qu'il cherche tant à afficher, alors je pense qu'il serait plus sage que vous sachiez où vous allez. Afin d'avoir la pleine mesure de l'homme que vous avez épousé.

Maisie scruta l'expression sincère de son amie. Jane avait peut-être des raisons personnelles de fouiller dans l'histoire de Maitland, mais elle avait elle aussi une confession à lui faire.

— Je dois vous accorder qu'il n'est pas toujours le gentleman qu'il cherche à faire croire…

— Il s'est passé quelque chose ? souffla Jane en plissant les lèvres.

— La nuit du cyclone, le capitaine Mason, qui avait fortement abusé de la boisson ce soir-là, a eu les mains… baladeuses, disons.

Jane éclata de rire.

— Il est connu pour ça, oui ! Je crois même qu'il a tenté sa chance avec la femme de l'évêque, une fois.

— C'est ce que Maitland m'a dit, oui, sauf qu'il était là, quand ça s'est passé. Maitland a vu mon désarroi, mais il n'a rien fait pour me venir en aide. Je sais bien que je ne suis qu'une novice, en matière de vie maritale, mais… J'imagine que…

— Oui, la coupa Jane. Il aurait dû intervenir.

— Alors… J'avoue que si vous pouviez me trouver l'un de ces encarts publicitaires, l'idée de contacter sa mère est assez tentante, dit Maisie en enroulant une mèche de cheveux autour de son doigt. Voilà qui me permettrait de fouiller un peu plus sérieusement dans les archives familiales…

— Je vais vous trouver son adresse, ne vous inquiétez pas. Nous tomberons forcément dessus, avec tous les magazines dont vous disposez. Mais…, souffla Jane en se rasseyant avant de poser une main sur le bras de Maisie. Je n'irai pas vous faire croire que ce sera un jeu d'enfant, et vous devez vous attendre à vous retrouver confrontée à certaines vérités déplaisantes. En général, les mères ne coupent pas les ponts avec leurs enfants pour rien.

Maisie posa les yeux sur un point sombre, au loin, à la surface de la mer. Tout ce qui comptait pour elle à cet instant se trouvait sur un lougre perlier, quelque part sur cette immense étendue.

— Il va nous falloir faire très attention à ce que Maitland et Blair ne découvrent rien de notre plan. Mon époux a un affreux caractère, et je le sais capable d'une violence terrifiante. J'ai également la preuve qu'il intercepte mon courrier.

— Dans ce cas, nous devrons nous assurer qu'il n'ait plus accès à votre correspondance.

— Mais comment faire ? hoqueta Maisie en se tournant vers son amie.

— Toutes les lettres, qu'elles soient en partance ou à destination de l'archipel, passent par la poste centrale, dans le quartier asiatique. Si vous êtes prête à ignorer les conseils du docteur Shin, je vous propose que nous allions de ce pas nous entretenir avec la receveuse. Si les autres arrivent pendant notre absence, nous pouvons toujours compter sur Duc pour leur servir l'une de ses ensorceleuses sérénades...

Mrs Brightlight était une vraie boule d'énergie.

— Encore des magouilles ! décréta la receveuse aux cheveux couleur carotte quand Maisie lui expliqua la raison de leur visite.

Son gros ventre était en appui sur le rebord du comptoir, aussi rond et aussi dur qu'un ballon de football. Entre ça et le col de son chemisier qui formait des rubans froissés autour de son cou, Maisie se dit que la femme avait tout l'air d'une grosse dinde de Noël.

— Il y a eu en effet un certain nombre de lettres qui vous étaient adressées, depuis votre arrivée sur l'archipel, confirma-t-elle en tapant sur le comptoir du bout de son stylo. Le capitaine est tout à fait charmant, chaque fois qu'il passe les prendre. Il demande des nouvelles de mes enfants, dont celui qui est en route…

Elle coula un regard en direction de son ventre rond.

— Il m'a d'ailleurs confié qu'il avait hâte d'avoir les siens bien à lui. Voilà un homme fidèle, ai-je toujours pensé. Il prétend chaque fois vous éviter de marcher jusqu'ici, vous qui vous faites tout juste au climat…

— Fidèle à ses ambitions, oui, commenta Jane d'un ton morne.

— Empêcher quelqu'un de recevoir son courrier…, marmonna Mrs Brightlight en plissant ses lèvres trop charnues. C'est odieux.

— Et envoyez-vous la lettre que j'écris hebdomadairement à destination de l'Angleterre ?

— Non, très chère. Je n'en ai jamais eu une seule entre les mains. Votre correspondance se limite à vos échanges avec Gantry Creek et aux magazines qui viennent du port de Fremantle. C'est tout.

Maisie ouvrit grand la bouche, osant à peine croire ce que lui racontait la receveuse, tout en sachant pertinemment qu'elle ne faisait que dire la vérité.

— C'est une petite communauté, ici. En matière de lettres et de colis, rien ne peut m'échapper. Montrez-moi une simple écriture et je vous dirai à qui elle appartient. Je suis comme l'institutrice qui devine quelle vilaine main a écrit des gros mots sur son bureau…

Elle se remit à tapoter le comptoir du bout de son stylo, comme pour illustrer son exemple.

Quant à Maisie, elle se sentait complètement perdue.

— Mais pourquoi fait-il une chose pareille ?

— Certaines personnes ont la malhonnêteté dans le sang. Je pourrais vous parler de quelques cas bien corsés, ici…

Maisie se tourna vers la sortie. L'idée de savoir que Maitland s'était joué d'elle à ce point lui suffisait. Pour le moment.

— Il me tarde de revenir discuter avec vous, Mrs Brightlight. Mais on m'attend, et je dois partir. Quoi qu'il en soit, je vous saurais gré d'être la plus claire possible avec mon mari la prochaine fois qu'il passera : même s'il vous soudoie avec un joli bouquet de fleurs, il ne repartira avec aucun autre courrier m'étant destiné. Nous sommes d'accord ?

La receveuse s'appuya si lourdement sur sa main qu'elle en brisa la pointe de son stylo.

— Je vous assure qu'il n'y aura plus aucune collaboration de ma part, Mrs Sinclair. Même en échange de toutes les fleurs de Fremantle.

17

Maitland était dans son bureau. La *Wet* étant officiellement terminée, l'archipel retrouvait peu à peu son rythme normal. La seule ombre au tableau restait la présence de Maisie. Avoir cette femme chez lui, c'était comme vivre avec un chien enragé. *Et la chèvre de Duc par-ci, et le livreur de glace par-là...* Les reproches pleuvaient. Il avait eu une idée de génie en l'envoyant gérer la cambuse. Ses week-ends lui appartenaient à nouveau. Duc se plaignait moins, également, et ses talents culinaires avaient pris un nouvel essor.

En somme, il était d'excellente humeur. Ses costumes blancs partaient à la blanchisserie de Singapour toutes les deux semaines à peu près, par le bateau à vapeur de la compagnie Blue Funnel. Pour 10 shillings, il récupérait une dizaine de costumes impeccables. Pour faire taire Maisie, qui le harcelait de questions, il lui avait rétorqué que faire appel aux Singapouriens revenait moins cher et qu'il était beaucoup plus sûr d'envoyer ses vêtements à trois mille kilomètres de là plutôt que dans le quartier asiatique.

Un sourire lui étira les lèvres lorsqu'il songea à la véritable raison de ce choix, à savoir le petit commerce d'opium qu'il avait manigancé en faisant dissimuler la drogue sous le couvercle de la malle qui contenait tous les vêtements. L'après-midi précédent, il avait récupéré les boules résineuses qu'il vendrait ensuite à ses plongeurs avec un profit de cinq cents pour cent. *Je suis un véritable génie*, songea-t-il, euphorique. *Même ce petit vicieux de Blair n'y a pas pensé !*

Un grattement interrompit le flot de ses pensées. Son ouvrier malais passa la tête dans l'entrebâillement de la porte et murmura :

— Tuan, homme voler perle.

— Un des miens ? hoqueta Maitland en posant violemment son stylo sur le bureau.

— Non, pas équipage à vous. Tuan maire.

Maitland se redressa dans son fauteuil. Quelqu'un avait volé l'une des perles de Blair ?

— Où est-elle ? aboya-t-il.

— Moi pas savoir, répondit le Malais en grattant son ventre nu. Mais Java Boy Pete lui savoir. Lui dire moi prévenir Tuan. Peut-être vous vouloir acheter ?

— Quelle taille fait-elle ? souffla Maitland en plissant les yeux.

— Grosse perle. Deux grammes facile. Zéro défaut.

— Et Java Boy Pete t'a-t-il dit où nous pouvions le retrouver ?

Le visage basané se décrispa. Il avait la réponse à cette question.

— Oui. Lui dire Tuan retrouver lui *Seafarer* quand vous finir ici.

En dépit des apparences, Maitland n'avait plus d'argent liquide. Il avait tiré autant d'intérêts que possible de ses différents prêts, mais il devait encore beaucoup aux marchands chinois avec lesquels il travaillait. Tous ses lougres étaient hypothéqués, et la dernière tempête en date en avait décimé un. Par-dessus le marché, il lui fallait encore payer la nouvelle goélette. Il s'était bien évidemment servi dans la dot de Maisie, mais ce qu'il avait pu tirer du père de sa femme était loin de suffire. Il aurait dû réclamer plus. Il s'était trompé, comme un débutant.

Une perle de deux grammes ? Voilà qui sentait la fortune à plein nez, si c'était vrai. Il la revendrait, réglerait ses dettes et quitterait le monde de la perle. Il en avait plus qu'assez de la puanteur des huîtres pourries, sans parler de l'Association qui lui faisait miroiter un poste qu'il ne semblerait jamais avoir. Un débat était justement organisé, cet après-midi, mais il n'avait aucune envie d'y aller. Blair disait que la guerre faisait rage, en Europe, et qu'ils feraient mieux de se reconvertir dans la laine. C'étaient les uniformes militaires qui rapportaient, désormais. Les deux hommes songeaient sérieusement à se lancer ensemble.

Le *Seafarer's Rest Hotel* était une construction disparate qui offrait des prestations de diverses qualités à sa clientèle multinationale. Maitland, qui disposait d'une grosse part de l'hôtel, avait relégué le plongeur anglais et son équipier dans des chambres simples au fin fond du bâtiment. Sur la droite, une clôture en bois délimitait un lopin de terre qui abritait les étables et les sanitaires. La partie gauche, elle, était immaculée. La division très nette était bien évidemment voulue : les Blancs à gauche, les étrangers à droite, avec interdiction de franchir la limite de séparation.

Java Boy Pete était logé dans la partie droite, au-delà des sanitaires, dans un cube crasseux et maculé de suie situé à l'arrière de l'hôtel. L'étroite dépendance, en plus d'être aveugle et ceinte d'une cour de béton, était étouffante et empestait la sueur.

Maitland cogna la porte du bout de sa chaussure.

— Java, tu es là ?

Pas de réponse. Maitland s'apprêtait à assener un nouveau coup, le pied dressé vers la porte, quand Java Boy Pete apparut à ses côtés, pieds et torse nus, seulement vêtu d'un sarong.

— 'soir, Tuan Sinclair.

Maitland pivota sur ses talons et dévisagea le Javanais comme s'il s'agissait d'une curiosité dans un musée.

— C'est toi, Pete ?

Le jeune homme hocha la tête.

— Vous avoir argent dans vot' poche, Tuan ?

Maitland haussa les sourcils, un air ahuri au visage.

— Vous acheter perle ? Grosse comme baleine, commenta le garçon en écartant grand les bras pour illustrer son explication. Mille livres ? Ensuite, vous revendre perle deux fois plus vite vite.

— Où est-ce que tu l'as eue ?

— Vous pas tracasser pour ça. Tout le monde acheter perles volées, ici. Moi pas répéter. Tuan veut voir ?

Ce Pete était décidément aussi imperceptible qu'un serpent, et potentiellement dix fois plus dangereux. Maitland devait prendre le temps de réfléchir à tout cela. Les maîtres perliers envoyaient leurs plongeurs dans les profondeurs afin qu'ils leur rapportent des perles. C'était leur gagne-pain, ce qui leur permettait de vivre correctement. Mais de temps à autre, une fois sur dix mille, une perle rare était remontée à la surface. Maitland et ses pairs comptaient sur leurs équipages pour faire preuve de la plus grande honnêteté en mettant aussitôt leur trouvaille de côté pour leur employeur. Certains s'exécutaient, mais la plupart n'en faisaient malheureusement qu'à leur tête et fournissaient le marché noir avec des perles dérobées à leurs patrons et revendues à tous ceux qui étaient prêts à en tirer un maximum de profit. Maitland avait conscience que son propre écailler, Sid, était un sale voleur qui revendait ses meilleures perles en profitant du trafic maritime. Et cette fois, c'était Blair qui était la victime. D'un autre côté… Et si c'était ce qui lui permettrait de quitter pour de bon ce satané archipel ?

— Tu ferais bien de l'avoir avec toi. Je te préviens : si tu m'as fait venir jusqu'ici pour rien, tu risques de le regretter très fort.

— Moi avoir perle, Tuan. Pas de souci.

Le cœur de Maitland se mit à s'emballer fiévreusement, mais il fit de son mieux pour dissimuler son trouble.

— Je vais boire un verre au bar. Attends-moi dehors mais fais bien attention à rester discret. Si tu te fais repérer par qui que ce soit, tu peux m'oublier.

Il jeta un nouveau coup d'œil à sa montre et demanda un autre verre au barman. Une heure plus tard, il fouilla les broussailles du regard, dehors, et se décida enfin à lever son séant. Les marches de bois, qui avaient pourri par endroits, craquaient sous ses pas comme la mâchoire d'un alligator. Il trébucha soudain sur une planche, ses grosses mains incapables de freiner sa chute. Java Boy Pete apparut à ses côtés et l'aida à se relever.

— Où est-elle ? cracha Maitland.

Java Boy Pete lui répondit avec un sourire assuré.

— Dans meilleure cachette au monde, Tuan.

— Meilleure cachette au monde ? répéta Maitland, interloqué.

— Oui, oui. Meilleure cachette, pour sûr. Vous vouloir tester ?

Puis le Malais reprit la direction de son taudis en jetant des coups d'œil furtifs par-dessus son épaule, tel un animal qui s'assurerait d'être toujours suivi par son maître. Il passa la main dans ses cheveux gras et l'essuya sur le tissu qui lui recouvrait les fesses. Ils franchirent le seuil crasseux du petit cube, et Maitland sentit son pouls accélérer brusquement.

— Ferme la porte, aboya-t-il.

Maitland se tourna vers le mur de l'hôtel et s'assura que personne n'était en train de l'épier. Alors, il enveloppa la perle dans son mouchoir et la glissa dans sa poche de poitrine. Il ne se débarrasserait probablement pas aussi vite qu'il se l'était imaginé d'un trésor de cette taille, mais il pouvait se permettre de patienter encore un peu.

Certains disaient que les grosses perles portaient malheur, mais Maitland ne croyait pas à ces âneries. Ce qui était certain, c'est que Java Boy Pete n'irait rien ébruiter. Le garçon gisait sur son lit, mort, sa langue violine pendant mollement d'entre ses lèvres. Maitland avait regardé une mouche entrer dans sa bouche. Il fallait toujours se méfier des mouchards, s'était-il dit. Mieux valait parfois se débarrasser de ces parasites. Si on l'avait vu dans ce trou à rats, ça aurait été la parole d'un Blanc contre celle d'un étranger.

Il réajusta sa veste, dont il épousseta le revers, avant de jeter un œil à sa montre. Voilà qu'il allait être en retard, grogna-t-il en se maudissant de ne pas avoir réservé le pousse-pousse de Mr Li pour le trajet de retour. Il n'aimait pas particulièrement marcher, sauf s'il pouvait faire un détour par le pub en chemin. Ses jambes, déjà trop courtes, devaient supporter un poids pour lequel elles n'étaient pas faites. Ses chevilles protestaient à chaque pas et ses orteils lui faisaient un mal de chien. Mais même s'il avait basé sa vie sur un minimum d'exercice physique, ce soir, il n'avait pas le choix.

Il leva les yeux vers le ciel et approuva sa décision. Il ne pleuvrait pas ; la tempête de la veille semblait avoir chassé les nuages. Il entama donc sa route, pressé de retrouver ses acolytes pour une nouvelle soirée de beuverie. Il avait oublié d'inviter le nouvel expert en perles, mais il se rattraperait. La brise que venait souffler l'océan chassait délicieusement l'humidité de l'atmosphère. Cela avait été un excellent après-midi, au final, et s'il accélérait un peu le pas, il y avait même des chances pour qu'il n'ait pas tant de retard. Son état frisait l'exaltation.

Le crépuscule engloutissait peu à peu la ville, et une roussette solitaire passa au-dessus de lui en grinçant. Maitland rejoignait d'un pas tranquille son bungalow, la route jonchée de débris de verre et de morceaux de papier rappelant tristement le cyclone qui avait frappé l'archipel. Quelques chiens rachitiques flairaient les détritus, mais il y fit à peine attention, tellement il était content de lui. Même les étoiles du Sud étaient apparues pour illuminer sa route, comme pour acclamer sa victoire. Une bourrasque provenant des dunes saumonées l'engagea à couper par le sable pour en profiter pleinement. Il s'arrêta un instant, tapota sa poche de poitrine et posa le regard sur l'océan. Les poils se hérissèrent dans sa nuque. Il y eut comme un bruit, dans l'air, mais à ce point imperceptible qu'il se demanda s'il n'avait pas rêvé.

Quelqu'un en voulait-il à son trésor ? Il balaya les alentours des yeux, tapota une nouvelle fois la petite bosse sous sa veste et secoua la tête. En dehors des cacatoès perchés sur les branches de l'arbre mort dont la silhouette se dessinait sinistrement sur le ciel noir, il n'y avait pas âme qui vive.

18

Charlie s'arrêta aux abords du bar quasi vide, appuyé sur la poignée de sa brouette. Silhouette émaciée, sa crinière de boucles noires cachée sous un large chapeau, il se fondit aux ombres de l'hôtel sans que rien n'échappe à son regard affûté. Il tira sur sa pipe et recracha un long panache de fumée.

Il était convaincu que la vengeance s'obtenait avec discrétion, ruse et patience, et il disposait du tempérament ideal pour cela. Après tout, il avait subi tellement de choses que quelques heures à attendre ne changeraient rien. Le soleil commençait à se coucher, et il ferait bientôt nuit. Il plongea la main dans son *dilly-bag.* Le *junba* avait eu lieu, le rituel sacré de sa tribu présidé par les Anciens. Les corps recouverts de peinture et ornés de fourrures, piétinant de leurs pieds nus les broussailles calcinées par le soleil, ils avaient invoqué l'esprit du bush afin qu'il imprègne d'énergie l'os de la mort. Laissé des jours entiers dans la carcasse pourrissante d'un dingo, l'os en question s'était mué en aiguille infectée. Les Anciens étaient heureux que le Kurdaitcha se soit décidé. Ils avaient vu ce que le capitaine avait fait. Son heure était venue.

Chaque os de la mort, ou *kundela*, était spécifique à sa tribu. Celui de Charlie faisait vingt centimètres de longueur et aurait pu passer pour une aiguille à tapisserie dans n'importe quel foyer européen. Selon la tribu, l'os différait en longueur, mais il ne venait pas non plus toujours du même animal. Leur seul point commun était le cheveu humain que l'on glissait dans le trou, sur la partie plate de l'arme, et que l'on fixait avec de la résine de spinifex.

En temps normal, Charlie portait ses grosses bottes de seconde main. Toutefois, ce soir, dans son sac, il avait pris une paire de chaussures toutes neuves – mais elles n'avaient rien à voir avec celles qu'affectionnaient tant les Blancs. Les siennes étaient composées de plumes d'émeu collées les unes aux autres avec du sang d'animal. Un filet soyeux de cheveux humains recouvrait la partie supérieure. Un trou avait été découpé sur le dessus pour qu'il puisse y glisser son pied. Il s'était déboîté le petit orteil durant la cérémonie, si bien que l'on avait dû y former un nouveau trou, sur le côté, afin de le faire passer. Décorées de traits horizontaux blancs et roses, ces chaussures toutes particulières étaient imprégnées de magie.

Charlie avait déjà traqué un homme durant son initiation, mais cette fois, c'était une histoire personnelle. Il glissa ses pieds dans ses chaussures de Kurdaitcha et plia les orteils.

Il regarda l'homme blanc grassouillet envelopper quelque chose dans un mouchoir et l'enfoncer dans sa poche. Charlie leva alors les yeux, renifla l'air puis repoussa sa brouette en direction du tas de bois en prenant bien soin d'éviter le regard de la pauvre métisse qui s'acharnait à faire tenir ses draps sur la corde à linge qui jouxtait la ligne de séparation. Personne ne saurait jamais qui était passé par là. Dans la terre rouge, ses empreintes demeuraient invisibles.

Il avait abandonné ses vêtements de Blanc et ne portait désormais rien de plus qu'un tassel composé de peau de kangourou et qui lui cachait le sexe. Un bout de bois de vingt-cinq centimètres aux extrémités tranchantes lui barrait le nez. Sur son torse et son ventre, le dessin sacré de la tribu des Banardis scintillait sous le clair de lune, la peinture blanche ressortant sur son corps d'ébène. Il implora l'esprit du bush d'accomplir son œuvre et jeta une pierre dans le sable. Une poussière rouge sang s'éleva alors, ébranlant les cendres de ses ancêtres, morts depuis longtemps et aussi puissants et aussi rageurs qu'un nid de termites fraîchement coupé.

Sur les dunes, l'homme blanc hésita un instant tandis que le nuage se mouvait vers lui, tournoyant telle une mini-tornade en direction de son visage. Il n'eut pas le temps de réagir. La poussière couleur cayenne lui brouilla la vue et s'engouffra dans ses narines. Il se mit à éternuer et à frotter ses yeux qui le brûlaient avant de cracher sur sa manche et de plaquer le tissu mouillé entre ses yeux et son nez.

L'homme poussa un juron en se frottant le visage avec les deux manches de sa veste, marquant toujours un peu plus le tissu immaculé de grosses taches rouges. Puis il se mit à dévaler les dunes, perdant l'équilibre quelques secondes plus tard. Une fois en bas, il vida ses chaussures de tout le sable accumulé, se frotta les joues et se mit à rouler sur le flanc en gémissant comme une femme.

Charlie s'accroupit. *Junba*. L'esprit du bush commençait le vrai travail, tordant et tourmentant l'homme blanc, l'attirant vers les broussailles. L'Aborigène fit courir son doigt le long de son os, toujours enveloppé de son voile protecteur, prenant bien soin d'éviter tout contact avec la pointe acérée.

L'homme grassouillet se releva tant bien que mal et, toujours aveuglé, avança à tâtons, les brindilles se brisant sous ses pas chancelants. Il se heurtait à chaque buisson qui se trouvait sur sa route, le visage lacéré par les tiges qui lui fouettaient la peau. Il fonçait tête baissée, les paupières résolument fermées, les bras écartés comme un enfant qui courrait vers sa mère. Il tomba une nouvelle fois, sa tête percutant brutalement le sol dans sa chute. La joue pressée contre son bras, il sanglotait de frustration, ses doigts suppliants réclamant de l'aide en tremblotant.

C'est à peine s'il cilla quand l'aiguille funeste plongea dans sa chair, au niveau de l'arrière de son pantalon. Charlie se releva et récupéra l'os. Le sang jaillit de la plaie et se mit à teindre le tissu de rouge, comme pour le marquer de sa honte. On le retrouverait bien assez vite. C'était là qu'il l'avait laissé pour mort, après l'avoir rossé de coups, à quelques centaines de mètres de chez lui.

Les convives venaient à peine de se rassembler sur la terrasse que Maisie savait déjà que cette soirée serait un désastre. Tous ces gens n'avaient rien à faire ensemble. L'odeur saline de l'océan était intense, et le bruit des criquets bien trop strident. Une nouvelle migraine lui emprisonna les tempes. Le docteur Shin lui avait pourtant dit de se reposer, lorsqu'elle lui en avait parlé, mais elle n'avait pas suivi son conseil.

Maisie inspecta ses ongles. Ils étaient courts, limés, propres. À l'opposé des pensées qui tournoyaient sauvagement sous son crâne.

Ils attendaient encore l'expert en perles et sa femme, ainsi que Maitland. Maisie n'était même pas certaine que le couple ait été invité, et elle ne pouvait pas s'en enquérir auprès de son mari, vu qu'il n'était pas là.

Enhardi par son engouement d'alcoolique, le capitaine Mason semblait décidé à tirer profit de l'absence de son ami. Lui pour qui flirter était une seconde nature avait déjà glissé sa grosse patte d'ivrogne sous la jupe de Jane Locke. Elle était désormais perchée au bord de sa chaise, prête à bondir si jamais le vieux capitaine faisait une nouvelle tentative.

À l'image de la locomotive qui traversait l'archipel, la conversation suivait un rythme saccadé, entrecoupé de silences.

L'évêque et Mrs McMahon parlaient de leurs chiens en buvant leur whisky sec. Ne sachant pas d'où venait l'eau, ils s'en méfiaient comme de la peste.

Blair, lui, chassait les moustiques qui se collaient aux lampes en hordes.

— Vous avez eu des nouvelles de vos parents, récemment, Jane ? demanda Maisie en étudiant le visage du maire.

L'homme ne cilla pas. Il affectait une moue lasse, comme s'il n'avait rien entendu.

— Non, pas dernièrement. Mais je leur ai écrit il y a quelque temps. Je ne doute pas qu'une lettre de Melbourne ne tardera pas à me parvenir.

Maisie se leva et tenta de voir quelque chose à travers le treillis qui cernait la terrasse. Où Maitland avait-il donc pu passer ? Elle ignorait quoi faire, et Jane, silencieuse, attendait une nouvelle perche de sa part, comme si quelque chose venait de lui couper la langue.

— Et où en sont vos recherches sur la population indigène ?

— J'espère pouvoir bientôt partir vers le nord rejoindre la Mission. L'évêque a gentiment accepté d'organiser ma visite, commenta Jane en adressant un sourire à l'intéressé. Nous avons déniché un lougre désaffecté qui pourra nous emmener, et j'espère pouvoir travailler avec les autochtones, une fois sur place. La plupart souffrent de malnutrition, de lèpre et de maladies dont nous sommes certains qu'elles ont été apportées par les Européens.

— Pourriez-vous éviter de parler de ça alors que nous nous apprêtons à passer à table, très chère ? se plaignit la femme de l'évêque.

— Je pensais éventuellement l'accompagner, Mrs McMahon, intervint alors Maisie en fixant une traînée de cire sur le parquet. Ma domestique, Marjorie, a passé quelque temps à la Mission et m'a exprimé le désir de retourner voir ses tutrices. Combien de temps durera le voyage, déjà, Jane ?

— Trois jours, répondit celle-ci, visiblement beaucoup plus détendue, soudain. Nous pensions ensuite naviguer jusqu'à Spikey Island, où Marjorie pourrait nous servir d'interprète. Rien n'est encore décidé, bien évidemment. Nous n'en sommes qu'au stade de la réflexion, et un voyage pareil demande des semaines d'organisation.

Mrs McMahon attrapa le bras de son mari.

— Irez-vous aussi, très cher ?

L'évêque secoua la tête en lui souriant.

Maisie chercha quelque chose de pertinent à dire, en vain. Elle se tourna alors vers Dorothea, désireuse pour une fois de lui délier la langue.

— Et vous, Dorothea ? Quelles nouvelles avez-vous à nous confier ?

La fille jeta un regard nerveux à son père avant de se mettre à examiner le fond de son verre vide. Ses joues s'étaient très nettement empourprées.

— Oh, pas grand-chose, Mrs Sinclair. Je commence tout doucement à comprendre pourquoi ma mère avait l'impression d'étouffer, ici…

— Sa famille devait beaucoup lui manquer.

— Vous connaissez la famille de ma mère ? dit Dorothea en redressant la tête, une moue boudeuse au visage.

Maisie s'empara d'une bouteille sur le plateau et la poussa vers elle.

— Pas personnellement, non, mais je ne peux que comprendre ce que cela fait d'être éloigné de sa famille. C'est pour cela que venir en Australie pour épouser mon cousin me paraissait être l'évidence même. Cela ne peut être que positif pour l'unité familiale.

— Est-ce vrai, *chère madame* ? cracha alors le maire.

Maisie se sentait d'une témérité inédite, soudain.

— Bien sûr. Je n'imaginerais pas que Maitland vous ait caché une chose pareille, vu la forte amitié qui vous lie depuis vos années à l'école catholique de Melbourne…

Dorothea était en train de se servir quand la bouteille lui tomba des mains pour venir cogner sur le parquet.

— Papa, c'est vrai ?

— Foutaises, commenta-t-il d'une voix rageuse. Regarde ce que tu as fait, Dorothea. Fais un peu attention, veux-tu !

La jeune femme jeta un nouveau regard inquiet à son père et décida de noyer son chagrin dans l'alcool.

— Quand Maitland a demandé ma main à mes parents, enchaîna Maisie en s'arrachant un rire forcé, ils étaient plus que ravis d'accepter, et je suis pour ma part enchantée qu'ils aient fait un choix aussi pertinent. Partir vivre en Australie… quelle aventure ! Il n'y a rien de plus excitant, vous ne trouvez pas ?

Le capitaine Mason semblait complètement ivre. Il tenait à peine debout, et son regard était vitreux.

— Vous permettez que j'aille vider ma vessie, m'sieurs dames ?

— Qu-Quoi ? sursauta Mrs McMahon, qui venait de piquer du nez.

— Le capitaine a besoin d'aller aux toilettes, ma chère, commenta son mari en lui tapotant gentiment la main.

Ils étaient assis côte à côte, raides comme des piquets, un peu comme des patients qui attendraient leur tour dans le cabinet du dentiste. Leur verre serré dans leur poing, ils y prenaient de grosses gorgées pour mieux camoufler leur malaise.

— Le pauvre, commenta Jane tandis que le capitaine s'éloignait. Comme ça doit être triste de passer sa vie tout seul…

— Vous pensez qu'il est seul ? rétorqua Maisie. Il est tout le temps chez nous, à essayer de mettre la main sur moi ! Je ne le supporte plus.

Le visage rondelet de Mrs McMahon sortit lentement de la pénombre. On aurait dit une tortue qui étirait son cou écailleux pour trouver la lumière.

— Cela fait bien longtemps que cet homme vit sur l'archipel, Maisie. Il est grand temps que vous appreniez à faire preuve de compassion et que vous cessiez de juger les gens avec vos principes rigides et votre inexpérience totale de la vie. Nous ne sommes pas en Angleterre, bonté divine ! Sachez qu'un manque de compassion peut être considéré comme aussi vulgaire qu'un excès de larmes, ajouta-t-elle en posant un regard appuyé sur Dorothea.

Maisie ne s'autorisa aucun commentaire, mais elle avait soudain l'impression d'avoir avalé une guêpe. Était-ce vraiment ce qu'elle était devenue ? Une sale hypocrite pleine d'idées reçues ?

Duc apparut sur le seuil, une expression crispée au visage. Il attaqua alors les trois côtés d'un triangle à l'aide d'une baguette en métal complètement cabossée, faisant résonner les notes à travers la terrasse.

— Si dîner pas maintenant, direction poubelle.

— On va peut-être prendre un peu de retard, commenta Mason de sa voix traînante. Je viens de tomber sur Maitland, dehors. On dirait qu'il a fait une vilaine chute ; une bonne douche ne serait pas inutile.

Maitland s'effondra sur une chaise en se massant la nuque. Sa main était secouée de spasmes, mais il était incapable de la contrôler. Il souffrait d'une migraine atroce, et les petits points blancs qui dansaient devant ses yeux ne semblaient pas décidés à s'en aller. Il avait beau leur avoir raconté ce qu'il s'était passé, il parvenait très bien à lire le scepticisme qu'affichaient tous ces foutus visages dégoulinants de sueur. Il n'avait qu'une seule envie : qu'ils balaient le plancher vite fait bien fait.

— Je vous l'ai dit : on me suivait ! Même si je ne l'ai pas vu, il était là, c'est certain. Je ne suis pas complètement idiot, quand même !

— Mais le capitaine Mason est allé voir dehors. Même s'il fait trop noir pour y voir correctement, il nous a assuré qu'il n'y avait que tes empreintes dans le sable, Maitland, répliqua Maisie. Pourquoi quelqu'un aurait-il cherché à te suivre, de toute façon ?

Il planta un doigt rageur en direction de la mer.

— J'ai coupé par la plage parce que j'avais du retard et que je savais que je t'aurais une fois de plus sur le dos. Il y avait quelqu'un derrière moi, je te dis. Il était caché et cherchait à me désorienter pour que j'aille vers les broussailles.

— Pour faire quoi, exactement ? Tu n'aurais pas un peu trop abusé de la boisson, au *Seafarer*, Mait ?

Blair était assis près des bouteilles, une jambe nonchalamment croisée sur l'autre, étudiant du regard le dos de sa main. Maitland dut prendre sur lui pour ne pas lui voler dans les plumes.

— Sers-moi un verre, tu veux, au lieu de chercher la petite bête.

Blair se leva, choisit une bouteille et versa une bonne rasade de son contenu dans un verre.

— Tiens, ça t'éclaircira les idées, commenta-t-il en plantant le verre épais dans la paume de Maitland. Espèce de gros crétin.

Maitland était submergé par une vague d'angoisse dont il n'aurait su trouver la source. Il vida son verre d'un trait en espérant que cela défasse le nœud qui lui crispait le ventre et efface le goût amer qu'il lui restait dans la bouche. Ils l'observaient tous, dans la pénombre, échangeant des regards inquiets comme s'ils avaient affaire à un pauvre fou. *Qu'ils aillent tous au diable !* les maudit-il.

Mrs McMahon jeta un regard furtif à son mari puis se pencha vers lui.

— Dites-moi, capitaine Sinclair, pensez-vous qu'il pourrait s'agir d'un gobelin avec une vilaine idée en tête ?

— Ou un farfadet du bush qui t'aurait jeté un sort ! gloussa Dorothea.

Maitland se leva brusquement de sa chaise et posa son verre sur la table d'une main rageuse.

— Je t'interdis de rire de moi, jeune fille ! Efface-moi ce rictus et va dire à la lubra qu'on mange dans dix minutes, dès que je me serai douché.

19

Le ciel scintillait telles des guirlandes de Noël. Coop se tourna vers elle, et leurs regards se croisèrent.

— Avez-vous déjà vu des étoiles pareilles ?

Maisie sentit l'intensité de son regard lui nouer le ventre. Son pouls s'accéléra aussitôt.

— Non, jamais.

Convaincue que ses genoux ne tarderaient pas à lâcher, elle s'agrippa au bastingage et sortit un paquet de cigarettes de la poche de sa jupe. Elle le tendit vers la silhouette svelte que la lumière pâle du ciel faisait ressortir dans la nuit.

— Prenez-en une des miennes, si vous voulez.

Coop saisit le paquet de Chesterfield et tapota la base du dos de la main. Deux cigarettes glissèrent du paquet, comme des skieurs sur une piste.

— Savez-vous qu'elles sont hautement satisfaisantes, Coop ? commenta Maisie en regardant ses doigts s'activer.

— Pardon ?

— C'est ce que dit la publicité. « Hautement satisfaisantes ». Les cigarettes.

Coop ne fumait que très rarement des cigarettes déjà roulées. Il ne pouvait pas se le permettre, elle le savait.

Maisie attrapa l'une des deux. Elle était devenue experte pour les allumer dans le noir. La cigarette coincée entre ses lèvres fines, un coup d'allumette sur la boîte, et le tour était joué. Mais ce soir, c'était différent. Elle faisait office d'amateur face au professionnel qu'était Coop.

— Je crains de devoir vous demander de l'aide... Le vent est capricieux, ce soir.

Il se pencha vers elle et mit ses mains en coupe autour de sa cigarette.

— Allez-y, essayez.

Sa peau était chaude sous ses doigts, et la flamme vive dans l'obscurité.

Elle inspira l'odeur de tabac qu'il exsudait et crut qu'elle allait défaillir. Elle se détourna alors et s'agrippa de nouveau au bastingage comme un plongeur à une épave. Il était hors de question qu'elle ressente la moindre honte à l'idée de l'avoir effleuré. Sous leurs pieds, la lune tachetait l'océan de sa lumière. Le silence s'étira douloureusement entre eux.

— Quelque chose ne va pas ? s'inquiéta Coop.

Le dîner du dimanche soir était devenu leur petit rendez-vous à tous les deux.

Maisie avait passé la semaine entière à compter les jours, s'autorisant une seule pensée par heure jusqu'à ce que ses rêves s'emplissent totalement de l'image du plongeur anglais. Dans ses rêves, elle voguait sur les mers avec son capitaine aux yeux noirs, s'enivrant du luxe de sa présence. Elle n'avait pas à faire durer le plaisir jusqu'à ce que le dîner soit terminé, parce qu'ils disposaient de tout le temps du monde, ensemble. Maisie savait que ce sentiment fugace de liberté cesserait dès le lendemain, lorsqu'elle retournerait sur la terre ferme.

Elle se sentait excitée, perdue, nerveuse. Ce soir, elle avait décidé de lui confier ce qu'elle aurait voulu lui dire des semaines plus tôt. Elle lui dirait qu'elle l'aimait ; mais maintenant que le moment était venu, les mots refusaient de franchir ses lèvres. Elle n'était pas libre de les exprimer, ni lui de les entendre. Elle se résigna donc à les garder en elle et à ne jamais partager son secret.

Elle garda le silence un long moment, les yeux rivés sur la mer, à fumer sa cigarette.

— Dites-moi quelque chose sur vous que personne ne sait, murmura-t-elle enfin.

Il se tourna légèrement vers elle et passa la main sur son front d'un air songeur.

— Mon deuxième prénom est Hereward, déclara-t-il alors d'une voix faussement peinée.

Maisie dut se retenir d'éclater de rire.

— C'est un sacré poids, en effet.

— Vous l'avez dit, Mrs Sinclair, commenta-t-il avec un grand sourire. Mais vous m'en avez déchargé de moitié ! Et vous, Maisie ? Quel secret êtes-vous prête à partager avec moi ?

Ses jambes se remirent à flageoler, et elle serra plus fort le bastingage pour ne pas s'effondrer.

— J'ai fouillé dans les affaires de Maitland.

Leur soirée touchait à sa fin, et elle avait un désagréable pressentiment, comme si un malheur s'apprêtait à chambouler leur vie. Coop se pencha vers elle.

Elle devinait la sueur qui trempait ses cheveux, sentait son souffle sur son visage. Devinait-il, quant à lui, qu'elle était à deux doigts de sombrer ?

— Le jour de notre arrivée sur Fremantle, vous portiez des chaussettes à motifs.

— Voilà une drôle de remarque…

— C'est la première chose que j'ai notée, chez vous. Je me souviens m'être dit que c'était une bien étrange occasion, pour porter de pareilles chaussettes.

— Mon père vend des chaussettes.

— Mon père est juge, et je ne porte pas de perruque pour autant.

— Je déteste la monotonie. Je suis terrorisé à l'idée que ma vie soit plate, sans contours ni couleurs, alors je porte des chaussettes colorées pour ne pas oublier d'escalader des montagnes.

— Est-ce pour cela que vous êtes venu en Australie ? Pour trouver une montagne ?

— Le défi était tentant.

Maisie détourna les yeux puis, au prix d'un réel effort, elle lâcha :

— Au point de signer votre propre arrêt de mort ?

— Que voulez-vous dire ?

— Vous avez signé un document stipulant que vous ne seriez payé qu'après avoir pêché plus de deux tonnes et demie d'huîtres. Au rythme où vous pêchez sur ces bancs, vous n'y parviendrez jamais.

À sa mâchoire crispée, elle comprit qu'elle venait de toucher un point sensible.

— Mais il y a bien pire, poursuivit-elle. Vous avez accepté que Maitland soit dédouané de toute responsabilité si vous veniez à être blessé ou tué durant l'exercice.

Coop demeura muet un long moment. Enfin, il la fit se tourner vers lui et pressa sa main dans la sienne. L'espace d'une seconde, quelque chose dans son expression fit croire à Maisie qu'elle s'apprêtait à recevoir une confession dont il n'était pas particulièrement fier.

— J'ai bien peur de devoir vous demander un autre service, Maisie.

— Encore ? souffla-t-elle en retirant sa main.

— Brûlez cette page.

— Mais… s'il m'attrape, j'ignore ce dont il sera capable.

— Vous avez vu ce que j'ai signé.

Elle hocha piteusement la tête.

— Les maîtres perliers ont fomenté ce plan il y a des semaines de cela.

— Quoi ? Vous étiez au courant ?

Son regard lui donnait l'impression de brûler son visage.

— Vous êtes en train de me fixer.

— Regarder dans les yeux permet de deviner si l'on vous ment.

— Maitland a convoqué chez nous certains des maîtres perliers de l'archipel, il y a quelques mois. Avant le cyclone. Marjorie les a entendus lancer des paris, au milieu de leurs bouteilles d'alcool…

— Je vous écoute.

Les mots sortirent alors en un flot continu.

— Le fond du problème, c'est ce que vous leur coûtez. Les perliers apportent un soutien de façade au gouvernement tout en comptant sur le fait que l'archipel est trop éloigné pour être sérieusement contrôlé. Leur unique but est de s'assurer que l'expérience pour laquelle vous êtes venu soit un échec. J'imagine que les paris concernaient qui ferait quoi pour saboter tout cela. Votre vie est en danger, Coop. Je n'ai aucun doute là-dessus.

— JB surveillera mes arrières.

— Et s'il lui arrivait quelque chose à lui aussi ?

— Un homme averti en vaut deux. N'est-ce pas ce que dit l'expression ? Je vous promets de faire attention, mais vous devez absolument détruire cette page.

L'angoisse se lisait sur le visage de Maisie.

— J'ai conscience que vous avez peur, murmura-t-il, mais j'ai le sentiment que vous ne m'avez pas tout dit…

Maisie enfonça ses ongles dans ses deux paumes et porta le regard sur la vaste étendue d'eau, devant eux. Au loin, elle croyait distinguer le phare. Alors, une fois de plus, les mots sortirent tout seuls.

— J'ai entendu dire que vous étiez fiancé à Miss Montague.

Coop laissa échapper un éclat de rire, qu'il ravala bien vite en découvrant l'expression frustrée de Maisie. Il lâcha alors un petit sifflement.

— Elle m'a dit que vous vous étiez embrassés au Bal de Bienvenue, et que cela avait suffi pour que les choses soient évidentes, entre vous.

Il baissa les yeux sur le pont, les joues rouges.

— C'est vrai pour le baiser. Elle s'est littéralement jetée sur moi lorsque je suis parti vous chercher un verre. Mais pour le reste… J'ignore d'où elle a tiré une idée pareille.

— Pour elle, la vie est un roman d'amour, Coop. Elle brûle de vivre quelque chose qui n'existe pas et est persuadée de l'avoir trouvé en vous. Vous êtes son chevalier servant qui l'emportera sur son cheval blanc… Si elle s'entête dans son fantasme et se décide à en parler à son père, vous aurez face à vous un ennemi qui fera passer Maitland pour un débutant, je vous préviens. Blair n'a aucun scrupule. Il se croit au-dessus des lois.

Coop marqua un instant de silence et jeta le mégot de sa cigarette par-dessus le bastingage.

— Cela doit être difficile pour Dorothea de ne pas avoir de mère vers qui se tourner. Le jour où j'ai fait sa connaissance, elle n'a pas cessé de se vanter de la vie trépidante qu'elle menait sur l'archipel… Mais je crains en vérité qu'elle ne passe la plus grande partie de son temps toute seule, avec ses histoires à l'eau de rose pour unique compagnie. C'est une jeune femme triste et négligée, voilà la vérité.

Maisie l'écoutait tout en se demandant s'il se rendait compte qu'il venait de décrire, à quelques détails près, sa propre situation.

— Que comptez-vous faire ? souffla-t-elle alors.

— Je n'ai pas réfléchi en acceptant de danser avec elle, et je devrai en assumer les conséquences, quelles qu'elles soient. Cela lui brisera peut-être le cœur, mais je me dois de trouver un moyen diplomate de la repousser.

— Oui, murmura Maisie en caressant le pont du bout de sa chaussure. Mais je vous en prie, ne me demandez pas de m'en charger, cette fois.

Une seconde plus tard, il l'attirait vers lui, prenait sa tête entre ses mains et l'embrassait passionnément. Elle avait rêvé de ce moment, s'était demandé ce que cela ferait d'embrasser un homme, et quel goût Coop aurait. Il la plaqua contre son torse, ouvrant ses lèvres du bout des siennes. Tandis qu'elle sentait les parties les plus intimes de son corps se galvaniser, elle s'attendait à tout instant à entendre résonner sous son crâne la voix sentencieuse de sa mère qui la tancerait pour une telle disgrâce. Mais il n'y eut rien, en dehors de sa voix qui murmurait le nom de Coop.

— Pourquoi l'as-tu épousé, Maisie ? souffla-t-il alors dans ses cheveux.

Elle posa une main sur sa joue et répondit pour elle-même, plus désespérée que jamais : *Parce qu'il l'a demandé à mes parents, et qu'ils ont accepté.*

Maitland était en train de rêver. Son corps semblait menotté d'une stupeur éreintante, et il était terrifié. Les esprits pouvaient-ils se venger de ce que les vivants leur avaient fait subir ?

Quelque chose l'avait ramené à ses années d'école, et voilà qu'il refaisait face au petit groupe de sales brutes qui l'avaient piégé au fin fond des toilettes, un jour.

— Allez, Maitland... Montre-nous ce que tu as dans le froc !

Ses trois agresseurs plaquèrent ses bras derrière son dos et baissèrent son pantalon jusqu'aux genoux.

— Voyons voir ce qu'il y a là-dedans... Oh, regardez-moi ça ! le railla l'un des garçons.

— Qu'est-ce qu'il y a ? Je suis pareil que vous, non ?! riposta Maitland, sa voix d'adolescent prépubère tremblotant malgré lui.

Les trois garçons le dévisageaient d'un air mauvais.

— Oh, regardez ! Il s'est pissé dessus ! s'exclama l'un d'eux.

— Sale lopette, ricana un autre.

La porte s'ouvrit alors en grand.

— Qu'est-ce qui se passe, là-dedans ?

C'était Blair. Maitland reboutonna son pantalon à la hâte, les joues cuisantes.

— Ils vont le regretter, murmura-t-il d'une voix presque inaudible.

— Oh oui..., confirma Blair. Oh oui.

Maitland se réveilla en sursaut, et les trois garçons disparurent dans les ombres de la pièce.

— Tu es dans un piètre état, commenta Blair.

— Tu es là depuis longtemps ?

— Assez pour te voir te battre tout seul sous les draps.

— Le médecin dit que j'ai contracté la maladie de Barcoo.

— Dans ce cas, ça sent très mauvais. Il va falloir soigner ça avec un mélange à base de Chlorodyne et de brandy. Demande à Duc de faire tremper des pommes de terre dans du vinaigre toute une nuit. Ensuite, il n'aura plus qu'à les faire bouillir et les réduire en purée. Ça va te faire du bien à l'estomac. Tu as la courante, j'imagine ?

— Au contraire. J'ai le ventre dur comme de la pierre, et le simple fait de sentir de la nourriture me donne envie de vomir.

— Tu as bu de l'eau contaminée ?

— Comment je pourrais le savoir ? s'agaça Maitland. On utilise l'eau de pluie, ici, mais j'ai peut-être chopé quelque chose au *Seafarer*, va savoir…

— Quand est-ce que tu y es passé ?

— Mardi dernier. Tout allait bien jusqu'au jeudi matin. Là, j'ai commencé à vomir, et Maisie a commencé à paniquer.

— On y a découvert un corps il y a deux ou trois nuits.

— C'est vrai ? souffla Maitland en haussant un sourcil.

— Ficelé comme une dinde. Apparemment, il n'était pas beau à voir, commenta Blair en se mettant à examiner son ongle.

— On sait de quoi il est mort ?

— Je ne sais pas vraiment.

Blair colla alors ses lèvres pâles et fines à l'oreille de Maitland.

— Mais le médecin a dit qu'il portait des blessures « étranges », Mait.

L'autre but une gorgée de son verre avant de se renfoncer dans ses oreillers.

— Ce qui est encore plus étrange, c'est pourquoi, après m'avoir laissé ramer pendant six ans, l'Association décide soudain de me mettre à sa tête…

— Nous avons eu une assemblée générale extraordinaire, lui expliqua Blair. Je te cède ma place pour partir en Europe. Il faut que je fasse un peu prendre l'air à Dorothea.

— Ce n'est pas un peu soudain ? Tu ne m'as jamais dit que tu envisageais de partir…

— Je n'envisageais rien jusqu'à hier soir, quand cette petite dinde m'a annoncé qu'elle était fiancée à ton fameux plongeur, Cooper.

— Quoi ? Mais… quand est-ce que ça s'est décidé ? balbutia Maitland, stupéfait. Ça fait des semaines qu'il est en mer !

— Pendant ce satané bal. Je refuse de prendre un quelconque risque. Dorothea a plus de vingt et un ans et n'a donc pas besoin de ma permission pour se marier. Mais nous ne pouvons pas les laisser se revoir. Il lui reste trois ans avant de pouvoir toucher ses fonds. Tu saisis ? Encore trois ans à la garder sous mon aile… Il est hors de question que je laisse ce pactole me filer entre les doigts. Je n'ai donc pas d'autre choix que de la faire partir de cet endroit, et j'attends de toi que tu fasses en sorte de te débarrasser de lui.

— Où penses-tu aller ?

— Paris, Londres, New York. Peu importe la destination, tant que c'est une ville où nos affaires marchent bien. Ce nouveau paquebot, l'*Atticus*, va bientôt appareiller sur nos côtes. Je me suis dit que le moment était parfait.

Les doigts de Maitland se resserrèrent sur son verre et il but une nouvelle gorgée.

— Tu es sûr de vouloir partir maintenant ? La saison vient juste de démarrer…

— Perth a décidé de nous envoyer un type du gouvernement pour voir comment progresse leur petite expérimentation.

Maitland hocha la tête et vida son verre.

— Donc c'est moi qui prendrai, s'il devine quoi que ce soit de suspect…

Blair plissa le front d'un air songeur puis fit craquer ses doigts les uns après les autres.

— Plusieurs plongeurs blancs sont déjà morts, et je viens de m'occuper du cas d'un autre, commenta-t-il en faisant remonter son chapeau avec la bouteille de whisky. Monsieur Jack Morris, avec son incroyable expérience dans la Marine et ses satanés tableaux de l'amirauté, n'est officiellement plus des nôtres. Je l'ai flanqué du vieux Ropin – déjà trop vieux pour être encore en vie, alors pour naviguer… Je les ai envoyés à une trentaine de kilomètres de la côte en leur faisant croire que des tonnes d'huîtres les attendaient là-bas. Ce crétin n'a pas réfléchi une seule seconde.

— Et ensuite ? voulut savoir Maitland en se redressant péniblement.

Blair avala une gorgée de whisky directement au goulot.

— Ce vieux bougre était bien trop sénile pour comprendre ses signaux. Il disait que Morris passait son temps à tirer sur sa corde, et qu'il n'arrêtait pas de le remonter.

— Par paliers ?

Blair cracha un rire mauvais.

— Tu es bien naïf ! Même s'il comprenait le principe des pauses, Ropin est incapable de compter jusqu'à dix sans se servir de ses doigts.

— Comment est-il mort ?

— Les bends. Terminé. Déjà enterré.

Maitland se pencha par-dessus le bord du lit et vomit une nouvelle fois avant de s'essuyer la bouche du dos de la main.

— Et maintenant, qu'est-ce qu'on fait ?

— Tu t'occupes de ce salopard de Cooper. Il faut que nous continuions sur notre lancée. Je me suis occupé d'un des miens, et Hanson de deux. Envoie un message à Sid. Maisie pourra le lui faire passer lorsqu'il rapportera les coquilles le week-end prochain. Fais-le revenir sur la terre ferme et débarrasse-toi de cette histoire une bonne fois pour toutes.

— Non, je préfère voir Sid moi-même. Il a la langue bien trop pendue dès qu'il a un peu d'alcool dans le sang. C'est moi qui gérerai la cambuse le week-end prochain. Tu veux venir avec moi ?

— Je ne peux pas laisser Dorothea toute seule. Cette idiote serait capable de s'enfuir pour retrouver son « fiancé »…

Maisie accosta juste avant le crépuscule, le lundi suivant. Elle s'engagea sur le chemin de coquillages pilés qui serpentait à travers le jardin et s'arrêta un instant pour regarder le soleil se coucher, boule de feu orangée qui lui fit désagréablement penser à son mari. *La fureur de Maitland*, songea-t-elle tristement. L'air résonnait des bruits du bush ; les cigales qui entamaient leur récital de nuit, les grenouilles qui se mettaient à croasser chaque soir à la même heure, et les moustiques qui bourdonnaient inexorablement dans ses oreilles. La mer, elle, ne produisait aucun son à l'exception des clapotis des vagues qui venaient lécher le bois de la jetée. Elle s'arrêta au pied des marches de la terrasse, prenant un instant pour endosser la peau de celle qu'elle n'était pas.

Un mouvement attira son attention, à travers le treillis. Maitland était couché dans la pièce à moustiques, son fidèle verre de whisky niché au creux de sa main, comme chaque jour à cette heure. Ayant fait venir le médecin anglais vendredi matin, elle s'attendait à ce que son mari soit presque pleinement rétabli, désormais. Il était accompagné, mais elle ne parvenait pas à deviner de qui il s'agissait, l'homme étant de dos. Maitland avait beau sourire, son visage paraissait affreusement émacié. Il avait perdu du poids et semblait véritablement affaibli. Elle le regarda rouler sur le flanc et vider son estomac. Elle se coula alors derrière un buisson, surprise seulement par un oiseau de passage qui chassait la lumière déclinante à coups de cabrioles dans le ciel.

Le verre de Maitland s'écrasa au sol, et le bruit la fit sursauter. Elle se pencha légèrement pour mieux voir. Il s'était rallongé sur les oreillers, livide et dégoulinant de sueur. S'il n'avait pas été malade, elle aurait presque ri de son apparence. Sa liseuse de soie à rayures lui donnait l'allure d'une chaise longue de luxe. Debout dans l'obscurité, elle décida de rester un instant de plus à observer la scène.

Le visiteur de Maitland se releva et s'étira. Puis il dégagea du front du malade les mèches humides qui étaient venues s'y plaquer et s'assit sur le lit. Il entreprit alors de déboutonner le haut de pyjama de Maitland et fit courir ses doigts sur son torse.

— Qu'est-ce qui m'arrive ? soupira Maitland en lâchant un grognement.

— Chhh…

Maisie voyait clairement le visiteur, désormais. Les traits durs de son visage étaient étrangement doux, et ses mains continuaient à tracer leur chemin, caressant le cou de son mari, puis son épaule, descendant lentement vers son nombril.

Maitland se raidit, comme en état de transe, les yeux à moitié fermés, les lèvres entrouvertes. L'homme déposa un baiser sur ses paupières, léchant leur humidité à lents coups de langue. Encore et encore, il caressait la peau malade comme pour la panser. Puis une main se glissa sous la ceinture du pantalon de pyjama afin de poursuivre son œuvre. De l'autre, il se retenait à la colonne de lit afin de ne pas écraser le malade, les muscles de son bras tressaillant sous la tension.

Maisie vit le regard brumeux de son mari, entendit son souffle haché s'échapper de ses lèvres entrouvertes, puis la cadence accéléra soudain. Maitland se mit à haleter, de plus en plus vite, et tout son corps fut pris de convulsions.

Lorsqu'il atteint l'orgasme, Maitland cria le nom de son amant, ravi par l'extase. Elle l'avait déjà entendu le crier le soir de son mariage, mais pas de son lit à elle. Elle n'avait pas compris, à l'époque.

Blair.

20

Maisie s'assit sur le fauteuil du bureau de Maitland, dans l'entrepôt, et pivota vers le phare qu'elle se mit à fixer désespérément. Elle ne savait pas grand-chose de l'homosexualité, en dehors du fait qu'elle était aussi bien interdite par la loi que par l'Église et qu'elle était punissable d'une peine de prison. Son père s'était occupé du jugement et de l'appel d'un écrivain homosexuel et prétendait que l'amour du même sexe transformait les pauvres malheureux en menteurs aguerris. Elle secoua la tête. Après le thé qu'elle était venue prendre chez Maisie, Jane lui avait prêté un exemplaire des *Bostoniennes* en l'encourageant à lire l'amitié romantique qu'avait imaginée Henry James dans son roman. Elle se rendit alors compte que si Jane lui avait proposé un peu plus qu'une amitié platonique, elle n'avait en tout cas pas menti une seule seconde afin de cacher ses sentiments.

Blair et Maitland étaient tous deux des hommes mariés et des menteurs aguerris. Si Maitland l'avait fait venir jusqu'en Australie, ce n'était que pour donner du poids à son mensonge. Ce qu'elle ressentait allait au-delà du dégoût ou même de la pitié. C'était un affreux sentiment de trahison. Pas parce que son mari lui préférait un homme, mais parce qu'il n'avait jamais été capable de la regarder comme il regardait Blair. Dès leur première rencontre, elle avait eu droit à un accueil glacial. Maitland était amoureux de Blair Montague et lui avait volé sa chance de trouver le bonheur auprès de quelqu'un d'autre. Ne méritait-elle donc pas mieux que cette vie ? Elle serra les poings et cacha son visage derrière ses mains. Les larmes ne tardèrent pas à inonder ses joues.

Des images de Coop envahissaient son esprit, et elle fut submergée par une nouvelle vague de désir. Il était son oasis au milieu de toute cette folie. Dans sa tête, elle le regardait parler, analysait la façon dont les mots se formaient sur ses lèvres et dont sa bouche changeait de forme quand il y nichait une cigarette. La sensation que lui procuraient ses baisers sur sa peau. Elle mit les poings en boule devant ses yeux jusqu'à ce qu'ils lui fassent mal.

Elle demeura un long moment assise sur ce fauteuil. Puis, très lentement, elle baissa les mains et desserra les poings, qu'elle posa sur le bureau, terrorisée par la puissance de la rage qui brûlait en elle.

Maisie prit sa résolution lorsqu'elle se réveilla le jeudi matin. Elle se redressa dans son lit et sortit de sous son oreiller la toute dernière lettre que Mrs Wallace lui avait envoyée. Le ton de la vieille femme était neutre et ses pensées jetées sur le papier dans l'ordre où elles lui étaient venues, mais le contenu du courrier avait embrasé son désir de révolte.

Vous ne me parlez que si peu de votre mari, Maisie… J'ai l'impression d'en savoir autant sur lui que vous le jour où vous vous êtes confiée à moi à Fremantle. Vous semblez plutôt bien gérer vos domestiques et vous être fait des amies, ce qui est une bonne chose. L'amitié un peu spéciale que vous a proposée Jane Locke n'est pas si rare, dans les petites communautés. Beaucoup de femmes esseulées doivent sûrement attendre de leurs compagnes de remplir le rôle du mari qu'elles n'ont pas. Cela n'est peut-être pas votre choix, mais vous ne vous devez en aucun cas de juger, car vous avez la chance de disposer du soutien financier et de la compagnie d'un honnête homme. Je ne suis pas plus surprise d'apprendre que votre tentative de vendre des fruits et des légumes frais aux équipages n'ait pas abouti. À moins que quelqu'un ne trouve le moyen de conserver plus longuement les biens périssables, je crains malheureusement que nous ne devions nous résigner à faire ce genre d'emplettes tous les deux jours, à défaut de faire croître son propre potager. En parlant de cela, j'aimerais, dans votre prochaine lettre, que vous me parliez davantage de Maitland et de ce que vous faites pour l'aider à faire fructifier ses affaires. N'ayant aucune image précise de cet homme, je vous saurais gré de me dire à quoi il ressemble et ce qu'il fait de ses journées, dans cette sinistre petite ville que vous semblez si bien savoir décrire. Qu'avez-vous fait pour Pâques, très chère ? Le mois d'avril s'est fait tellement attendre, cette année… Pouvez-vous vous procurer de l'agneau, par chez vous ? Je ne doute pas un seul instant que Maitland soit parvenu à vous dégoter un gigot, pour fêter comme il se doit cette tradition anglaise chère à votre cœur...

Maisie songea aux yeux de glace de Maitland et chassa les draps d'un coup de pied. Il n'avait même pas pris la peine de dîner avec elle, ce soir-là.

Elle sortit du lit, enhardie par sa détermination, et commença à s'habiller. Quelques minutes plus tard, elle demandait à Duc de harnacher leur canasson rétif à la carriole et de fouetter ses vieux flancs jusqu'à la poste.

Mrs Brightlight était agenouillée sur le sol, affairée à chercher quelque chose sous le comptoir. Elle se redressa et sourit.

— Quelque chose est arrivé pour vous il y a quelques jours ! Je l'ai immédiatement mis de côté afin que le capitaine ne puisse pas mettre la main dessus, mais pour être honnête, cela fait quelque temps que je ne l'ai pas vu... On dit qu'il est alité, et qu'il souffre de la maladie de Barcoo ?

— Oui, nous avons fait venir le docteur. Il est en effet très mal en point.

— Transmettez-lui tous mes vœux de rétablissement. Je ne souhaiterais un tel mal à personne, même à un homme qui a osé mettre ses sales pattes sur la correspondance de sa femme !

Maisie se tourna vers la sortie, préoccupée par le malade qui l'attendait à la maison. Une silhouette insolite, à la fenêtre, barrait toute vue sur l'océan. Un immense navire était amarré sur la baie.

— C'est l'*Atticus*, lui expliqua la receveuse en suivant son regard. Il est arrivé hier soir et restera ici pour quelques jours – au moins jusqu'à lundi, ai-je entendu dire.

Le bateau était tellement impressionnant en taille que l'on pouvait le voir du quartier asiatique.

— Il ne m'inspire pas confiance, marmonna Maisie.

— Oh, moi non plus, c'est certain. Il faudrait me payer très cher pour embarquer sur un engin pareil ! Mais ne partez pas sans votre lettre, très chère… Accordez-moi deux petites secondes ; je vais vous la chercher.

Elle boitilla jusqu'au placard.

— Elle vient de l'entreprise PS Corsets Ltd, basée à Melbourne. Je n'aurais jamais cru que vous ressentiez le besoin d'acheter l'une de ces choses affreusement lourdes, vous qui êtes si mince ! Bref, tenez, la voici. Si vous décidez de passer commande, sachez qu'il lui faudra un bon mois avant d'arriver ici. Je ne gâcherais pas mon argent, si j'étais vous.

Maisie récupéra la lettre tout en faisant de son mieux pour cacher les tremblements de sa main.

— Merci, Mrs Brightlight. J'attendais ce courrier depuis longtemps. Je vous tiendrai au courant de ma décision.

L'après-midi venu, une centaine de pensées lui vrillaient l'esprit. Elle se sentait déboussolée, agacée par le bourdonnement incessant des insectes, écœurée par la puanteur saumâtre des bancs de boue. Elle avait la sensation d'étouffer et d'être incapable de se mouvoir. L'état de Maitland l'obligeait à quitter le moins possible la maison, et pourtant, elle n'avait toujours pas trouvé le temps de brûler la fameuse page qui portait la signature de Coop. Le choc de la découverte de l'homosexualité de son mari l'avait littéralement consumée, dans l'entrepôt, et lorsqu'elle avait repris ses esprits, il faisait trop noir, dehors, pour qu'elle entreprenne de la chercher. Le fameux journal de bord au complet se trouvait désormais dans le tiroir de son bureau, caché sous une pile de feuilles.

Maisie avait conscience qu'elle allait devoir réfléchir à sa survie, ainsi qu'à celle de Coop. Mais pas maintenant. Elle n'en avait pas la force.

Elle se laissa distraire par le petit coffre en stéatite posé devant elle. Maitland lui avait caché tellement de choses, jusqu'ici… Quelles autres révélations pourrait-elle y découvrir ? Elle pressa chacune des deux charnières, remua, secoua l'objet, puis répéta tout le processus, mais en retournant le coffre au préalable. En dépit de ses efforts, il demeurait résolument fermé. À court d'idées, elle songea un instant à aller chercher un maillet pour enfin l'ouvrir.

— Maisie ?

Elle tourna la tête aussi vivement qu'un chien de chasse au son d'un coup de fusil. En voyant son amie, elle se détendit aussitôt.

— Pardonnez-moi, Jane. Ce fut une rude journée, pour moi, commenta-t-elle en secouant le coffre. Toujours impossible d'ouvrir cette chose, et pour couronner le tout, je suis allée voir Mrs Brightlight tout à l'heure pour savoir si j'avais reçu du courrier... La mère de Maitland m'a écrit en m'informant qu'elle arriverait par le prochain bateau.

— Bonté divine ! souffla Jane en entrant dans la pièce. Nous ne nous attendions certainement pas à un tel rebondissement, n'est-ce pas ?

— J'ignore ce que je pensais précisément, pour ma part, mais est-ce si surprenant que cela qu'elle ait envie de rendre visite à son fils ? Ou de rencontrer sa femme ?

— Non, bien sûr que non. Comment va-t-il, d'ailleurs ?

Maisie commençait à sentir la migraine venir.

— Il est fiévreux et d'une humeur massacrante, même s'il est assez en forme pour accueillir comme il se doit son cher ami Blair et me destituer de mon poste sur la cambuse pour le week-end à venir. Mais discutons d'autre chose, vous voulez bien ? Parler de mon époux me donne le bourdon. Dites-moi ce qui vous amène.

Jane lui confia alors qu'elle venait de lire un article rédigé par un professeur d'anthropologie de l'université de Sydney, dans lequel l'homme aborde le sujet de la sorcellerie aborigène.

— Je me demande si Maitland n'en a pas été victime..., commenta-t-elle.

— Qu'est-ce qui vous fait croire une chose pareille ? Le médecin a dit qu'il avait contracté la maladie de Barcoo ! Il ne lui a donné aucun traitement mais lui a assuré qu'il serait vite rétabli.

— Cela n'a rien d'un procédé médical, Maisie. C'est un châtiment aborigène utilisé dans un esprit de vengeance. Vous vous souvenez de ce fameux soir où le capitaine Mason a retrouvé Maitland recroquevillé sur lui-même, sur le chemin, recouvert de poussière rouge ?

Maisie alluma une cigarette et tira longuement dessus. Elle avait depuis longtemps cessé de s'interdire de fumer à l'intérieur.

— Oui, je m'en souviens.

Comment oublier ce costume blanc maculé de rouge et toute l'agitation que cette découverte avait provoquée ?

— Vous vous souvenez également qu'il disait avoir été suivi, même s'il n'a jamais pu voir de qui il s'agissait ?

— Oui. Tout le monde était convaincu qu'il avait trop bu et par conséquent tout imaginé. Il allait très bien les deux ou trois jours qui ont suivi, puis soudain, il a été pris de fièvre et de vomissements. Qu'est-ce qui vous fait penser que Maitland a peut-être dit la vérité ?

— Je n'en sais rien. J'ai lu beaucoup de choses au sujet des esprits du bush. Ils donneraient le sentiment aux gens d'être suivis, entre autres. Le capitaine Sinclair serait-il responsable d'un quelconque acte qui aurait pu pousser un Aborigène à se venger ?

Maisie sentit le rouge lui monter aux joues.

— Vous voulez que je vous dresse une liste ? Il y a bien un événement tout particulier qui me vient en tête, mais cela remonte… Juste après mon arrivée, Maitland a puni notre jardinier parce qu'il avait arrosé la pelouse avec la mauvaise eau. Quand il a découvert ce qu'il s'était passé, à son retour de l'entrepôt, il a fouetté Charlie jusqu'au sang.

— Charlie disposait-il d'un dilly-bag ? s'enquit Jane d'une voix calme.

— C'est étrange que vous m'en parliez… Justement, le docteur Shin m'a convaincue de regarder à l'intérieur, au nom de mon « éducation culturelle ».

— Vous souvenez-vous de ce que vous y avez vu ?

— Pas précisément, répondit Maisie en écrasant sa cigarette. Il y avait des pierres. Le docteur m'a dit qu'il s'agissait de pierres guérisseuses. Il y avait également des os d'animaux, me semble-t-il, mais je ne…

Elle se tut, comprenant soudain que tout cela faisait sens, oui.

— Il y a de grandes chances pour que Maitland ait été victime d'un envoûtement. D'abord, les pierres ont dû être enveloppées d'écorce et de cheveux de votre mari, après avoir été imprégnées d'incantations. Puis certains effets de votre mari ont dû être accumulés au fil du temps et imprégnés à leur tour de magie aborigène.

— Comment est-ce possible ?

— C'est comme une psalmodie, sauf que dans ce cas précis, c'est un sort qui est répété.

— Et les os ?

— Tout dépend de la façon dont ils sont utilisés. Certains pensent que pointer un os sur la victime lui insufflerait une terreur psychologique insoutenable, jusqu'à ce qu'elle décide de se donner la mort. Mais elle peut être surmontée, selon la capacité de la victime à résister à cette pulsion.

— Et à quoi peuvent-ils servir d'autre ?

— En les empoisonnant, on peut les utiliser comme une aiguille toxique qu'on plante là où le viol d'origine a eu lieu.

— Œil pour œil, dent pour dent, en somme.

— Oui, mais de manière tout à fait littérale, Maisie, souffla Jane en lui prenant la main. Cela n'a rien d'un délire tribal. Vous devez vous préparer au pire. Les Aborigènes se vengent toujours du mal qu'on leur a infligé, même si cela doit prendre des années.

— Hello ! Mrs Sinclair, vous êtes là ?

Les deux femmes s'écartèrent l'une de l'autre, cramoisies.

— Qu'est-ce que vous manigancez, vous deux ? commenta Dorothea Montague en passant la tête dans l'entrebâillement.

— Nous nous demandions ce que nous allions porter pour le bal hippique, mentit Jane avec une facilité déconcertante.

Dorothea goba son explication sans ciller. Tout le monde parlait de l'événement qui aurait lieu à la fin du mois. Tous les éleveurs des environs viendraient en ville pour faire courir leurs chevaux, prêts à s'affronter après des semaines d'entraînement. Ce week-end-là, les paris pleuvraient, et de grosses sommes seraient aussi bien gagnées que perdues. Le grand bal qui suivrait ainsi que le pique-nique du dimanche, sur la plage, qui viendrait clôturer l'événement, étaient deux dates marquantes dans le calendrier mondain de l'archipel.

— Oh oui ! s'exclama Dorothea d'un air captivé. Est-ce qu'oncle Maitland fera courir un de ses chevaux, Mrs Sinclair ? Et vous, vous avez choisi votre tenue ?

— Non, pas encore. Maitland ne s'est toujours pas remis de sa fièvre, et je ne sais pas s'il sera en état de participer à l'événement, pour le moment.

— Papa m'a dit qu'il avait contracté la maladie de Barcoo ?

— C'est ce que pense le médecin, oui.

Dorothea, qui avait déjà perdu tout intérêt pour Maitland, s'empressa de revenir au sujet du bal.

— Et vous, Miss Locke, viendrez-vous avec l'évêque et Mrs McMahon ?

— Nous n'y avons pas encore réfléchi, pour être tout à fait honnête. L'événement n'a lieu qu'à la fin du mois, et comme vous le savez, mes employeurs ne sont pas portés sur les paris… L'évêque ne voit pas d'un très bon œil ceux qui sont capables de dilapider de l'argent durement gagné.

— Mais… Vous discutiez du choix de votre tenue, non ? C'est que vous comptez bien y aller ! se mit à gémir Dorothea en s'arrachant une moue boudeuse, à deux doigts du caprice.

— Il y a des chances que vous ne puissiez vous-même pas y participer, Dorothea, intervint Maisie. J'ai entendu votre père confier à Maitland qu'il envisageait très bientôt de vous faire visiter l'Europe.

— Vraiment ? s'écria la jeune femme d'un air enchanté, tout en battant des mains. Miss Locke, cela vous ennuierait-il de me laisser m'entretenir un instant seule à seule avec Mrs Sinclair ?

Jane se leva et se tourna en direction de la terrasse arrière.

— Bien sûr que non, répondit-elle en jetant un regard amusé à Maisie. J'ai besoin pour ma part de m'entretenir avec Marjorie. Elle m'a promis de tout me dire sur le *juju* aborigène.

Dès qu'elle eut disparu, Dorothea s'assit sur le sofa en rotin, les chevilles croisées et son sac à main pressé contre sa poitrine.

Maisie regarda son amie quitter la pièce avant de plaquer les mains sur ses tempes. Sa migraine était de plus en plus violente, et Dorothea n'avait pas choisi le meilleur des moments pour jouer avec sa patience.

— Vous vouliez me parler de quelque chose en particulier, Dorothea ?

Maisie attendit quelques secondes que la jeune femme se décide à répondre, puis elle se résigna.

— Comment se passent les préparatifs de votre mariage ?

Des larmes apparurent aussitôt dans les yeux bleu ciel.

— Si vous saviez, Mrs Sinclair, comme je me meurs de chagrin… J'ai annoncé mes fiançailles à papa dimanche dernier, au souper. Le moment me paraissait idéal : il semblait détendu, et il était entouré de tout ce qu'il aime.

Elle croisa les bras sur son sac.

— Je lui ai parlé de William et moi, et je m'apprêtais à lui annoncer où je comptais commander ma robe quand il s'est mis à me hurler dessus. Je vous jure, c'était atroce ! Il a été odieux avec moi et a fini par me renvoyer dans ma chambre. Bon, j'imagine qu'il s'est calmé depuis, parce qu'il s'est montré extrêmement gentil avec moi, ce matin. Mais j'étais dans un tel état de colère que je ne l'écoutais même pas. Pensez-vous que le voyage dont vous venez de me parler serait sa façon à lui de se racheter et de m'emmener choisir ma robe ? Oh, oui, c'est forcément ça ! Je savais qu'il ne pourrait pas m'en vouloir bien longtemps. Toutefois, ajouta-t-elle en baissant la voix, ce n'est pas pour cette raison que je suis venue vous voir. J'ai une énigme à résoudre.

Maisie était désespérée. Ses chances de revoir Jane avant qu'elle ne s'en aille étaient officiellement nulles.

— De quelle énigme s'agit-il, Dorothea ?

— Eh bien… J'ai conscience que tout le monde me croit sotte, commença-t-elle.

Maisie coinça une main sous le menton afin de contenir son hochement de tête. Dorothea, qui était en train de fouiller dans son sac, ne sembla pas s'en apercevoir. Elle sortit alors un document et désigna les différentes colonnes que celui-ci affichait.

— Après la colère de papa, je suis allée faire un tour dans les affaires de maman. C'est ce que je fais chaque fois que j'ai le moral en berne… Quoi qu'il en soit, j'y ai fait une découverte que je n'arrive pas à comprendre. Vous pouvez me dire ce que vous en pensez ? l'interrogea-t-elle en lui tendant le papier en question.

Maisie l'examina d'un air perdu.

— Vous pouvez être plus claire, Dorothea ?

— Regardez les dates. Je ne comprends pas. Si maman et papa se sont mariés à cette date-là…, dit-elle en plantant le doigt sur la troisième colonne. Ils se sont mariés en 1892, et pourtant je suis née en 1890. Ça n'est pas logique.

Elle planta une fois de plus le doigt sur le papier et plissa les lèvres.

— Si je suis venue vous voir, Mrs Sinclair, c'est pour vous demander ce que signifient ces deux années de différence entre le mariage de mes parents et ma naissance.

21

Coop avala une gorgée de son thé affreusement amer. La surface de l'océan scintillait sous le soleil comme des paillettes, et cela lui brûlait les yeux. Il était à peine sept heures et la chaleur était déjà insupportable. La sueur commençait à lui dégouliner dans le dos, et ses cuisses étaient irritées à force de frotter contre le tissu rêche de son caleçon. Il s'était attendu à pêcher au moins cinq kilos de perles durant son premier mois, mais cela faisait six semaines que le *Sharky* était parti en mer, et il n'avait trouvé qu'une petite baroque et quelques rondes qui ne valaient presque rien. Mais il savait que ce n'était pas lui qui était en cause. Personne n'avait rien rapporté, dans l'équipage. Les bancs sur lesquels on les avait envoyés étaient vides de tout trésor.

— Grosses huîtres à quarante mètres de profondeur, Coop, lui dit Daike.

— Mais c'est du mauvais côté du Neptune's Dairy.

Tapotant son menton imberbe du bout de l'index, Daike tourna un regard songeur en direction de Sid. Les jambes de l'écailler étaient rachitiques et toutes noueuses, et à force de manipuler les coquillages, ses genoux étaient criblés de vilaines plaies. Il faut dire que l'ouverture quotidienne des huîtres n'était pas une mince affaire. Il devait d'abord en retirer toutes les bernacles à l'aide d'un tomahawk émoussé avant de pouvoir enfin les ouvrir, ce qui laissait des fragments tranchants partout sur le pont.

— Têt' retourner sur terre ferme pour genoux Sid ? Très moches, non ? Après, retourner Neptune.

— On peut faire ça ?

— Sûr. Nous piloter bateau. Nous décider.

— Peut-être devrions-nous demander son avis à Sid, dans ce cas.

— Toi pouvoir toujours essayer. Moi déjà poser question, mais Sid pas beaucoup m'aimer.

Coop se rendit immédiatement compte que Daike ne plaisantait pas. Sid s'était gratté une plaie juste sous le genou, et il avait la jambe en sang. La blessure commençait même à suppurer.

— Qu'est-ce que tu lui as dit ?

— Moi demander si mal aux jambes. Lui dire fermer ma gueule. Moi aller plonger, maintenant.

Vêtu d'un vieux maillot de corps et d'un short en pilou complètement difforme, Sid était en train de se laver les dents à l'eau de mer, avec un doigt. Son visage buriné était impassible. Il lui restait encore une grosse pile d'huîtres de la veille à ouvrir. Le patron lui avait demandé de ne pas laisser une seule huître fermée durant la nuit, pour éviter les vols, mais Coop avait vite compris que l'écailler était un fainéant de première. Il arrêtait en général de travailler avant même que la dernière pêche de la journée ne soit remontée et aimait attaquer les choses sérieuses, à savoir boire, plutôt rapidement. L'équipage avait donc généralement pompé toute l'eau de la cale et nettoyé le pont avant le coucher du soleil.

Coop alla se percher sur le tabouret du pont et gratta le savon séché qui était resté collé à la manche de sa combinaison. L'odeur qui s'en échappait lui soulevait le cœur. JB avait fait bouillir une mixture infecte afin de lubrifier les ouvertures trop étroites de sa combinaison. Ses poignets étaient secs, et la peau commençait sérieusement à peler.

— À quoi tu penses ? lança JB.

— Aux genoux de Sid.

JB jeta un regard à l'écailler, la main en visière pour se protéger du soleil.

— Et ?

— Je me demande si nous ne ferions pas mieux de retourner sur l'archipel pour les faire soigner.

— Tu sais très bien que tu as de quoi le soigner toi-même, avec tout ce que tu as emporté…

— Oui, je sais.

— C'est elle, pas vrai ?

— J'aurai peut-être une chance de la voir, JB. Je te jure que ça m'a tué, quand j'ai vu le patron à sa place sur la goélette, ce week-end...

JB plongea sa fourchette dans son bol de riz et envoya valser le contenu par-dessus bord. Depuis le cyclone, ils étaient tous devenus superstitieux.

— Mais il n'y a rien de moins sûr, si elle est vraiment au chevet d'une petite vieille, comme l'a dit le patron. Tu joues avec le feu, Coop.

Ce n'était pas spécialement ce qu'il avait envie d'entendre.

— Mais a-t-il dit la vérité ? Tu as vu son visage ? On aurait dit un mort-vivant. Je sens que quelque chose de louche se trame...

— Comme quoi ? marmonna JB en jouant avec un morceau de poisson, dans son bol.

— J'ai fait une terrible erreur, JB. J'ai signé un document dans le bureau du patron sans te demander de me le lire au préalable. J'ai demandé à Maisie de le brûler.

— Bon Dieu, Coop ! Pourquoi tu ne m'en as pas parlé avant ?

— Parce que je savais que tu réagirais comme ça.

— Bon Dieu, Coop ! Et s'il la prenait en flagrant délit ? Il la dépècera vivante, c'est certain !

— C'est pour ça que j'ai besoin de la voir. Pour m'assurer qu'elle va bien.

— Bon Dieu, Coop…

— Tu peux arrêter de dire ça ? Je sais bien que j'ai fait n'importe quoi.

Il ferma les yeux et pressa son front du plat de la main.

— Elle est au courant que tu ne sais pas lire ?

— Elle est déjà tellement hors de ma portée, JB, soupira Coop en baissant la tête. Aurais-je encore une chance si je lui avouais une chose pareille ?

JB l'observait tout en réfléchissant à ce qu'il venait d'apprendre.

— Bon, voilà ce qu'on va faire. Tu plonges aujourd'hui, et ce soir, on lève l'ancre, d'accord ? Je vais chercher une excuse pour convaincre les gars que j'ai besoin d'aller voir le toubib. J'espère que tu me revaudras ça, Coop.

— Trous dans fond de la mer, Coop, et gros courants, déclara Daike. Beaucoup de coquillages brisés. Toi être sûr ?

— On pourrait tirer le gros lot.

— Gros risque paralysie. Pas bonne idée pour Blanc débutant. Plus dangereux que tout dans océan.

Coop aussi avait de gros doutes, mais il n'était pas prêt à les admettre.

— Tout va bien se passer, je reviendrai vivant, dit-il en espérant ne pas se tromper.

— Choses pouvoir mal tourner avec tuyau si toi tomber dans trou.

— On dirait que tu as peur, Daike..., le défia Coop.

— Moi déjà dire toi jamais peur. Peur pour toi. Gros courants, gros problèmes.

— JB est là pour assurer ma sécurité, ne t'inquiète pas.

— Même si moi pas inquiéter, toi complètement fou.

Coop s'assit sur le toit de la cabine et gratta la petite moustache noire qu'il arborait fièrement. Il ne se rasait qu'une fois par semaine, désormais, afin de protéger au mieux sa peau du soleil. Mais tous les dimanches, avant de retrouver Maisie, il se rendait impeccable.

JB était en train de manipuler le compresseur, qu'il avait boulonné au pont. Le rendement de Coop demeurait désespérément bas, et il avait tout à fait conscience de prendre de gros risques, en descendant aussi loin. Il avait entendu parler des autres plongeurs blancs qui étaient morts. Mais toutes ces semaines d'échec ne lui laissaient pas vraiment le choix. JB ne lâcherait pas sa corde de sûreté une seule seconde, et il gérerait sa remontée comme un chef. Il savait qu'il serait prêt à tout pour le garder sain et sauf.

— JB, dès que Daike remonte, je descends à mon tour jusqu'à ce que je trouve une huître digne de ce nom. Donne-moi une heure.

JB se mit à fouiller dans le sac en toile qu'il avait noué à sa taille. Celui-ci contenait tout ce qui définissait son travail.

— Très bien, dit-il en sortant un tournevis. Mais tu feras deux paliers pendant ta remontée. Ne t'amuse pas à jouer au héros, Coop. Hors de question de prendre le moindre risque supplémentaire, tu m'entends ?

Coop opina du chef.

— Promis, pas de héros. Tu veux bien m'aider à me préparer, maintenant ?

Le courant était beaucoup plus fort que ce qu'il avait prévu, et Coop avait la désagréable sensation que le lougre était en train de le perdre. Obligé d'avancer au petit trot, il tira un coup sec sur sa corde de sûreté afin de réclamer un peu de mou à JB. C'est à peine s'il sentit le bateau ralentir. Courbé sous le poids constant de la déception, Coop se mit à quadriller le fond marin, les yeux rivés sur le sable, à la recherche de l'huître qui lui redonnerait espoir. Il avançait péniblement entre des amas d'éponges et des grappes d'algues dont les ondulations faisaient penser à des boucles de cheveux ternes qui flotteraient au vent. À son grand soulagement, après une quarantaine de minutes, il tomba enfin sur un banc, les coquilles l'attendant nichées sous le sable, cachées parmi les coraux ou tapies dans les algues. Il remplissait son sac avec une telle avidité que l'on aurait dit un pirate en train d'amasser un trésor. C'était la meilleure prise qu'il avait faite depuis des semaines, et il rangea son butin en sifflotant fièrement. L'idée que l'on devait à tout prix économiser son oxygène était une légende. Tant que l'air descendait par le tuyau, il aurait pu entonner tout un opéra. Il signala à JB qu'il voulait changer de direction. Les huîtres n'étaient toujours pas évidentes à dénicher, mais il commençait à avoir le coup d'œil.

JB suivait la progression de Coop par le biais du mouvement de la corde de fibres de coco, sentant immédiatement quand il se penchait pour ramasser une huître, devinant des bulles d'air qui s'amassaient à la surface à chaque nouvelle direction prise. Il jeta un coup d'œil à sa montre avant de scruter l'eau. Il voulait que Coop remonte, cette fois, mais le plongeur lui signala dans la seconde qu'il n'était pas prêt et qu'il voulait encore un peu plus de mou.

JB inclina l'oreille vers la surface, comme si le fait d'entendre le signal qu'il avait ressenti entre ses doigts rendrait l'ordre plus clair. Il secoua la tête et tenta de se concentrer. Il commençait sérieusement à ne plus tenir, à enchaîner ainsi les heures. Coop en passait certes énormément sous l'eau chaque jour, mais la routine de JB n'était pas des plus reposantes non plus. Il se levait à l'aube, et pendant que Coop prenait son petit déjeuner, il passait en revue tout son équipement, lavait la visière à l'eau savonneuse avant de l'astiquer jusqu'à la faire scintiller. Ensuite, il sondait le fond avec une ligne de plomb attachée à une bonde d'argile. Si ce qu'il y distinguait lui paraissait bon – à savoir du sable, des coquillages et de la pierre –, il savait qu'ils avaient une chance de trouver ce qu'ils cherchaient.

Préparer Coop n'avait rien d'un jeu d'enfant, non plus. Il lavait sa combinaison pratiquement tous les jours, aussi bien à l'intérieur qu'à l'extérieur, à l'eau de mer. Coop n'avait parfois pas d'autre choix que de vider sa vessie en mission, ce qui laissait d'affreuses odeurs et pas mal de résidus sur le caoutchouc. JB lavait à grande eau tout ce qui aurait pu faire pourrir la combinaison, et il ne mangeait jamais avant que Coop ne descende, de peur que l'odeur de nourriture sur ses mains n'attire les requins. Mais ce matin, Sid lui avait tendu une assiette dont il avait avalé une bonne moitié avant de se rendre compte qu'il venait de briser sa règle d'or.

JB était du genre rigoureux. Tous les trois ou quatre jours, il passait au peigne fin le tissu et chaque ourlet de la combinaison, et il gardait toujours sur lui de la colle à caoutchouc et des morceaux de tissu prédécoupés, au cas où. Tel un Peau-Rouge face à des signaux de fumée, sa capacité à interpréter les signes de Coop permettait une communication muette parfaite entre eux. Sauf qu'aujourd'hui, il se sentait fatigué.

Il secoua violemment la tête tout en se rappelant à l'ordre. Il fallait qu'il reste concentré. Il avala une grosse rasade de thé en espérant que cela suffirait à le réveiller un bon coup.

Un petit sourire étira les lèvres de Sid lorsqu'il vit les genoux de JB se dérober. Il attrapa une nouvelle huître et l'ouvrit avec son tomahawk.

À quarante mètres de profondeur, Coop attendait impatiemment que JB cesse de tirer ainsi sur la corde. Rien ne se passa pendant plusieurs minutes. Cela ne ressemblait pas à son équipier d'ignorer ses signaux. L'apport d'oxygène commençait sérieusement à réduire, et les petits sifflements joyeux s'étaient très vite tus. Il tira plus fort sur la corde en se demandant à quoi JB pouvait bien jouer. Son rôle consistait à lui donner du mou, pas le contraire. Le courant éloigna un peu plus le lougre, et la corde comprima un peu plus les poumons de Coop. Il ne recevait plus assez d'oxygène.

Le cœur en panique et la gorge aussi sèche que du parchemin, Coop savait malgré tout qu'il devait garder son calme. Aussi bien la corde que le tuyau étaient tendus au maximum, et il ne parvenait pas à les faire bouger ne serait-ce que d'un millimètre. Il devait à tout prix faire comprendre à JB qu'il fallait se rapprocher. Il fit de son mieux pour se sortir de la tête toutes les tristes histoires de fin de carrière qu'il avait entendues au *Seafarer*. Des plongeurs que l'on avait remontés à la surface la tête tellement enflée sous l'effet de la pression qu'il avait fallu les sortir de leur casque en plusieurs morceaux ; d'autres morts asphyxiés à la suite de la rupture de leur tuyau ;

d'autres encore piqués par des raies ou dévorés par des poissons mangeurs d'hommes ; des plongeurs paralysés par les *bends*, tirés des profondeurs raides comme des statues par leurs équipiers traumatisés.

Une murène sortit sa gueule affreuse de sous un corail et s'approcha lentement, sa mâchoire mortelle grande ouverte. Coop relâcha un chapelet de bulles d'air à travers sa soupape. Surprise, la bête retourna dans son trou. Au-dessus de lui, un requin-tigre s'était mis à rôder.

Tapi sous le bateau dans un silence de mort, Coop savait bien qu'au prochain coup, le tuyau s'arracherait de son casque. La bête argentée guettait toujours au-dessus de lui, formant de grands cercles. Coop distinguait parfaitement le dessin de son aileron et la lueur froide de ses yeux noirs. Il devait voir la vérité en face : JB ne l'aiderait pas cette fois.

Assis sur l'unique tabouret du pont, Daike tirait sur sa pipe tout en jetant des regards distraits aux bulles d'air qui remontaient à la surface. Franchir le Neptune's Dairy était une épreuve risquée, il le savait. Chez lui, au Japon, il avait une femme et cinq fils, qui avaient tous dix mois d'écart et qui formeraient sa succession dans le métier. Cela faisait des années qu'il ne les avait pas vus, mais il recevait souvent de leurs nouvelles. Ils devenaient des jeunes hommes fiers et téméraires, à l'image de leur père. Mais Daike était aussi quelqu'un de réaliste. Cela faisait plusieurs semaines que le *Sharky* dérivait vers des bancs de plus en plus profonds, mais les résultats n'avaient pas été à la hauteur de leurs attentes. Il cogna le bout de sa pipe sur le bastingage et s'assura qu'elle était vide. Dès le lendemain, aux aurores, ils affronteraient les courants impétueux du Neptune's Dairy. Il savait que ces affleurements rocheux cachaient dans leurs profondeurs la profusion d'huîtres qui avait fait de lui le meilleur plongeur de l'archipel ces deux dernières années. Le risque payait toujours. C'était en tout cas ce qui avait fait sa réputation.

Il se releva et posa sa pipe sur le tabouret avant de lancer à JB :

— Coop devoir remonter. Lui trop longtemps en bas !

Mais JB ne répondit rien.

Daike traversa le pont dans ses grosses bottes plombées, faisant trembler les lattes de bois à chacun de ses pas avec un bruit sourd qui aurait pu réveiller les morts. JB ne cilla pas. Il était avachi, inconscient, au-dessus du pavois, la corde de sûreté tellement tendue qu'elle avait commencé à entailler sa chair. Les bulles d'air de Coop étaient toujours à la même place, mais le lougre avait dérivé d'au moins six mètres.

— Bigleux, deux ancres arrière, vite ! s'époumona-t-il. Corde Coop être coincée !

Il secoua JB pour le sortir de sa léthargie, en vain. Daike jeta alors plusieurs mètres de corde et de tuyau par-dessus bord en espérant que ceux-ci suffisent à soulager la pression, sous l'eau.

— Sid, toi prendre la barre. Garder bateau droit.

— Pas possible, rétorqua l'autre d'un air placide. Moi encore avoir coquilles à ouvrir.

— Moi devoir descendre voir ce qui se passe. Viens m'aider à mettre mon casque.

Assis en tailleur sur le pont, Sid l'observait, sans ciller.

— Toi pas entendre, sale Jap ? Moi travailler.

— Coop t'avoir sauvé dans tempête. Lui têt' mourir, Sid. Toi pas être inquiet ?

— Moi pas être là, pas te souvenir ?

Daike le tira alors violemment sur ses pieds. Puis il se pencha tout près et grogna :

— Toi avoir assommé JB, pas vrai ?

— Moi pas peur de toi ! riposta Sid en bondissant sur son tomahawk.

Daike évita le coup d'un geste tranquille.

— Toi croire pouvoir tuer moi ? dit-il avec un sourire mauvais.

— Moi pas assommé JB !

Son regard passa alors involontairement sur la tasse vide de JB, et un sourire vicieux étira lentement ses lèvres.

— Sale bâtard ! tonna Daike en lui plantant son poing en plein dans la mâchoire.

Sid poussa un gémissement et porta la main à sa joue. Le tomahawk tranchant tomba à ses pieds en émettant un bruit sourd. Une vague de terreur traversa alors ses yeux injectés de sang lorsqu'il vit la grosse botte lestée de Daike s'abattre sur sa cheville et la briser aussi facilement qu'une brindille. Sid s'écroula, et dans son geste, il passa par-dessus bord, laissant derrière lui une vilaine traînée de sang.

— Moi quoi faire, Daike ? s'affola Bigleux en regardant son compagnon qui s'agitait à la surface. Repêcher lui ?

Daike suivait d'un regard attentif les mouvements d'un aileron sombre qui fendait la surface de l'eau en direction du Philippin. Sid se débattait en couvrant l'équipage d'insultes. Le requin effectua un arc de cercle et plongea sur lui sans hésiter une seule seconde.

— Au secours ! hurla l'écailler en essayant de repousser l'animal avec sa jambe encore valide.

Bigleux essuya d'un revers de bras la sueur qui lui recouvrait le front.

— Toi pas vouloir aider Sid ?

Le requin gris sombre tenait désormais le Philippin entre ses mâchoires. Ils lurent l'horreur sur ses traits lorsqu'il fut tiré sous la surface, qui était rouge de son sang.

— Trop tard. Lui viande pour requin, maintenant. Nous aider Coop.

— Toi pas de cœur, Daike, protesta Bigleux, agrippé au bastingage, le regard rivé sur l'endroit du drame.

— Lui mauvais, Bigleux. Moi rien pouvoir dire de plus.

Bigleux se redressa alors, sa propre sueur gouttant à ses pieds.

— Toi récupérer Coop, O.K. ? Trop de temps perdu, déjà. Toi mettre casque vite ! Moi prendre barre comme toi demander Sid.

Il était impossible de presser le pas, dans une combinaison aussi lourde, et les minutes filaient beaucoup trop vite. Daike enjamba lentement le bastingage et posa les pieds sur l'épaisse échelle de corde qui lui permettrait de descendre sous la surface. Il fit un signe de tête à son équipier, qui se percha pour fixer les poids sur son torse et son dos, puis il posa le casque en laiton sur le corselet avant de le visser. Daike avait eu beau lui signifier l'urgence de la situation, son homme refusait de prendre le moindre risque. Au fond, Daike savait bien qu'il avait raison : ces mesures de sécurité faisaient toute la différence entre la survie et une mort probable. Et il devait penser à sa famille. Encore quelques années à amasser de l'argent, et il pourrait rentrer chez lui. Son homme tapota le haut de son casque et lui tendit un couteau à petite lame. Il y avait des chances qu'il ait à trancher le tuyau d'oxygène de Coop.

Daike se méfiait comme de la peste des compresseurs mécaniques. Il fit un signe de tête aux deux Manillais qui attendaient à côté de sa pompe, qu'ils se mirent aussitôt à faire fonctionner. Il aimait entendre le sifflement de l'air dans son casque ; cela avait quelque chose de rassurant. Il jeta un dernier coup d'œil à son équipier puis plongea, s'enfonçant dans les eaux sombres au milieu d'un chapelet de bulles, sa corde de sûreté se déroulant au fur et à mesure de son avancée. Une barrière de coraux tranchants surgit alors bien trop vite dans sa visière, et il dut jouer avec sa valve pour réguler sa flottabilité et ralentir sa descente.

Il comprit immédiatement ce qu'il se passait. La corde de sûreté de Coop ainsi que son tuyau d'oxygène étaient tous les deux coincés dans les coraux, sous la pression du poids du bateau. Daike plaqua ses bottes dans le sable afin de tenir droit. Sous son casque, Coop avait les yeux exorbités, les traits déformés par la peur. Du plat de la main, il fit comprendre à Daike qu'il manquait d'oxygène.

Le regard de Daike passa sur les bancs de coraux escarpés avant de revenir sur Coop. Son coéquipier était piégé tout au bord d'un précipice sous-marin. Les roches plongeaient dans un immense trou qui ne semblait pas avoir de fin, et les courants étaient particulièrement puissants. S'il parvenait à franchir les coraux, rien ne lui assurait qu'il puisse libérer Coop. Sans oublier qu'il courait lui aussi le risque de se faire piéger ou, pire encore, de se faire emporter par les courants dans cet abysse. Une seule option s'offrait donc à lui : il trancherait les liens de Coop et croiserait les doigts pour qu'ils crèvent la surface avant que l'homme blanc ne meure d'asphyxie.

Il mima une paire de ciseaux avec ses deux doigts, et Coop hocha lentement la tête afin de lui signifier qu'il avait compris. Alors, en un coup sec et rapide, Daike trancha la corde de sûreté puis rattrapa dans la seconde la partie qui était nouée au torse de Coop. Il ferma sa valve d'oxygène afin d'emprisonner l'air dans sa combinaison et fit signe à Coop de l'imiter. Puis il sectionna le tuyau en caoutchouc relié au casque du plongeur et signala à son équipier de les faire remonter. Il savait que remonter trop vite était dangereux. Que choisir ? Les *bends* ou l'asphyxie ? Coop pourrait survivre aux premiers, mais certainement pas à la deuxième. Libérés de toute pression, les deux plongeurs remontèrent à la surface comme deux bouchons de champagne.

L'équipier de Daike se retenait à l'échelle d'une main tremblante. Daike, déjà sur le pont, était en train de fumer une cigarette, assis sur le toit de la cabine. Coop pendait à l'échelle, accoudé à l'un des barreaux, les jointures de ses doigts blanchies par l'effort. Ils craignaient tous ce qu'ils découvriraient lorsqu'ils lui retireraient son casque. La pression aura-t-elle fait enfler sa tête, au point de faire sortir ses yeux de leurs orbites ? Regretterait-il d'avoir survécu ? Les jointures brunes de Bigleux craquèrent tandis qu'il entreprenait de dévisser la visière de Coop.

— Bon Dieu, c'était moins une… J'ai bien cru que c'était fini pour moi, souffla Coop, ses yeux formant deux petits points noirs perçants sur son visage livide.

Ce soir-là, pendant qu'ils dévoraient leur sempiternel riz au poisson, Daike exposa les différentes options qui s'offraient à eux. Avec la disparition de leur écailler, cela faisait un homme de moins à bord. D'après lui, deux jours de mer les séparaient de l'archipel.

— Nous rentrer et embarquer nouveau écailler ? Non ? avait-il demandé aux autres.

— Moi pouvoir ouvrir coquilles, proposa Bigleux. Moi savoir faire.

Ses coéquipiers étaient sceptiques. Confier l'ouverture des huîtres à un homme dont les yeux semblaient toujours en désaccord, avec un tomahawk émoussé, ce dans un espace confiné, ne paraissait pas être la meilleure des idées.

— Moi savoir vous quoi penser ! s'énerva alors Bigleux en posant violemment son assiette sur le pont. Moi voir parfaitement de près. Vous vouloir attendre encore pour trouver huîtres ?

— Nous pouvons tous donner un coup de main, suggéra JB.

Coop confirma d'un hochement de tête.

— Oui, je suis d'accord. Demain à la première heure, nous poussons jusqu'au Neptune's Dairy et nous récupérons tout ce que nous pouvons.

— Devoir bien réfléchir, le tempéra Daike. Toi avoir gros choc.

Coop noua les mains derrière sa tête pour en dissimuler les tremblements. Plus qu'un choc, il avait eu la peur de sa vie, mais le sentiment qui lui vrillait le ventre à cet instant ne lui était pas étranger.

— Ce n'est pas la première fois que je me retrouve dans une situation délicate. Je suis en vie, c'est tout ce qui compte. Je n'ai pas un seul doute sur la suite : nous devons continuer.

— Moi pas si sûr, insista Daike.

Coop lui assena un petit coup dans le bras.

— Et moi, je pense toujours que tu as peur.

— Moi peur de rien, donc moi voter oui, rétorqua Daike en s'assurant que son amulette était bien à sa place sous sa veste.

Les soucis débutèrent quelques heures plus tard, au beau milieu de la nuit. Coop lâcha un gémissement avant de saisir sa jambe gauche. Son genou lui faisait affreusement mal.

— Qu'est-ce qui se passe ?

— Ce n'est pas normal. J'ai très mal.

JB roula sur le flanc et passa la tête par-dessus sa couche. Il avait encore une migraine atroce, à cause de ce que Sid avait mis dans son thé.

— Où ça ?

— Au genou, grimaça Coop.

— Lève-toi et marche un peu. C'est peut-être juste une crampe ; ça devrait vite passer. Ne panique pas, je vais te chercher quelque chose à boire.

Sur le pont, JB découvrit Daike en train de se masser la gencive du bout du doigt.

— Qu'est-ce que tu as, toi ?

— Dent cassée sur caillou dans riz. Plongée lancer douleur.

— Tu as très mal ?

Daike opina du chef.

— Mais aussi très inquiet sujet Neptune.

— Je pensais que tu étais partant pour y aller ?

Daike serra les mâchoires et se frotta le visage.

— Moi beaucoup réfléchir. Risque très gros. Bateau pas bien réparé depuis tempête.

— Donc, tu veux rentrer, lui dit JB en l'examinant du regard.

Ce n'était pas une question.

— Aussi très inquiet pour Coop. Lui avoir *bends* ?

— Je ne sais pas, Daike. Je vais lui préparer un bon grog ; on verra ce que ça donne ensuite. Tu en veux ?

— Pas soif. Moi préférer réfléchir quoi faire.

Puis il se voûta et contracta ses épaules. Une telle douleur était parfois annonciatrice de la maladie des caissons. Mais il avait eu de la chance jusqu'ici ; tout irait bien.

Ses gémissements précédèrent Coop, qui sortit de la cabine en boitant.

— Alors, ce rhum, ça vient ? C'est horrible comme j'ai mal…

— Je suis là, Coop, répondit JB en lui donnant sa timbale. Avale ça d'un trait. Et n'arrête pas de marcher !

Coop était livide, et il s'exprimait d'une voix anormalement traînante. JB fit signe à Daike de les rejoindre.

— S'il s'agit des *bends*, deux options s'offrent à nous. D'abord, dit-il en levant un doigt, nous retournons sur l'archipel au plus vite et le confions aux bons soins du docteur Shin, en espérant qu'il ne meure pas en cours de route.

— Deux jours de mer si beau temps, JB, commenta Daike, sceptique.

— Je sais. Ce qui nous laisse l'option numéro deux, poursuivit-il en levant un autre doigt. Il doit redescendre immédiatement. Nous le ferons remonter à la surface lentement et prierons pour lui.

— Mais être milieu de la nuit !

— Je le sais, Daike. Si tu as un meilleur plan, je t'écoute.

Ils appuyèrent Coop contre le bastingage et lui enfilèrent à eux deux sa combinaison. On aurait pu croire qu'ils étaient en train d'habiller un enfant. Coop suivait le processus les yeux grands ouverts, mais ses membres n'étaient pas assez coordonnés pour collaborer.

Daike l'observa avant de se tourner vers JB.

— Mauvaise idée. Lui pas comprendre ce qui se passe.

— Tu as trouvé mieux, peut-être ? cracha JB.

— Oui. Plan numéro trois : moi descendre aussi. Tenir sa main comme bébé.

— Bon Dieu, Daike ! Tu crois sincèrement qu'on a besoin d'un deuxième plongeur paralysé ?

Daike toucha son amulette, sous son maillot de corps.

— Coop pénible et stupide homme blanc, mais lui être mon ami.

JB et Daike finirent par s'accorder sur une quatrième option : ils feraient descendre Coop jusqu'au lit de l'océan et l'y feraient attendre une heure. Ils ignoraient totalement si ce laps de temps suffirait, ou s'il serait au contraire beaucoup trop long. Daike ne pourrait pas lire les signes de détresse sur le visage de Coop, dans le noir total, mais s'il sentait que son état empirait, il tirerait sur la corde afin que JB les fasse remonter tous les deux, et ils partiraient immédiatement en direction de l'archipel. Si Coop semblait aller mieux, ils feraient exactement la même chose, le retour sur l'archipel en moins.

C'était un vrai cauchemar.

Les deux plongeurs, attachés l'un à l'autre, laissèrent le courant les faire tournoyer jusqu'au fond de l'océan. Daike était cramponné à Coop, qui ne cessait de perdre connaissance pour se réveiller en sursaut quelques secondes plus tard. Le Japonais passait son temps à scruter le visage de son ami, à travers la visière, tapant sur son casque et lui remuant les bras afin de le garder éveillé. À chaque minute qui passait, il tapait de son poing sur sa jambe – c'était sa manière à lui de les compter. Dans l'eau, sa main était aussi pâle que la peau de son compagnon.

Une heure plus tard, JB tira un coup sec sur la corde. Daike leva instinctivement les yeux et découvrit que le soleil s'était levé, la longue silhouette noire du lougre marquant la distance qui les séparait de la surface. Il avait l'impression de devoir rejoindre la lune. Ils marqueraient deux paliers et prendraient vingt minutes à chaque fois, puis il sortirait Coop de là. Il posa la main sur sa poitrine, à la place de son amulette, puis tira deux fois sur la corde.

22

Sous la lueur grisâtre du matin, JB rassembla le reste de l'équipage sur le pont et leva un doigt vers le ciel. Épuisés, Daike et Coop tentaient de reprendre leurs esprits. Il était six heures à peine, et l'air humide était déjà suffocant.

— Ces nuages ne me disent rien qui vaille, commenta JB.

— Vent d'est. Pas bon du tout, confirma Bigleux.

— Nous devrions rentrer. Daike et Coop n'ont pas dormi de la nuit, et ils souffrent très probablement des *bends* tous les deux. Qu'est-ce que vous en pensez ?

Il distingua alors un gémissement et observa les traits de Coop.

— Hé, ça va, toi ? Tu as encore mal ?

Coop secoua la tête.

— Non, tout va bien.

— Daike ?

Le Japonais était assis à l'écart, la main vissée sur sa mâchoire.

— Moi préférer rentrer et voir docteur avec toi, Coop. Ça être mieux si nous trouver nouveau écailler, aussi. Avant d'aller Neptune.

Le docteur Shin n'avait qu'une seule hâte : rentrer chez lui. Il s'alluma une cigarette et s'étira. Le fait d'être resté penché au-dessus de la table d'autopsie pendant des heures avait complètement noué son dos, et ses épaules lui semblaient aussi crispées qu'une coquille d'huître. Ce matin-là, l'un des plongeurs qu'il avait comme patient s'était tranché la gorge avec sa fourchette dès qu'on lui avait retiré son plateau. Les tentatives de suicide étaient devenues tellement courantes que les sœurs coupaient elles-mêmes la nourriture des patients afin de ne pas leur laisser leur couteau. Le suicide du pauvre homme, paralysé sur tout le bas du corps, n'avait pas spécialement étonné le médecin. *J'aurais fait la même chose.*

Un autre homme attendait son diagnostic. Il était arrivé dans l'après-midi avec un autre membre du même équipage. Il avait renvoyé le plongeur blanc chez lui en lui ordonnant de se reposer pendant quelques jours, mais il savait pertinemment qu'il gâchait sa salive. Aucun des plongeurs anglais n'avait écouté ses conseils jusqu'ici, et presque la moitié d'entre eux étaient morts durant leurs premières semaines de plongée. Le docteur Shin regarda sa montre, puis le ciel, avec un air las. Une tempête menaçait. Il tira une dernière fois sur sa cigarette et avala son reste de thé, prêt à rentrer chez lui. Si l'homme était mort, il le recouvrirait d'un linge et effectuerait son autopsie demain matin. Il gagna le lavabo et se lava les mains.

La sœur qui le précédait dans la pénombre poussa enfin la porte de son cabinet, au bout du couloir.

— Vous avez besoin de moi, docteur Shin ?

Il secoua la tête, gagna la table et souleva le drap. Ce qu'il y découvrit l'emplit d'émotions contradictoires. Il ne rentrerait peut-être pas tout de suite chez lui, mais au moins cet homme était-il en vie. Il étudia son visage :

il devait avoir une trentaine d'années, et semblait en plutôt bonne condition physique. Une petite barbe noircissait ses joues comme de la poudre à canon, et ses cheveux se dressaient au-dessus de sa tête, raidis par le sel. Il avait les paupières pressées et la mâchoire crispée. Un amas de sang avait coagulé sur sa joue droite, juste à côté de l'oreille. Le docteur entreprit ses examens habituels. Si cet homme souffrait de la maladie des caissons, il devait vérifier chaque orifice à la lumière de la lampe. Le tympan ne semblait pas avoir été endommagé, ce qui était déjà bon signe. Il regarda ensuite ses narines – intactes elles aussi.

Il tira le drap jusqu'à la taille du patient et suivit du bout du doigt le cercle de peau ridée qui lui marquait la clavicule. Il avait déjà vu ce genre de trace sur un plongeur qui avait été asphyxié par la pression de l'eau, en grande profondeur. Son casque et son corselet lui avaient comprimé la gorge jusqu'à le couper de toute source d'oxygène... Le médecin se mit à tapoter son écritoire du bout de son stylo et dut se rappeler que l'homme qu'il avait devant lui n'était pas un cadavre.

— Pouvez-vous me dire où vous avez mal ? Pouvez-vous bouger vos bras et vos jambes ?

Allongé sur la table d'examen, Daike ouvrit grand les yeux.

— Moi pas avoir *bends*, docteur Shin. Moi avoir rage de dents !

Ce jeudi était l'une de ces soirées étouffantes où le ciel menaçait d'éclater à tout moment. Au loin, on apercevait déjà des éclairs, qui venaient transpercer l'amas de nuages noirs, et le tonnerre grondait derrière les falaises de Pindan. Jane était venue rendre visite à Maisie dans l'après-midi, avec une lettre de ses parents. Elles furent toutes deux fort déçues. Jane s'était attendue à lire des pages entières d'informations concernant l'éducation et l'adolescence de son frère adopté et de son jeune ami Maitland Sinclair. Malheureusement, la lettre ne faisait qu'un paragraphe.

— Que disent-ils ? s'enquit Maisie.

— Mon père me dit que si je peux me permettre de leur rendre visite, il se fera un plaisir de me dire en personne ce dont il se souvient des années de scolarité de Maitland.

— Et Blair ?

— Il n'en parle même pas. Je vous l'ai dit : c'est leur petit protégé.

Frustrée, Maisie se mit à arracher un bout de peau autour de son ongle.

— Arrêtez, ce sera pire encore, commenta Jane en posant un regard désapprobateur sur le doigt rougi. Je sais que vous brûlez d'envie de me demander si je m'y rendrai, et la réponse est oui. Ils m'ont déjà envoyé de quoi me payer le voyage. Blair emmènera Dorothea jusqu'au port de Fremantle sur l'*Atticus* – je l'ai entendue s'en vanter je ne sais combien de temps, après l'église. Je me suis réservé une place, moi aussi. Et à partir de Fremantle, je prendrai le train jusqu'à Melbourne. Je pars demain.

Maisie dut contenir son soupir.

— Je sais que c'est soudain, mais on ne peut pas passer à côté d'une opportunité pareille. Je serai de retour dans un mois tout au plus, la consola Jane.

— Vous allez jouer à la touriste et à l'espionne, alors ?

— On va dire ça, oui…, répondit sombrement Jane.

Maisie écoutait à peine ce que Marjorie lui disait. Son dernier nuage de cigarette planait au-dessus de sa tête, dans le crépuscule, suspendu dans la pièce étouffante comme une accusation. Jane partirait le lendemain. La seule amie qu'elle ait jamais eue, à l'exception de Mrs Wallace, et c'était entièrement sa faute si elle partait. Maisie savait que Jane n'avait aucune envie d'y aller. Elle voulait poursuivre ses recherches sur les Aborigènes, mais elle avait prétendu vouloir faire une pause et profiter des retrouvailles avec ses parents pour oublier quelque temps cette atmosphère vicieuse qui régnait sur la ville et sa politique.

Ce serait également le lendemain que débarquerait sa belle-mère, et Maitland était loin de recouvrer ses forces comme l'avait pourtant assuré le médecin. Maisie n'avait même pas pu réapprovisionner l'équipage de son mari, ce week-end. Maitland s'était extirpé de son lit en grognant, dans un état pourtant lamentable, insistant – c'était ce qui l'avait le plus choquée – sur le fait qu'il voulait s'en occuper lui-même. Elle n'avait pas compris la raison d'un tel entêtement. Même s'il avait eu vent qu'on lui avait dérobé des perles, ça n'était pas une excuse suffisante à ses yeux. Quoi qu'il en soit, rien n'avait pu décourager son mari. Elle avait tenté de lui dire qu'il était beaucoup trop souffrant pour quitter la maison, mais il avait repoussé ses craintes d'un revers de main sans même prendre la peine de lui répondre. À son retour la nuit dernière, il lui avait semblé encore plus affaibli, et il avait à peine quitté son lit depuis. Prise d'un frisson, Maisie chassa ces pensées de son esprit. *Coop.* Elle souffrait tellement de ces quelques heures d'intimité qu'on leur avait volées… Elle ferma les yeux, se demandant où il était, et s'il parvenait mieux qu'elle à dompter ses sentiments. Elle posa la main sur son cœur et s'autorisa un moment pour s'apitoyer sur son propre sort.

— Vous occuper de ces papiers, oui ou non, Missus ? Moi pas pouvoir nettoyer dans tout ce bazar.

Maisie rouvrit vivement les paupières et bondit sur ses pieds. Le bureau qui se trouvait sur la terrasse était jonché de papiers. Cela faisait des jours qu'elle négligeait sa correspondance, et elle ne s'était pas plus décidée à brûler la fameuse page du journal de bord du *Clancy.*

Elle attrapa le papier buvard et l'agita d'un large geste pour faire un peu d'air dans la pièce. Marjorie parlait toujours, sa voix basse portant un air confidentiel. Duc et elle avaient élaboré un plan pour investir l'argent gagné au chiffa. Maisie ignorait qu'ils avaient autant gagné, et elle se reprocha aussitôt sa négligence. Elle avait décidément fait n'importe quoi, ces derniers temps…

— Plan à nous est d'acheter vieux lougre sur la plage et partir pêcher. Vous souvenir histoire ? Mais nous pas droit, expliqua Marjorie.

— Comment comptez-vous faire, alors ?

— Tous ces Japonais faire ça et gagner beaucoup d'argent. Vous demander permis pour bateau. Plan fonctionne comme ça.

— Vous voulez racheter le *Clancy* avec l'argent du chiffa, c'est bien ça ?

— Oui, Missus.

— Mais il vous faudra un équipage !

— Vous vouloir gin ? Dans gros verre, comme vous aimer ?

— Attendez… Seriez-vous en train de dire que c'est *moi* qui paierais l'équipage, avec *ma* part ?

— Comme moi déjà avoir dit, Missus. Vous prendre suite travail de moi.

— Apportez-moi ce verre. Je n'ai pas envie de réfléchir à cette histoire de faux permis pour le moment, Marjorie, pas avec le capitaine qui est dans cet état. Mais je vous promets de très vite m'y pencher. Oh, j'aurais besoin d'un couteau bien tranchant, aussi. Vous pourriez demander à Duc de vous en prêter un ?

Marjorie se pétrifia sur place.

— Pourquoi Missus besoin d'un couteau ? Vous pas faire de mal à personne, hein ?

— Non. J'ai besoin de faire sortir quelque chose… de quelque chose.

Marjorie arrangea les papiers en une pile impeccable, sur le bureau.

— Duc jamais vouloir prêter couteau cuisine à Missus. Beaucoup mieux prendre couteau patron.

— Quel couteau ? hoqueta Maisie en s'immobilisant dans son geste.

— Patron avoir grosse boîte à couteaux dans placard garde-manger. Vouloir moi aller chercher ?

Maisie était déjà debout.

— Non, ça ira. Occupez-vous de ma boisson. Je vais aller le chercher toute seule.

La boîte faisait penser à une boîte à outils de charpentier. Maisie la tira vers elle et souleva le couvercle. Elle contenait quinze ou vingt couteaux, tous de tailles différentes, avec divers manches, et tous glissés dans des fourreaux. Elle en prit un au hasard et le sortit délicatement de sa protection de cuir. La lame faisait une bonne dizaine de centimètres de longueur et était gravée sur un côté : *Harrison Riddle & Co, West Smithfield.* Elle rangea le couteau avant d'en prendre un autre. Le fourreau de celui-ci était courbé, et la garde gainée de cuir. Le manche semblait être composé d'ivoire, ou peut-être d'os. Elle poursuivit son inspection, les sortant un à un jusqu'à ce qu'elle ait vu toute la collection. *Voilà une question pour sa mère*, songea-t-elle. *Quand donc son cher enfant a-t-il démarré une si étrange collection ?*

Elle remit la boîte à sa place sur l'étagère et se tourna en direction du jardin. Une douce brise s'était levée, et elle tendit le visage à la rencontre de la fraîche caresse, l'air s'enroulant autour de son crâne tel un serpent mortel. Elle leva les yeux vers le ciel. Les quelques nuages qui s'étaient amassés dans le jour déclinant commencèrent à lâcher de grosses gouttes d'eau sur ses joues. Elle se fichait bien qu'il pleuve. La saison des cyclones était passée, et quelques gouttes de pluie aideraient toujours ses tomates à pousser.

Elle sélectionna le moins terrifiant des couteaux et retourna à son bureau. La maison était silencieuse ; aucun rugissement ne provenait du lion dans son antre. Assise sur le fauteuil dans lequel elle écrivait hebdomadairement à ses parents, elle se mit à siroter son gin. Les glaçons s'étaient mués en paillettes de glace. Elle secoua son verre, les quelques morceaux restants venant s'écraser sur les parois, puis elle vida le tout d'une dernière gorgée brûlante qui la ragaillardit.

Le carnet de bord du *Clancy* était caché dans son tiroir. Maitland avait beau dormir – bien que très mal –, elle ne put s'empêcher de jeter un coup d'œil par-dessus son épaule en sortant le volume relié de cuir. Elle y trouva un mélange de comptes-rendus et de récits de navigation ; des mesures, des pesées d'huîtres et des notes quotidiennes rapportées les unes à la suite des autres, datées et signées par l'auteur. Elle parvint enfin au fameux papier qu'elle cherchait et, après avoir jeté un nouveau coup d'œil derrière elle, elle entreprit de couper la page avec la pointe du couteau aussi près que possible du centre. Dès qu'elle la détacha du livre, elle craqua une allumette et mit le feu au coin de la feuille jaunie. Lorsqu'elle eut brûlé de moitié, elle la jeta dans son cendrier.

Demain serait un nouveau jour. Maisie se jura de faire de son mieux pour ne plus se laisser dépasser ainsi. Elle sortit alors une feuille vierge d'un tiroir et commença à rédiger une liste. Elle irait voir le docteur Shin, si l'état de Maitland ne s'améliorait pas. Elle réfléchirait à la proposition de Marjorie. Elle rattraperait son retard dans sa correspondance. Elle irait prendre un dernier thé avec Jane et lui demanderait de déposer une lettre pour Mrs Wallace à Gantry Creek. Elle irait accueillir sa belle-mère au port et l'accompagnerait jusqu'ici.

Et elle ferait de son mieux pour ne pas penser à Coop.

Elle referma le carnet de bord et caressa la couverture du plat de la main. Ses doigts laissèrent des traces noires et grasses sur le cuir blanc, telles les empreintes d'un voleur dans la neige. Elle nicha sa joue dans sa main, songeuse. Tous les navires avaient un carnet de bord. Ce qu'il se passait sur le bateau à vapeur qui allait et venait entre Fremantle et l'archipel des Boucaniers était forcément rapporté quelque part. Le capitaine qui l'avait mariée avait dû noter cet événement dans son carnet, signé et daté. Il disposait encore sûrement de son certificat de mariage – tout du moins pourrait-il lui dire où le trouver. Elle fonça alors tout droit vers les bouteilles et fit tomber trois gros glaçons dans un grand verre de martini.

23

Assise à la table de la cuisine, Marjorie était affairée à broyer un bâton de citronnelle. Celle-ci provenait tout droit du jardin ; Duc aimait parfumer sa cuisine de la saveur citronnée de cette plante.

— Aujourd'hui être mercredi, Missus. Vous pas avoir oublié prendre thé chez évêque cet après-midi ?

Maisie posa son plateau de petit déjeuner à côté de l'évier. Une remontée acide lui brûla le fond de la gorge. Elle avait avalé bien trop vite son œuf et ses mouillettes, et elle était à deux doigts de rendre tout le contenu de son estomac. Elle se força à déglutir pour chasser cette vilaine boule de sa gorge.

— Oh, j'ai complètement oublié ! Il y a des chances pour que je ne sois même pas rentrée, à cette heure-là…

— Où Missus aller toute la journée comme ça ?

— J'ai des choses à faire.

— Vouloir envoyer mot pour dire Missus partie en ville ?

— Non, je ne peux pas. Que penseraient les autres ?

Marjorie voûta les épaules.

Maisie regarda sa montre et se convainquit qu'elle aurait le temps. Elle avait deux visites à faire avant d'aller chercher sa belle-mère. Le bateau arriverait avec la marée de l'après-midi, et Maisie lui avait fait savoir qu'elle la retrouverait sur la jetée et l'accompagnerait jusqu'à chez eux. Elle avait également prévu de s'informer auprès du capitaine concernant son certificat de mariage.

— Je pense que ça ira, Marjorie. Je ferai en sorte de rentrer pour le déjeuner, puis je pourrai me joindre à ces dames pour le thé. Ensuite, je devrai de nouveau sortir. Vous n'avez pas oublié que la mère de Maitland arrivait ce soir ?

Marjorie plaqua sa main devant la bouche puis appuya sa large silhouette enrubannée de coton contre la table.

— Maman cap'taine arriver ce soir ? Bien sûr, Marjorie s'en souvenir ! Moi pas avoir mémoire de poisson rouge. Moi avoir préparé chambre après pièce à moustiques, tout au bout de cuisine.

— Merci, Marjorie. Je ne sais pas ce que je ferais sans vous.

— Comment être maman patron, à votre avis ?

Maisie n'avait jamais imaginé Maitland doté d'une mère, elle devait l'avouer.

— Je n'en ai aucune idée, mais nous devons l'accueillir comme il se doit. Pourrez-vous rappeler à Duc qu'elle sera là pour le dîner ?

Marjorie retira son tablier et se leva.

— Pourquoi moi avoir écrabouillé satané bâton citronnelle, d'après vous ? Duc avoir bonne mémoire aussi. Lui préparer recette de livre Missus. Comment Missus se déplacer, aujourd'hui ?

— Oh, je n'y avais pas pensé. Je prendrai sûrement la carriole…

— Jument pas aimer vent, ça non. Marjorie penser bientôt grosse tempête !

— Je pensais que la saison des cyclones était terminée ?

— Vous jamais regarder baromètre ? Lui chuter.

— Comment cela se fait-il que vous sachiez lire un baromètre ?

— Moi avoir déjà dit Missus : Marjorie têt' noire, mais cerveau de Blanche. Moi regarder patron faire. Lui taper verre, et quand chiffre baisser, lui taper des mains. Moi prévenir Missus : grosse tempête arriver aujourd'hui. Prendre vélo ou marcher. Beaucoup plus sûr.

Enfin débarrassée de sa corvée de thé chez la femme de l'évêque, Maisie était déjà postée sur la jetée quand ils descendirent la passerelle. Cela lui avait pourtant paru être une bonne idée, mais maintenant qu'elle était là, elle n'était plus sûre de rien. Les nerfs en pelote, elle s'agrippa aux grosses cordes qui servaient de garde-corps et grimpa sur le navire. Elle savait qu'aborder le capitaine ne serait pas évident, mais elle avait répété ce qu'elle comptait lui dire.

La moitié des Européens qui habitaient l'archipel semblaient être à bord, à profiter des verres d'alcool proposés par la compagnie et échangeant les derniers ragots. Le passage du bateau à vapeur, qui avait lieu tous les quinze jours, était un événement à ne surtout pas rater. Le capitaine était au centre de l'attention. C'était un acteur né, tout à fait à sa place sous le feu des projecteurs.

Maisie se fraya un chemin parmi la foule et se planta devant lui. Pendant un instant, le capitaine sembla hésiter. Sans la quitter une seconde des yeux, il se mit à tapoter sa poche à la recherche de ses cigarettes.

— Vous a-t-on proposé un verre, madame ?

— Non. Merci, ça ira.

Elle s'approchait à petits pas de l'homme, sans jamais céder sa place, tout en balayant la salle des yeux. Les McMahon étaient collés à un jeune officier vêtu d'un uniforme blanc, leurs deux têtes dodelinant à l'unisson à chaque mot qui sortait de sa bouche. Mr Beckingsale, le directeur de la banque, semblait véritablement déprimé, sa courtaude de femme pendue à son bras comme une moule à son rocher, et Mason était accoudé au bar, à avaler une mixture rougeâtre dans un verre à cocktail. Le barman polissait l'autre bout du bar avec une grosse éponge blanche, préférant probablement garder son avis pour lui.

Quand le capitaine lui toucha le bras, Maisie fut tellement surprise qu'elle percuta son verre en faisant volte-face, et la moitié du contenu se répandit par terre.

— Oh, je suis désolée. Quelle maladroite je fais...

— Vous êtes certaine que je ne peux pas vous offrir un verre ?

— Bon, mais un petit, alors.

Pour me détendre un peu, ajouta-t-elle pour elle-même.

Le capitaine claqua des doigts, et un serveur malais apparut à travers la foule. Maisie prit un verre sur son plateau et but une petite gorgée en jetant des regards nerveux tout autour d'elle. On aurait dit une pauvre antilope effrayée tentant de se désaltérer. *Mmm, du gin.* C'était exactement ce dont elle avait besoin !

— Vous êtes venue seule ? lui demanda le capitaine.

Maisie se mit à toucher ses cheveux de son autre main afin de cacher son embarras.

— Oui. Mon mari est souffrant ; il m'a envoyée à sa place.

— Vous m'en voyez navré.

— Vous ne me reconnaissez pas, capitaine ? J'ai fait le voyage avec vous depuis Fremantle il y a quelques mois de cela, et vous m'avez mariée à Maitland Sinclair.

Le capitaine hocha la tête deux ou trois fois, comme si ce mouvement lui permettait de mettre toutes ses idées au clair, puis il planta son poing sur son torse comme un gorille dans un zoo.

— Mais bien sûr ! s'exclama-t-il. Quelle fête !

Maisie but une gorgée un peu plus longue, cette fois.

— Je me demandais… auriez-vous noté dans votre carnet de bord que vous nous avez mariés en mer ?

— Techniquement, nous n'étions pas en mer, répondit-il d'un air déconcerté.

Maisie lâcha un petit rire avant de poser une main délicate sur son bras.

— Mais je suis certaine que vous l'avez noté quand même, n'est-ce pas ?

Les Beckingsale s'étaient rangés aux côtés du capitaine, attendant qu'il leur accorde son attention.

— Probablement. Oui, je dois forcément l'avoir noté.

— Pourriez-vous vérifier pour moi ?

— Je le pourrais, mais pas maintenant, rétorqua-t-il d'un air légèrement contrarié en faisant un geste en direction du directeur de la banque et de sa femme. Vous voyez bien que je suis occupé.

Maisie esquissa aussitôt un sourire contrit.

— C'est que… Mon mari attend de recevoir une certaine somme d'argent, capitaine. Pour la toucher, il a besoin de l'original de son certificat de mariage, mais… nous sommes incapables l'un comme l'autre de remettre la main dessus. Nous avons un peu remanié la maison, voyez-vous, et comme je suis un peu tête en l'air, j'ai dû le perdre en rangeant tous les papiers de mon mari. Nous nous demandions donc si vous pouviez nous aider…

Le regard du capitaine se radoucit.

— Je pourrais vous faire une copie, si je le retrouve, mais sachez qu'il ne s'agissait pas là d'un contrat de mariage en bonne et due forme. Maitland disait que cela suffirait jusqu'à ce que le magistrat résident revienne après la *Wet*. C'était plus l'occasion de faire une fête qu'autre chose, en somme, si j'ai bien compris. Il vous faudrait demander au magistrat une copie du véritable contrat, lorsqu'il a célébré votre mariage civil.

Maisie vida son verre en lâchant un rire qui lui parut terriblement superficiel. Elle se remit à jouer avec ses cheveux et répondit d'une voix qu'elle dut contrôler pour ne pas trahir son émoi :

— Je vous ai dit que j'étais tête en l'air, n'est-ce pas ? J'aurais dû y penser toute seule ! Oh, j'ai failli oublier de vous donner la principale raison de ma venue... Je suis là pour accueillir la mère de Maitland. Pourriez-vous m'aider ?

— Oh, c'est très facile. Mrs Sinclair se trouve juste derrière vous.

Elle fit volte-face et, sentant le rouge lui envahir les joues, elle leva une main pour cacher son embarras.

— Mrs Sinclair ?

La mère de Maitland était une femme grande et élégante, vêtue d'une robe couleur crème, avec des yeux du même gris que ceux de son fils, sauf que ce regard-ci débordait d'énergie, d'intelligence et de chaleur.

— Je vous en prie, appelez-moi Pammie. Est-ce que tout va bien, très chère ? Vous m'avez l'air toute secouée.

Maisie avait beau avoir les deux mains plaquées sur ses joues, elle ne pouvait désormais rien faire pour en atténuer la couleur. Elle tendit alors une main nerveuse à sa belle-mère et lui proposa d'aller boire quelque chose au bar.

— Et si nous rentrions directement afin que je retrouve mon cher Maitland ? C'est pour cela que je suis venue, n'est-ce pas ? Ainsi que pour faire votre connaissance, bien sûr.

— Mais où ai-je la tête ? balbutia Maisie en reposant son verre. Vous devez avoir hâte de vous changer et de revoir votre fils… Il ne va pas très bien en ce moment, mais le médecin nous a assurés qu'il serait bientôt rétabli.

— Oh, quelle tristesse… L'avez-vous informé de ma venue ?

— Non, répondit Maisie en se tournant vers les doubles portes. Je voulais lui faire la surprise.

Maisie guida sa belle-mère dans la chambre de Maitland et alla se poster à côté de la tête de lit. Elle proposa un thé à Pammie, en mimant tout simplement le geste, mais la femme refusa gentiment. Maisie laissa alors retomber ses bras, qui lui paraissaient de plomb, puis elle se tourna vers l'homme alité et secoua son épaule avec ses doigts brûlants.

— Maitland ! Regarde qui est là, chantonna-t-elle d'une voix inhabituellement joviale.

Maitland roula ses yeux fiévreux en direction de la porte.

— C'est moi, Maitland. Ta mère, souffla Pammie en venant s'asseoir au bord du lit.

Maitland écarta vivement ses jambes et s'agrippa aux draps. Il avait le teint gris, le front rougi par la fièvre, le regard terne et affaibli, mais les éclairs que jetaient ses yeux laissaient deviner qu'il savait parfaitement qui se trouvait devant lui.

— Qu'est-ce que tu fais là ? Tu es venue fanfaronner ?

Pammie sortit une cigarette et une boîte d'allumettes de son sac et récupéra le cendrier posé sur la table de chevet. Elle l'alluma et cracha un nuage de fumée au-dessus de leurs têtes. Alors, très calmement, comme si elle s'apprêtait à lire une histoire à son fils, elle dit :

— Je me suis souvent demandé ce que tu étais devenu, étant donné que tu as disparu sans un mot, avec toutes mes économies en poche…

— Ce n'était pas moi, se crispa Maitland.

— Ah oui ? Voilà qui est surprenant, car je ne vois vraiment pas de qui d'autre il aurait pu s'agir, rétorqua-t-elle à travers l'épaisse fumée grise.

Elle se releva et gagna la coiffeuse. Malgré sa taille, elle faisait de tout petits pas, à cause de la merveille d'ingénierie qui lui enveloppait la taille. Elle prit une brosse à cheveux et caressa l'arrière argenté de l'objet du bout du pouce.

— Je vois que tu as la coiffeuse que ton père avait fait venir tout droit d'Angleterre… Je dois avouer que j'ai trouvé cela étonnant de la voir disparaître de la maison en même temps que toi. Peut-être le voleur te l'a-t-il envoyée pour soulager sa culpabilité, alors ?

Le mépris dont débordait le regard de Maitland s'atténua légèrement.

— Je ne t'ai pas demandé de venir. Je n'ai pas envie de te voir. Va-t'en.

— J'aimerais avoir des réponses, après toutes ces années, répondit Pammie en reposant la brosse sur la coiffeuse. Par exemple, comment ton père est mort, exactement.

Maitland se mit à battre des jambes sous les draps, puis il brandit violemment le bras et balaya la cruche d'eau posée sur la table de chevet. Pammie retourna sur le lit et écrasa sa cigarette.

— Tu es trop vieux pour les caprices, Maitland. Si tu as besoin de dormir, dors, mais sache que nous reprendrons cette discussion demain matin, une fois que tu seras reposé et que tu auras retrouvé un tant soit peu d'amour-propre.

Puis elle quitta la pièce, aussi grande et aussi raide qu'à son entrée. Derrière elle, Maisie faisait de son mieux pour se tenir le plus droite possible.

— Je suis désolée, marmonna-t-elle entre ses dents. Il ne va pas bien du tout, en ce moment.

— Maitland aurait dû me dire qu'il était marié.

— Ça n'a sûrement aucune importance à ses yeux…

Pammie Sinclair s'immobilisa et se tourna vers Maisie en l'observant d'un air suspicieux.

— Vraiment ?

Maisie, qui regretta immédiatement son propos, s'empressa de se rattraper :

— Ici, les hommes mènent une vie très « communautaire », entre eux, et notre rôle d'épouse consiste à accepter sans rien dire. C'est une existence bien différente de ce que j'espérais, et je ne suis pas certaine d'être faite pour un tel climat. Parfois, je me demande si…

Elle s'interrompit, ne sachant pas vraiment comment terminer sa phrase.

— Paul, le père de Maitland, était comme ça, lui aussi, commenta Pammie en inclinant la tête vers la chambre de son fils. Il n'avait jamais ressenti l'envie de s'encombrer d'une femme, mais socialement parlant, il partait du principe qu'il lui en fallait une. Bien, vous savez ce que nous allons faire, maintenant ?

— Non, dites-moi.

— Vous allez me montrer ma chambre et me laisser me changer pour le dîner.

Échangeant à voix basse dans la semi-pénombre, les deux femmes étaient assises côte à côte sur le petit canapé en rotin. Même si la présence de Maitland, qui dormait dans sa chambre, n'était pas indispensable, il demeurait pour le moment la source principale de leurs préoccupations.

— Quand avez-vous eu des nouvelles de Maitland pour la dernière fois, Mrs Sinclair ?

— Je vous en prie, appelez-moi Pammie ! insista la femme en lui adressant un regard faussement désapprobateur. Il y a vingt ans, si ma mémoire est bonne. Il travaillait dans les champs d'opale de West Cliffs avec Paul, qui était donc le cousin de votre grand-mère. Paul me donnait des nouvelles de temps en temps, mais mon fils restait muet comme une tombe. Je les avais envoyés là-bas quand Maitland a arrêté l'école. Il m'en voulait très certainement beaucoup…

— J'ai cru comprendre qu'il n'a jamais terminé sa scolarité ?

— C'est exact. J'imagine qu'il n'a pas pris la peine de rentrer dans les détails…

Pammie quitta le canapé quelques secondes, le temps de se servir une grosse rasade de scotch. Puis elle revint auprès de sa belle-fille, se nicha au milieu des coussins et reprit la parole.

— De quoi discutiez-vous avec le capitaine, tout à l'heure, lorsque vous êtes venue me chercher ?

Maisie lui raconta toute l'histoire. Pammie l'écoutait en sirotant son verre, raide comme un piquet. Elle aurait presque pu épousseter le plafond avec ses cheveux. Il n'y eut aucune exclamation de surprise, aucun regard désapprobateur, aucun geste outré, aucune censure. La mère de Maisie n'aurait pas beaucoup aimé cette femme, songea-t-elle d'un air amusé.

— Laissez-moi juste m'assurer que j'ai bien tout compris, déclara alors Pammie. Maitland a écrit à vos parents à la fin de l'année dernière, et cette seule lettre a suffi à vous faire embarquer pour l'Australie afin d'épouser mon fils. Votre oncle nous a quittés depuis et vous a légué sa fortune. Mais pour en bénéficier, il a stipulé dans son testament que votre mari, quel qu'il soit, devait fournir la preuve légale de votre union. Si vous voulez mon avis, votre oncle savait très bien ce qu'il faisait, et il me semble qu'il ait eu votre bien-être en tête tout du long, ma chère. Ce soir, le capitaine vous a confié que la cérémonie orchestrée sur le bateau n'était qu'une mise en scène, et que vous auriez dû faire ratifier votre union par le magistrat résident au palais de justice. Sauf que Maitland n'a jamais pris la peine de légaliser quoi que ce soit. Ai-je vu juste ?

Il n'était pas difficile de comprendre la réussite professionnelle de Pammie Sinclair. Cette femme avait l'esprit vif.

— Oui, répondit Maisie. Mais je crains que cela aille encore plus loin.

— Vraiment ?

Quelque part dans le bungalow, une lame de parquet grinça.

— Y a-t-il quelqu'un d'autre à part nous ? s'étonna Pammie.

— Seulement Marjorie et Duc.

Pammie se rapprocha alors de la jeune femme.

— Je vous en prie, poursuivez.

— Il y a quelque temps, je suis tombée sur une lettre que ma mère avait envoyée à Maitland. Elle ne m'était pas adressée, et je n'en suis pas particulièrement fière, mais… je l'ai ouverte quand même. Si je l'ai fait, c'est en grande partie parce que je n'avais eu aucune nouvelle de mes parents depuis mon arrivée en Australie. J'ai appris que Maitland interceptait notre correspondance, si bien qu'ils n'avaient eu aucune nouvelle eux non plus, même si je leur écrivais toutes les semaines. Ma mère laissait entendre que Maitland avait passé une espèce d'arrangement avec eux, et elle a fait un étrange commentaire au sujet de mon frère. J'avais toujours cru qu'il était mort bébé.

— Que disait-elle exactement ?

Maisie ferma les yeux, et les mots lui revinrent instantanément.

— « *Vous m'informerez de ce qui est arrivé à mon fils il y a seize ans, avec tous les détails confirmés par un tiers.* »

Pammie fit courir un doigt sur le bord de son verre, l'air songeuse.

— J'en parlerai à Maitland dès demain matin, et soyez assurée que je saurai lui tirer les vers du nez. Ce qui me déroute davantage, c'est le fait que vos parents vous aient envoyée jusqu'ici pour épouser un cousin au second degré que votre mère n'avait jamais rencontré… Je doute même que Maitland ait eu connaissance de votre existence auparavant. Paul devait forcément savoir, lui. Il est arrivé en Australie il y a presque quarante ans ; c'est là que nous nous sommes rencontrés. Votre mère a dû le croiser en Angleterre…

— Pourquoi est-il venu en Australie ? s'enquit Maisie en se mordillant la lèvre.

— Paul avait accumulé les dettes, en Angleterre, mais c'était un irrésistible charmeur. Il m'a dupée dès le début en me faisant croire qu'il était richissime et qu'il venait d'un milieu plus qu'aisé et, naïve comme j'étais, je l'ai cru… Il est vrai qu'il était persuadé que la chance tournerait et qu'il aurait un jour assez d'argent pour renvoyer Maitland chez lui afin qu'il rencontre ses grands-parents. Son fils était sa plus grande réussite, à ses yeux. Paul l'adorait, et il était pleinement convaincu que tout serait pardonné, parce qu'il avait apporté un héritier aux Sinclair.

Maisie se demanda si l'absolution était une évidence dans tous les cas.

— Et lui ont-ils pardonné, au final ?

— Je l'ignore. Paul est retourné en Angleterre un petit moment après la mort de son père, mais il y est allé sans Maitland.

— À quand cela remonte-t-il ?

— Oh, à quinze ou seize ans, quelque chose comme ça. Même si Paul et moi vivions loin l'un de l'autre, il m'a informée avant son départ qu'il retournait là-bas. Seul.

Pammie se mit alors à scruter Maisie avant de se rapprocher un peu plus. Elle se pencha vers la jeune femme et prit ses mains entre les siennes.

— Votre mère devait avoir une bonne raison d'envoyer sa fille unique aussi loin. Ce n'est pas une décision facile…

— Vous l'avez fait, vous aussi.

— Oui, c'est vrai. Mais il n'était pas seul ; son père l'accompagnait. J'ai fait cela pour l'éloigner de Melbourne. Maitland n'a pas quitté l'école de la manière traditionnelle : on lui a demandé de partir, et cela l'a dévasté. L'école catholique était toute sa vie, vous comprenez ? Il aimait tout : les prières, les chants, la musique, les cloches, le… Ce sens de l'ordre que sa foi lui avait procuré. C'était un garçon ambitieux – mais vertueux –, et il était déterminé à se composer un rôle de confiance et d'autorité dans l'Église. C'était à la fois son rêve et son plan de carrière…

Maisie savait que ce désir de reconnaissance n'avait en aucun cas faibli, chez son mari.

— Qu'est-ce qu'il s'est passé, alors ?

— Maitland a été enrôlé en tant qu'enfant de chœur dans notre église. Savez-vous ce que c'est ?

— Je n'y connais rien en catholicisme, désolée…

Pammie se plaqua au dossier du canapé et croisa les chevilles.

— Avec deux autres garçons, il assistait le prêtre pendant le service et l'aidait également à s'y préparer. Il y avait tout un tas de choses à faire, comme remplir la cruche pour le lavage des mains, remplacer le charbon dans l'encensoir, sortir les coupes pour le vin et couper le pain pour la communion. Les trois garçons passaient donc beaucoup de temps seuls avec le prêtre. Il leur enseignait la Bible en même temps. Ils l'adoraient, et le père Patrick le leur rendait bien. Il les faisait venir au presbytère – c'était là où il vivait – pour le goûter après l'étude de la Bible, et c'était un véritable honneur pour eux. Pour nous tous, d'ailleurs. Mais un dimanche après-midi, une pauvre âme qui avait désespérément besoin de se confesser osa pousser la porte du presbytère. Là, il découvrit le prêtre avec son pantalon baissé…

— Maitland était avec lui ? ne put s'empêcher de demander Maisie.

— Pas ce jour-là, mais c'était arrivé, oui.

Le vent se mit à gémir tout autour, et une porte claqua, coupant momentanément la conversation. Un long moment passa avant que Maisie ne sache quoi dire. Elle porta son verre à sa bouche et dut poser l'autre main dessus afin d'en calmer les tremblements.

— Quel âge avait-il ?

— Quinze ou seize ans. Beaucoup trop jeune pour vivre une chose pareille. J'étais atterrée, même si son père, lui, n'était pas particulièrement choqué. Lui-même était des deux bords – c'était assez commun dans le milieu privilégié où il gravitait, avant que ses parents ne l'envoient en Australie. Mais dans une petite communauté, les gens ne sont pas aussi tolérants, et ils ne savent ni oublier ni pardonner. Le père Patrick fut brièvement rappelé à l'ordre par le Vatican et dut réciter une centaine de *Je vous salue Marie* en guise de punition. On le transféra dans le nord en lui demandant de passer outre ses besoins naturels, et les garçons furent renvoyés de l'école. Maitland était dévasté, maintenant que ses rêves de prendre la soutane s'étaient envolés. Il avait le cœur brisé. C'est après cela que Paul l'a emmené travailler dans les champs d'opale.

Maisie secoua la tête en tentant d'imaginer Maitland le cœur brisé.

— J'ignorais tout cela. Il ne m'en a jamais parlé…

— Pas même de son amour de la religion ?

— Il ne va jamais à l'église.

— C'est vrai ? souffla Pammie en se redressant davantage, si cela était encore possible.

Maisie tourna la tête en direction de la chambre de Maitland et serra les lèvres. Les larmes n'étaient pas loin.

— Oui. J'imagine qu'en décidant de tourner le dos à la religion, il s'est octroyé le droit de faire ce qu'il voulait sans avoir à rendre de comptes à qui que ce soit. C'est un homme odieux, et il raconte tellement de mensonges que celui qui le confessera un jour devra avoir les épaules solides… Personne, sur l'archipel, n'oserait un jour le défier, et voilà que je me retrouve au chevet d'un homme dont l'état empire chaque jour et qui n'est même pas mon mari ! Je dois vous avouer que c'est assez dur à avaler…

— Qu'est-ce que cette découverte change vraiment, au final, Maisie ? dit Pammie en reposant délicatement son verre sur la table. Vous dites que tout le monde prend

Maitland pour votre mari, n'est-ce pas ? Alors, entretenez cette duperie, et personne ne fera la différence.

Maisie récupéra son mouchoir, coincé sous la manche de sa robe.

— Si jamais on venait à découvrir que je vis avec lui hors des liens du mariage, jamais aucun homme décent ne voudra de moi…

— Personne ne connaît la vérité, Maisie, et si par malheur Maitland devait mourir, vous pourriez jouer le rôle de la veuve éplorée.

Maisie se moucha.

— Blair Montague connaît la vérité, lui, répondit-elle d'un air peu convaincu. Avec Maitland, ils s'entendent comme larrons en foire ; il sait forcément que notre mariage n'était qu'une mise en scène. C'est même sûrement de lui que vient cette idée, et je ne doute pas un seul instant qu'il se réjouirait de faire de moi un objet de risée publique.

— Blair Montague est ici ?

— Oui, c'est le maire.

Pammie ne bougeait plus. La lumière du phare balaya son visage, et Maisie crut lire dans son regard tout un enchevêtrement de souvenirs. La femme vida alors son verre et écrasa sa cigarette dans le cendrier.

— Maitland a toujours cru que c'était Blair qui avait surpris le père Patrick en flagrant délit. Le fait qu'ils soient ici tous les deux aujourd'hui n'a aucun sens.

— À moins bien sûr que Blair ait lancé l'alerte… par pure jalousie, commenta Maisie.

Plus tard dans la soirée, une fois Pammie partie se coucher, Maisie convoqua une réunion d'urgence dans la cuisine.

Duc était en train de préparer le pain pour le petit déjeuner tout en chantonnant un nouvel air qu'il sortait tout droit du quartier asiatique.

Maisie décida d'aller droit au but.

— Nous allons devoir nous relayer au chevet du capitaine. Son état empire, et je n'ai pas envie qu'il reste seul.

— Moi pas vouloir toucher lui, commenta Marjorie en remontant ses lunettes sur son nez.

— Je vous demande simplement de rester auprès de lui. S'il se réveille et réclame quoi que ce soit, vous pouvez venir me trouver. Ou sa mère, maintenant qu'elle est ici.

— Et Duc, Missus ? Brailler comme ça pas être beaucoup de repos pour patron, non ?

— Il vous relaiera. Je compte sur vous pour baisser le volume, au chevet du capitaine. N'est-ce pas, Duc ?

Le cuisinier se contenta d'un grand sourire.

Lorsque Maisie ouvrit la porte de la chambre, une vague de puanteur fiévreuse la heurta de pleine face. Elle hésita l'espace d'un instant à repartir, mais son trouble ne fit qu'accentuer sa stupeur. *C'est pourtant ce que je voulais faire, il y a quelques années*, se dit-elle. *Garder les malades, peu importe de qui il s'agissait. Alors, ma petite, tu vas relever la tête et entrer dans cette pièce, que tu le veuilles ou non.*

Maitland était allongé sur le lit, les yeux grands ouverts. Cet homme lui avait tout pris. Un souffle rauque et pénible s'échappait de sa gorge. Il lui faisait penser au bruit de carottes que l'on râperait.

— Comment vas-tu, Maitland ? tenta-t-elle avec le ton enjoué de l'infirmière qu'elle s'était mise en tête d'être auprès de lui. Tu es content que ta mère soit là ?

Le teint gris et humide de sueur, il ne répondit rien. On aurait pu le croire parti.

Les heures qui suivirent, Maisie fit de son mieux pour lui rendre la vie la plus facile possible, dans cette chambre puante et suffocante. Elle essora un linge et lui essuya le front tout en lui murmurant, encore et encore, qu'il finirait par aller mieux.

Un peu avant minuit, Maitland se mit à gémir.

Elle s'accroupit à côté de lui et tenta de distinguer ses mots, en vain.

— Que se passe-t-il, Maitland ? Tu as mal quelque part ?

Elle-même épuisée, Maisie s'assit au bord du lit et lui saisit le poignet. Le regard rivé à l'horloge, elle se mit alors à compter. Elle secoua la tête et recommença. Elle s'était forcément trompée ; son pouls était bien trop rapide. Elle lui releva la tête et tapota son oreiller. En bruit de fond, le son des vagues qui venaient se briser sur les rochers. La pitié était bien la dernière chose qu'elle aurait cru ressentir pour lui, et pourtant, elle était bien là, emplissant la chambre de son bourdonnement. Maisie dut plaquer les deux mains sur ses oreilles pour faire taire ce bruit atroce.

Le soleil n'était toujours pas levé quand Marjorie passa la tête dans l'entrebâillement.

— Moi prendre mon tour, Missus ?

— Non, Marjorie, souffla Maisie. Son état s'est encore aggravé. Je pense que vous feriez mieux d'aller chercher le docteur Shin.

24

Lorsqu'elle put enfin se coucher, Maisie fut incapable de trouver le sommeil. Un éclat de lumière se mit à papilloter à travers le treillis, mais elle ne provenait pas du phare. Maisie aimait la fiabilité de son faisceau, et elle connaissait son mouvement par cœur – une apparition toutes les huit secondes, exactement. Elle se demanda brièvement si tous les phares suivaient le même rythme ou s'ils différaient, comme les empreintes de nos doigts. Coop le saurait, songea-t-elle alors. Où qu'il soit.

Coop.

Que dirait-il lorsqu'il découvrirait qu'elle vivait avec un homme qui n'était pas son mari ? Un homme qui était homosexuel et qui avait été violé par un prêtre ? Une grimace déforma ses traits. Maitland pouvait-il finir en prison ? Ici, si la loi n'arrangeait personne, alors elle était purement ignorée. Non, il n'irait pas en prison.

L'aurore n'était plus très loin quand elle se leva et glissa le bras sous le lit, à la recherche du pot de chambre. Elle se soulagea sur le bol de porcelaine et nicha sa tête entre ses mains.

Le désespoir dont elle avait été submergée toute la soirée commençait à s'estomper, et elle se sentait étrangement rassurée par la présence de sa belle-mère. Elle avait le pouvoir de lui rappeler Mrs Wallace : une femme pratique, raisonnable et indépendante qui ne subissait pas sa vie. Mrs Wallace lui avait dit qu'elle devrait s'endurcir, et Maisie comprit que le temps était plus que venu.

Elle se releva, posa les yeux sur la terrasse et suivit la lumière à travers le treillis. Elle semblait s'éloigner sur le chemin qui menait à l'entrepôt. Maisie distingua le bruit d'une légère toux. *Ce doit être l'éboueur de nuit*, se dit-elle. Elle tourna la tête et tendit à nouveau l'oreille, mais il n'y eut rien d'autre. L'étrange lumière avait disparu.

Elle retourna se coucher et se débarrassa des draps. Sa peau était tellement chaude que Maisie craignait qu'elle ne brûle le tissu. La tempête avait achevé son œuvre, et les grenouilles coassaient joyeusement dans le silence, mais il ne faisait pas plus frais. Quelque part dans le bungalow, une porte se ferma et le parquet se mit à grincer. C'était sûrement sa belle-mère, perdue dans les couloirs, ou partie veiller sur son fils. Maisie se releva et glissa les pieds dans ses pantoufles. La lumière était de nouveau là. Elle rebondissait sur le chemin, s'arrêtant par intermittence, s'éloignant jusqu'à ce qu'un point à peine visible filtre à travers le treillis.

Il y avait quelqu'un dans le jardin.

Une fois en haut des marches de la terrasse, Maisie fut prise d'une hésitation. Elle savait qu'errer dans le noir, dehors, était dangereux. Au tout début de son emménagement ici, elle avait évité de justesse un tas de couleuvres enlacées. À partir de ce jour, elle n'avait plus jamais cherché à se rendre aux toilettes la nuit.

Elle serra son châle sur ses épaules, regrettant de ne pas avoir pris de lampe avec elle. Concentrée sur les mouvements de la lumière, elle ne regardait pas où elle mettait les pieds et se cogna douloureusement l'orteil sur une chaise. Elle lâcha un cri.

Un murmure lui parvint alors du jardin.

— Maisie, c'est bien toi ?

— Coop ?

Elle distingua son hochement de tête et sourit dans l'obscurité.

— Je me suis inquiété de ne pas te voir ce week-end, alors je suis venu m'assurer que tout allait bien.

Elle balaya la terrasse des yeux puis, une fois certaine que personne ne l'épiait, elle poussa la porte et descendit dans le jardin.

Il était adossé à un arbre, les manches de sa chemise relevées, une cigarette coincée entre le pouce et l'index. Sous la brise légère, le bout se mit à rougeoyer, et Maisie songea que c'était sûrement là l'étrange lumière qu'elle avait vue de sa chambre. Elle sentit son corps se raidir, comme si l'on venait de lui serrer l'un de ses anciens corsets autour de la taille.

— Pourquoi n'es-tu pas en mer ? Tu ne peux pas revenir sur un simple coup de tête !

Il l'observa un instant puis désigna l'océan d'un coup de menton.

— Je suis resté coincé au fond de l'eau.

Elle demeura immobile, n'osant pas faire le moindre geste. Elle savait qu'elle serait perdue pour de bon, si elle le touchait. Coop envoya voler sa cigarette, la lumière rougeoyante formant un arc de cercle avant d'atterrir dans un parterre de fleurs. Puis il se pencha vers elle, glissa un bras dans son dos, lui entoura la taille et la colla contre lui. *Cet homme sent la mer, et je suis en train de me noyer*, songea-t-elle, désespérée. Coop nicha ses lèvres dans sa nuque. Maisie sentit d'abord son souffle chaud, puis le contact de sa bouche sur sa peau. Elle laissa retomber ses bras mais ne chercha pas à le repousser.

Elle se consumait à tel point de désir qu'il semblait vibrer jusque dans ses veines.

— Non, Coop, je t'en prie… Tu dois partir. On pourrait nous voir. Maitland est là, et sa mère aussi.

Même si j'ai tout à fait le droit de faire ce que je veux, au final, ajouta-t-elle pour elle-même.

— Ça fait des heures que j'attends. Tout le monde dort, là-dedans.

Il se colla un peu plus à elle, et elle sentit son corps – dur, désormais – sans être capable de bouger.

— Ce n'est pas bien, insista-t-elle.

Et pourtant, j'en ai tellement envie. Elle avait soudain la véritable impression d'être en mer. Elle inspira profondément et souffla d'une voix prudente :

— Que t'est-il arrivé, exactement ?

— Les coraux ont emprisonné mes cordes. Daike est venu me tirer de là, mais nous sommes remontés trop vite. JB a insisté pour qu'on aille voir le médecin, alors nous sommes revenus hier et avons fait un détour par l'hôpital japonais.

Son visage était tout proche. Elle se concentra sur ses yeux, ces yeux noirs qui avaient le pouvoir de l'embraser, terrorisée à l'idée de ce que sa bouche pourrait dire.

— Le médecin vous a laissés sortir ?

— Oui. Mais nous avons perdu Sid, notre écailler.

Il posa la main au creux de son cou, les poils de sa barbe naissante venant effleurer la peau douce de sa joue.

— Je suis passé ce matin pour informer le capitaine que nous avions perdu un homme et pour lui demander ce qu'il comptait faire, mais ta domestique m'a dit que son état avait empiré. Il n'avait déjà pas l'air bien sur la goélette…

Maisie s'écarta brusquement de lui.

— Oui, il est très souffrant. Sa mère est venue de Melbourne spécialement pour ça. Nous ne sommes pas du tout certains qu'il se remettra.

Son mensonge était mal préparé, mais Coop ne sembla pas y prêter attention.

— Qu'est-ce que tu ressens, à cette idée ?

L'expression de Coop cachait quelque chose, sans qu'elle puisse deviner quoi, et elle fut prise d'une vague d'affliction. Elle recula d'un autre pas, convaincue que ses yeux noirs pouvaient lire dans son âme.

— Ce n'est pas loyal de me demander ça, Coop.

Il trouva alors sa main et pressa ses doigts sous les siens.

— Tu as raison, excuse-moi. Viens, marchons jusqu'au phare.

Il s'éloigna en l'attirant derrière lui. Les brisures des coquillages rentraient dans la semelle de ses pantoufles, et le bas de sa chemise de nuit traînait dans le sable comme pour la ralentir. Elle trébucha une fois ou deux, mais il la tenait fermement par la main, dans la nuit noire. La mer crachait une brume légère qui venait se poser sur ses cils, formant de petits paquets humides sur les pointes.

Elle s'arrêta et s'essuya les yeux.

— Nous sommes assez loin. Mieux vaut ne pas réveiller le gardien. Sa femme est handicapée.

Le faisceau du phare illumina brièvement l'endroit où ils se trouvaient.

— Je ne supporte pas d'être loin de toi, murmura Coop.

— Je t'en prie…, hoqueta-t-elle, la gorge nouée par les larmes.

Elle attendit un instant qu'il dise quelque chose, mais devant son silence, elle décida de changer de sujet.

— Sid n'était pas un plongeur. Que lui est-il arrivé ?

— Il est passé par-dessus bord, commenta Coop en se grattant l'arête du nez. Et il a croisé la route d'un requin.

— Mon Dieu, quelle mort atroce ! souffla Maisie en portant la main à son cœur.

— Oui, c'est vrai.

Elle ne parvenait pas à lire son expression dans la pénombre, mais sa voix trahissait cruellement son manque de sincérité.

— Tu ne m'as pas l'air particulièrement peiné…

— Ce n'était pas quelqu'un de très sympathique. Il a essayé de me tuer.

— Comment ça ?

— Sid a drogué le thé de JB. Si mes cordes se sont coincées dans les coraux, c'est parce que JB a perdu connaissance. Si Daike n'avait pas été attentif à mes bulles d'air à la surface, je ne serais pas là.

Une boule de terreur noua la gorge de Maisie.

— Pourquoi aurait-il fait une chose pareille ?

— J'imagine que c'est ton mari qui le lui a demandé, et il y a fort à parier que cela ait un lien avec le fameux papier que j'ai signé. Sur les douze plongeurs anglais, six sont déjà morts. Je suis encore ici, plus par chance qu'autre chose, et un autre vient de reprendre le bateau pour Fremantle.

— On vous a sacrifiés pour un vulgaire pari, cracha Maisie, furieuse.

— Mais je n'abandonnerai pas aussi facilement. Je suis venu ici pour gagner de l'argent, et celui qui m'empêchera d'y parvenir n'est pas encore né.

Maisie plissa les yeux et se tourna vers l'océan. Une lueur infime commençait à percer la brume, à l'horizon.

— Tu ne peux pas continuer à travailler pour ces hommes. Ils ne te lâcheront pas, Coop.

— Il doit bien y avoir un maître perlier qui soit honnête et qui accepte de m'embaucher, non ?

— J'ai détruit le document, Coop, mais j'ai entendu Maitland et Blair Montague comploter. Un membre du gouvernement va bientôt venir voir comment se déroule leur petite expérience, et Maitland et Blair comptent bien sur ce papier pour apporter la preuve de ce qu'ils avanceront. Ne vois-tu pas que nous n'avons fait qu'aggraver les choses, Coop ? Sans ce papier, ils n'auront pas d'autre choix que de te tuer !

25

Maisie gagna la porte d'entrée, ses talons qui claquaient sur le parquet de la terrasse venant percer le silence ambiant. Avant le lever du soleil, Coop était retourné à bord du lougre, une fois de plus hors de portée, comme les ombres qu'elle avait tant cherché à attraper, petite.

Elle culpabilisait quand elle n'avait aucune raison de le faire. Tout lui paraissait sens dessus dessous.

Le docteur Shin se trouvait de l'autre côté de la porte, sa mallette à la main. Son dos perpétuellement voûté donnait l'impression qu'il ne s'était pas redressé depuis des siècles.

— Docteur, murmura-t-elle en ouvrant la porte. Merci mille fois de vous être déplacé. Maitland est dans la pièce à moustiques. Peut-être souhaiteriez-vous boire quelque chose, auparavant ?

L'homme secoua la tête.

— J'aimerais ausculter le patient, Mrs Sinclair. N'est-ce pas pour cela que vous m'avez fait venir si tôt ?

— Oui, bien sûr. Où ai-je la tête ? Suivez-moi.

Elle guida le docteur le long du couloir puis ouvrit la porte de la chambre. L'odeur était toujours aussi infecte, comme si quelqu'un avait vidé le contenu du pot de chambre par terre. Maitland semblait endormi, le visage tourné vers le treillis ouvert, une de ses grosses mains mollement posée sur les draps.

Pammie apparut avec un plateau de fruits pour le petit déjeuner de son fils. Elle le posa sur le chevet et se positionna à côté de la tête de lit, le dos plaqué contre le mur, comme si elle cherchait à se tenir au maximum éloignée de la scène. Elle salua Maisie et le médecin d'un bref hochement de tête.

Le docteur Shin posa sa mallette et s'agenouilla près du lit. Maisie vit son front se plisser lorsqu'il plaça deux doigts sur le cou de Maitland pour prendre son pouls, puis il les retira aussitôt. Elle ne s'était pas attendue à ce que cela soit aussi bref.

— Est-ce que tout va bien, docteur ?

— Je suis sincèrement navré, Mrs Sinclair, répondit-il avec une certaine compassion. Votre mari nous a quittés.

L'annonce du médecin prit un certain temps à faire son chemin. Maisie s'assit sur une chaise et dévisagea Maitland, s'attendant à tout moment à ce qu'il ouvre les yeux et crache une nouvelle méchanceté.

— Je ne comprends pas, souffla-t-elle.

Pammie se pencha sur la table de chevet et redressa le cendrier.

— Il allait bien hier soir, et ce matin encore, quand je suis passée le voir. Tout le monde s'est relayé à son chevet cette nuit, suite à l'inquiétude de Maisie. Il ne peut pas être mort. Le docteur anglais est passé plusieurs fois, et il nous a assurés qu'il finirait par se remettre.

Le docteur Shin déglutit péniblement avant de s'asseoir sur le lit tout froissé. Dans son cou, un muscle tressautait.

— Le message que j'ai reçu à l'hôpital disait que le capitaine Sinclair avait contracté la maladie de Barcoo. Je doute que cela ait été le bon diagnostic. Cela fait des années que je n'ai pas vu un tel cas ici, et c'est le genre de maladie que l'on attrape en général quand une source d'eau a été contaminée. D'après moi, il est beaucoup plus probable qu'il ait passé un trop long moment dans le bush. Il est regrettable que vous ne m'ayez pas appelé plus tôt, commenta-t-il en levant les yeux au ciel avant de fourrer les mains dans ses poches.

— Si ce n'était pas la maladie de Barcoo… alors de quoi peut-il être mort, docteur ? s'enquit Maisie.

— D'après les symptômes décrits – nausées, vomissements, fièvre, douleurs, peau tachetée –, je penserais davantage à une infection. Mais je ne peux pas m'en assurer sans avoir pratiqué d'autopsie. Je pourrais le faire, si vous le désirez, mais cela ne changera rien aux faits. Il est bel et bien mort.

Maisie se tourna vers sa belle-mère et la découvrit livide, des larmes plein les yeux. Elle n'avait peut-être pas été la plus tendre des mères, mais elle venait tout de même de perdre son unique fils.

— Je pense qu'il a suffisamment souffert comme ça, déclara Maisie.

Pammie secoua une main et parla d'une voix si basse que Maisie dut tendre l'oreille pour l'entendre.

— Maitland est mort. Inutile de s'acharner. Le docteur a raison : cela ne changera rien aux faits.

Le docteur Shin s'éclaircit alors la gorge.

— Il va vous falloir prévenir le croque-mort, chères mesdames. L'enterrement devra avoir lieu demain, avant que la chair ne se mette à pourrir, sous une telle chaleur. Si sa maladie était contagieuse, ce que je ne peux écarter, vous risqueriez tous ici d'être contaminés.

Maisie fit tourner l'anneau qui lui ceignait le doigt puis prit la direction de la sortie. Une fois au niveau de Pammie, elle posa une main douce sur l'épaule de sa belle-mère.

— J'y vais de ce pas, docteur. Vous voulez bien rester auprès de lui jusqu'à mon retour, Pammie ? Je vais demander à Duc de vous préparer une tasse de thé.

Le lendemain après-midi, Maitland fut enterré dans la terre rouge et brûlante du cimetière de l'archipel, dans la zone réservée aux Blancs. L'ancien corbillard qui portait le cercueil aux poignées de laiton était conduit par l'éboueur de nuit, qui faisait des heures supplémentaires pour le croque-mort, en journée. Assis à côté de lui, un Malais à la carrure impressionnante fumait une pipe calebasse. Une petite procession menée par les deux Mrs Sinclair suivait le corbillard. Ils s'arrêtèrent devant une rangée de tombes décorées qui portaient les noms des plongeurs japonais morts en mer. Les derniers à arriver furent l'évêque, le front perlant de sueur, et sa femme, habillée de motifs écossais noirs, cette fois. Pendue à son bras, elle sanglotait copieusement, serrant dans son poing un mouchoir aux motifs similaires à ceux de sa robe. Un peu plus loin, un petit groupe d'Aborigènes s'était rassemblé, et Maisie fut convaincue d'y apercevoir Charlie, vêtu de sa tenue tribale, avant que le garçon ne disparaisse soudainement dans un buisson.

Cela l'attrista, lorsqu'elle songea que cette race libre s'éteignait à petit feu. Jane avait raison : l'homme blanc était capable de choses terribles.

L'évêque fit un long sermon sur les dangers de l'eau contaminée, et Mrs McMahon sanglota tout du long.

Malgré la chaleur, il lut le service mortuaire dans sa totalité puis, une longue demi-heure plus tard, le cercueil de Maitland fut enfin porté en terre.

La tête baissée sous le soleil impitoyable, Maisie écoutait à peine ce que l'évêque racontait. La douleur qu'elle ressentait dans son cœur était si profonde, si intense, qu'elle devait lutter pour rester droite. Mais cette souffrance atroce n'était pas pour Maitland. Pour lui, elle ne ressentait absolument rien. « Coop », murmura-t-elle, avant de se mettre à pleurer.

Après le service, la petite assemblée se retrouva sur la terrasse est du bungalow. On y parlait si bas que l'on aurait pu se croire à la messe. Un rayon de soleil illuminait la table où Duc avait dressé son festin, sur une longue nappe blanche amidonnée. Il avait mis tout son cœur pour le dernier repas de son patron. Vêtue d'une blouse fleurie, Marjorie passait parmi les convives avec un plateau de petits fours, les paupières basses et la bouche tombante, faisant de son mieux pour dissimuler le petit sourire satisfait qui cherchait à s'y dessiner. *Dans une armée de comédiens, rien de plus facile que de simuler*, songea Maisie. Elle savait parfaitement que Marjorie ne ressentait pas la moindre peine.

Coop, venu présenter ses hommages à la famille, avait retiré sa veste et discutait avec Mrs McMahon, les yeux toujours rougis, dont les colliers venaient se refléter aveuglément sur la vaisselle du buffet chaque fois qu'elle se penchait pour attraper un nouveau gâteau.

Dans sa chaise, Pammie se pencha vers Maisie et lui planta un doigt dans les côtes.

— Vous ne comptez pas remercier les gens d'être venus ?

— Vous pensez que je le devrais ?

— Oui. Si vous parvenez bien sûr à détacher les yeux l'espace d'une petite minute de l'homme qui discute avec cette dinde…

Maisie sentit ses joues brûler.

— Désolée. Mr Cooper est l'un des plongeurs de Maitland. J'étais en train de me demander ce qu'il arrivera à tous ces hommes.

Pammie arborait une expression que Maisie n'avait que trop souvent adoptée : le scepticisme tacite. Elle savait très bien qu'elle scrutait Coop depuis tout à l'heure, comme si elle cherchait à en mémoriser le moindre détail. Son costume noir. La façon dont il choisissait les mets les plus petits afin qu'ils soient plus faciles à avaler... La façon dont il retroussait la lèvre quand il buvait afin d'éviter que les glaçons ne tombent de son verre… Et quand Mrs McMahon lâcha une huître bardée de lard sur le parquet, la façon dont il plia le genou pour la ramasser, comme s'il s'apprêtait à lui demander sa main. Pammie avait tout vu.

Maisie tenta de reprendre ses esprits et se leva.

— C'était un très joli discours, Maisie, commenta Pammie lorsque les invités furent tous partis.

Maisie plongea la tête entre ses mains, honteuse.

— Je viens de signer ma place en enfer, avec tous ces mensonges. Et maintenant, je dois commander une stèle pour Maitland, et me parjurer une nouvelle fois.

Pammie grignotait un sandwich. Avec un corset aussi serré, son estomac ne pouvait certainement pas contenir plus de quelques miettes.

— D'après moi, vous avez au contraire la chance de pouvoir entretenir le mythe de votre mariage. Dites de lui que c'était un époux aimant, ajoutez-y les dates de naissance et de décès, et voilà. Personne n'attendrait rien de plus.

— C'est ce que je ferai, dans ce cas, répondit Maisie en repoussant une assiette pleine de restes.

Pammie lui jeta alors un regard soucieux.

— Que prévoyez-vous de faire ? Retourner en Angleterre ?

— Je ne sais pas. Il me reste beaucoup de choses à régler ici, avant. Et vous ? J'aimerais beaucoup que vous restiez.

— Je ne peux pas rester plus longtemps dans ce climat infernal. Je retournerai à Melbourne et reprendrai mes affaires là où je les ai laissées. C'est ma vie, aujourd'hui, et je m'en sors plutôt très bien, pour tout vous dire. Vous allez sûrement me prendre pour une mère indigne, mais je dois vous avouer que si je suis venue, ce n'était pas pour renouer une quelconque relation avec mon fils, mais pour comprendre ce qui est arrivé à mon mari dans les champs d'opale. Comme je vous l'ai déjà dit, Paul me donnait régulièrement de ses nouvelles, puis soudain, je n'ai plus reçu une seule lettre. J'aurais forcément été prévenue s'il était tombé malade. J'espérais que Maitland puisse m'éclairer, confessa-t-elle avec une moue déçue. Mais quoi qu'il ait su, il a tout emporté dans sa tombe.

— Je ne vous considère pas comme une mère indigne. La mienne l'est, et je vous assure que vous n'avez rien de comparable à elle. Quant à Maitland, vous devriez au moins récupérer ses effets personnels. Ils ne m'appartiennent pas. J'ai toujours détesté ces photos de chasse. J'aimerais simplement garder les brosses en argent, si vous n'y voyez pas d'inconvénient, car celles-ci appartenaient à ma famille. Il y a également un coffre en stéatite… Peut-être aimeriez-vous l'emporter ?

Elle se leva de sa chaise et partit en direction de l'énorme bureau de bois sombre, à l'autre bout de la terrasse. Elle avait rangé le coffre tout au fond d'un tiroir, telle une lampe aux pouvoirs magiques qui attendrait que l'on prononce la bonne formule. Un hoquet s'échappa des lèvres de Pammie lorsque Maisie posa l'objet sur la table.

— Bonté divine ! C'était à Paul. Cela fait des années que je ne l'avais pas vu. Il cachait ses gains dedans, je me souviens… Enfin, jusqu'à ce que Maitland découvre comment l'ouvrir.

— Vous savez le faire fonctionner ?

— C'est une espèce de casse-tête chinois, si vous voulez. Ce n'est pas un coffre, même si ça en a tout l'air.

Alors elle retourna l'objet et pressa la partie du dessous avec son pouce et son index avant de la faire glisser sur le côté. Le bas du coffre s'ouvrit en partie. La cachette secrète recelait deux choses : une perle énorme, et une lettre.

26

Maisie ne savait pas vers qui d'autre se tourner. Le directeur de la banque était un Écossais sinistre et au visage marbré qui lui parlait avec une lenteur délibérée, comme s'il la prenait pour une inculte.

— Mrs Sinclair ? dit-il en lui adressant un regard indifférent.

— Mr Beckingsale, mon mari venant de nous quitter, j'aimerais connaître notre situation financière.

— Disposez-vous d'une autorisation ?

— Je suis sa veuve. J'imaginais que cela serait suffisant, non ?

— C'est une requête plutôt inhabituelle…

— Mon mari est mort, rétorqua Maisie. Je vous l'ai déjà dit, Mr Beckingsale. Et il n'a rédigé aucun testament. Si je veux survivre financièrement parlant, je n'ai pas d'autre choix que de me renseigner sur les fonds dont je dispose, ainsi que sur la nature de vos transactions avec mon mari.

Gerald Beckingsale croisa les bras sur sa chemise amidonnée.

— Nous avons à de nombreuses reprises prêté de l'argent à votre mari, et il nous l'a chaque fois remboursé sans difficulté.

— Vous m'en voyez soulagée, souffla Maisie.

Le directeur de la banque serra un peu plus fort les bras et cligna des yeux une fois avant de hausser les sourcils par-dessus ses lunettes. Son regard, qui n'avait rien d'affable, mettait Maisie terriblement mal à l'aise.

— J'ai l'impression qu'il y a un « mais », Mr Beckingsale ?

— Notre meilleure garantie a toujours été l'intégrité de votre mari ainsi que la hausse constante du prix des perles. Jusqu'ici, les deux ne nous ont jamais déçus. Seulement voilà : dernièrement, nous lui avons prêté une somme conséquente, ce en échange d'actions et de parts dans sa société, Sinclair Marine Trading. Son équipement, ses bateaux, sa goélette... tout est hypothéqué.

— N'est-ce pas le cas pour toutes les autres flottes perlières ?

— Si, tout à fait. Mais le souci, c'est qu'il n'a – n'*avait*, pardonnez-moi – encore rien remboursé. Vous devrez donc vous contenter de vos revenus mensuels en provenance d'Angleterre...

Maisie se sentait soudain complètement perdue.

— D'Angleterre ?

— Oui, ce qu'il reçoit tous les mois directement de Londres.

Maisie tourna la tête en direction de la longue jetée de bois, que l'on distinguait derrière la fenêtre. Elle dut reformuler sa question dans sa tête, encore trop peu habituée à parler de son mari au passé.

— De qui recevait-il cet argent ?

Le directeur avait décroisé les bras pour ouvrir un meuble à tiroirs, derrière son bureau. Il parcourut divers documents avant de s'arrêter brusquement, le doigt pointé sur un nom.

— D'un juge dénommé George Porter, qui vous fait de généreux virements mensuels. Et une grosse somme provenant du même compte a également été envoyée à votre mari en novembre dernier.

Maisie se tourna de nouveau vers la jetée et l'observa en plissant les yeux. La lumière, dehors, avait gagné en intensité, la chaleur ralentissant toute activité alentour, contrairement au pouls qui ne faisait qu'accélérer, dans ses veines. Elle détourna alors la tête de cette lueur aveuglante et ferma les yeux.

— Je sais qu'il y a un autre approvisionnement mensuel provenant d'Angleterre. Ceci pourrait vous intéresser…, poursuivit le directeur.

Durant un long silence, Mr Beckingsale balaya ses dossiers du bout des doigts, tel un alchimiste en train de fabriquer de l'or.

Il révéla alors à Maisie que sa mère envoyait elle aussi de l'argent à Maitland tous les mois. La jeune femme n'y comprenait plus rien. Décontenancée, elle tira sur le col de son chemisier, triturant le premier bouton du bout des doigts.

Elle rouvrit les yeux et lui demanda d'une voix froide :

— Pourriez-vous m'établir un relevé précis de notre situation financière ? Ce que nous touchons, ce que nous devons, et à qui ? Tout, dans les moindres détails.

Le directeur de la banque se redressa et essuya ses mains moites sur son pantalon. Il observait Maisie d'un regard glacial et calculateur, hésitant de toute évidence à accéder à sa requête. Enfin, il lui serra la main avec une poigne affreusement molle.

— Très bien, Mrs Sinclair. Je vous ferai connaître les mouvements mensuels du capitaine concernant notre banque. Mais dites-vous bien que votre mari a forcément contracté d'autres prêts auprès de ses différents fournisseurs, dans le quartier asiatique. À moins d'aller directement les voir, je doute que vous trouviez la somme exacte que vous devez, et à qui. Vos créanciers finiront un jour ou l'autre par frapper à votre porte, j'imagine, lorsqu'ils auront perdu patience. Je vous demanderai toutefois de garder privée la nature de cette conversation. Nous n'avons aucun protocole officiel concernant le veuvage.

Maisie gagna la porte, ses semelles épaisses lui brûlant affreusement les pieds.

— Lorsque tout sera prêt, faites-le-moi savoir. Je viendrai chercher les papiers personnellement.

Il ne la raccompagna pas.

Maisie enveloppa la perle dans un mouchoir et l'emporta chez l'expert. Avant d'être mises à la vente, la plupart des perles devaient être débarrassées de toutes leurs imperfections. Pierre Fornallaz, à la fois bijoutier et prêteur sur gages, gérait son affaire dans une petite boutique du quartier asiatique. Il était arrivé sur l'archipel avec la réputation d'être le meilleur expert en perles d'Australie.

— C'est très risqué, Mrs Sinclair, commenta-t-il en faisant rouler l'énorme perle entre son pouce et son index. Cette perle a une grosse imperfection, ici. Soit je parviens à l'en débarrasser, soit la brisure s'intensifie, et vous n'avez plus rien. C'est à vous de voir.

— Je pense qu'il faut tenter le coup. Mon mari était joueur ; le risque l'aurait forcément excité.

— Entendu. Asseyez-vous, je vous en prie, répondit Mr Fornallaz en lui désignant un siège. Je vous laisse assister à mon travail. Comme ça, vous ne pourrez pas m'accuser de malhonnêteté, si votre perle ne vaut rien.

Maisie s'installa sur la chaise qui faisait face à sa table de travail. La sueur commençait à s'accumuler sur son front. Elle ignorait si c'était la chaleur étouffante qu'il faisait là-dedans ou l'angoisse du résultat qui la mettait dans un tel état. Beaucoup de choses dépendaient de la qualité de cette perle.

— Exactement comme un oignon, une perle est composée de plusieurs couches repliées les unes sur les autres, lui expliqua Mr Fornallaz. Si une partie de l'oignon est pourrie, vous pouvez éventuellement la couper et manger le reste. Mais parfois, tout l'intérieur est pourri, et vous n'avez pas d'autre choix que de vous en débarrasser. C'est la même chose avec les perles.

Il coinça une loupe de bijoutier sur son œil et récupéra une lime à trois faces dont le manche se résumait en tout et pour tout à un bouchon de champagne. Maisie trouvait cet outil bien rudimentaire pour une opération aussi délicate, mais l'homme se mit à frotter la surface de la perle d'une main légère, un peu comme un violoniste avec son archet. De la poussière de perle commença à se répandre sur le plateau de table en velours vert.

— Alors, qu'est-ce que vous en pensez ?

— Un peu de patience…, dit-il en faisant tourner la perle. Je ne peux pas aller plus vite. Sans cela, je risquerais d'endommager ce qu'il y a dessous.

Maisie posa alors les yeux sur le tableau qui pendait au mur, derrière l'homme. Elle n'avait aucune idée de ce que la peinture représentait, et elle était incapable de se concentrer un tant soit peu sur les coups de pinceau criards. Elle avait beaucoup trop de choses en tête.

Le temps s'étira. Maisie perçut un changement dans la position de Pierre Fornallaz, et elle porta cette fois son attention sur la petite moustache cirée qui lui surplombait la lèvre.

— Vous avez là une perle magnifique, Mrs Sinclair, commenta l'homme en la lui tendant. Elle a une jolie teinte dorée, ce qui est très rare. La plupart des perles d'ici tirent plutôt sur le blanc laiteux. Cette originalité ne lui donnera que plus de valeur – car je ne doute pas que vous désiriez la vendre, n'est-ce pas ?

— Je n'ai pas le choix, Mr Fornallaz. Pourriez-vous me trouver un acheteur ? Je dois vous avouer que j'ignore comment m'y prendre, et même combien elle peut valoir…

— J'ai été très peiné d'apprendre la mort de votre mari, Mrs Sinclair, lui répondit-il, plein de compassion. Mais si vous vous apprêtez à prendre sa suite à la tête de sa flotte, il va vous falloir apprendre la valeur des choses, si vous ne voulez pas vous faire flouer.

— Je n'avais pas spécialement envisagé de reprendre sa suite… Vous pensez qu'une femme peut gérer une telle entreprise ?

Les yeux de l'homme s'écarquillèrent.

— Pardonnez mon indiscrétion, Mrs Sinclair. Je pensais que ce serait le cas – comme la plupart des gens ici, probablement. J'ai entendu dire que vous aviez largement fait vos preuves sur la goélette. Mr Beckingsale, le directeur de la banque, vous tient en très haute estime. D'après lui, vous avez l'esprit mathématique.

Maisie ignorait quoi répondre à cela. Les imaginer parler d'elle ainsi lui paraissait tellement étrange…

— Il est encore trop tôt pour prendre ce genre de décision, Mr Fornallaz. Pour l'instant, je n'ai aucune idée de ce que je vais faire.

— Si vous êtes prête à attendre le bon acheteur, ce petit trésor peut vous rapporter beaucoup, murmura-t-il en faisant rouler la perle entre ses paumes. Quoi qu'il en soit, la saison vient à peine de débuter. Si vous voulez continuer à amasser des huîtres, je vous conseille de faire redoubler d'efforts vos plongeurs, tant que le marché est aussi juteux.

Maisie s'assit sur le lit de son mari, le regard fixé sur la rangée de costumes blancs, dans l'armoire. Elle ne savait pas quoi faire de tous ces vêtements, ni des vingt paires de chaussures en cuir blanc, de la grosse soixantaine de chemises et des dizaines de cravates qui venaient s'y ajouter.

— Missus pas vouloir couper boutons ? proposa Marjorie. Sûrement valoir beaucoup d'argent, non ?

— C'est une bonne idée, oui. Connaîtriez-vous quelqu'un qui soit intéressé par les vêtements ?

La domestique leva les yeux au plafond.

— Mon peuple pas porter costumes. Vous pas savoir ça ? Pourquoi pas donner à vot' plongeur blanc ?

— Il est trop grand, répondit Maisie.

Marjorie souleva la jambe d'un des pantalons comme pour en mesurer la taille.

— Ça pas faux. Quoi Missus vouloir faire avec grosse malle patron ?

— Pardon ?

— Grosse malle sous le lit, avec tenues pour église et tout ça ?

Maisie avait soudain la bouche sèche, comme si elle s'était vidée de toute sa salive.

— Montrez-moi.

Marjorie s'agenouilla au sol et sortit de sous le lit une malle au couvercle travaillé similaire à celle qu'elle avait elle-même apportée d'Angleterre. Marjorie s'empressa de justifier son indiscrétion.

— Moi savoir car moi beaucoup travailler lecture, comme moi avoir déjà dit Missus. Même écritures saintes.

Maisie souleva le couvercle de la malle. Soigneusement pliés sur le dessus, enveloppés de calicot afin de les protéger des estomacs goulus des mites, se trouvaient une soutane noire et son surplis. Elle les prit et lissa les plis de la paume de la main. Dessous, elle découvrit la lecture qu'avait mentionnée Marjorie : un livre de cantiques, un évangéliaire, un lectionnaire et sacramentaire, ainsi qu'une Bible reliée de cuir. Dans un petit sac en coton, elle mit la main sur un rosaire aux jolies perles noires, et un lourd crucifix en argent dans un autre. Suivait toute une pile de partitions, dont l'intégralité des requiem de Mozart et de Verdi, les passages pour ténor surlignés au stylo. Enfin, deux chandeliers d'argent fichés de longues et fines bougies, ornées de dessins religieux, complétaient la collection.

Immobile, les épaules voûtées, Maisie tenta désespérément de faire le point sur ses émotions. Quelques jours plus tôt, elle ne connaissait rien de son mari, ignorait tout de sa passion pour la musique, le chant et Dieu. Elle ne parvenait pas à se l'imaginer jeune, enjoué et pieux. Ce qu'il était devenu noircissait son souvenir et serrait le cœur de Maisie.

— Nous donnerons tout cela à l'église catholique, Marjorie. Ces effets comptaient de toute évidence beaucoup pour le capitaine, et je suis certaine qu'il aurait aimé qu'ils soient entre de bonnes mains.

— Quels effets ? intervint Pammie en apparaissant sur le seuil.

— Voyez vous-même, répondit Maisie, un bras tendu vers la malle.

Pammie prit la Bible et se mit à tourner les pages usées, suivant du bout des doigts les illustrations estampées qui y figuraient.

— Il a gagné cette Bible au catéchisme. Tous les ans, il était récompensé pour être l'élève le plus assidu. Il adorait toutes les histoires qu'il y lisait, au point d'en connaître de nombreux passages par cœur…

Maisie garda le silence, et Pammie poursuivit :

— J'aurais dû davantage me battre pour lui et lui trouver une nouvelle école, dans un autre État. Quelle mère ai-je donc fait ? J'étais trop préoccupée par mes propres besoins pour me soucier de mon fils…

— Maitland avait ses propres démons, qui n'avaient rien à voir avec ce que vous avez fait ou non. Il a tourné le dos à la religion, et ce qu'il est devenu… lui seul l'a choisi.

Pammie baissa la tête d'un air triste puis elle s'agenouilla près de la malle et se mit à y ranger toutes les affaires de Maitland, comme une mère préparant la valise de son fils pour un long voyage. Lorsqu'elle eut fini, elle se releva et souffla :

— Venez avec moi, Maisie. Il y a autre chose dont j'aimerais vous parler.

Il faisait une fois de plus une chaleur écrasante, et l'humidité vous prenait à la gorge. Malheureusement, aucune averse ne semblait menacer. Une volée de cacatoès passa bruyamment au-dessus de leurs têtes, formant momentanément une tache noire sur le ciel limpide.

Duc planta son plateau sur la table et se mit à jouer avec les tasses.

— Vous vouloir gâteau ? Moi avoir fait scones vous aimer avec recette Dam' Beeton.

Depuis la mort de Maitland, Duc se pliait en quatre pour elle. Peut-être avait-il compris que le toit qu'il avait au-dessus de la tête ne dépendait que d'elle, désormais, ou qu'elle était sur le point de lui permettre de réaliser son rêve. Quoi qu'il en soit, il était prêt à tout pour la satisfaire.

— Merci, ça ira, Duc. Je n'aurais jamais réussi à m'en sortir sans vous, ces derniers jours, et je tenais de tout cœur à vous remercier.

Il la regarda avec un grand sourire, les yeux brillant de joie. *Au moins quelqu'un est-il heureux*, songea-t-elle.

— J'ai lu la lettre de Paul, déclara Pammie en saisissant la cafetière d'une main tremblante. Celle qui était dans le coffre.

Maisie l'encouragea d'un petit hochement de tête.

— A-t-elle répondu à vos questions ?

Pammie attendit que Duc disparaisse pour poursuivre.

— Il y a dix ans, il s'est ôté la vie. Cela faisait quelque temps qu'il était malade, et il savait qu'il était condamné. Alors, je ne sais où ni comment, il s'est procuré une grosse dose d'opiacé, qu'il a avalée avec une bouteille de whisky.

— Maitland était avec lui ? souffla Maisie, très calme.

— Je pense, oui. La lettre de Paul ne m'est jamais parvenue, et nous l'avons découverte hier parmi les effets personnels de Maitland. Pas besoin d'être un expert pour deviner que Maitland était à ses côtés à ce moment-là et qu'il lui a dérobé la lettre.

— Oui, cela paraît logique. Il avait un certain goût pour la correspondance des autres, il faut dire.

Pammie laissa tomber un morceau de sucre dans son café et le remua d'un geste nerveux.

— Le fait de savoir ce qu'il s'est passé met fin à une décennie d'interrogations, mais il reste beaucoup de choses à digérer. Sa lettre était également une confession. La confession d'une chose qu'il avait faite en Angleterre et dont il cherchait l'absolution.

Son visage se raidit.

— Et il me demandait de jouer le rôle du confesseur.

— Qu'a-t-il donc pu bien faire ? murmura Maisie.

Pammie but une gorgée de son café.

— J'ignore comment vous dire cela, Maisie… Quand Paul est retourné en Angleterre afin d'assister aux funérailles de son père, il s'est très vite retrouvé dans une impasse financière. Je vous ai dit que mon mari aimait jouer, et il semblerait qu'il ait fait des dettes un peu partout dans Londres. Je pense que lorsque Maitland a lu sa lettre, il s'est immédiatement mis en tête d'utiliser ce qu'il venait d'apprendre pour extorquer de l'argent.

— Je ne comprends pas…

— Pardonnez-moi, s'excusa Pammie en vidant sa tasse. Je vous explique les choses à l'envers. Paul s'était retrouvé dans une histoire de paris vertigineux, dont il était ressorti avec une dette qu'il aurait été incapable de payer. Il promit aux autres de les rembourser dès qu'il toucherait la succession de son père, mais celui à qui il devait de l'argent ne comptait pas le laisser s'en sortir comme ça.

— Vous disait-il de qui il s'agissait ? souffla Maisie sans pouvoir retenir la question.

— Oui, répondit Pammie avant de marquer une pause. C'était votre père. Il a fini par accepter d'effacer sa dette, mais pas à n'importe quel prix.

— Que lui demandait-il en échange ? voulut savoir Maisie, dont la voix n'était plus qu'un murmure.

— Enlever un enfant.

Maisie dut faire un effort surhumain pour articuler la phrase suivante.

— Quel enfant mon père lui a-t-il demandé d'enlever ?

Pammie examina ses mains, qu'elle avait posées sur ses genoux.

— Le sien. Paul a enlevé le bébé de votre père. Son propre fils.

Sa tête se mit à tourner. Les pensées fusaient sous son crâne tandis qu'elle essayait de se faire une idée du père de Maitland, ce charmeur accro aux jeux qui, sous les dettes, avait un jour perdu pied au point d'accepter d'enlever un bébé. Quand Maisie reprit la parole, ce fut d'une voix à peine audible.

— Pourquoi mon père aurait-il cherché à faire enlever son propre enfant ?

Pammie sortit la lettre de sa poche et la lui tendit.

— Il ne le dit pas.

Maisie fixa les yeux sur le papier, muette. L'image de son père – défenseur des lois hautement estimé – brûlait sous la honte, dans son crâne.

— Qu'est-ce que Paul a fait du bébé ? Où l'a-t-il emmené ?

Pammie redressa la tête pour la regarder droit dans les yeux.

— Il était trop terrorisé pour me l'écrire, mais il m'a dit que Maitland savait.

Il n'était pas difficile d'imaginer le reste.

— Donc Maitland a fait en sorte que mon père lui achète son silence, c'est ça ?

— Oui, ce doit être l'idée.

Maisie commençait tout doucement à combler les trous, dans sa tête, et l'image qui s'y formait était absolument terrifiante.

— Et il a promis à ma mère de lui dire où se trouvait son fils s'il obtenait de sa part une dot conséquente, un revenu mensuel et assez de porcelaine pour faire couler un bateau…

Elle repensa à la conversation qu'elle avait eue avec son père avant qu'elle n'embarque sur le *SS Oceanic*. « Pourquoi dois-je partir si loin, Père ? » « C'est le souhait de ta mère. Et le mien aussi. »

La lettre de Paul s'échappa d'entre ses doigts.

— Mes parents ont cédé à son chantage, quitte à me perdre. Le fait d'avoir été leur fille pendant dix-neuf ans n'a donc eu aucun poids dans leur décision… Ils ne m'ont jamais aimée. Vous vous rendez compte, Pammie ? Au final, ils m'ont tous les deux sacrifiée : mon père pour garder son secret, ma mère pour retrouver son fils.

27

Cela faisait des jours que Coop trépignait, ne sachant pas vraiment combien de temps laisser passer avant d'enfin pouvoir aller la voir. L'équipage ne cessait de le harceler : plus ils tarderaient, plus ils perdraient de l'argent. Le cyclone était passé, et maintenant que le patron était mort, ils devaient à tout prix savoir ce qu'il advenait de leurs postes. Mais au vu des circonstances, Coop ne se voyait pas débarquer sans prévenir et exiger des réponses. Le central télégraphique avait reçu un télégramme annonçant que l'*Atticus* avait disparu avant d'arriver au port de Fremantle. Cela lui procurait l'excuse qu'il attendait.

Il poussa la porte et frappa sur le linteau. Maisie était assise sur la terrasse, sa silhouette se dessinant superbement contre le mur. Elle leva ses yeux bleus et, comme chaque fois qu'elle le voyait, se mit à ajuster sa coiffure. Ce geste familier lui pinça le cœur si fort qu'il en eut mal.

— Coop ! Je pensais justement à toi et à tes hommes…

— C'est vrai ?

— Tu as déjà entendu parler des faux permis qui circulaient ?

— Bien sûr. Pourquoi ?

— En combien de temps peux-tu remettre le *Clancy* en état ? lui demanda-t-elle. C'est le seul moyen que j'ai trouvé pour vous faire reprendre à tous le travail. J'ai de quoi payer les réparations, mais la banque refuse de m'aider tant que les dettes de Maitland ne sont pas réglées. Les permis des travailleurs étrangers sont rattachés au lougre, et seuls les Blancs peuvent détenir un permis, alors… Si tu acceptes de prendre en charge ce bateau, dit-elle après une pause, tu pourras continuer à plonger, tout cela financé par mes soins, en toute discrétion.

— Je vois que tu as bien réfléchi.

— Tu m'as dit que tu étais venu pour gagner de l'argent. J'essaie simplement de faire en sorte que ce soit le cas. Maitland te devait bien ça.

— Qu'est-ce que tu comptes faire, maintenant ? souffla-t-il, pris d'un frisson d'inquiétude.

— Je ne sais pas encore. J'ai des affaires à régler en Angleterre – des affaires pour lesquelles une simple lettre ne suffira pas. J'envisage donc de rentrer à la maison.

— Ne peux-tu pas retarder ton départ ?

Elle secoua la tête.

— Viens, allons marcher sur la côte. J'ai envie de voir l'océan.

Il la guida à travers le jardin ravagé par la dernière tempête, la main gauche délicatement posée au creux de ses reins. Une fois sur le petit chemin, ils découvrirent les flots encore fougueux qui subsistaient après la tempête. Juchée sur ses pilotis bancals, la jetée faisait penser à un tapis cabossé ; Coop ne put s'empêcher de se demander comment elle faisait pour tenir encore debout.

Il y avait un banc à mi-chemin, même si personne ne connaissait la raison de sa présence. Ils s'y installèrent, le regard rivé sur la mer.

— La rumeur dit que l'*Atticus* a disparu, Maisie. C'est la raison de ma venue, à vrai dire. Je ne savais pas si tu étais au courant.

Elle se tourna vivement vers lui.

— C'est impossible ! Il est censé être insubmersible !

Les larmes apparurent aussitôt, dans ses beaux yeux bleus.

— Le maire et Dorothea étaient à bord. Cette idiote a dit à son père que vous étiez fiancés... Il avait prévu de l'emmener en Europe, pour l'éloigner au maximum de toi...

Elle plongea alors la tête entre ses mains et laissa libre cours à ses larmes.

— Ma chère amie Jane était à bord, elle aussi. Pour une affaire inutile. Par ma faute. Je l'ai menée tout droit à sa mort !

Coop posa son bras sur ses épaules et lui tendit son mouchoir.

— Ce n'est pas parce qu'on ne les a pas retrouvés qu'ils sont morts.

Elle secoua la tête et se moucha bruyamment.

— On disait la même chose pour le capitaine Oates, et c'était un affreux mensonge, au final...

Elle se tourna vers lui et planta son regard dans le sien.

— Je dois partir d'ici, Coop. Je ne suis pas chez moi sur cet archipel, et maintenant que Maitland est mort, je n'ai plus aucune raison de rester. J'ai besoin de prendre du temps et de la distance pour réfléchir à la suite.

La détermination qu'il lut dans ses yeux rougis lui infligea un profond désespoir. Son cœur battait si vite qu'il parvint à peine à s'exprimer.

— Il reste toujours de l'espoir, Maisie. Ton amie a pu sauter du bateau ?

— C'est gentil d'essayer de me rassurer, mais j'en doute sérieusement.

Ils demeurèrent un long moment assis sur ce banc, le regard rivé sur l'océan. Deux aigles de mer tournoyaient au-dessus des flots, plongeant par intermittence, serres en avant.

Le silence de Maisie avait le don de le rendre nerveux. Il se rapprocha un peu plus et regretta aussitôt de ne pas s'être changé avant sa visite. Cela faisait des jours qu'il portait les mêmes vêtements.

Elle se tourna vers lui et posa les yeux là où il manquait un bouton à sa chemise. Il réalisa alors que le trou laissait deviner sa peau, dessous. Maisie posa la main sur le tissu et le pressa afin de refermer le trou.

— Tu n'es pas très doué pour garder tes boutons, on dirait. Tu as failli en perdre un au Bal de Bienvenue, déjà. Je me souviens m'être dit qu'il aurait fallu te le recoudre…

Il couvrit sa main de la sienne. Elle était chaude et douce, aussi fragile qu'un oisillon, dans sa paume.

— Qu'est-ce qui te tracasse vraiment ? souffla-t-il alors.

— Des secrets que je ne peux pas te confier. Des choses qu'il ne m'appartient pas de partager.

— Nous avons tous nos secrets, Maisie.

— Comme le fait que tu ne saches pas lire ? rétorqua-t-elle en délaçant ses doigts.

Coop se raidit, attendant que son cœur reprenne une cadence normale.

— Depuis quand le sais-tu ?

— Depuis le jour où je t'ai demandé de distribuer le courrier, sur la goélette. La lettre du dessus était pour JB. Tu n'as pas reconnu son nom.

— J'aurais dû te le dire, mais j'avais peur… peur que tu me méprises.

Elle posa une main sur son bras, qu'elle pressa gentiment.

— Je ne pourrai jamais te mépriser, Coop. Tu es l'une des personnes les plus nobles et les plus altruistes que je connaisse, mais je dois rentrer chez moi.

Il vit ses doigts se crisper sur son bras.

— Que ne me dis-tu pas, au juste ?

— Je ne peux pas, je suis désolée. Tu me haïrais, si je te le disais, et je ne le supporterais pas.

Il passa une main nerveuse dans ses cheveux, ses yeux brûlant sous les larmes qui menaçaient à son tour.

— Quoi qu'il s'agisse, je ne pourrais jamais te haïr, Maisie. Je n'imagine pas qui que ce soit te haïr, d'ailleurs. Je t'aimerais pour toujours, si seulement tu m'y autorisais…

Elle ferma les yeux et baissa la tête.

— La mer est trop agitée.

Plus désespéré que jamais, Coop devait lutter pour ne pas céder à son chagrin. Lorsqu'il reprit la parole, ce fut d'une voix rauque qui lui brûla la gorge.

— Une fois en mer, on ne peut pas changer le sens du vent. Il n'y a pas d'autre choix que d'ajuster les voiles.

Maisie hésita un instant, sa voix soudain distante.

— Je dois me composer un avenir, même si j'ignore de quoi il peut être fait, à cet instant précis. C'est comme si mes voiles attendaient que le vent me pousse, sans que je sache dans quelle direction…

Il la pressa contre lui. Il aurait voulu que la marée change et les emporte tous les deux, mais Maisie, les mains plaquées sur son torse, s'écartait déjà.

— Tu ne penses plus à cette histoire de disparition ?

— Si, Coop. Mais Maitland n'est plus là, tous ses biens sont hypothéqués, et maintenant, j'apprends que Jane a disparu… Je ne sais pas comment je vais pouvoir m'en sortir, toute seule.

Il prit son visage entre ses mains et le pressa doucement, déposant un baiser sur une zone différente à chacun de ses mots.

— Tu n'es pas obligée de rester seule, Maisie.

28

Ce que lui avait confié Coop au sujet de l'*Atticus* la poussa à aller en ville.

Elle gagna le bout de la jetée, là où l'immense vaisseau avait accosté quelques jours plus tôt. Le cyclone était passé, mais elle n'avait jamais vu la mer se déchaîner ainsi. Les vagues écumantes se brouillaient avec les nuages bas, et l'horizon avait disparu. La tempête avait balayé les rangées de palétuviers qui longeaient la côte avant de s'insinuer dans le labyrinthe qui composait le quartier asiatique, abattant les bâtiments les moins robustes et débarrassant le palais de justice de son toit.

Elle avait vu le navire, de la poste, plus d'une semaine auparavant. Il lui avait paru aussi grand qu'une montagne. Comment avait-il pu disparaître ? Cette idée lui paraissait aussi ridicule que si on lui annonçait soudain que l'on avait perdu Big Ben.

C'étaient les Chinois qui avaient lancé la rumeur. Ils avaient un sixième sens pour ces choses-là, lui avait confié Duc. Ils devinaient la vérité aussi facilement qu'ils savaient, d'un coup de nez en l'air, s'il allait pleuvoir.

L'*Atticus* n'avait pas coulé. Il était à l'abri, sur Gantry Creek, attendant que la tempête se soit calmée. Ou alors, il avait eu un problème d'hélice, quelque chose de ce genre. Quoi qu'il en soit, c'était une excellente nouvelle. Ils entendraient bientôt parler du bateau, c'était certain. Un retard de quelques jours n'était rien sur la côte nord-ouest de l'Australie.

Blair Montague étant à bord du vaisseau, le magistrat résident s'était autoproclamé maire de substitution. D'après lui, l'*Atticus* avait eu un simple souci technique après avoir essuyé la tempête. C'était pour cela qu'ils n'avaient aucune nouvelle.

C'était là l'explication idéale, et tout le monde s'était empressé de la saisir, ce matin-là, dans un sursaut d'espoir. Mrs Brightlight transmettrait les nouvelles dès qu'elle en aurait, disait-il.

Le bureau de poste était bondé. L'heure du déjeuner passa, sans plus d'informations.

En milieu d'après-midi, l'irritation commença à gagner la foule, sous l'effet de l'angoisse. L'*Atticus* ne disposait-il pas du fameux télégraphe sans fil de Marconi ? Alors, pourquoi aucun message n'avait-il été envoyé à destination de l'archipel, histoire de calmer les esprits ? Cela faisait plusieurs jours que le vaisseau avait levé l'ancre... Les disputes se mirent à éclater de part et d'autre. Il devait bien y avoir quelqu'un qui savait quelque chose !

Mrs Brightlight chassa la foule à l'extérieur. Dès qu'elle aurait des nouvelles, elle le leur ferait savoir. En attendant, pourquoi ne pas aller se renseigner auprès du central télégraphique ? Peut-être en savaient-ils davantage ?

Au central, Wayne Ramsey expliqua que les câbles étaient endommagés. C'est pour cela qu'ils n'avaient aucune nouvelle. Maintenant qu'ils savaient où résidait le problème, il faudrait probablement attendre une journée avant que les ouvriers que le central avait envoyés ne puissent rétablir la communication. Les habitants de l'archipel ne trouveraient rien, ici. Mais il continuerait à essayer de joindre l'*Atticus*, et au moindre craquement perçu, il en informerait aussitôt Mrs Brightlight. D'après lui, il était encore beaucoup trop tôt pour paniquer.

En fin d'après-midi, Mrs Brightlight rédigea l'inquiétante nouvelle en capitales sur une feuille margée de noir qu'elle utilisait habituellement pour les avis de décès des plongeurs. Elle l'afficha sur le panneau extérieur du bureau de poste.

ATTICUS. AUCUNE NOUVELLE
DEPUIS UN JOUR.

Ce soir-là, au bar du *Seafarer*, le capitaine du port fit savoir le fond de sa pensée.

— J'ai dit au capitaine que le baromètre chutait et que la mer était agitée. Il m'a répondu que cela faisait trois jours qu'il chutait, mais pas assez pour l'empêcher de prendre le large. Il avait déjà raté la marée du matin, et il n'avait pas envie de retarder son départ d'une journée entière. « Hors de question d'attendre la marée du soir ou de guetter l'évolution de la météo », qu'il a dit. Le vent ne lui faisait pas peur, et l'*Atticus* était assez puissant pour braver les bourrasques les plus terribles. Je lui ai dit qu'il ne fallait pas sous-estimer le vent, mais il m'a répété que son vaisseau pouvait tout affronter. Il n'y avait pas plus habile, selon lui. Et apparemment, il y avait des portes étanches entre chaque partie du bateau. Même s'il prenait l'eau, le vaisseau ne pouvait pas couler. Je lui ai rétorqué qu'il parlait comme un homme qui ne connaissait rien au nord-ouest de l'Australie, et il m'a dit qu'il en savait beaucoup plus que moi. Ce n'était même pas le capitaine habituel, et il n'avait jamais navigué sur ces eaux. Il remplaçait le capitaine Stovell, qui est en permission dans le sud.

Le lendemain matin, un télégramme parvint de Gantry Creek. L'*Atticus* n'y était pas, mais on avait apparemment vu un bateau à vapeur naviguer en direction de Fremantle. L'antenne radio de l'*Atticus* avait dû être endommagée dans le cyclone, voilà tout. Le vaisseau était insubmersible, affirmait la compagnie. Mrs Brightlight rédigea un nouveau papier et le fixa à son comptoir.

JOUR DEUX. L'ATTICUS BIENTÔT À FREMANTLE ?

Coop ne partageait pas l'optimisme général. D'après lui, le tirant d'eau du navire était trop faible, et il n'était pas assez immergé pour affronter des roulis trop élevés. L'*Atticus* avait très probablement été balayé par le cyclone et avait chaviré. Il préférait que Maisie soit préparée au pire.

Maisie s'enferma chez elle et se mit à observer la mer à travers le treillis de la terrasse, intimant au vaisseau de réapparaître à l'horizon.

Le magistrat résident envoya un télégramme au Premier ministre de Perth en lui demandant de lancer des recherches en bonne et due forme. Après tout, il y avait d'importants personnages de l'archipel, à bord. Comment se proposait-il de l'aider ? Tous les navires situés à mille kilomètres à la ronde devaient être envoyés à la recherche de l'*Atticus*.

Les recherches s'étendirent sur plusieurs jours.

Le matin du dixième jour, l'optimisme commença à s'étioler. Un premier élément du sinistre – une porte de cabine peinte en blanc d'un côté et polie de l'autre, toujours fixée à son embrasure – fut retrouvé sur la plage. Personne ne douta une seconde de sa provenance, ni de la violence avec laquelle l'objet avait été arraché du vaisseau. Le mot *Atticus* était gravé au-dessus de la serrure. Après la porte, d'autres objets continuèrent à s'échouer sur la rive : un coussin de velours du salon de première classe, une queue de billard et l'assise d'un fauteuil en rotin. Une ceinture de sauvetage apparut peu de temps après.

L'irrévocabilité de leur découverte – rapportée par la main de Mrs Brightlight – ne laissait plus aucun espoir.

JOUR DIX. L'ATTICUS SUBMERGÉ PAR LES FLOTS. TOUT ESPOIR EST PERDU.

Le club de tricot annula son rendez-vous hebdomadaire, « par respect pour les disparus ».

Le docteur Shin alluma un cierge dans le temple bouddhiste et but du saké à la mémoire de ceux qui avaient péri en mer.

L'évêque McMahon organisa un service spécial, et sa femme, vêtue de son fameux tailleur noir écossais, joua une pompeuse interprétation d'*Abide with Me* sur l'orgue de l'église.

Maisie, elle, resta à sangloter chez elle.

La mort de Jane affecta profondément la jeune femme.

Quels qu'aient été les secrets que Jane espérait découvrir – la vérité sur Blair et Maitland –, ils lui avaient coûté la vie. Les deux hommes étaient morts, leurs secrets disparus avec eux. Tout cela n'avait servi à rien.

Maisie passait ses journées assise sur une chaise longue, à observer les feuilles des flamboyants voleter jusqu'à la terrasse pour venir s'amasser à ses pieds.

— Vous mieux devoir lever vos pieds si vouloir Marjorie balayer, Missus, commenta la domestique, appuyée sur le manche de son balai.

Maisie secoua la tête.

— À quoi bon ? D'autres prendront leur place, encore et encore. À quoi bon ?

— Grand temps Missus arrêter de tergiverser. Bateau coulé depuis des semaines. C'est trop tard, maint'nant. Missus rien pouvoir faire pour ça. Missus avoir obligations.

— Le docteur Shin a dit que j'avais fait une dépression nerveuse.

— Oui, vous l'avoir déjà dit, Missus. Moi penser très bonne excuse pour rien faire, si vous vouloir mon avis.

Puis elle sortit une lettre de la poche tombante de son tablier et la posa sur la table d'un geste sec.

— Oui, vous tombée sur la chaise, mais vous pas déprimée. Moi dire meilleur remède pour Missus : vous laver et vous coiffer. Mrs Wallace arrive.

— Vous lisez mon courrier, maintenant ? hoqueta Maisie en se levant.

— Moi lire *mon* courrier, d'abord. Missus tellement mal que Duc et Marjorie décider de préparer remède pour vous. Mrs Brightlight donner gentiment adresse vieille dame vous écrire toutes les semaines, avant d'arrêter et de passer vot' temps à bouder. Duc parti chercher Mrs Wallace avec carriole, et moi lui avoir préparé pièce à moustiques où patron dormir. Vous devoir faire vite si vouloir accueillir vot' amie.

Maisie écouta les pas lourds de Marjorie s'éloigner sur la terrasse, puis un coup sur une porte, quelque part dans la maison, la poussa à se lever. Marjorie avait raison. Depuis la disparition de l'*Atticus*, sa vie était d'un terne affolant. La routine qui l'avait poussée chaque jour à se lever lui paraissait affreusement loin, aujourd'hui. Quand elle gagna sa chambre, elle découvrit que sa domestique lui avait préparé une robe toute propre, qu'elle avait disposée sur le dossier d'une chaise. Ses chaussures étaient fraîchement cirées et collées l'une à l'autre, sous la chaise en rotin sur laquelle elle avait placé un mouchoir plié. Maisie perçut les tremblotements dans son menton. Alors, elle s'assit sur le lit et, pour la première fois depuis des semaines, elle s'autorisa à déverser son chagrin.

Une heure plus tard, sur la terrasse, Maisie tendait un châle à son amie.

— Vous avez assez chaud, Mrs Wallace ? Cela fait quelques mois que les soirées sont fraîches, ici. Depuis le début du mois de juillet, à vrai dire.

Mrs Wallace était arrivée dans un tourbillon de vichy turquoise, et en dépit de sa compagnie si rassurante, Maisie découvrit que la vieille femme était d'un tempérament toujours aussi direct.

Elle pivota dans son siège et leva les yeux au-dessus de ses lunettes.

— Nous ne sommes pas dans un roman de Jane Austen, très chère. Je n'ai aucune envie de perdre mon temps à parler météo sous prétexte que vous ne vous sentez pas assez bien pour assumer la réalité. Alors, dites-moi : quand donc avez-vous baissé les bras, exactement ? Marjorie m'a dit que vous passiez vos journées à vous languir sur la terrasse, à attendre que le temps passe.

À travers le treillis, Maisie vit que le ciel commençait à s'obscurcir, et une nouvelle migraine menaçait. Elle laissa le châle tomber à ses pieds.

— Depuis que les événements ont eu raison de moi.

Mrs Wallace fouilla dans son sac et en sortit un mouchoir.

— C'est tellement facile de rester là à s'apitoyer sur son sort…

— C'est trop difficile, ici. Tout est trop dur. Je n'en peux plus de cette chaleur, de ces mouches, des dettes et des mensonges de Maitland… Je n'arrive pas à me pardonner d'avoir tué la seule amie que j'aie réussi à me faire, alors que les secrets finissent toujours par resurgir, aussi bien enfouis soient-ils. Dès que les affaires de Maitland sont réglées, je vends tout et retourne en Angleterre. J'ai l'impression d'être en cage, ici, Mrs Wallace. Les barreaux, ce sont ce désert rouge et cette mer. Le seul moyen de partir est par bateau. Je suffoque.

Mrs Wallace crachota sur un coin de son mouchoir avant de retirer ses lunettes.

— Vous avez des responsabilités, ici, Maisie. Des gens dépendent de vous. Êtes-vous devenue égoïste au point de leur tourner le dos, sous prétexte qu'on vous a coupé les ailes ?

— Comment ça ?

La vieille femme se mit à astiquer ses lunettes.

— Il y a Marjorie et Duc, pour commencer, sans parler de vos équipages et des plongeurs. Vous devez de l'argent aux marchands asiatiques ainsi qu'à la banque. En décidant de partir, vous décidez de fuir. Et où iriez-vous ? Vous pensez sincèrement que votre mère voudrait de vous, après tout le mal qu'elle s'est donné pour vous envoyer ici ?

Maisie ne savait pas quoi répondre à cela.

— Elle était tellement pressée de se débarrasser de moi…, souffla-t-elle avant d'hésiter à poursuivre. Il y a plusieurs mois de cela, vous aviez commencé à me dire quelque chose, à Fremantle, mais vous avez assez vite changé de sujet. En sauriez-vous plus que vous ne m'avez dit ?

— Pendant un temps, votre mère fut éprise d'un autre homme, répondit Mrs Wallace en posant la main sur son cœur.

— Oui, je me souviens très bien de cette conversation. Je me suis dit qu'il s'agissait d'une aventure qui avait précédé sa rencontre avec mon père… Mais vous avez brusquement changé de sujet, et je n'ai pas pu vous poser de questions. J'imagine désormais qu'elle était mariée ?

— Oui. Depuis quelques années déjà. Vous deviez avoir deux ans, à peu près.

— Je vous écoute, murmura Maisie, qui ne voyait pas vraiment où Mrs Wallace voulait en venir.

— Votre père enchaînait les heures, au tribunal. Il travaillait dur pour se faire un nom. Votre mère, elle, passait son temps seule avec vous, qui étiez encore bébé. Sous le poids de la solitude, elle a fini par se… *rapprocher* d'un collègue de votre père, et leur amitié a peu à peu évolué.

— Était-elle amoureuse de lui ?

Mrs Wallace remit ses lunettes et s'enfonça dans son fauteuil.

— Oh oui, comme une folle. Mais il était marié, lui aussi, et ils savaient l'un comme l'autre qu'ils ne devaient rien attendre de cette histoire. Bien sûr, votre père a fini par découvrir la vérité, et lorsque votre mère lui a confié qu'elle était enceinte, il a refusé de croire que cet enfant était le sien. Il exigea qu'elle le confie à une famille d'adoption, mais votre mère ne voulait pas, évidemment.

La curiosité venait de céder la place à l'incrédulité, dans l'esprit de Maisie.

— Pourquoi êtes-vous au courant de tout cela, Mrs Wallace ?

— J'étais là, ma chère. C'est moi qui me suis occupée de votre mère lorsque votre petit frère a disparu.

— La famille n'a jamais cherché à comprendre ce qui était arrivé au bébé ?

— Votre père a fait croire qu'il était mort à la naissance. Ils ont même simulé un enterrement, avec un cercueil vide et une cérémonie. Votre mère a bien failli ne jamais s'en remettre.

— Alors pourquoi a-t-elle cherché à se débarrasser de moi ?

— Je n'en ai pas la certitude, mais d'après moi, elle n'a jamais pu pardonner à votre père, et vous êtes son portrait craché. Peut-être lui rappeliez-vous beaucoup trop ce qu'il avait fait… Peut-être s'agissait-il là de sa manière de le punir. Ce que je sais, c'est que votre mère ne vous a pas envoyée au bout du monde sans s'assurer au préalable que vous seriez entre de bonnes mains.

Maisie tentait d'intégrer toutes ces informations, pétrifiée sur sa chaise. Encore aujourd'hui, elle avait du mal à comprendre comment son père avait pu faire preuve d'une telle cruauté.

— Votre mère et moi échangions des nouvelles aux grandes occasions, poursuivit Mrs Wallace en époussetant la manche de sa veste. Elle savait que je passerais en Angleterre, l'année dernière, et elle m'a demandé si je pouvais vous accompagner jusqu'ici. C'est pour cela que les choses se sont organisées si vite, après la réception de la lettre de Maitland. Mon billet était déjà réservé, et je ne pouvais pas repousser mon départ. Donc pour en revenir à votre question, je ne pense pas que retourner chez vous serait dans le meilleur intérêt de qui que ce soit.

À travers le treillis, Maisie aperçut Marjorie avant que celle-ci ne se cache derrière le mur. Elle se leva alors de sa chaise et déclara d'une voix forte :

— Vous savez quoi, Mrs Wallace ? Ma léthargie est officiellement terminée. Demain, nous nous remettons au travail !

29

Maisie plia le journal et le posa sur le bureau. La saison des pluies battait son plein. Après avoir passé plusieurs mois à l'hôpital japonais, Charles Harvey venait de succomber à la paralysie du plongeur. Coop était désormais le seul plongeur anglais à avoir survécu à l'expérience, sur l'archipel.

Dans le journal, les commentaires témoignaient de la stupéfaction et de l'outrage ressentis par la population blanche. « *Comment les Européens ont-ils pu être moins bons que les Asiatiques ?* », s'étonnait l'un des correspondants. « *Les Japonais ont piégé nos plongeurs !* » se révoltait un autre. Un troisième s'attaquait à l'industrie perlière, clamant qu'elle avait fourni aux victimes « *des bottes inadaptées et de l'équipement défectueux afin de s'assurer de l'échec de l'opération* ». Personne n'avait envisagé une seule seconde la possibilité que les plongeurs japonais soient tout simplement meilleurs.

Derrière le treillis, Maisie entendait Marjorie qui riait aux éclats. Son rire était beau, profond et libre, et Duc riait avec elle. Cela faisait du bien d'entendre de la joie dans cette maison. Ces deux-là parvenaient toujours à lui remonter le moral. Elle glissa le regard vers Coop, enfoncé dans une chaise longue, une cigarette à la main.

Elle regardait dans sa direction de temps en temps, mais elle était incapable de soutenir son regard. Il semblait perdu dans ses pensées, et elle tenta d'imaginer ce qui pouvait le travailler.

Cela faisait plusieurs minutes qu'ils n'avaient pas parlé, mais leurs silences ne la gênaient pas. Au contraire, elle les trouvait douillets, un peu comme des souvenirs qu'il leur restait encore à construire.

— Il n'y a pas que les Japonais que les journalistes ont décidé de prendre pour cibles, dit-elle en reculant légèrement sa chaise. Il y a quelques jours, ils ont lancé une attaque scandaleuse vis-à-vis des indigènes.

Coop dissimula ses pensées dans son verre de whisky.

— Que disaient-ils ?

— L'éditeur ordonne au nouveau maire de se débarrasser de tous les Aborigènes. Il clame que c'est une race nuisible et inutile, « une menace gavée d'alcool et de maladies en tout genre ». Il semble être persuadé que le gouvernement le soutient…

— Il n'y a aucune raison de prendre ses dires au sérieux. Tout le monde, ici, emploie au moins un Aborigène, et dans la plupart des foyers le cuisinier est un Asiatique.

— Eh bien, figure-toi que l'éditeur n'a pas reçu une seule lettre de contestation, et seulement une de soutien, de l'évêque McMahon – ce que je trouve fort contrariant, Jane ayant été une telle défenseuse des droits indigènes !

Coop s'enfonça un peu plus dans sa chaise et tira longuement sur sa cigarette.

— Les dirigeants blancs sauront se manifester, s'ils se rendent compte qu'ils sont sur le point de perdre leurs domestiques. Par contre, ne va pas t'imaginer qu'ils feront ça pour protéger leurs droits, Maisie. Ce ne sera qu'une question de confort.

— Quand es-tu devenu aussi cynique ? rit Maisie.

— Depuis que Duc m'a annoncé, ce matin, que sa demande de permis de voiture lui a été refusée. Le maire a même tenu à le lui signifier en personne.

— Il n'a besoin de l'autorisation de personne ! Duc a gagné cette voiture avec *son* argent. On attribue quotidiennement des permis, et Mrs Brightlight m'a assurée qu'elle pourrait bientôt les distribuer elle-même à la poste…

— Je sais, Maisie. Le maire ne cherche qu'à faire passer un message : qu'aucun Asiatique ne devrait avoir le droit de posséder une voiture.

L'espace d'une longue seconde, son regard se perdit au loin.

— Que pense Marjorie de cette nouvelle lubie de chasser tous les Aborigènes de la ville ?

— D'après elle, son peuple ne sera jamais toléré par l'Australie blanche, même s'ils étaient là bien avant que le capitaine Cook ne plante son drapeau sur Botany Bay. Elle est convaincue qu'ils continueront d'être martyrisés, que ça ne changera jamais. Tant que les Blancs seront là, ils ne seront jamais en paix. Et j'ai du mal à ne pas la croire, parce qu'au final, elle fait partie des victimes, elle aussi.

— Ce qui est certain, c'est que ça ne risque pas de se calmer, commenta Coop d'une voix affreusement sombre.

— Pourquoi dis-tu ça ? souffla Maisie en remettant correctement une épingle dans ses cheveux.

Coop écrasa sa cigarette dans le cendrier avant de se tourner vers elle.

— Les rues pullulent d'Aborigènes en train de faire la manche ou de se saouler. Ou alors, ils campent devant les bureaux d'aide sociale, à attendre l'argent de leur allocation… Donne-leur quelque chose, et deux minutes plus tard, ils l'ont déjà dilapidé. Au final, ils sont constamment fauchés et affamés. Les Blancs refusent de voir en face que ce sont eux qui ont mis les autochtones dans cette situation. Alors qu'en les chassant, le problème est résolu.

— Les Aborigènes voient les choses autrement, Coop. Si l'un d'eux venait à frapper à notre porte en réclamant à manger, Marjorie le nourrirait sans réfléchir. C'est comme s'ils avaient tous un lien de parenté, m'a-t-elle expliqué. Et les Aborigènes ne sont pas les seuls à errer dans les rues, pour ton information. La plupart des étrangers que nous embauchons sur nos bateaux ne dessaoulent pas de tout le désarmement…

— Ne le prends pas comme ça, Maisie, répondit Coop en s'éclaircissant la gorge. Je ne cherche certainement pas à défendre les Blancs. Je te rejoins sur le fait qu'on ne peut pas laisser cette injustice raciale perdurer. C'est un vrai problème, pour l'industrie perlière. Les Japonais sont tout simplement plus doués que nous pour la plongée, quoi qu'en dise ton journal. Malheureusement, je ne pense pas qu'il existe de solution toute simple. Cela demandera des années de négociation, et par des gens bien plus habiles que toi et moi.

Sa voix ne trahissait plus aucune amertume.

— Parlons d'autre chose, tu veux bien ? Tu as eu des nouvelles de Mrs Wallace ?

— Oui. Elle m'a annoncé que ce serait son mari Arthur qui me mènerait jusqu'à l'autel, à la place de mon père, et qu'elle ne raterait ça pour rien au monde. Malheureusement, ses fils sont trop pris par la ferme pour venir. C'est dommage ; j'aurais tellement aimé faire leur connaissance !

Ils ne dirent rien durant un long moment, et Maisie finit par se demander s'il l'avait entendue. Une bourrasque souffla un nuage de poussière à travers le treillis ; une feuille morte arriva vers eux en voletant. Coop tendit la jambe et l'écrasa sous son pied.

— Tu as de la chance d'avoir cette femme auprès de toi. Ce n'est pas tout le monde qui accepterait de quitter sa famille pour tout un mois, même pour un cousin. Je ne sais pas comment tu aurais tenu le coup si elle n'avait pas été là après le naufrage de l'*Atticus*...

Maisie secoua la tête en repensant à la générosité sans borne de son amie. Elle s'était laissé submerger par la mort de Jane. Après tous ces mois, le chagrin était toujours là, tapi sous la surface.

Elle avala une gorgée de thé, se leva et gagna le bout de la terrasse. Elle avait l'équilibre précaire, comme si elle avait bu, et elle dut se retenir au bois pour ne pas défaillir. Elle s'intima alors de se tenir bien droite, tirant les épaules en arrière. Coop n'avait pas besoin de savoir qu'elle pensait toujours à la disparition de Jane ; il avait suffisamment de soucis comme cela.

Elle se concentra alors sur la vue. Cela faisait-il vraiment un an qu'elle avait posé les yeux pour la première fois sur ce même paysage ? Le *Clancy* attendait sur le banc de vase, couché sur le flanc. On lui avait retiré son gréement ; la prochaine marée se chargerait d'en chasser toute la vermine. Elle laissa son regard passer du lougre à l'étendue océanique. La mer scintillait comme si elle portait des milliards de bijoux, mais sa beauté dissimulait son danger. L'espace d'un instant, elle vit le visage de Jane et songea à tous ceux qui avaient péri avec elle. Mais il ne servait à rien de s'attarder sur le passé. C'est Jane qui le lui avait appris.

— Et tes parents ? demanda Coop en tapant le sol du bout de sa chaussure. Tu as des nouvelles ?

L'expression de Maisie se fit plus sombre. Elle commençait à avoir mal à la tête. C'était bien la dernière chose à laquelle elle avait envie de penser. Ce matin même, un mot lui était parvenu. Rédigé de la main austère de sa mère et signé sans aucune marque d'affection, celui-ci déclinait avec acerbité l'invitation au mariage de Maisie.

Cet homme vient d'une famille de marchands. Et il est ton employé ! Comment as-tu pu envisager une chose pareille ? Si tu vivais encore sous notre toit, je peux t'assurer que j'aurais mis un terme à cette folie depuis fort longtemps ! C'est comme si tu fricotais avec le chauffeur… Tu t'imagines épouser Prebble ? Nous ne l'accepterions jamais.

Va au diable, avait songé Maisie. Elle était presque rassurée que Coop ne sache pas lire. Ce n'était pas le statut social qui donnait sa valeur à un individu. Mais plus que l'acharnement gratuit dont avait été victime Coop, ce qui avait le plus blessé Maisie, c'était que même libérés de leur engagement financier vis-à-vis de Maitland, ses parents n'avaient aucune envie de revenir dans sa vie. Elle avait tellement de fois voulu demander à sa mère qui était le père de son frère, et pourquoi son père avait agi ainsi, mais elle n'avait jamais eu le courage de se lancer. Elle avait fini par accepter qu'ils ne sauraient jamais ce qui était arrivé à leur petit garçon, et qu'elle ne connaîtrait jamais son frère. Ses parents étaient liés par leurs secrets respectifs, et ils préféraient se raccrocher à une respectabilité de façade plutôt que de s'éloigner une bonne fois pour toutes des erreurs qu'ils avaient commises.

Elle froissa la réponse qu'elle avait préparée, la jeta dans la corbeille à papier et saisit la théière.

— Mes parents ne viendront pas au mariage.

— Tu t'attendais vraiment à ce qu'ils acceptent ? répliqua Coop avec un regard tombant, une expression étrange au visage.

Maisie souleva le couvercle de la théière et mélangea le liquide sombre.

— J'imagine que j'avais un peu d'espoir, oui. Mais ils ont dit qu'ils nous enverraient un cadeau de mariage – lorsqu'ils auraient trouvé quelque chose d'adéquat.

Coop posa son verre sur la table basse et le repoussa du bout de la main.

— Dans leurs lettres..., commença-t-il en semblant hésiter. Ils ne parlent jamais de moi, n'est-ce pas ? C'est pour ça que tu ne les lis jamais à voix haute. Je serai toujours un ouvrier pour eux, le pauvre type du mauvais côté de la ligne... Je ne peux rien changer à cela. C'est ce que je suis. C'est ce genre d'individus qui me rappellent pourquoi j'ai quitté l'Angleterre, à la base. Je suis bien mieux ici. Au moins, personne ne se soucie d'où je viens. Ici, je suis William Cooper le pêcheur de perles. Voilà ce qui intéresse les gens.

Maisie lui tourna le dos et sortit un mouchoir de la poche de sa robe pour sécher ses mains humides.

— Les principes de mes parents sont très loin des miens, Coop. Combien de fois devrai-je te le répéter ? Quoi qu'il en soit, j'ai de bien meilleures nouvelles. Pierre Fornallaz a vendu la perle.

Coop continuait à jouer avec son verre, le faisant glisser à droite, puis à gauche. Son front se creusa soudain.

— Quand comptais-tu me l'annoncer ?

— Oh, ne te fâche pas ! La banque vient tout juste de m'annoncer que les dettes de Maitland étaient réglées, et que j'étais libre, si je le désirais, de reprendre les affaires de Sinclair Marine.

Coop se garda de tout commentaire, concentré sur son verre. Maisie eut l'impression qu'une petite main froide venait de lui compresser le cœur, et elle serra son mouchoir un peu plus fort, les doigts tremblants.

— Tu n'es pas content pour moi ?

— Si, bien sûr. Mais que comptes-tu faire, maintenant ?

— Duc passe beaucoup de temps dans le quartier asiatique, en ce moment. Il songe à investir dans la laine. Apparemment, il aurait entendu Maitland dire que ce serait la prochaine brèche dans laquelle s'engouffrer, avec la guerre qui menace en Europe. Je pense investir l'argent de mon oncle là-dedans, moi aussi. Quand ton père viendra pour le mariage, tu pourras toujours lui suggérer de laisser ses chaussettes de côté et de se reconvertir dans les uniformes ?

Coop se leva et passa une main nerveuse dans ses cheveux.

— Il ne viendra pas non plus, Maisie.

— Oh, je suis désolée… C'est une bien triste nouvelle. Tu dois être dévasté…

— Si je dois faire preuve d'un tant soit peu d'honnêteté, je ne suis pas plus surpris que toi pour les tiens. Il ne peut pas se permettre de lâcher ses affaires pour trois ou quatre mois, le temps de faire l'aller-retour. Et entre le *Titanic* et l'*Atticus*, je ne te cache pas que l'idée de prendre le bateau ne le rassure pas, ce qui est compréhensible. En revanche, il nous souhaite sincèrement le meilleur.

— Tu devrais tout de même lui parler de cette idée d'investissement, Coop. Si la guerre éclate, il sera beaucoup plus concerné que nous, là-bas. Si tu veux, je peux t'aider à lui écrire ?

— Ne t'inquiète pas. Je demanderai à JB de m'aider lorsque je retournerai au *Seafarer*, ce soir. Il semble toujours trouver les mots justes, avec mon père.

Maisie plaqua les mains sur ses genoux, mal à l'aise. Elle ne s'était pas attendue à un rejet aussi brutal, et elle ne savait plus qu'en penser.

— Qu'est-ce qui se passe, Coop ?

Il se mit à jouer avec les pièces qu'il avait dans la poche.

— Nous sommes trop différents, toi et moi. Tu es en train de bâtir un empire commercial, Maisie. Moi, je ne suis qu'un pauvre pêcheur de perles qui retrousse ses manches neuf mois par an. Plus j'en ramasse et plus je gagne. Voilà ce qu'est ma vie.

Maisie se devait à tout prix de le rassurer, elle le savait.

— Ma seule ambition est d'être ta femme, Coop.

— Alors que je ne sais même pas lire ? Alors que le seul travail que je sache faire est en me servant de mes mains ? Ce sont peut-être tes parents qui ont raison, au final… Je ne devrais pas oublier mon statut. Je ne suis qu'un ouvrier. Je ne suis pas fait pour toi, et tu ne devrais pas m'encourager à croire le contraire. Je pense qu'il serait mieux pour tout le monde que je m'en aille, Maisie.

Son regard était tellement morne que Maisie eut soudain l'estomac noué par la peur.

— D'où tout cela sort-il, Coop ? Es-tu en train de me dire que tu ne veux plus m'épouser ? Tu as changé d'avis ?

Les mots s'échappaient de sa bouche comme des bulles. Elle se rendait à peine compte de ce qu'elle disait.

Coop dressa une main pour la faire taire, ses longs doigts expressifs écartés juste devant elle.

— Comment peux-tu penser une chose pareille ? J'ai eu envie de t'épouser dès l'instant où j'ai posé les yeux sur toi, sur ce bateau. C'est juste que… Je ne sais pas comment le dire… Parfois, quand je te regarde, mon cœur s'emballe à l'idée de construire ma vie avec toi. Puis je me rappelle brutalement ce que je suis, et d'où toi tu viens, et je plonge dans le plus profond des désespoirs. Maisie, je suis terrorisé à l'idée qu'un jour tu te réveilles en réalisant que tu as commis une terrible erreur, et que ce soit *toi* qui changes d'avis.

Elle s'intima d'attendre avant de lui répondre. La seule chose à laquelle elle pouvait se raccrocher, dans la panique, était l'idée qu'elle ne pouvait pas le perdre. Elle devait à tout prix le lui faire comprendre.

— C'est vrai, nous ne venons pas du même milieu, mais ce n'est pas pour autant que nous n'allons pas ensemble. Celui que tu es est mille fois plus important que tes origines. Nous sommes des battants, tous les deux, Coop. T'épouser est la meilleure décision de toute ma vie.

Elle lui tendit alors les bras, comme si elle l'invitait à danser avec elle.

— Viens, mon amour. Marchons jusqu'au phare, si tu veux bien. Il fait bien trop chaud pour avoir les idées claires, ici.

Ils s'engagèrent sur le chemin de coquillages pilés, Maisie serrant Coop tout contre elle. Elle sentait son cœur battre à tout rompre, contre son épaule, et la moiteur de sa peau à travers sa chemise. Lorsqu'ils gagnèrent le banc, elle se tourna vers lui et plongea les yeux dans les siens, un long moment. Du dos de la main, elle caressait sa peau brûlée par le soleil tout en lui chuchotant toutes ces choses que l'on dit lorsqu'on est amoureux.

— Continuons un peu, proposa-t-elle alors. Tant qu'il fait jour.

Il passa son bras autour de sa taille, elle posa sa tête sur son épaule, et ils poursuivirent leur route, avançant ensemble vers l'horizon et vers leur avenir.

NOTE DE L'AUTEUR

En juillet 2013, la ville de Perth, à l'ouest de l'Australie, était en proie au froid et à l'humidité.

Situé à 2200 kilomètres au nord de Perth, Broome n'est pas le genre d'endroit que l'on visite sur un coup de tête, mais il nous arrive parfois de réagir sous une impulsion. Dès l'instant où j'y ai mis les pieds, j'ai été submergée par l'atmosphère romanesque qui se dégageait de cette ville. C'était un avant-poste à la beauté sauvage, éloigné de tout et doté d'un passé riche de personnages hauts en couleur et d'histoires d'aventures, où les plongeurs affrontaient des cyclones pour dénicher les plus grosses perles dans les profondeurs de l'océan Indien.

À chaque coin de rue, Broome célèbre l'industrie qui lui a permis de se faire une place sur les cartes. Musées consacrés à la pêche à la perle, associations historiques, circuits de bus, fermes perlières à visiter… Les hommages aux anciens plongeurs sont omniprésents.

À Gantheaume Point, le phare domine la côte, où le gardien avait creusé un bassin dans la roche pour sa femme victime d'arthrose, le fameux Anastasia's Pool.

Dans le cimetière japonais, plus de 900 hommes sont enterrés, et d'autres parties du cimetière sont dédiées aux Chinois, aux musulmans et aux chrétiens.

Entre 1910 et 1912, il y eut à Broome environ 500 cas de béribéri déclarés, avec presque une centaine de morts. Quant à la paralysie du plongeur, elle emporta près de 200 hommes entre 1910 et 1914. Enfin, entre 1887 et 1935, 700 hommes perdirent la vie en mer.

Tous ces chiffres me donnèrent envie d'en savoir plus sur l'industrie perlière de Broome.

L'industrie perlière, dans l'ouest de l'Australie, remonte au milieu du XIXe siècle, Broome prenant le train en marche dans les années 1880. On s'arrachait la nacre dans le monde entier pour fabriquer des boutons, des manches de couverts, des montres et des incrustations pour la marqueterie. Les bancs d'huîtres perlières (*Pinctada maxima*) de la côte nord-ouest débordaient du coquillage tant convoité.

Au tournant du XXe siècle, Broome était devenue une ville prospère dont la fortune provenait en grande majorité de la pêche à la perle.

L'industrie perlière attira des travailleurs de toute l'Asie – des plongeurs venus du Japon et de Malaisie, ainsi que des Chinois, des Timorais (Kupangais), des Philippins et diverses autres nationalités que l'on engageait en tant que matelots ou ouvriers. Lorsqu'elle connut son apogée, qui s'étira sur les dix premières années du XXe siècle, la ville de Broome s'était bâti une réputation solide. Non seulement elle était considérée comme le noyau central de l'industrie perlière, mais c'était également un avant-poste robuste et dangereux, à l'écart du monde. Une sorte de Far West asiatique.

Et pourtant, en 1912, un profond sentiment de malaise régnait sur la ville. À cette époque, la composition raciale des hommes qui travaillaient dans l'industrie perlière se découpait ainsi : sur 309 vaisseaux, il y avait

223 Européens, 67 Aborigènes, 4 Chinois, 1148 Japonais, 0 Kupangais, 716 Malais, 128 Manillais, et 102 « autres », ce qui faisait un total de 2098 Asiatiques [1].

Afin de comprendre la source de ce profond malaise, je me suis tournée vers les livres et les journaux de l'époque.

Lorsque les six États se fédérèrent pour former le Commonwealth d'Australie en 1901, la restriction de l'immigration asiatique résidait au cœur de leurs préoccupations. La même année, le Parlement fit voter une loi de restriction de l'immigration (plus connue sous le terme d'Australie blanche). Le consensus national voulait que les Australiens blancs se protègent à tout prix des hordes d'Asiatiques qui envahissaient leurs terres, et les politiques réclamaient que toute la main-d'œuvre étrangère employée par l'industrie perlière soit chassée.

Mais à Broome – qui était à des milliers de kilomètres de Canberra –, si les lois posaient problème, on les ignorait, purement et simplement. Jamais personne ne venait s'assurer de leur exécution. Les maîtres perliers ne se sentirent donc pas concernés par cette nouvelle loi et continuèrent comme avant.

Mais le gouvernement australien était déterminé. En 1911, le Parlement fédéral décida de nommer une commission royale afin d'enquêter sur les agissements de l'industrie perlière. Cette commission était dirigée par Fred Bamford, député du Queensland, dont le dévouement à sa cause était connu à travers tout le pays. La commission concéda toutefois qu'elle ne pourrait pas boucler son enquête avant que les perliers ne s'organisent pour la saison de 1914. Il fut donc convenu d'étendre à

1 Source : Pearl and Pearl Shell Fisheries, Bureau des Statistiques gouvernementales, Perth.

une année supplémentaire l'embauche de main-d'œuvre étrangère – jusqu'à la fin de 1914.

Les maîtres perliers commencèrent sérieusement à paniquer. Toute leur réussite dépendait de leur main-d'œuvre étrangère. La disparition de ces hommes signerait non seulement la ruine de l'industrie, mais aussi celle de leurs patrons, qui tiraient de larges bénéfices de leurs entreprises.

Les plongeurs blancs qui étaient passés dans leurs rangs se comptaient sur les doigts de la main, et les maîtres perliers savaient bien que les plongeurs étrangers, en particulier les Japonais, étaient plus doués pour la pêche. Ils acceptaient également beaucoup mieux les conditions précaires qu'on leur imposait sur les lougres, que l'on remplissait à ras bord d'équipement et de réserves. Les pauvres hommes parvenaient à peine à s'y déplacer, et pendant parfois trois mois de suite, ils travaillaient du lever au coucher du soleil, tous les jours, à l'exception du dimanche. Ces conditions étaient si intenables que les maîtres perliers étaient convaincus qu'aucun Européen ne pourrait les supporter.

Pour couronner le tout, les salaires étaient beaucoup plus bas que ceux versés aux Européens. Les travailleurs étrangers coûtaient deux fois moins cher à nourrir, leur alimentation se constituant principalement de riz et de poisson, et s'ils commençaient à se révolter, on annulait leur permis et on les renvoyait chez eux. Le mécontentement grondant déjà au sein du patronat, le gouvernement enfonça le clou en février 1912, date qui marqua l'avènement de ce qui serait bientôt connu comme « la grande expérience blanche ».

Afin de prouver que l'industrie perlière pouvait être assurée par une main-d'œuvre blanche, douze plongeurs de la Marine royale furent envoyés tout droit d'Angleterre, certains avec leurs propres équipiers, afin d'introduire la plongée blanche à Broome.

Du jour au lendemain, les plus influents maîtres perliers de la ville se retrouvèrent obligés de financer cette expérience qui promettait pourtant leur perte.

Un article fut publié dans le *Sunday Times* de Perth, le 4 février de cette année :

DES PLONGEURS BLANCS
POUR L'INDUSTRIE PERLIÈRE

Une expérience intéressante

Le sujet controversé de la nationalité des plongeurs dans l'industrie perlière a pris un nouvel élan le 1er février dernier, avec l'arrivée de douze plongeurs anglais grandement expérimentés et accompagnés de leurs équipiers.

Rappelons que l'Association des Pêcheurs de Perles de Broome, afin de s'assurer que ces hommes soient compétents pour effectuer ce travail ardu en eau profonde, s'est arrangée pour réserver plusieurs de ses lougres aux équipages blancs, le temps nécessaire pour que ceux-ci prouvent leur expertise.

Afin de s'assurer que seuls les meilleurs hommes soient envoyés en Australie, la question a été confiée à Messieurs Siebe, Gorman and Co., les célèbres manufacturiers d'équipement de plongée, conjointement avec un comité de perliers de Broome résidant désormais à Londres. Les vingt-quatre hommes ayant débarqué sur nos côtes ont donc soigneusement été sélectionnés.

Ces immigrants prometteurs sont tous d'anciens plongeurs de la Marine, des hommes qui ont donc l'habitude de travailler dans toutes sortes de conditions, mais qui bénéficient également de sérieuses connaissances scientifiques en matière de plongée. Les valeurs de la Marine leur ont bien sûr inculqué un sens du devoir si poussé que l'idée de fuir un quelconque danger est inenvisageable. C'est donc munis de toutes ces garanties que ces plongeurs anglais sont venus prêter main-forte à l'Association de Pêcheurs de Perles afin de résoudre le problème dont elle est victime. Quant aux maîtres perliers, il ne tient plus qu'à eux de s'assurer que l'expérience soit menée dans l'équité et la transparence la plus totale, et qu'aucun parti pris pour les Asiatiques ne vienne y faire obstacle [1].

Face à une telle pression, les plongeurs blancs n'avaient donc pas d'autre choix que de repousser les limites de leur sécurité, plongeant souvent sur de trop longues durées, sans respecter les paliers réglementaires durant leur remontée à la surface. Mais ils durent faire également face à un autre obstacle : personne ne leur montrait où et comment trouver des huîtres. Voici ce que l'ingénieur naval Jim Low, dont le travail consistait à s'assurer du bon fonctionnement des compresseurs à air mécanique, sur les lougres affectés aux plongeurs blancs, écrivit à sa sœur :

L'un des meilleurs plongeurs blancs de chez Siebe Gorman est mort de paralysie la semaine dernière. Il n'avait pas respecté les paliers, et il a refusé

1 « Des plongeurs blancs pour l'industrie perlière », *Sunday Times*, 4 février 1912.

d'aller dans le caisson de décompression après son attaque. Il était de la vieille école et s'était fait un nom dans le monde de la plongée en rapportant toutes sortes de trésors du fin fond de l'océan. Il a accompagné McMilla en Afrique centrale et a remonté des merveilles des grottes les plus profondes, et voilà qu'il n'est plus là...
Demain, je retourne en mer avec un nouveau compresseur pour accompagner deux autres Anglais, mais je vais faire en sorte de ne pas trop nous éloigner de Broome... Personne n'a eu une seule nouvelle de l'autre équipage, depuis que je les ai laissés. J'ignore où ils ont disparu. Soit tout va bien pour eux, soit le petit Malais les a tous tués [1].

Un peu après, il lui écrivit ceci :

Deux autres plongeurs blancs en ont eu « assez » et ont disparu de Broome. Il n'en reste plus que cinq. J'ai bien peur que cette expérience soit vouée à l'échec [2].

La Baie aux perles se déroule durant ces événements, bien réels. Toutefois, les personnages et l'histoire sont pour leur part fictifs.

---

1 James Galloway Low, Lettres 1904-91, bibliothèque de Battye. Lettre de Jim à sa sœur Jane, 21 juin 1912.
2 James Galloway Low, Lettres 1904-91, bibliothèque de Battye. Lettre de Jim à sa sœur Jane, 4 juillet 1912.

Remerciements

Écrire un livre, c'est comme construire une maison : chaque étape nécessite un coup d'œil d'expert. Et j'ai eu de la chance de trouver le meilleur qui soit.

Merci à mon éditrice et amie Salomé Jones, de Flourish Editing, d'avoir rendu ce livre publiable. Tu as tenu ton rôle d'éditrice à merveille, et je n'aurais jamais pu y arriver sans toi.

Merci à Isobel Dixon, de Blake Friedmann, d'avoir répondu à ma proposition de contribution ce fameux dimanche après-midi de juin. Je ne te remercierai jamais assez de m'avoir laissé une chance, mais aussi de m'avoir suggéré ta merveilleuse et talentueuse collègue Hattie Grunewald, dont l'expertise a été un élément précieux pour ce livre.

Merci également à Beverley Cousins, de chez Penguin Random House Australie, et à Lynne Drew, de chez HarperCollins UK, qui m'ont fait de génialissimes (mais terrifiantes !) suggestions pour améliorer mon manuscrit, et qui ont su prendre si grand soin de mon livre.

Merci à mon époux Harry, qui a lu (et relu) je ne sais combien de premiers jets, toujours avec un regard critique mais jamais sans encouragements.

Merci à Philippa Donovan, de chez Smartquill, et à tout mon groupe de lecture pour vos critiques constructives. Et un merci tout particulier à ma nièce Madeleine ainsi qu'à mes sœurs : Jo, pour avoir lu le manuscrit entier sur son téléphone, et Sarah, pour avoir suggéré le voyage qui a tout déclenché !

Mais surtout, j'aimerais remercier les plongeurs de Broome, sans qui il n'y aurait jamais eu d'histoire à raconter…

Achevé d'imprimer en octobre 2020
sur les presses de la Nouvelle Imprimerie Laballery
58500 Clamecy
Numéro d'impression : 010305

Imprimé en France

La Nouvelle Imprimerie Laballery est titulaire de la marque Imprim'Vert®